Elif Shafak • Schau mich an

AF214709

Elif Shafak
Schau mich an

Roman

Aus dem Türkischen
von Gerhard Meier

KEIN&ABER
POCKET

Ebenfalls von Elif Shafak:
Der Geruch des Paradieses
Der Architekt des Sultans
Ehre
Die vierzig Geheimnisse der Liebe
Der Bastard von Istanbul
Der Bonbonpalast
Unerhörte Stimmen
Hört einander zu!
Das Flüstern der Feigenbäume

Die Übersetzung wurde vom SüdKulturFonds
in Zusammenarbeit mit Litprom e.V. unterstützt.

Die Originalausgabe erschien 1999 unter dem Titel
Mahrem bei Metis Yayınları, Istanbul
Copyright © 1999 by Elif Shafak

Für B. C.

*Durch jedes Gitterfenster spähen Augen; jedes Gitterloch
ein mandelförmiger Spion; so wachen über die Menschen
des Viertels Tausende holzumrahmter Augen.*

Refik Halit Karay,
Drei Generationen – drei Leben

ISTANBUL, 1999

Ich träumte von einem Luftballon. Seine Farbe konnte ich nicht erkennen, da aber der Himmel taubengrau war, die Wolken schäfchenweiß und die Sonne honiggelb, musste es eine andere Farbe gewesen sein als Taubengrau, Schäfchenweiß oder Honiggelb. Sonst hätte ich den Luftballon nämlich nicht gesehen. Wenn er zu sehen war, gab es ihn, und wenn nicht, dann nicht.

Der Luftballon stieg sachte empor, die schäfchenweißen Wolken schwebten kokett dahin, der taubengraue Himmel wurde finster und finsterer, die honiggelbe Sonne ging still und leise unter, als auf einmal ein heftiger Wind aufkam. Ein so heftiger, dass wir alle zusammenfuhren. Da prasselten auch schon Kalk und Teer und Lehm auf uns ein, Gesträuch und Gestrüpp, Gezücht und Geschmeiß, Staub und Dreck. Damit der Sturm nicht fortriss, was ich sah, musste ich sofort die Augen schließen. Sobald die Wimpern sich berührten, klang es, als ob Wasser auf heißes Fett spritzte. Dem Luftballon entwich die Luft; in jeder Sekunde außer Sichtweite prustete er in die Leere eine Handvoll Leere hinaus. Was immer er zu sich genommen hatte, spie er wieder aus. In Panik schlug ich die Augen auf. Zu spät. Er war nicht mehr da. Ich schon. Ich war erwacht.

An meinem Bettrand saß BC und sah mich missmutig an.

»Sag mal! Wie lang muss ich dich noch rütteln, bis du endlich aufwachst? Du hast so was von fest geschlafen!«

Noch bevor ich antworten konnte, zog er mir rüde die Bettdecke weg, und ich sah aus wie ein Fischerboot, das mitsamt seinem Netzgewirr nackt und bloß daliegt, weil ihm das Meerwasser davongegurgelt ist. Abrupt war ich um die laue Dunkelheit des Wassers gebracht und musste mich dem Licht aussetzen, in einem Tempo, das mir entsetzlich schnell, BC hingegen elend langsam erschien. Hatten meine Gliedmaßen sich bis dahin im Schutz der Dunkelheit genüsslich ausgebreitet, waren sie nun hektisch um Sammlung bemüht. BCs eindringlicher Appell zog sie an wie ein Magnet.

»Da draußen ist der Teufel los, und die gnädige Frau schnarcht einfach weiter. Los, steh auf und schau dir das Spektakel an.«

Durch die sperrangelweit offen stehende Terrassentür blies der Wind herein und blähte die Vorhänge auf wie in einem Geisterfilm, sodass nur hin und wieder der Himmel durchspitzte. Eine sternenlose, wolkenlose, mondlose Nacht; ein schwarzer Filter, damit meine Augen nicht geblendet wurden.

Ich blieb dem Fenster fern.

Und sah, was ich sah, durch das Auge von BC.

Und was ich fern vom Fenster durch das Auge von BC
sah, war dies:

Am Fuß der steilen Straße / kommt eine mollige / bleiche / schnuckelige Frau / um die fünfzig / im Nachthemd / mit Bommeln an den Pantoffeln / aus dem Haus
gestürzt / und da steht sie / unter der Laterne / und glotzt
und starrt / auf all die Fliegen / die da schwirren / und
sich verirren / und sie flucht / und sie sucht / was immer
sie verloren / so spät in der Nacht.

Als sie fünfzig wurde / feierte sie / den Schmerz um
jedes Jahr / mit einem Kanonenschuss / und tanzte und
johlte / bei jedem Schuss / und Mutter ist sie / von drei
Kindern / und Brüste hat sie / wie ausgequetschte Zitro-
nen / die Gebärmutter ist ihr / früh vertrocknet / dabei
mag sie doch gar nicht / ihr Blut / kein Gedanke daran /
sich nach ihm zu sehnen / so findet sie sich rasch ab / denn
so ist sie / umgänglich / dabei schweigsam / wer kocht
besser als sie / allein ihre Spinatböreks / und wer außer
ihr / bringt neun Nudeltäschchen / auf einen Löffel / wer
rollt Weinblätter / dünn wie Papier / ihre Schrift wie ge-
stochen / damals in der Schule / wie gut noch alles war /
wie lauwarme Milch / floss das Leben ihr die Kehle hinab /
und wärmte sie von innen / damals / alles drehte sich um
sie / ihr war jeder zu Befehl / da scharwenzelte der Kerl /
der ihr Mann werden sollte / um sie herum / was heißt
Kerl / das Wort ist noch zu gut / nach all den Jahren nun /
schämt er sich nicht / in seinem Alter / kommt daher /
opfert sein Heim / seine Frau wie eine Rose / seine Kinder / und das für wen / seine Tochter könnte sie sein / das

Weibsstück / wenn sie genug von ihm hat / ihm sein Geld weggefressen / scheucht sie ihn davon / beiß die Zähne zusammen / ein Mann wird erst im Nachhinein gescheit / halt aus / um deiner Kinder willen / denk nicht / du wärst die Einzige / denn es geschieht uns allen / wie hat dein Vater es getrieben / lange sagte ich nichts / ließ mir nichts anmerken / das geht vorüber / muss vorübergehen / wie alles andere auch / er kommt zu dir zurück / fällt vor dir auf die Knie / fleht um Verzeihung / wer kocht so gut wie du / allein schon die Spinatböreks / ob wohl das Miststück den Weg in die Küche findet / ihr Geschick liegt woanders / doch ihre Weiblichkeit / flammt nur auf wie ein Streichholz / und sie erlischt / sobald sie das Bett verlässt / während deine Weiblichkeit / legendär ist.

In ihrem Nachthemd / den Pantoffeln mit den Bommeln / ist sie schnuckelig / auch wenn sie manchmal widerspricht / und während ihr das Leben / gleich lauwarmer Milch / die Kehle hinunterrinnt / sie von innen aufwärmt / entsetzt sie auf einmal ein scheußlicher Geschmack / ob die Milch wohl schlecht war / sie speit sie wieder aus / dieses furchtbar Schleimige / es war der Rahm der Milch / er hat ihr den Magen umgedreht.

Einer der Bommel / ist ziemlich lose / wie abgestorbene Haut an der Lippe / maßt sich an / sein eigenes Fleisch zu verlassen / sein Vogelhaus / den Ort / an den er gehört / er baumelt schon / gleich geht er ab / ist fast schon weg / und der andere Bommel / der feste / ist der wirklich so fest / oder tut er nur so / und äfft nur etwas nach / um das herauszufinden / muss man kräftig dran ziehen / doch wenn er dann abgeht / obwohl er doch fest ist / sehenden Auges / am besten gar nicht versuchen / aber neugierig ist man doch / will es wissen / und sehen / was die Augen sehen können / und nimmt den Pantoffel vom Fuß / den mit dem festen Bommel / die Fliegen sind weit weg / sind wie Geier hinter dem Aas her / zerfetzen schwarz das Fleisch des Lichts / alle völlig gleich / doch die Frau weiß genau / welche sie im Auge haben muss:

»Du Huuuuuuure! Du gottverdammte Fliegenhure!«

Die Stimme der Frau peitschte durch die Luft.

»Du Huuuuuure! Sinem, du Fliegenhure!«

Was ich fern vom Fenster durch das Auge von BC sah, war dies:

Auf einer der beiden Seiten Istanbuls, in einem eher lauten Viertel, in dem sowohl solide Familien als auch freiheitsliebende Junggesellen wohnten, stand zu reichlich vorgerückter Abendstunde eine Frau um die fünfzig, Mutter dreier Kinder, am Fuß einer steilen Straße, die man schwer hinauf- und auch nur schwer hinunterkam, und schrie hinaus, sie wolle von einer gewissen Sinem, die wie eine Fliege an einer Straßenlaterne klebe, ihren Ehemann zurück. Hunde heulten, Türen gingen auf, Lichter wurden angemacht, Babys schrien, und der Klatsch und Tratsch der folgenden Tage formte sich. Die Leute standen auf den Balkons und an den Fenstern oder strömten auf die Straße. Verwundert aufgerissene Augen glänzten rötlich in Erwartung des bald losbrechenden Tumults. In einer einzigen Nacht erwuchs ihnen der Stoff für die langen Winternächte. So füllten sie denn alle eifrig ihre Krüge.

Alle, bis auf die Menschen aus jener einen Wohnung!

Die wussten nicht, wie ihnen geschah, waren der Frau barfuß hinterhergeeilt, Kinder, Schwestern, Neffen, Onkel, in Schlafanzügen und Nachthemden, mit Creme auf dem Gesicht und Lockenwicklern im Haar, so standen sie um die Frau und zogen und zerrten an ihr und versuchten flehend, sie wieder ins Haus zu bekommen, dort sollte sie ruhig schreien und weinen, so viel sie wollte, aber nur rein mit ihr, damit die Nachbarn sie nicht mehr sahen, das Hören war ja nicht so schlimm, aber Hauptsache, sie wurde nicht mehr gesehen.

Die Angst, sich vor aller Augen zu blamieren, tropfte den Angehörigen aus dem Gesicht, und der Kleinste der Familie, ein liebenswerter Fünfjähriger, den das ganze Getue am wenigsten mitnahm, reihte die herumspritzenden Angsttropfen auf eine Schnur und machte eine Halskette daraus, mit der er dann herumhüpfte. Na ja, was versteht man in dem Alter schon, aber die Erwachsenen merkten das gar nicht, denn sie waren vollauf damit beschäftigt, der Frau Herr zu werden, und das war überhaupt nicht einfach. Ja, sie schafften es nicht, weder die Tochter noch die Schwester noch die Nichte, denn über die Frau war die Kraft der Verrückten gekommen. Man sagte, dass mit einem einzigen Haar eines Verrückten auch vierzig Kämme nicht fertigwerden, denn dessen Kraft ist übermenschlich …

Sie sahen ein, dass es so nicht ging, die Frau war vollkommen übergeschnappt, doch schließlich gelang es ihnen, sie mit vereinten Kräften in ein Taxi zu bugsieren. Sie besaßen zwar selbst Autos, doch jemand hatte mal wieder alles zugeparkt. Dieser Jemand befand sich höchstwahrscheinlich unter den Umstehenden, und es wäre nicht schwergefallen, ihn ausfindig zu machen, doch das ließen sie besser sein. Lieber so schnell wie möglich mit dem Taxi in das nächste und zugleich fernste Krankenhaus.

Der junge, kräftige Taxifahrer / frisch verheiratet / hat seiner Frau erlaubt zu arbeiten / solange sie keine Kinder haben / er rühmt sich seiner Fortschrittlichkeit / doch nach Verlobung und Hochzeit / sind sie ohnehin bis an den Hals verschuldet / da schadet es nicht / wenn die Frau arbeitet / der junge Taxifahrer / übernimmt das Taxi abends um zehn / und fährt damit bis zum Morgen / dann übergibt er es einem Freund / die beiden arbeiten / für einen neureichen Kerl / einen Lottogewinner / gebaut wie ein Fass / der immer noch träumt / er sei wieder arm / und beim Erwachen lauthals dankt / viel leiser aber spricht er / damit Gott es nicht hört / wenn er mit seinen Fahrern / um jeden Groschen feilscht / denn ob die beiden / etwas verdient haben oder nicht / will er den gleichen Betrag auf die Hand / der andere Fahrer ist nicht fortschrittlich / und lässt seine Frau nicht arbeiten / doch wenn er sie auch ließe / wer würde sie schon nehmen / es war ja keine Frau / es war eine Missgeburt / fünf Kinder hatte sie geboren / das fünfte sah genauso aus wie sie / platte Nase / platter Mund / krumm und bucklig / seine Frau dagegen /

war eine Schönheit / rank und schlank / vielleicht ein wenig klein geraten / sonst wäre sie glatt ein Model / viel zu gut für den Laden / in dem sie arbeitet / sie hat selbst erzählt / da komme so ein Kerl / fast jeden Tag / angeblich wegen Hemden und Pullovern / dort geht er morgen mal hin / und sieht nach dem Rechten / wenn ihm seine Frau einfällt / verspürt er manchmal ein Kribbeln / und ein paar Mal / hat er es nicht ausgehalten / und ist schnurstracks nach Hause gefahren / da werden die Nachbarn / geschmunzelt haben / nun aber fährt er nicht mehr mal eben / in das Viertel, in dem sie wohnen / er muss andauernd arbeiten / und das tut er ja auch / doch würde es ihn diese Nacht / wieder einmal reizen / vielleicht wenn er die da hinten los ist / er sieht in den Rückspiegel / die Arme / denkt er / ist völlig hinüber / kein Wunder, wenn immer alles teurer wird / deshalb arbeitet er auch nur noch nachts / denn die Nachtkunden rechnen nicht so genau wie die Tageskunden / die Nachtkunden reden auch über anderes / man könnte meinen / entweder reden die Leute ernst / oder sie erzählen puren Unsinn / doch die Nachtkunden reden ernst / wenn sie Unsinn erzählen / und sie erzählen Unsinn / wenn sie ernst reden / neulich hatte er einen / mit einer eingedrückten Nase / sternhagelvoll / so gegen fünf Uhr morgens / der plärrte auf einmal / suchen wir das Grab von Mehmet dem Eroberer / und heizen wir dem mal so richtig ein / wozu hast du denn Istanbul erobert / hast Schiffe auf dem Landweg in das Goldene Horn geschafft / hast so viele Soldaten sterben lassen / und wozu das Ganze / nun ja / aus ihm sprach die

Trunkenheit / der Fahrer ging nicht darauf ein / doch der Mann streckte den Kopf zum Fenster hinaus / und schrie, so laut er konnte: Sultan Mehmet! Sultan Mehmet! / Wo bist du? / Steh auf und sieh dir an / wie es deinem Enkel geht / er hörte und hörte nicht auf / die frommen Muslime / auf dem Weg zum Morgengebet / sahen das Taxi entsetzt an / der Fahrer wusste sich nicht mehr zu helfen / und fuhr zu einer Wache / und überließ den Mann / der Polizei / danach packte ihn die Reue / als der so herrlich Betrunkene / in die Wache geschleift worden war / hatte er sich umgedreht und gefragt / es heißt / er habe einen Ohrring getragen / stimmt das auch? / da hatte der Taxifahrer gestutzt / und hätte beinahe jemanden / nach Sultan Mehmets Ohrring gefragt / komm wieder zu dir / dachte er dann / lass dich von einem Verrückten / doch nicht verrückt machen / hast du etwa keine anderen Sorgen / als den Ohrring von Sultan Mehmet? / Erst neulich hatte er in den Nachrichten gehört / die Zahl der Insassen in den Irrenhäusern / sei dieses Jahr gehörig gestiegen / und die da hinten / hat es ja auch ziemlich erwischt / was soll nur werden aus diesem Land / wir sterben entweder tobsüchtig / oder wir sterben einfach verrückt!

Während sie hinten versuchten, die Frau zu beruhigen, hielt der Mann auf dem Beifahrersitz dem Taxifahrer mit zitternden Händen eine Zigarette hin, schon nach zwei, drei Zügen war der Wagen vollgeraucht, die Fenster waren zu, sie machten sie nicht auf, und der Mann klagte sein Leid, »meine Schwägerin ist das, die ist von zu Hause weg, im Sommer, und seitdem wohnt sie bei uns, sie will sich unbedingt scheiden lassen, dabei hat sie drei Kinder, Riesenkerle schon, als ob das so einfach wäre, sich in dem Alter noch scheiden lassen, die mussten noch nie im Leben eine Familie durchbringen, diese Frauen, haben sich immer von ihren Männern durchfüttern lassen, keine Ahnung haben die, wie schwer es ist, über die Runden zu kommen, wo kriegt sie ihr Essen her, wenn sie erst mal geschieden ist, ich habe zu meiner Frau gesagt, soll sie doch sehen, wie sie zurechtkommt, aber die beiden hocken ja ständig zusammen und plappern von morgens bis abends, und mal bringt meine Frau die Schwägerin zum Weinen und mal die Schwägerin meine Frau, wie oft habe ich schon gesagt, jetzt hör doch mal damit auf, da wird alles nur noch schlimmer, redet doch mal über was anderes, oder fahrt mal zu diesen Heilquellen, und nehmt eure Mutter mit, das tut ihrem Rheuma gut, aber ich kann sagen, was ich will, und wenn dann die anderen Frauen aus der Verwandtschaft antanzen, wird alles wieder aufgewärmt und noch mal durchgekaut, aber von keiner hat die Schwägerin sich umstimmen lassen und wollte sich immer noch auf Teufel komm raus scheiden lassen, dann ist sie tatsächlich zu einem Anwalt und hat die Scheidung beantragt, und eines Tages ist vom Gericht ein Schrieb gekommen, aha, habe ich gesagt, dann hast du ja jetzt deinen Willen, tanz ruhig um den Tisch herum, aber da hat sie mich auf einmal angeschaut, als wäre ich vom Himmel gefallen, und da habe ich gemerkt, die wird uns verrückt, aber meine Frau will mir das nicht glauben, die lässt ja nichts kommen auf ihre Schwester, na ja, habe ich gesagt, morgen sehen wir weiter, und die Schwägerin hat sich beruhigt und sogar das Geschirr gespült, dann ist sie in ihr Zimmer, obwohl im Fernsehen gerade die Serie gekommen ist, die sie sonst nie verpasst, aber diesmal hat sie keinen Blick drauf geworfen, und weil ihr der Magen wehtat, hat sie ein Glas lauwarme Milch nach dem anderen getrunken, und dann ist sie früh ins Bett, angeblich träumt sie nichts mehr, schon seit ihrer Kindheit, und wir sind dann auch ins Bett und gleich eingeschlafen, und normalerweise steht sie als Erste auf und richtet uns das Frühstück, und zwar immer vom Feinsten, die Eier genau, wie sie sein sollen, und sogar der Tee schmeckt besser, wenn sie ihn macht, das muss man schon sagen, den Haushalt hat die so toll geschmissen, da macht ihr keine was vor, nicht wie meine Frau, die ist ja ein ganz anderer Schlag, aber was hilft es schon, wenn man so rechtschaffen ist und dabei doch unglücklich, wobei natürlich die Hauptschuld meinen Schwager trifft, ich meine, was soll das nach so langer Ehe, ich schäme mich fast, es zu erzählen, mit einem so jungen Ding, so alt ungefähr wie seine Tochter, der hat er doch tatsächlich eine Wohnung eingerichtet, Tänzerin soll sie sein, in einem Nachtklub, Sinem heißt sie, letztes Jahr hat er sie uns vorgestellt, so ein kleines, stilles Mädchen, ich habe nichts weiter gesagt, das geht vorüber, habe ich mir gedacht, wer hätte denn ahnen können, dass der es so weit treibt mit der, bis hin zur Scheidung, na jedenfalls nach der Sendung sind wir auch ins Bett, aber darauf hat sie nur gewartet, und kaum lagen wir im Bett, ist sie in Nachthemd und Pantoffeln aus der Wohnung rausgeschossen, ist auf die Straße runter, dass man hätte meinen können, wir hätten sie als Sklavin gehalten, und wir natürlich raus aus den Federn bei all dem Getöse, und da steht sie doch tatsächlich unten auf der Straße und plärrt herum und führt sogar einen Tanz auf, wir wussten gar nicht, wie uns geschieht, was da überhaupt los ist, also fahren Sie uns einfach ins nächste Krankenhaus, wir haben uns ja so was von blamiert, und seien Sie mir nicht böse, in all der Eile habe ich kein Geld eingesteckt, tut mir wirklich leid, aber so plötzlich, wie das über uns gekommen ist, wir im Schlafanzug raus und so, da habe ich an meine Brieftasche nicht gedacht, aber ich werde ja selber noch verrückt, ich lasse mich am besten auch scheiden, soll sie mit ihrer närrischen Schwester und ihrer rheumatischen Mutter hingehen, wo der Pfeffer wächst, mir doch egal, ich bin so was von fertig, ich gehe noch vor die Hunde mit denen.«

»Das hat doch keine Eile mit dem Geld. Wir wohnen ja im selben Viertel«, erwiderte der Taxifahrer.

Die Farben verblassten, die Bewegungen wurden langsamer. Der Mann murmelte etwas. Wie von selbst purzelten die Wörter heraus: »Ach, Sie sind auch aus dem Viertel. Meinen Sie, nach dieser Schande können wir hier wohnen bleiben?«

Dann zog er aus der Schlafanzugtasche sein Päckchen Zigaretten heraus. Er fühlte sich schuldig. Wollte dem Fahrer erklären, warum er an die Zigaretten gedacht hatte, aber nicht an die Brieftasche. Er brachte jedoch nichts heraus, seine Kehle war ganz vertrocknet. Er fand sein Feuerzeug nicht. Musste ihm im Taxi heruntergefallen sein. Oder hatte er gar keines dabeigehabt? Wie aber hatte er dann die Zigarette zuvor angezündet? Oder war das die erste? Er wurde noch missmutiger. Während er darauf wartete, dass der Zigarettenanzünder heraussprang, schielte er nach hinten. Die Schwägerin schrie nicht mehr, atmete aber heftig. Und wimmerte, als hätte sie irgendwelche Schmerzen. Der Fahrer, der immer wieder in den Innenspiegel sah, zündete sich aus seinem Päckchen eine Zigarette an. Erst wollte er das Radio anmachen, dann ließ er es. Das hätte jetzt nicht gepasst. Die Frau weinte in den Armen ihrer Schwestern. Die Nacht wurde immer dunkler, die Straße immer steiler. Der Mann fühlte eine Beklemmung und machte das Fenster ganz auf. Die Luft draußen roch nach Schnee, und der Zigarettenrauch zog wie ein aschgrauer Drachen mit flatterndem Schwanz zum Fenster hinaus.

Die Geräusche verstummten, der Wind legte sich. BC zog die Vorhänge zu, die sich blähten wie in einem Geisterfilm, und er sagte: »Gleich morgen ziehen die um. Die können sich hier nicht mehr halten.« Und mit säuerlichem Lächeln fügte er hinzu: »Kannst du Intimes nicht mehr schützen, musst schleunigst du den Ausgang nützen!«

Schau mich an

Ich träumte von einem Luftballon, der am taubengrauen Himmel dahinflog, zwischen schäfchenweißen Wolken hindurch, im Schatten der honiggelben Sonne. Ich war auf ein Dach gestiegen und sah dem Ballon nach, als auf einmal ein heftiger Wind aufkam, und zwar so heftig, dass wir alle zusammenfuhren. Erdschwarzer Staub wurde durch die Luft gewirbelt, und den Ballon trieb es rasch davon. Um ihn nicht aus den Augen zu verlieren, rannte ich über die Dächer hinweg und trat dabei ein paar Ziegel los, die sogleich zur Erde flogen. Erschrocken sah ich ihnen nach. Dort unten auf den glänzenden Straßen voller Menschen kam es durch die herabwirbelnden Dachziegel zu Unfällen. Mitten auf der Straße schnaubte wütend ein nagelneues, feuerrotes Auto, dessen Windschutzscheibe durch einen Ziegel zersplittert war. Über die kaputte Scheibe hatte eine Spinne bereits ein riesiges Netz gewebt, dessen klebrige Fäden im Wind waberten. Der Fahrer suchte nach mir, ohne aber zu wissen, dass er gerade mich suchte. Er hatte mich direkt vor den Augen, doch war ich ihm nicht verdächtig.

Auf den erdschwarzen Staub segelte blütenweißer Schnee herab. Ich ging den Bürgersteig entlang, ganz langsam, um auf keine Spinnweben zu treten. Plötzlich fiel mir auf, dass ich an den Füßen wollene Babyschuhe mit einem Vogelmuster trug. Beim Fortgehen musste ich vergessen haben, mir Straßenschuhe anzuziehen. Das war mir furchtbar peinlich. Bevor jemand etwas bemerkte, musste ich irgendwo Schuhe herbekommen. In den Schaufenstern wimmelte es vor Waren. Da gab es Ballettschuhe, pelzgefütterte Stiefel, Sandalen, Schnürstiefel, hochhackige Frauenschuhe, Herrenschuhe mit Blockabsätzen und niedliche Kinderschuhe. Und überall stand eine Geschmacksrichtung drauf. Die Schuhe waren nämlich allesamt aus Speiseeis. So betrat ich eines der Geschäfte und kaufte die Stiefel mit Fruchtgeschmack aus dem Schaufenster. Als ich wieder herauskam, stand der Fahrer des kaputten Autos vor mir und sah mich mit zusammengekniffenen Augen an. Ich machte mich auf Zehenspitzen davon, und er ging mir nicht einmal nach. Als ich um die Ecke bog, erblickte ich im Schatten der honiggelben Sonne wieder den Luftballon. Lustlos schwebte er dahin. Kaum aber war er weg, schien die honiggelbe Sonne auf einmal viel stärker, und ich blickte ängstlich auf meine neuen Schuhe. Die tropften und tropften und tropften …

»Mensch, Mama, sag doch was zu der!«

Ein Schmerz im Knie ließ mich hochfahren. Wieder war ich irgendwo eingeschlafen, und wieder, wo ich nicht hätte sollen. Ich war nass geschwitzt. Als ich mich einigermaßen zu berappeln versuchte, schlug mir mein eigener Schweißgeruch in die Nase. Vorsichtig blickte ich mich um. Ich saß in einem Sammeltaxi. Beim Einsteigen war ich noch allein gewesen. Da nachmittags nicht viele Leute diese Strecke fuhren, hatte ich gewusst, dass das Taxi nicht so bald voll sein würde, und natürlich auch, dass es vorher nicht losfuhr. So hatte ich in aller Ruhe erst mal die Augen zugemacht. Als hätte mein ausgiebiges Mittagessen nicht schon gereicht, hatte ich mir zum Abschluss zwei Portionen Dessert gegönnt, sodass ich ohnehin keinen Schritt mehr hätte tun können. So muss ich ziemlich lange geschlafen haben. Jedenfalls war das Taxi nun fast voll. Noch ein Fahrgast, und es konnte losgehen.

Die Frau neben mir spitzte aus dem Augenwinkel zu mir herüber. Wahrscheinlich roch sie meinen Schweiß. Das kleine Mädchen auf ihrem Schoß stach mir mit der Messingschnalle seiner Schuhe, die von der Farbe zähflüssiger Erdbeermarmelade waren, noch immer ins Knie. Ich hatte keinerlei Zweifel, dass die Kleine das absichtlich tat, denn ich sollte aufwachen und zur Seite rutschen. Tatsächlich hatte ich mich im Schlaf ziemlich breitgemacht und musste schleunigst etwas Haltung einnehmen. Ich legte die Beine aneinander und rutschte ans Fenster. Dann nahm ich meinen Rucksack auf den Schoß, doch darunter kam die Tüte mit den gerösteten Kichererbsen zum Vorschein, die ich mir für unterwegs noch besorgt hatte. Die nahm ich auch weg, sodass die beiden nun eigentlich Platz genug hatten, doch sie waren immer noch nicht zufrieden. Vor allem die Frau nicht. Die ruckelte herum, als wollte sie mir unbedingt anzeigen, dass sie es noch nicht bequem hatte. Immer wieder schlug sie die Beine übereinander, mal so und mal so, dann platzierte sie unter großem Geraschel ihre Einkaufstüten erst auf den Knien und dann doch wieder auf dem Boden, und als würde ihr die Kleine auf dem Schoß davonlaufen, drückte sie sie mit den Worten »Jetzt komm mal her zu mir« an die Brust, und dabei stöhnte und seufzte sie und schielte argwöhnisch auf den spärlichen Platz zu ihrer Rechten. Solche Leute kenne ich zur Genüge. Und weiß auch, warum sie sich so verhalten. Ich bin das gewohnt. Passiert mir andauernd.

Natürlich wäre es das Beste für mich, mit einem normalen Taxi zu fahren oder mir einen leeren Bus zu suchen. Taxis kann ich mir aber nicht oft leisten, und leere Busse haben Seltenheitswert. Manchmal fahre ich mit dem Taxi zur ersten Bushaltestelle und steige dort ein, aber das geht nicht bei jeder Strecke. Ist ein Bus schon voll, steige ich nur selten ein. Und wenn doch und ich die hohen Stufen erklimmen und mir durch die dicht gedrängte Menge einen Weg bahnen muss, bereue ich es meistens bitterlich. Dann sagt mir eine innere Stimme, ich soll sofort aussteigen und wieder nach Hause zurückkehren. Oft ist nicht mal das möglich. Vom Fahrer streng zum Durchgehen aufgefordert, drängen die Leute mich vom Ausgang und den Ausgang von mir weg. Wenn ich dann schon nicht rauskann, versuche ich wenigstens, den Blicken der Menschen zu entkommen, ihren Augen, die mich unentwegt mustern, auf mich zeigen. Zwar wird mir oft ein Platz angeboten, aber das macht mir die Sache auch nicht leichter. Ich laufe dann hochrot an und setze mich mühsam auf den frei gewordenen Sitz. In solchen Situationen bricht mir grundsätzlich der Schweiß aus. Ob Sommer oder Winter, sobald ich mich ein bisschen verkrampfe, spüre ich auch schon, wie mir die Schweißtropfen eiskalt den Rücken hinunterlaufen. Ich sitze da, als hätte ich einen Stock verschluckt, um nur ja niemanden zu berühren. Zugleich versuche ich herauszufinden, ob die Leute um mich herum meinen Schweißgeruch bemerken. Wobei ich ohnehin nichts dagegen ausrichten könnte. Und wenn ich mich bemühe, nicht zu schwitzen, wird es nur noch schlimmer. Am liebsten sitze ich am Fenster, denn statt der Mitreisenden, denen meine Anwesenheit nur allzu bewusst ist, kann ich dann die Leute draußen beobachten, für die ich gar nicht existiere.

Manchmal bietet mir auch niemand einen Platz an. Und ich komme auch nicht an ein Fenster heran. Um dann den Blicken zu entgehen, von denen ich regelrecht eingekreist bin, und mir auch nicht vorstellen zu müssen, was die Leute über mich denken, suche ich mir irgendeinen Punkt, auf den ich bis zu meiner Haltestelle in aller Ruhe starren kann. Das kann das Stückchen Außenwelt sein, das ich durch die Köpfe hindurch sehe, jemandes Schuhe, eine zwischen die Beine geklemmte Einkaufstasche, ein Buchumschlag, ein Warnschild, ein Druckknopf für die Tür, ein Nothammer, eine zusammengefaltete Zeitung, der Ring an einer Hand, die sich um die Halteschlaufe krümmt … Irgendwas davon wähle ich mir aus, und bis zum Schluss der Fahrt wende ich den Blick nicht mehr davon ab. Ob ich nun also sitze oder stehe, eine Busfahrt ist für mich immer eine Qual. Wenn man jedoch so dick ist wie ich, hat man es im Sammeltaxi sogar noch schwerer.

Darum baue ich immer schon vor. Damit der leicht spöttische Blick des Fahrers sich nicht in eine verletzende Bemerkung umwandelt. Was ihm nämlich auf der Zunge liegt, spreche ich ganz einfach ungeniert aus. »Ein Krug Voraussicht hat weniger Kalorien als ein Schluck Malheur«, sage ich mir. Eine goldene Regel, die wohl jeder kennt, der irgendeinen Makel mit sich herumschleppt: Sobald du merkst, dass du gleich angepflaumt wirst, kommst du dem anderen zuvor und machst dich über dich selbst lustig, und zwar so sehr, dass dem anderen die Luft wegbleibt. Gib deinem Fehler selbst einen Namen, einen möglichst unbarmherzigen, dann bleibt dem anderen der Spitzname, den er dir verpassen wollte, im Halse stecken. Drisch auf dich ein, bevor es andere tun. Einen besseren Schutzschild gibt es nicht.

Nehmen wir mal einen Blinden. Wenn der mitbekommt, dass die Leute um ihn herum in aller Betulichkeit das Wort »blind« vermeiden, fängt er am besten an, über Blinde Witze zu reißen, und zwar von der übelsten Sorte. Die anderen werden bald mitlachen und sich wundern, dass sie so etwas ausgerechnet von einem Blinden zu hören bekommen. Und schon hat der Krug Voraussicht wieder seine Wirkung getan.

Obwohl, bei mir ist der Fall natürlich anders gelagert. Dicke Menschen werden mit ganz anderen Blicken bedacht als Blinde. Wie jede andere Art von Behinderung sieht man Blindheit als ein Unglück an, das einem eben zustoßen kann, und so etwas löst bei den Menschen Mitleid aus. Wenn also ein Blinder sich über seine bemitleidenswerte Lage lustig machen kann, hat das etwas Bewundernswertes an sich. Dick zu sein dagegen wird nicht als etwas angesehen, das einem widerfährt, als Schicksal quasi, sondern man wird dafür verantwortlich gemacht. Wenn einer dick ist, gilt das als sein eigenes Werk und als Beweis dafür, wie gierig und gefräßig er ist. So ernst man einen Blinden nehmen muss, so ungeniert darf man sich über einen Dicken lustig machen. Somit löst der Dicke, der sich über sich selbst lustig macht, auch nicht die gleiche Wirkung aus wie der über sich selbst spottende Blinde. Mit Achtung ist da nicht gleich zu rechnen. Darum gehe ich auch eher mit dem nötigen Ernst zu Werke und wende zur Vermeidung von Spott die goldene Regel auf meine eigene Weise an.

So auch diesmal wieder. Als ich ankam, putzte der Fahrer gerade die Windschutzscheibe. Dabei hätte er dem taubengrauen Himmel doch ansehen müssen, dass es bald in Strömen regnen würde. Er aber nahm nicht nur den Himmel, sondern auch mich nicht wahr, bis ich direkt vor ihm stand. Bevor er etwas sagen oder auch nur denken konnte, bot ich ihm an, den doppelten Fahrpreis zu bezahlen. Er wehrte nicht ab, ja sagte gar nichts. So schlossen wir stillschweigend ein Abkommen, durch das ich späteren Unannehmlichkeiten zuvorkam. Die Sache war gegessen, und ich konnte in Ruhe einschlafen. Beim Aufwachen war mir sofort klar, was die Frau, die mit ihrem Herumgerücke ihr Unwohlsein geradezu hinausschrie, eigentlich zu bemängeln hatte. Da sie auf dem immer noch leeren Beifahrersitz nicht hatte Platz nehmen wollen, hatte sie sich notgedrungen neben mich gesetzt, und von meinem Abkommen mit dem Fahrer wusste sie natürlich nichts. Ich konnte nicht mehr an mich halten.

»Keine Sorge, ich zahle für zwei.«

Verdutzt sah sie mich an. Ohne den Blick von mir abzuwenden, zog sie instinktiv das auf ihrem Schoß hin und her wackelnde Mädchen enger an sich. »Jetzt halt doch mal still, Schatz.«

»Passen Sie auf«, sagte ich, kreisende Gesten vollführend, »ich bin eins plus. Also Nummer eins und zwei. Und Sie Nummer drei. Da hier drei Plätze sind, wird sich also kein dritter Fahrgast neben Sie setzen, denn Sie und ich, wir sind schon zu dritt. Die Kleine nicht mitgezählt!«

Im Grunde tat ich mir unrecht, denn dass ich wirklich ganze zwei Plätze eingenommen hätte, ließ sich nicht behaupten. Andererseits war nicht zu leugnen, dass ich über einen einzigen Platz weit hinausragte. In einem Bus oder einem Taxi war dieser Unterschied nicht so von Bedeutung, in einem Sammeltaxi dagegen sehr wohl. Nun bin ich ja nicht so dick, dass ich damit im Fernsehen auftreten könnte. Zumindest noch nicht. Aber ich bin eben dick. Sehr dick. Seit meiner Kindheit schon. Als ganz kleines Kind hätte ich sogar noch als schlank gelten können, wie ich mich vage erinnere. Das hielt aber nicht lang an. Jedes Jahr und eigentlich sogar jeden Tag legte ich etwas zu. Schon in der Mittelschule war ich dann so dick, dass die

Leute den Kopf schüttelten. Ich hörte aber nicht auf, beziehungsweise es hörte nicht auf. Auch wenn ich gewollt hätte, es ging einfach nicht. Und nun nahm ich zwar nicht zwei ganze Plätze ein, aber doch, vorsichtig ausgedrückt, zumindest anderthalb. Und in einem Land, in dem man anderen ihre Fehler liebend gern an den Kopf wirft, werden aus einem Zwischending zwischen anderthalb und zwei sogleich volle zwei. Daher der doppelte Fahrpreis.

Was habe ich nicht schon alles versucht, um abzunehmen. Ärztlich begleitete Diätprogramme, selbst ausgetüftelte Kuren, knapp am Hungertod vorbeischrammende Kalorienzählereien, literweise Wasser, streichholzschachtelgroßen fettlosen Käse, abgezählte Krümel getoastetes Vollkornbrot, tagelanges Hungern, Schwitzanzüge, von Albträumen ausgelöste Schweißausbrüche, jeweils acht Mal zu wiederholende Übungen, auf nüchternen Magen eingenommene Mischungen, Pillen zum Appetitzügeln, Pillen gegen Cellulitis, Pillen zum Entschlacken, fade Breimischungen, endloses Treppensteigen, nicht minder endloses Reifenschwingen, Schlammbäder, Schlankheitstees, Obstkuren, Morgenspaziergänge, paketweise Diätkekse, Saunagänge, Dampfbäder, Laufbänder, Aerobic-Kurse, Geräteturnen, Hypnose, Akupunktur, Gruppentherapie, trübe Einzelsitzungen mit trüben Psychologen, und für das alles floss das Geld nur so dahin, während die heimtückischen Pfunde nicht nur nicht weniger, sondern sogar mehr wurden, und somit auf zur nächsten Diät. Irgendwann habe ich gemerkt, das wird und wird nichts, und dann die Sache laufen lassen. Wozu einem Erscheinungsbild hinterherrennen, das ich doch nie und nimmer erreichen werde? So esse ich seit einer ganzen Weile, worauf ich Lust habe, und nehme die Konsequenzen auf mich. Obwohl, das muss ich schon zugeben, ich die Konsequenzen eigentlich den anderen aufdränge. Ich bin ja nicht eine dieser mütterlichen Molligen mit roten Bäckchen, die überall gute Laune versprühen. Solche Frauen sind meistens eher klein und wirken daher trotz ihrer Pfunde noch immer irgendwie liebenswert rundlich-kompakt. Ich dagegen bin nicht nur überdurchschnittlich schwer, sondern zudem überdurchschnittlich groß, und somit nicht etwa »mollig«, sondern »ein Brocken«. Und gute Laune habe ich auch nicht, denn durch mein Dicksein bin ich ständig gereizt.

Eine Weile war ich in einem Aerobic-Studio eingeschrieben, das allen Kundinnen, die nicht ein, zwei Kleidergrößen schlanker wurden, ihr Geld zurück versprach. Dort sollten wir nur ja nicht vergessen, wie wir aussahen, und standen daher in einem auf allen vier Seiten von Spiegeln verkleideten Wänden aufgereiht und machten schweißgebadet alles nach, was uns die ständig lächelnde und Kommandos gebende spindeldürre Aerobic-Lehrerin vorturnte. Ich war eifrig bei der Sache. Das Röcheln, das mir bei jeder Bewegung aus der Brust fuhr, überhörte ich einfach. Nicht übersehen allerdings konnte ich all die Augen, von denen ich umgeben war. Ich war eingekreist von Wimpern, die sich mir erbarmungslos ins Fleisch bohrten. Jede Mitturnerin vollführte die geforderten Bewegungen und beobachtete zugleich im Spiegel alle anderen. Jede war die heimliche Konkurrentin jeder anderen. Jedes Kilo, das eine von uns abnahm, sauste bleischwer auf uns andere herab. Am beliebtesten waren die Dicksten. Wer schnell an Gewicht verlor, wurde ebenso schnell ausgegrenzt. Die Gewalt, die von Dicken ausging, tarnte sich mit kiloschweren Daunen. Jede versuchte jede zu zerquetschen.

Ich war in unserer Gruppe der absolute Liebling. All die molligen Frauen überboten sich darin, mir Gutes zu tun. Kam ich mal ein bisschen zu spät oder ließ die Stunde ausfallen, wurde sofort hinter mir hertelefoniert. Betrat ich den Raum, glänzten aller Augen. Ich wurde geliebt, ja auf Händen getragen. Jedes einzelne Mal konnte wieder eine nicht anders, als mir zu gratulieren, wie viel ich doch abgenommen hätte. Dabei wollte kein Gramm von mir herunter. Es ging den Frauen weder um falsche Höflichkeit noch darum, mich anzulügen. Hoffnungslos dick, wie ich war, liebten sie mich aber so sehr, dass sie bei jedem Blick auf mich eine Art Filter vor den Augen hatten. Sie hätten Stein und Bein geschworen, dass ich tatsächlich abgenommen hatte. Und was sie bei anderen wahnsinnig gemacht hätte, schien sie bei mir nicht weiter zu stören.

Ist man also erst mal so dick, dass man gewissermaßen außer Konkurrenz läuft, prügeln sich abnehmwütige Frauen darum, dass man ihre einzige Freundin ist. Einige mochten mich sogar so sehr, dass ich in ihren Augen allen Ernstes nicht als dick, sondern als »drall« oder »vollschlank« galt. Dabei hasse ich all diese klebrig süßen Euphemismen, genauso wie ich es hasse, in meiner Eigenschaft als Dicke betatscht zu werden. Ist man als Kind schon dick und schafft es nicht abzunehmen, wird man praktisch nie erwachsen. Gleichgültig, wie alt man ist, grapschen die Leute an einem herum. Ist man noch klein, kneifen sie einen in den Bauch oder die Waden, als junges Mädchen dann in Wangen oder Kinn. In fortgeschrittenem Alter sind vor allem die Arme dran. Hat man so weiße Haut wie ich, bleibt von jedem Kneifen eine rote Stelle zurück, die sich dann violett färbt. Na ja, jedenfalls hatte ich von den Umschreibungen und dem ständigen Kneifen irgendwann die Nase so voll, dass ich das Aerobic-Studio verließ. Dessen Leiterin wollte von all dem Wohlwollen mir gegenüber auch profitieren und zahlte mir mein Geld nicht zurück.

Egal, wie sehr ich mich aufrege, fremd sind mir solche Gefühle nicht. Ich weiß genau, wie gut es einem dicken Menschen ganz unwillkürlich tut, wenn ein noch dickerer auftaucht; das gleitet einem über den Körper wie schwer duftendes Massageöl. Sagen wir, es kommt mir in einer Menschenmenge eine dicke Frau entgegen, dann fixiere ich sie sofort, und sie mich. Und dann können wir noch so sehr tun, als würden wir die jeweils andere nicht anschauen, die Frage lautet sofort: »Sehe ich etwa auch so dick aus wie die?« Und die Antwort darauf ist unweigerlich immer die gleiche: »Nein, die ist dicker als ich.« Nun, Eigenschaften sind ja per se auf andere angewiesen; sie sind nie für sich. Und damit ein Dicker schlanker wirkt, helfen keine Längsstreifen, keine gedeckten Farben und auch keine weiten Gewänder, sondern einzig und allein ein anderer Dicker. Ein Dicker ist des anderen Dicken Gegengift.

Endlich kam der fehlende Fahrgast, ein junger Mann, der auf dem Beifahrersitz Platz nahm. Wir waren komplett und konnten losfahren, aber ausgerechnet jetzt ließ es der Fahrer langsam angehen. Er stand noch immer draußen und wischte an einem Rückspiegel herum, obwohl es inzwischen noch mehr nach Regen aussah. Ich griff zu den gerösteten Kichererbsen. Auch der Frau und dem Kind neben mir bot ich davon an, doch sie lehnten ab. Vermutlich ärgerte sich die Frau noch immer über mich.

Am wichtigsten ist natürlich, dass man seine Fresslust beherrscht. Du sollst nicht essen, so einfach lautet das Gebot. Mit dem Essen ist es aber wie mit einem weggeworfenen Kaugummi, auf das man an einem heißen Sommertag tritt. Das tut man besser nicht, und wenn doch, dann muss man hinnehmen, dass sich die Sache zieht. Wenn ich auf Diät bin, ist es noch schlimmer, denn für jeden ohne Essen verbrachten Augenblick räche ich mich fürchterlich. An einem solchen Diättag habe ich einmal derart viel in mich hineingestopft, dass mein Bauch aufgeschwollen ist wie eine Trommel und mir in meiner Not schließlich nichts übrig blieb, als mir den Magen auspumpen zu lassen.

»Wann essen Sie denn so?«, fragte mich der Arzt.

»Wenn ich Hunger habe«, erwiderte ich und konnte dabei ein Zittern in der Stimme nicht unterdrücken. Was stellte der sich denn vor? Natürlich esse ich, wenn ich Hunger habe, wie jeder andere auch. Ich habe nur furchtbar oft Hunger. Ich bekomme Hunger, wenn ich einem Nervenzusammenbruch nahe bin, und wenn ich mich wieder beruhige; wenn ich mir einen langweiligen Film ansehe, und wenn ich aus einem schönen Film herauskomme; wenn ich mir an einem sonnigen Tag genüsslich die Knochen aufwärme, und wenn ich wieder mal die Hitze nicht aushalte; wenn ich mir über alles Mögliche Sorgen mache, und wenn ich einsehe, dass diese Sorgen völlig unberechtigt sind; wenn ich aufwache, und wenn ich nicht einschlafen kann; wenn ich mir gerade leisten kann, zu essen, was ich nur will, und wenn ich nicht weiß, wie ich den Monat herumkriegen soll; wenn ich in der Badewanne sitze und alle Unreinheiten loswerde, und wenn mir schon egal ist, dass ich nach Schweiß rieche; wenn ich aus dem Haus muss, obwohl ich gar nicht will, und wenn ich auf dem Heimweg bin; wenn ich an einem Lokal vorbeikomme, und wenn ich einen Umweg mache, um gerade nicht an dem Lokal vorbeizukommen; wenn ich den ganzen Tag mit anderen Leuten zusammen bin, und wenn ich am Abend endlich allein sein kann; wenn ich versuche, nicht viel zu essen, und wenn es eh schon egal ist, weil ich ja doch zu viel esse … Kurz gesagt, esse ich, wenn ich Hunger bekomme, und nur dann.

Und danach kotze ich alles wieder heraus.

Stellen wir uns eine Torte vor, so eine richtig pompöse, an der der Konditor ewig gearbeitet hat: seitlich Karamellüberzug, hauchdünn geraspelte Schokolade drauf, kandierte Kastanien, gelbliche Sahnehäubchen, buntes Konfekt und auf dem Ganzen Puderzucker wie frisch gefallener Schnee … Wenn davon großzügige, schön regelmäßige Stücke abgeschnitten werden, erkennt man, dass die Torte innen genauso herrlich aussieht wie von außen.

Ein Bauwerk, das aufsteigt, als wollte es den Himmel herausfordern. Eine Schicht Biskuit, eine Schicht Schlagsahne, eine Schicht Biskuit, eine Schicht Schlagsahne, und zwischen den Schichten knusprige Striche aus kandierten Kastanien und Kirschmasse. Leckerer geht es nicht. Keinen einzigen Krümel lasse ich davon übrig.

Wenn der letzte Bissen unten ist, zähle ich innerlich bis drei. Dann suche ich die Toilette auf und weiß genau, was mich erwartet. Ich stecke den Finger in den Mund und starre das Toilettenloch an. Schon bald schwappt von weit unten die Wehklage meines Magens herauf. Ich ziehe den Finger heraus und lasse dem Echo freien Lauf. Was ich gerade eben noch in schillernder Buntheit zu mir genommen habe, quillt nun als dunkler Brei aus mir heraus.

Mich ekelt dabei nicht. Selbst wenn ich würgend in einer verdreckten Konditoreitoilette kauere, verspüre ich nicht den geringsten Ekel. Jenseits der Toilettentür warten auf mich flüsternde Liebespaare, hektisch vorbeieilende Kellner, glänzende Schaufenster, herrlich duftende Böreks, liebevolle Dekorationen, aus den Lautsprechern dröhnende Musik, ausgebleichte Tischdecken voller Zigarettenlöcher und Wandkalender mit Bildern von Desserts, eins verführerischer als das andere. Und kein Mensch sieht, was ich gerade tue. Ich weiß auch, dass gleich danach, wenn ich wieder herauskomme, mich an meinen Tisch setze und wieder einen Tee, ja eventuell sogar ein zweites Stück Torte bestelle, meine Augen von dem unschönen Geheimnis nichts verraten werden. Ich kotze mich also in aller Ruhe aus. Bald füllt sich mein Mund mit bitterem Speichel, aber darauf falle ich nicht herein. Es gibt Essensreste, die diesen Speichel hochschicken, um damit den Eindruck zu erwecken, mein Magen habe sich schon vollständig geleert. So kommen sie mir aber nicht davon. Ich mache sie gnadenlos ausfindig und hole sie aus ihren Löchern heraus.

So viel Mühe ich mir aber auch gebe, kotze ich doch immer ein bisschen weniger, als ich zuvor gegessen habe. Immer bleibt etwas zurück, ganz tief in mir drinnen. Ich kann mich des Eindrucks nicht erwehren, als hielten sich gerade die kalorienreichsten Tortenteile am allerhartnäckigsten und lachten hämisch zu mir herauf. Mit Gewalt ist da nichts zu wollen, außer Speichel kommt irgendwann nichts mehr hoch. Dann ziehe ich die Spülung, Wasser strömt herbei, und die Tortenreste strudeln schreiend davon. Sobald ich alles gesäubert und mir den Mund ausgespült habe, freue ich mich schon wieder aufs Essen. Da mag es in der Kehle kratzen, im Magen rumoren und auch ein wenig Reue aufblitzen, doch im Grunde fühle ich mich gut. Vielleicht einfach nur wegen dieser Macht, wieder und wieder etwas kaputt machen zu können. Mag ja sein, dass einen mit der Zeit nicht mehr eine harmonisch aufgebaute Torte an sich reizt, sondern vielmehr der schlammbraune Trümmerhaufen danach. Über der Torte als solcher, so schön sie auch sein mag, steht der Genuss, als einziger Mensch ihrer Zerstörung beizuwohnen. Der kümmerliche Reiz, mit anzusehen, dass ein Gebilde von blendender Schönheit derart verkommt, nur weil es aus mir herausgejagt wurde.

Sobald ich gekotzt habe, bekomme ich einen Bärenhunger.

»Oho«, sagt der Kellner überfreundlich lächelnd, als er meine Bestellung aufnimmt. Dazu muss man sagen, dass ich mir wieder ein Stück Torte genehmige. Eine andere diesmal. Außen knusprige weiße Schokoladenblätter, die Oberseite mit Kiwi-, Pfirsich- und Erdbeerscheiben verziert, das Ganze lackiert mit einem zartrosa Geleeüberzug, und nachdem der Konditor den ganzen Rand mit einer auf und ab wandernden Linie aus Buttercreme versehen hat, waren die Gäule völlig mit ihm durchgegangen und er hat überall Haselnusskrokant angebracht, wo dies nur irgend möglich gewesen war. Ein Fest fürs Auge und äußerst appetitanregend. Als mir der Kellner das Stück serviert, bleibt er neben mir stehen. Ich weiß auch nicht, warum, aber manche Leute sehen Dicken gern beim Essen zu. Verzehrt man hintereinander zwei so riesige Tortenstücke, ist man wohl eine Erklärung schuldig, und so sage ich, dass ich am nächsten Tag eine Diät anfange. »Dann dürfen Sie ja heute noch tüchtig zulangen«, versetzt der Kellner grinsend. Da ich schon wieder den Mund voll habe, nicke ich nur zustimmend, lächle aber auch. Der Kellner geht, ich esse meinen Teller leer, und wieder bleibt kein Krümelchen übrig.

Danach zähle ich bis drei.

Endlich war unser Fahrer zu dem Schluss gekommen, es sei keine Scheibe mehr zu putzen und kein Spiegel mehr zu polieren, und er gesellte sich zu uns. Sobald er den Anlasser betätigte, ging überall das Kramen nach

Kleingeld los. Bei mir nicht, denn wenn ich schon doppelt bezahlte, konnte mir der Fahrer ruhig herausgeben. Während wir vom Dieselmotor schon durchgerüttelt wurden, klatschten Regentropfen an die Scheiben. Irgendwo blitzte es. Wir waren bereit. Es donnerte. Los jetzt. Vorne saß der junge Mann, hinter dem Fahrer ich und die Frau mit dem Kind, die sich mit ihrem Seufzen und Tütenrascheln nun zurückhielt. Auf den vier Sitzen hinter uns saßen zwei Hausfrauen mittleren Alters, die seit ihrer Ankunft unentwegt erörtert hatten, aus welchen Gründen es mit irgendwelchen gemeinsamen Bekannten von ihnen finanziell ständig bergab ging, daneben ein nervöser Immobilienmakler im gediegenen Anzug, der ständig irgendwo anrief und Anweisungen erteilte und uns damit über seinen Beruf nicht im Ungewissen ließ, und schließlich am Fenster ein scheu dreinblickender Mann, dessen Parfümierung darauf verwies, dass er zu einem wichtigen Termin unterwegs war.

So saßen wir da. Bis auf einmal noch jemand zu uns stieß.

Gerade als der Fahrer ausparkte, wurde die Tür aufgerissen, und ein junges Mädchen, der Schuluniform nach zu urteilen eine Gymnasiastin, schneite mit bereits nassen Lockenhaaren zu uns herein. Auf geradezu unerklärliche Weise schien der Fahrer davon gute drei Minuten lang nichts mitzubekommen. Dann, kurz bevor er in die Hauptstraße abbog, bremste er auf einmal scharf, drehte sich um und sagte, das Taxi sei voll. Da fühlte ich mich plötzlich ganz schlecht. Noch dazu wurde ausgerechnet jetzt der Regen stärker. Ich war schuld daran, dass eine Gymnasiastin bei diesem Mistwetter zurück auf die Straße musste, denn ich saß gewissermaßen auf ihrem Platz. Meine Wangen wurden feuerrot, und die gerösteten Kichererbsen sahen mich aus der Tüte heraus vorwurfsvoll an.

Es mag absurd wirken, in so einem Moment ans Essen zu denken, aber ich bekam auf der Stelle Hunger, und zwar auf eins dieser nebeneinander auf einem Spieß brutzelnden Hühnchen, von denen das Fett so herabtropft. Wenn ich Hunger kriege, weiß ich immer gleich, worauf, als würde der Hunger nicht von mir ausgehen, sondern vom Essen. Nun also war dies ein knusprig gegrilltes Hühnchen mit Fritten, ein wenig Senf und ordentlich Essiggemüse. Während mir das noch so vorschwebte, erfasste die Gymnasiastin mit schnellem Blick die Situation und quetschte sich überraschend behänd zwischen mich und die Frau mit dem Kind.

»Kein Problem! Hier passe ich wunderbar rein!«

Reinpassen? Wunderbar? Wahrscheinlich hing sie mit einer Pobacke in der Luft. Aber sie war nun mal vom Typus gute Fee. Mit dem Pulloverärmel wischte sie sich die Haare trocken und wirkte zufrieden. Dem Fahrer war es anscheinend auch recht, denn er protestierte nicht. Mich aber trieb sofort eine Frage um: Wo ich doch den doppelten Fahrpreis entrichtet hatte, musste das Mädchen da auch noch zahlen? Eine innere Stimme drängte mich zum Eingreifen. Wann hatte ich schon Gelegenheit, darauf aufmerksam zu machen, dass ich mich irgendwo zwischen anderthalb und zwei bewegte. Ich würde für eineinhalb Personen bezahlen, und das Mädchen für eine halbe. Während ich noch an einem Satz feilte, um diesen Vorschlag am besten zur Geltung zu bringen, trat auf den Fußgängerüberweg vor uns ein blinder Mann mit einer Schar Katzen hinterdrein, und der Fahrer hupte wie verrückt. Da ließ ich es.

Wir kamen im Stau nur langsam voran, und jeder glitt allmählich in seine eigene Welt ab. Die Stimmen wurden leiser, die Farben blasser. Am Nachmittag war ich in das Sammeltaxi eingestiegen, mittlerweile musste es Abend sein. Der Verkehr schleppte sich, das Radio bekam ich nur fetzenweise mit, hinter mir flüsterten die Hausfrauen, Leuchtreklamen blinkten herein, der Regen klopfte an die Scheiben, und alles plätscherte so dahin, dass ich wieder müde wurde. Ich wollte aber nicht schlafen, sondern mitbekommen, was draußen und drinnen vor sich ging. Während ich mit den Augenlidern kämpfte, schäkerte die Gymnasiastin neben mir mit dem kleinen Mädchen. Dessen Mutter sah sich das eine Weile lächelnd an, dann fing sie an zu klagen: »Was ich mit der Göre alles mitmache!« Sie wandte sich kurz mir zu, doch musste ich ein furchtbar finsteres Gesicht aufgesetzt haben, denn sie verzichtete darauf, mich in das Gespräch mit einzubeziehen.

Von einer dicken Frau wie mir wird irgendwie erwartet, dass ich mit Kindern gut umgehen kann. Das passiert mir so oft, dass ich mich daran schon gewöhnt habe. Frauen wie mir vertrauen Mütter bedenkenlos ihre Kinder an. Ich selbst bin mir dagegen gar nicht sicher, ob ich mich mit Kindern gut verstehe. Wie gesagt macht das Dicksein mich eher gereizt. Und wenn ich so recht überlege, kenne ich eigentlich keine dicke Frau, die auf Kinder so besonders aus wäre. Na ja, eine Dickere als mich selbst habe ich auch noch nicht kennengelernt. Nur ganz, ganz früher mal, da war eine, die hatte so dicke, unförmige Füße, dass sie in keine Schuhe hineinpasste und sommers wie winters in Pantoffeln herumlief. Über ihre Beine liefen Krampfadern in allen möglichen Violetttönen. Vielleicht kam sie mir nur so dick vor, weil ich selbst damals noch klein war. Kinder jedenfalls mochte die auch nicht, und nicht bloß keine Kinder, niemanden. Ich kann mich nicht erinnern, dass sie ein einziges Mal gelächelt hätte. Wer weiß, vielleicht war sie auch gereizt vom Dicksein.

Das kleine Mädchen hielt das Geld, das ihm von hinten gereicht wurde, fest in der Hand und wollte es nicht an den Fahrer weitergeben, sosehr die Mutter es auch drängte. Es war eben eines dieser verzogenen spätgeborenen Kinder, denen ein komplettes Kinderzimmer eingerichtet wird, sobald sie auch nur als vage Hoffnung bestehen, denn man sehnt und fleht und betet dieses Kind herbei, rennt Privatkliniken die Türen ein, hält sich peinlich genau an alles, was prominente Ärzte empfehlen, und wenn man nach zahllosen negativen Tests, sündteuren Behandlungen und fruchtlosen Diskussionen schon alle Hoffnung hat fahren lassen und kurz vor der Scheidung steht und es dann plötzlich doch noch etwas wird, feiert man das kleine Wesen schon, wenn es noch kaum mehr ist als ein Klumpen Blut, überhäuft es gleich nach der Geburt mit

Geschenken, lässt es keinen Moment aus den Augen, kauft ihm mehr Spielzeug, als es sich vorstellen kann, stimmt Lobgesänge an, sobald es nur lächelt, schreibt jeden seiner drolligen Sprüche auf, fotografiert es, bis Alben, Bilderrahmen und Brieftaschen der gesamten Verwandtschaft davon überquellen, und verwöhnt und verhätschelt und verzärtelt es. So ein Kind war das, und meiner Meinung nach war es ein hässliches Kind. Mit Glotzaugen. Und einer Brille so dick wie Flaschenglas, sodass die Augen ums Dreifache vergrößert wirkten. Immer wieder wandte das Mädchen sich mir zu. Wir musterten uns mit Blicken, die jederzeit ins Säuerliche umschlagen konnten. Da flötete die Gymnasiastin dazwischen.

»Ach, sagen Sie das doch nicht. Ich bin sicher, das ist ein ganz liebes Mädchen.« Mit einem innigen Lächeln setzte sie hinzu: »Wenn ich doch bloß wüsste, wie dieses hübsche Mädchen heißt? Na, sagst du mir deinen Namen?«

Auf der Stelle ließ Glotzauge von mir ab und drehte sich zu der Gymnasiastin um. Die Kleine presste die Lippen zusammen und zog ein noch bockigeres Gesicht – es war somit nicht zu erwarten, dass sie uns ihren Namen preisgeben würde. Durch diesen unerwarteten Widerstand wurde die Gymnasiastin erst recht angespornt. Sie musste es irgendwie schaffen, das Mädchen zum Reden zu bringen.

»Hm, dann frage ich lieber was anderes. Sag mal, kannst du schon zählen?«

Glotzauge nickte heftig. Tat aber immer noch nicht die Lippen auf.

»Ach, komm!«, rief die Gymnasiastin. »Wenn du es könntest, würdest du sofort loszählen. So ein großes Mädchen und kann immer noch nicht zählen, so was aber auch!«

Plötzlich herrschte im Wagen Totenstille. Sämtliche Fahrgäste konzentrierten sich auf die Bemühungen der Gymnasiastin. Die Hausfrauen in der hinteren Reihe hörten auf, über andere herzuziehen, der nervöse Immobilienmakler ließ das Handy sinken, und der Fahrer machte das Radio aus und die Fenster zu. Von draußen drangen kaum noch Geräusche herein, sogar der Regen fiel leiser.

»Doooch, kann ich!«, krähte Glotzauge.

»Pah! Kannst du nicht!«

»Kann ich doch!«

Die Kleine schlenkerte wild mit den Füßen, sodass wir vor unseren Augen ihre milchreisweißen Söckchen, ihre Teddybärschleifchen, ihre kirschmarmeladenfarbenen Schuhe und ihre von Mückenstichen und Wundschorf übersäten dürren Beine hin und her zappeln sahen.

»Doch, das kann sie bestimmt«, mischte sich der Fahrer ein, der sich im Rückspiegel nichts entgehen ließ.

»Dann soll sie's doch beweisen«, sagte die Gymnasiastin listig.

Aus alter Gewohnheit sah ich mich nach einem fixen Punkt um, den ich anstarren konnte, um diese anstrengende Fahrt hinter mich zu bringen. Sogleich fand ich etwas, was mir zuvor noch nicht aufgefallen war: Vom Innenspiegel hing ein rotlippiges Püppchen herab, nur mit einem Fransenrock und einem abgewetzten Strohhut bekleidet. Die weißblonden Haare reichten ihr bis zu den nackten Füßen herab, und während sie mit der einen Hand die vollen Brüste zu bedecken suchte, hielt sie in der anderen einen Korb mit Früchten. Wenn der Fahrer scharf bremste, blinkte im linken Auge des Püppchens ein rotes Licht auf.

Plötzlich zählte Glotzauge los.

»Eiiiins, zweiiiii, dreiiii …«

Und hörte auch schon wieder auf, während uns allen ein »vier« auf den Lippen lag. Der Fahrer, der junge Mann auf dem Beifahrersitz, ich, die Mutter des Mädchens, die Gymnasiastin und hinten die Hausfrauen und der nervöse Immobilienmakler, alle warteten wir angespannt lächelnd. Der Mann, der in der hintersten Ecke am Fenster saß und sein blumiges Parfüm verströmte, spitzte unwillkürlich die Lippen, als wollte er das »vier« schon selbst sagen, als würde dann der Rest schon kommen und er schneller zu seinem Termin gelangen. Glotzauge sah flüchtig umher, und sichtlich erfreut, wieder mal im Mittelpunkt zu stehen, lehnte es sich an seine Mutter und fing wieder an zu zählen.

»Eiiiins, zweiiii, dreiiiii, eiins zweii dreii, eins zwei drei, eins zwei drei …«

Mir pochte die Schläfe. Mit Laternen an den Hüften und Besen in der Hand kamen die winzig kleinen Zahlengeister angehoppelt, ihre Zungen waren verbrannt, ihre Augen geblendet, sie klopften an die Tür, poch poch, niemand da, sie hörten mich nicht. Ich sank in mich zusammen, blickte zum Fenster hinaus und stellte mir vor, ich sei das, was ich gerade sah. Das Mädchen aber zählte immer schneller, in immer frecher werdendem Ton. Es machte ihm Spaß, uns so zu unterjochen.

»Einszweidreieinszweidreieinszweidreieinszweidrei-einszweidrei ...«

Ich wollte aussteigen. In ein anderes Sammeltaxi. Nein, kein Sammeltaxi. Auch keinen Bus, kein normales Taxi. Das wäre mir jetzt alles zu viel gewesen. Am besten war es, stramm zu marschieren, sosehr mein Körper sich auch dagegen wehrte. Und vorher musste ich an einer Imbissbude schnell etwas in mich hineinstopfen. Am besten ein Sandwich mit Wurst, russischem Salat und Ketchup, das würde meine Nerven beruhigen. Und eine Limo dazu. Bei der ersten Gelegenheit musste ich aus dem Wagen raus. Es war noch nicht zu spät. Nur würde dann die Rechnung nicht mehr aufgehen. Von der doppelt zahlenden anderthalbfachen Präsenz würde ich zur doppelt zahlenden Null herabsinken. Und sobald ich ausstieg, würde sich Glotzauge höchstwahrscheinlich auf meinen Platz setzen. Also lieber nicht.

Ich hatte Hunger. Wir gerieten in einen Stau, der Regen wurde stärker, und der Weg war noch weit. Ich hatte Hunger. Aber Glotzauge war hässlich, und die Zahlen stark. Ich hatte Hunger. Doch durfte ich mich nicht hineinsteigern. Wie lange würde die Fahrt noch dauern? Man muss nur bis drei zählen, schon sind wir da.

»Eiiiins, zweiii, dreiiii, eiins, zweii, dreii, eins, zwei, drei, einszweidreieinszweidreieinszweidrei ...«

Eins

»AUGEN ZU!«

Nach dem abendlichen Gebetsruf wurde an dem kirschroten Zelt auf der Anhöhe der nach Westen gehende Eingang für die Frauen geöffnet.

Da trafen sie ein, in kleinen Grüppchen, zu dritt, zu fünft, zu zehnt, und betraten das kirschrote Zelt auf der Anhöhe. Und brachten ihr Zwitschern und Lärmen gleich mit. Für sie war das Frauengemach des riesigen Zelts reserviert. Sie trugen dicke Bündel mit sich, hatten quengelige Kinder dabei und traten in ihre langen Mäntel gehüllt aneinandergeschmiegt über die Schwelle. Zu Hunderten trafen sie ein, Frauen jeglicher Veranlagung, jeglicher Konfession. Welcher Volksgruppe sie angehörten, welche Sprache sie sprachen und zu welchem Gott sie beteten, war nicht von Bedeutung. Nur Frauen mussten sie sein, und zusammen eintreffen. Das nämlich hatte Keramet Mumi Keşke Memiş Efendi sich ausbedungen: Als Frau durfte man niemals allein in das Zelt kommen.

Keramet Mumi Keşke Memiş Efendi wusste, dass der nach Westen gehende Eingang des kirschroten Zelts die helle Seite des Mondes war.

Er erzählte dazu eine merkwürdige Geschichte, der zufolge die helle Seite des Mondes sich vor nichts mehr fürchtete, als nicht geliebt zu werden und beim Weinen allein zu sein. Sie kämmte ihre Haare mit einem silbernen Kamm, und wenn darin ein glänzendes Haar hängen blieb, hob sie dies sorgsam auf und legte es später heimlich einem Menschen auf die Schulter. Sie glaubte nämlich, diesem Menschen dadurch unvergesslich zu werden. Und so unrecht hatte sie damit nicht, denn wer mit einem glänzenden Haar von der hellen Seite des Mondes umherging, der begriff nicht, warum ihm, kaum wurde es Nacht, auf einmal so schwer ums Herz wurde – er wusste nicht, dass seine Sorgen im gleichen Maße anwuchsen wie seine Pupillen sich weiteten, und so starrte er hinauf zum Himmelszelt. Tief im Inneren ahnte er, dass dort sein musste, wonach er suchte. Manche dieser Menschen ließen sich von ihrer unerfüllten Himmelsliebe gar fortreißen, und sie aßen nicht mehr und tranken nicht mehr. Die helle Seite des Mondes aber wurde ihrer Spielkameraden rasch überdrüssig. Jedes Gesicht, das sie sah, löschte sie in zwei Atemzügen aus, jede Liebe, die sie fand, trank sie in einem Zug hinunter, jeder Freundschaft, die sie schloss, machte sie binnen Kurzem den Garaus. Niemand war ihr kurios genug, und keine Geschichte genügend poetisch. Und doch konnte sie auf die Menschen nicht verzichten, denn vor der Einsamkeit fürchtete sie sich zu Tode, und vor dem Alleinsein, wenn sie weinte.

Einmal beugte sie sich zu einem Brunnen hinab und besah sich im Wasser eines kupfernen Eimers. »Wie schön ich doch bin«, sagte sie staunend. »Warum kann ich dann nicht mal so glücklich sein wie jemand, der hässlich ist?« Der Brunnen murrte, das Wasser trübte sich. »Wie sehr ich doch glänze«, sagte sie versonnen. »Warum werde ich dann die Finsternis in meinem Herzen nicht los?« Da zersprang der kupferne Eimer, und aus jedem Riss sickerte Wasser heraus.

Seitdem hält die helle Seite des Mondes sich von Brunnen fern. Kommen ihr die ohne Antwort gebliebenen Fragen in den Sinn, zieht sie die silberne Puderdose heraus, von der sie sich niemals trennt, und pudert sich ausgiebig ein. Sie möchte stets einzigartig sein, unvergleichlich und unnachahmlich. Eine Frau, die mehr glänzte als sie, wäre ihr unerträglich, und sollte ihr eines Tages eine begegnen, so gäbe es nichts, was sie gegen sie nicht unternähme.

Keramet Mumi Keşke Memiş Efendi erzählte diese Geschichte nicht von ungefähr. Er wusste sehr wohl, dass Frauen vor allem einander feind waren. Kamen Frauen zusammen, musterten sie sich erst von Kopf bis Fuß, entdeckten augenblicklich jeden Kummer und jede Sorge, und erst danach fragten sie nach dem Befinden. Vertiefte sich das Gespräch, fanden sie heraus, wo irgendwo ein Riss, ein Fleck, eine dunkle Stelle oder ein Sumpf war, und das schrieben sie sich sorgfältig hinter die Ohren. Ihre Freundschaften glichen dem Schlaf eines Kaninchens. Sie schliefen mit einander zugewandtem Gesicht, und beim leisesten Geräusch spitzten sie die Ohren. Der Mörtel ihrer Vertrautheit wurde mit Wahn angerührt. Es war ein durchaus festes Gebilde, dessen Fundament sich aber von Schimären erschüttern ließ. Ohne silbernen Spiegel konnte der silberne Kamm jedoch seinen Dienst nicht vollständig tun. Es brauchte also unbedingt einen Spiegel. Keramet Mumi Keşke Memiş Efendi wusste, dass eine Frau im Abglanz einer anderen hässlich wurde. So durften die Frauen einander nie den Rücken zukehren und mussten nebeneinander, Arm in Arm, bei ihm auftauchen. Die Anhöhe sollten sie gemeinsam ersteigen und beim Betreten des Zelts in solcher Fülle erscheinen wie ein blühender Kirschbaum.

Manche der Frauen hatten sich ohnehin angewöhnt, nicht mehr voneinander zu weichen. Sie waren eng befreundet oder wollten zumindest so wirken. Lachend und scherzend stiegen sie die Anhöhe empor. So fröhlich lärmend, wie sie den Weg unten begonnen hatten, wollten sie ihn auch zu Ende gehen. Anderen wiederum war sehr wohl bewusst, dass sie sich oben zu anderen gesellen mussten, doch legten sie diese erste Etappe so lange wie möglich für sich zurück. Sie waren zugeknöpft oder wollten zumindest so wirken. Doch auf halber Höhe war für sie der Wendepunkt. Sobald sie dort anlangten, gingen sie notgedrungen auf andere zu. Dem Brunnen stieg das zu Kopfe, und sprudelnd ließ er sein Wasser überlaufen. Die Frauen benetzten mit dem eiskalten Wasser Mund, Stirn und Hals. Frauen, die bis dorthin allein gekommen waren, schlossen sich zu zweit, zu dritt zusammen und fügten sich für den Rest des Weges in diese unumgängliche Kameradschaft. Der zweite Teil des Anstiegs verging so mit gegenseitigem Kennenlernen. Von da an durften sie sich nicht mehr trennen, Fremde galten als Bekannte, Bekannte als Weggefährtinnen. Mit jedem Schritt wurden sie vergnügter und gingen mehr aus sich heraus. Am Arm ihrer Kameradinnen wurden manche sogar von ihren Ängsten geläutert. Dabei hatte Keramet Mumi Keşke Memiş Efendi strengste Anweisung gegeben, kein weibliches Wesen, und sei es die Angst höchstselbst, dürfe aus der dem Zelt zuströmenden Menge zurückgewiesen werden. So gingen nach dem abendlichen Gebetsruf die in lange Mäntel gehüllten Frauen mit dicken Bündeln auf dem Arm, quengelnden Kindern neben sich und alten Sorgen im Schlepptau aneinandergeschmiegt durch den Eingang des kirschroten Zelts.

Die meisten waren zu Fuß gekommen. Wer sich darauf versteifte, mit der Kutsche hinaufzufahren, dem konnte es blühen, dass er einem seltsamen Unfall zum Opfer fiel. Manchmal ging alles gut, und die Pferde schafften es, wenn auch schweißgebadet, die steile Strecke heil zurückzulegen. Hin und wieder aber kippte so eine Kutsche einfach um, und die Insassen kullerten hinab, als rutschten sie auf Eis. Wenn man sich von solchen Vorfällen zuraunte, trug man gern ein weniger dicker auf und bestreute das Ganze mit einer Prise Glitzerstaub. Da Frauen dazu neigen, in jedem Leichtsinn gleich ein Unheil und darin wiederum ein Zeichen zu sehen, stiegen die meisten, um die Heiligen auf der Anhöhe nicht zu erzürnen, vorsichtshalber schon unten aus ihren Kutschen aus und legten die steile Strecke zu Fuß zurück. Manch andere ließen sich sogar auf einer Sänfte hinauftragen, meist wohlgestaltete Frauen aus reichen Familien, die stolz dreinblickten, wenn sie auf den starken Schultern ihrer Diener geschaukelt wurden. Doch wie es so zuging auf der Welt: Manchmal stürzten auch sie den Hang hinunter.

Wer auf dem zweiten Teil der Wegstrecke den letzten Schritt tat, konnte sich umdrehen und hinter sich das Meer erblicken. Strahlend blau und ruhig lag es vor ihnen. Da verfielen manche Frauen, ganz wenige aber nur, auf einen verrückten Gedanken. Wie eine übervolle Mutterbrust, die nach einem saugenden Mund gierte, streckte sich das Meer empor und rief sie von Weitem winselnd zu sich. Konnte man nicht … ohne sich wegen der Vergangenheit zu grämen oder sich mit der Zukunft zu plagen … einfach nur so … mit geschlossenen Augen und offenem Mund … sich einmal gehen lassen, diesen Augenblick vollständig in sich einsaugen, sich an der Zeit satt fühlen? Doch da wartete schon wieder das ganze Knäuel der Pflichten. Das Seil, das gerade etwas lockerer gewesen war, straffte sich. Kinder wandten sich ihren Müttern zu, Schwiegermütter ihren Schwiegertöchtern, Freundinnen einander, und wer im Geiste noch über dem Meer schwebte, dem wurde in Erinnerung gerufen, dass man sich noch vor der Dämmerung im kirschroten Zelt einzufinden hatte. Mit Erfolg. Sobald einer einfiel, wer sie eigentlich war, ließ sie auch schon ab von ihren Hirngespinsten. Wie sagte doch Keramet Mumi Keşke Memiş Efendi immer so schön: Sollte das Frauenschiff irgendwann untergehen, dann nicht etwa, weil in den Frachtraum, wo die Pflichten lagerten, langsam

Wasser eindrang, sondern vielmehr wegen der Geschosse, die urplötzlich auf die Masten der Träume einhagelten.

Niemand, der nun den betörenden Duft der Feigen- und Zitronenbäume einsog und die violetten Knospen der Lagerstroemia sah, würde glauben, dass hier einst Sumpf- gebiet gewesen sein sollte. Die Spatzen zwitscherten fröh- lich, Pfaue stolzierten umher, und Nachtigallen besangen unvergleichlich elegant die Schönheit der Rosen. Frauen, denen die Umgebung des kirschroten Zelts gar erschien wie das Paradies, verglichen den steilen Anstieg dorthin mit der schmalen Brücke, über die man am Jüngsten Tag gehen musste, um ins Paradies zu gelangen. Darüber je- doch wurde nicht lange spekuliert, denn viel wichtiger als das Äußere des Zelts war sein Inneres. Und wenn über- haupt jemand Bescheid wusste, dann war es eben Keramet Mumi Keşke Memiş Efendi.

Jede Art von Frauen gab es da zu sehen: Kupplerinnen auf Ausschau nach heiratsfähigen Mädchen, schimpfende alte Weiber, vorlaute Hausiererinnen auf Kundenfang, von Kopf bis Fuß in Trauer gehüllte Witwen, früh ver- welkte Flittchen, älter wirkende Edeldirnen, junge Frauen mit so rosiger Haut, als verbrächten sie den ganzen Tag im Hamam, Hebammen, die auf einen Blick sahen, was einer fehlte und wie ihr zu helfen war, schwanenhalsige Tänzerinnen, die einem nicht mal ein Lächeln gönnten, solange man nicht die Geldbörse zückte, arme Jüdinnen aus den schäbigen Baracken von Balat, Zigeunerinnen mit Säuglingen auf dem Rücken und Geheimnissen in der Brust, kokette Tscherkessenmädchen, Afrikanerinnen mit geschminkten Lidern, abergläubisch Hoffende, die Taschentücher an die Bäume knüpften, mit perlmuttgeschmückten Sänften angebende reiche Armenierinnen, nach scharfen Gewürzen duftende Perserinnen, französische Gouvernanten, als Geschenk für den Sultan aufgezogene kundige Odalisken, Hochschwangere, von Theatertruppen umworbene italienische Schauspielerinnen, von ihren Enkeln mit sanfter Gewalt und von ihren Schwiegertöchtern mit Gekeife hergenötigte fromme Mekka-Pilgerinnen, Wichtigtuerinnen aus der besseren Gesellschaft von Pera, tüchtige Griechinnen aus Tatavla, gertenschlanke, schmachtäugige Russinnen, erfolgreiche englische Tanzlehrerinnen, Gattinnen von Wucherern, die sich bei jedem fetten Gewinn ein neues Kleid schneidern ließen, aufopferungsbereite Krankenschwestern aus den Hospitälern Beyoğlus, und viele andere mehr, jung und alt, mit Kind und Kegel.

Dass all diese Frauen, die einander kaum in ihr Gebet eingeschlossen und nicht einmal in ihre Träume gelassen hätten, nun gemeinsam diesen beschwerlichen Anstieg auf sich nahmen, um in den westlichen Teil des kirschroten Zelts zu gelangen, hatte nur einen einzigen Grund. Sie alle wollten das Scheusal sehen, die Missgeburt, die Natursünde: das Zobelmädchen!

Ausgegangen war das alles von Keramet Mumi Keşke Memiş Efendi, und wer sonst hätte darauf auch kommen sollen, so ausgefuchst, wie er war. Das Besondere an ihm war schon bei seiner Geburt angelegt.

Keramet Mumi Keşke Memiş Efendi war nämlich folgendermaßen in diese Welt gelangt:

Seine Mutter war der festen Überzeugung gewesen, sie würde mit aufgerissenen Augen sterben, sofern sie keinen Sohn zur Welt brachte. Sie legte Gelübde um Gelübde ab, vergoss das Blut von zahllosen Opfertieren, versuchte sich an Dutzenden von Hausmitteln und gebar doch nur lauter Mädchen, sechs Stück an der Zahl, und hatte ebenso viele Fehlgeburten, bis sie eines Nachts von einem kahlen Derwisch träumte, der sie hieß, sich die Zöpfe abzuschneiden, sie an den Maulbeerbaum in ihrem Garten zu binden und dort aus brennenden Kerzen konzentrische Kreise zu bilden, und als dies geschehen war, zog sie unter Bitten und Flehen ihren Gatten in den innersten Kreis, bewog ihn dazu, sich mit ihr nackt auszuziehen, und obwohl die beiden vor Scham und vor Kälte zitterten, wichen sie nicht von ihrem Vorhaben ab, kümmerten sich nicht darum, was die Nachbarn denken würden, und so wurde denn die Frau, gegen Morgengrauen, mit Memiş schwanger. Damit ihrem Baby nur ja kein Leid geschah, rührte sie im Haushalt neun Monate und zehn Tage lang keinen Finger, bis sie an einem Herbstabend, an dem der Wind beinahe das Dach vom Haus riss, aus der Gebärmutter, der sie mit rauer Stimme Schlaflieder vorgesungen hatte, ihren Memiş hervorbrachte, und das mit einer Gemütsruhe, über die die Hebamme sich nur wundern konnte. Memiş, das hatte sie sich geschworen, sollte der Junge heißen, so wie der Derwisch, von dem sie geträumt hatte.

Zwar hatte der Derwisch ihr im Traum seinen Namen

gar nicht verraten, doch war sie überzeugt, zu einem so großzügigen Menschen passe nichts besser als Memiş. Mit diesem Namen würde der Junge keiner Ameise etwas zuleide tun. So entfuhr denn auch, als er geboren wurde, seiner Mutter nicht einmal ein »Ach«. Ganz anders bei seinen Schwestern, wo sie jeweils die gesamte Schwangerschaft über immer wieder grundlos in Tränen ausgebrochen war, es sie ständig nach Speisen gelüstet hatte, deren Namen man kaum kannte, und sie von den wildesten Albträumen geplagt worden war. Noch seltsamer schien, wie schmerzlos die Entbindung abgelaufen war. Memiş war nicht wirklich geboren, sondern einfach herausgeschlüpft, ja und nicht einmal das, eigentlich war er eher herausgeflossen. War in aller Gelassenheit von einem Behältnis in das andere geflossen. Mühelos war er in die Hände der Hebamme gerutscht, als käme es ihm nur darauf an, niemanden zu behelligen. Nach einer Reihe von sechs Mädchen der erste Junge!

Die Mutter war sich so sicher, diesmal einen Jungen geboren zu haben, dass sie nach dem Geschlecht nicht einmal fragte. Als sie sich auf das Kopfkissen zurücksinken ließ, fiel ihr lediglich ein Geruch auf, ein ziemlich durchdringender, als wollte jemand mit kokelnden Baumrinden Bettwanzen ausräuchern. Seltsam, dachte sie, wir haben keine Bettwanzen, das muss ich denen sagen. Ich sage es ihnen, sobald ich wieder aufwache. Glückselig lächelnd schloss sie die Augen und öffnete sie nie wieder.

Die Hebamme konnte den Blick nicht von dem Baby wenden und merkte daher gar nicht, dass die Mutter das

Zeitliche gesegnet hatte. Der winzige Junge hatte irgendetwas Beunruhigendes an sich, aber die Hebamme bekam nicht heraus, was genau es war. Gott sei Dank war an ihm alles dran, was dran sein musste, und dass er nicht gleich weinte, ließ sich mit einem Klaps beheben. Doch irgendetwas schien mit ihm nicht zu stimmen … nur was? Eine Nachbarin kam herein und brachte eine Schale mit Blut von dem Widder, der draußen geopfert worden war, und als die Hebamme, ein paar Zaubersprüche murmelnd, mit dem Finger in das Blut tupfte und dem Baby damit die Stirn bestreichen wollte, hielt sie auf einmal inne. Endlich wusste sie, was sie so verstörte: Es war das Gesicht des Babys!

Das war nämlich so gut wie durchsichtig. An Mund, Nase, Augen und Brauen war alles dran, und doch fehlte irgendetwas, als wären Mund, Nase, Augen und Brauen nicht persönlich gekommen, sondern hätten ihre Schatten geschickt. Von der Besorgtheit der Hebamme wurden wohl auch die anderen Frauen im Raum angesteckt, denn jede begutachtete nun aufmerksam das Gesicht des Babys, das nicht weinte, sich nicht regte, in seiner starren Durchsichtigkeit einfach nur verharrte und die neue Welt, die es da kennenlernte, mit gleichgültigen Blicken begrüßte. Jede der Frauen fand an den einzelnen Teilen, aus denen das Gesicht sich zusammensetzte, nichts Außergewöhnliches, und konnte sich doch an dem außergewöhnlichen Ganzen, zu dem die Teile sich fügten, kaum sattsehen. Als wäre jeder einzelne Teil aufs Geratewohl hingeworfen worden und als wohnte doch gerade dieser Beliebigkeit eine Ordnung inne. So war denn auch nicht zu sagen, wie das Gesicht wirklich aussah, nicht einmal, ob es eigentlich schön oder hässlich war. Die Frauen waren von dem Gesicht verwirrt, und hätte die Hebamme, der die sich ausbreitende Düsternis überaus missfiel, nicht irgendwann alle rausgescheucht, wäre keine von selbst gegangen.

Als die Hebamme mit dem Baby in der Wiege und der Toten im Bett alleine war, murmelte sie ein Stoßgebet und sagte: »Dem wird schon eine göttliche Gnade innewohnen!« Und das Wort für Gnade, Keramet, wurde somit dem Namen des kleinen Memiş hinzugefügt.

Und wo schon einmal Gnade im Spiel war, dachte die Hebamme, brauchte man sich weiter nicht den Kopf zu zerbrechen. Memiş jedoch hatte eine Tante, eine patente, tatkräftige Frau, die den ganzen Tag schon so eine Ahnung gehabt hatte, dass etwas schieflaufen würde. Sie wollte aber ihr Zimmer nicht verlassen, bevor die Leute nicht aus dem Haus gegangen waren, und so saß sie stundenlang da, las im Koran und wartete auf ein Zeichen. Als es draußen ganz still war, ging sie zur Wiege, nahm das Kind auf den Schoß und musterte es aufmerksam. Auch sie war der Meinung, dass Keramet Memiş nicht eigentlich geboren war, sondern eher herausgeflossen. Nicht aber geflossen wie ein Strom, der nachts reißend sein Bett erweiterte, oder wie ein tobender Wasserfall, ein traurig zwischen Ebbe und Flut wechselndes Meer, ein hemmungslos herabdonnernder Wolkenbruch oder ein bei Schneeschmelze jäh anschwellender Bach. Nein, Memiş war im Grunde nicht herausgeflossen, sondern vielmehr herausgetropft.

Auch da aber galt es zu unterscheiden, denn Tropfen war ja nicht Tropfen. Wasser etwa konnte tropfen und Blut, und Öl tropfte, und auch die Zeit, und schließlich tropften auch Tränen. Doch tropften nicht alle gleich. Der eine Tropfen wurde zu Dampf, stieg sehnsüchtig zum Himmel empor und trocknete sich damit selbst, der zweite blieb unter Seufzen liegen, wo er auftraf, und wurde unter Seufzen weggewaschen, der dritte mochte noch so tief fallen und arbeitete sich doch wieder empor, der vierte machte sich von der Urewigkeit auf in die Ewigkeit, der fünfte indes hinterließ auf den Pfaden, über die er wandelte, Spuren seines Kummers. Das Tropfen von Keramet Memiş wiederum war anders gestaltet. Wo er auch tropfte, schien er sogleich verharren zu wollen, und mehr denn ein Tropfen von Wasser oder Blut, von Öl oder von Zeit oder ein Tropfen von Tränen war es vielmehr ein Tropfen von Wachs.

Die Tante nahm den Jungen, der immer noch nicht weinte und sich nicht regte und einzig und allein an Ort und Stelle verharrte, und sie roch lange an ihm. Und als sie Gewissheit hatte, dass der scharfe Geruch, der von dem Baby ausging, Wachsgeruch war, packte sie die Angst. Wenn nämlich Wachs sich von einer Wärmequelle entfernte, verhärtete es so, wie es zuletzt geflossen war. Und wenn Wachs nicht zu der Wärme zurückkonnte, deren Brust es entflossen war, so konnte es nicht mehr flüssig werden. Der Mutterleib indes, der Keramet Memiş zur Welt gebracht hatte, war längst im Begriff zu erkalten. Wenn seine Wärmequelle, nämlich der Körper seiner

Mutter, so kalt wie Eis wurde, würde er selbst erstarren. Und war er erst starr, konnte er unmöglich eine Form annehmen. Das aber musste das Gesicht des Babys unbedingt. Zwischen das Gesicht von Keramet Memiş und die Menschen war ein wächserner Vorhang gespannt, halb durchsichtig, halb geheimnisvoll. Da begriff die Frau, dass sie sofort etwas unternehmen musste.

Wenn also dem so war, dass das merkwürdige Baby mehr in die Welt getropft als geboren war, und dass es wie ein Wachstropfen immer mehr in der Form erstarrte, in der es gefallen war, und dass es keine Wärmequelle mehr besaß, die es wieder hätte zum Schmelzen bringen können, so würde, wenn nicht sofort eingegriffen wurde, das Gesicht des Babys in seiner durchscheinenden Reglosigkeit erstarren. Kurz gesagt, die Tante musste sich beeilen, sonst würde Keramet Memiş sein Leben lang kein Gesicht haben.

Sofort brachte die Tante im Feuer eine Haselnussschale zum Glühen. Dann begann sie dem schon erstarrenden Gesicht des Babys eine Form zu verleihen. Mit dem Ruß der Schale zeichnete sie einen Mund, eine Nase, Brauen und Wimpern, ein Kinn, Wangen und Schläfen. Als sie sich an die Augen machte, war die Tote in ihrem Bett schon fast eiskalt. Bis zum völligen Erstarren des wachstropfenen Babys waren es also nur noch Augenblicke. Danach würde es keinerlei Form mehr annehmen. So wenig Zeit blieb nur noch, dass die Tante in ihrer Bestürzung für die Augen gerade noch zwei kurze Striche zustande bekam, mehr war nicht mehr zu schaffen.

Was die Tante an jenem Tag mit ihrer Haselnussschale ins Werk setzte, brachte dem Baby nicht nur ein Gesicht ein, sondern auch einen weiteren Namen, nämlich Mumi, der Wächserne.

Danach wurde Keramet Mumi Memiş zu seinem Vater gebracht. Als der Mann erfuhr, dass ihm nach all den Jahren endlich ein Sohn geboren war, konnte er sich vor Freude kaum beherrschen. Er gelobte sogleich, für sämtliche Armen von sieben Vierteln ein Festmahl auszurichten und jeden, der seit seinem ersten Bad als Neugeborener kein Waschwasser mehr gesehen hatte, in ein Hamam zu stecken und ihn entlausen und parfümieren zu lassen. Doch kaum hatte er zu Ende gesprochen, da schnürte sich ihm auf einmal die Kehle zu. Er ahnte Fürchterliches. Verängstigt wie der kleine Spatz, an dessen Flügel eine Katze zerrte, eilte er mit pochendem Herzen in sein Schlafzimmer. Dort wagte er gar nicht die Augen zu öffnen und tastete sich bis zu dem nunmehr völlig erkalteten Körper vor. Er fuhr mit der Nase in die Haare seiner Frau, die immer nach Walnuss und Zimt und Wind gerochen hatten. Zu alledem hatte sich nun ein anderer Geruch gesellt. Es war, als röche es nach ... Wachs.

Er legte Keramet Mumi Memiş neben seine Mutter. Als er das Zimmer verließ, drehte er sich nicht mehr um, weder zu seiner Frau noch zu seinem Kind. Im Geiste hatte er beide schon nebeneinander begraben. Als er die Tür hinter sich schloss, murmelte er etwas, vielleicht als Abschied.

»Keşke ... *Ach, wenn doch bloß* ... Ach, wenn sie doch

bloß noch leben würde und wieder ein Mädchen geboren hätte.«

So kam Keramet Mumi Keşke Memiş in diese Welt. Den Rest vollbrachte die Zeit. Als er zum Mann heranwuchs, kam zu seinen Namen noch der Titel Efendi hinzu.

Keramet Mumi Keşke Memiş Efendi war ein Teufelskerl. In seinem Kopf tobte sich jeden Abend eine andere Meute von Kobolden aus. Er kletterte auf Bäume, auf die sich kein anderer hinauftraute, ging sofort an, was er sich in den Kopf gesetzt hatte, und wurde dessen augenblicklich überdrüssig. Wenn er nur wollte, konnte er auch eine Fliege melken oder das Glück in sein eigenes Rad hineintreiben und es dort liegen lassen, um sich lieber mit Heuchlern zu umgeben oder ketzerischen Vergnügungen nachzugehen. Jeder wusste, dass er sich oft in verrufenen Spelunken herumtrieb, und es hieß, dass er sich von den Stammgästen und den dort verkehrenden Huren liebend gern etwas erzählen ließ und für jede Geschichte, die er zu hören bekam, und für jede Sinnenfreude, die er genoss, mit Goldstücken nur so um sich warf.

Ab und zu ging er auf die Jagd. Mehr, als mit Pfeil und Bogen über die Ebene zu galoppieren, reizte ihn daran jedoch, ausgefeilte Fallen so aufzustellen, dass sie unmöglich zu entdecken waren. Doch abends war es ihm zu mühsam, aufzusammeln, was ihm tatsächlich in die Falle gegangen war, und so kehrte er von der Jagd mit leeren Händen zurück. Hätte er nur gewollt, wäre er längst so reich wie Krösus geworden und so mächtig wie Süleyman der Prächtige. Und eigentlich war er das auch schon, doch dann verteilte er wieder all sein Geld an die Armen und stand mittellos da. Und rappelte sich gleich wieder auf. Er hätte einem eine Krähe als Nachtigall verkaufen können und einen Esel als Pferd. Dem Teufel hätte er die Schuhe verkehrt herum angezogen und die halbe Stadt dabei zusehen lassen. Er liebte es, die Menschen zu verblüffen, und ärgerte sich zugleich, dass sie sich so leicht verblüffen ließen. Das ganz Besondere an Keramet Mumi Keşke Memiş Efendi waren aber nicht sein Geschick und seine Findigkeit, sondern seine Augen.

Schon als Kind hatte er diese Augen. Sie waren immer gleich.

Nie verrieten sie, was er fühlte. Und vielleicht fühlte er auch gar nichts.

Seine Kindheit hatte sich als gespalten erwiesen. Einerseits waren da die Schwestern gewesen. Die ließen sich jeden Tag neue Spiele einfallen, damit er sich nur ja nicht langweilte, stellten sommers wie winters überall in dem Holzhaus brennende Kerzen auf, damit er sich nicht nach dem warmen Mutterleib sehnte, sie besuchten ihn heimlich, wenn er zur Strafe in seinem Zimmer bleiben musste, und spielten bis in den Morgen hinein Schattentheater, sie schwärmten auf der Suche nach den schönsten Märchen in der ganzen Stadt aus, klopften an Tür um Tür und schreckten nicht einmal davor zurück, dafür die besten Stücke ihrer Aussteuer zu opfern: Wenn eine von ihnen mit einem nie gehörten, nie erzählten Märchen zurück

nach Hause kam, wurden die anderen vor Eifersucht
schier krank. Sogar als sie nacheinander heirateten und
eine Familie gründeten, blieb trotz der Vorwürfe ihrer
Kinder und der Schläge ihrer Männer der kleine Bruder
ihr Liebling.

Und andererseits war da der Vater. Der verhehlte nicht,
dass er abends nach Einbruch der Dunkelheit seinen Sohn
nicht zu Gesicht bekommen wollte, er schlief bis zu seinem letzten Atemzug in dem Bett, in dem seine Frau gestorben war, und rührte nie eine andere an, er sprang mitten in der Nacht auf und zermetzelte schreiend im ganzen
Haus sämtliche Kerzen, er störte sich an der Inbrunst, mit
der seine Töchter den kleinen Bruder umhegten, holte
manchmal in jähem Zorn mit der Haselnussrute gegen
ihn aus, fragte aber am nächsten Morgen sogleich wieder
nach seinem einzigen Sohn, wurde von Reue gepackt,
sobald er dessen blaue Flecken sah, bat ihn flehend um
Verzeihung und wurde doch ein paar Tage drauf gar noch
wütender, schlug noch fester zu, und fortwährend trank
und fluchte er und war zu nichts mehr zu gebrauchen.

Zwischen diesen Gegensätzen hatte Keramet Mumi
Keşke Memiş Efendi seine Kindheit durchstolpert. Auf
der einen Seite die beständige Liebe der Schwestern, auf
der anderen der aufflammende Zorn des Vaters. Doch
ob er nun auf Händen getragen oder gepeinigt wurde,
ob er mit Leckerbissen überhäuft wurde oder bei Wasser
und Brot darben musste, ob er geliebt oder geschlagen
wurde, sein Blick war immer völlig gleich. Kein einziges Mal ließen die Augen durchscheinen, was er wirklich

empfand. Die beiden Schlitze, die ihm als Augen dienten, schienen frei von jeglichem Gefühl zu sein. So war er als Kind schon gewesen, und so war er auch als Erwachsener. Schließlich wurde ihm eine Frau gefunden, die von allen sechs Schwestern für würdig erachtet worden war, doch selbst als er die Frau am Tag seiner Hochzeit zum ersten Mal sah, blieben seine Augen stumm wie eh und je.

Da gelangte er an einen Wendepunkt seines Lebens. In der Hochzeitsnacht zerbrach er seinen Spiegel. Und er besah sich, wie er sich noch nie zuvor besehen hatte.

Aus vierzig Flicken genähtes Schamanengewand,
Sah aus Spiegelscherben ihm entgegen,
Zog man am Faden, würde es zerfallen,
Und im Zerfallen doch zusammen sein.
Aufs Geratewohl war es zersplittert,
Doch das Geratewohl war wohlgeraten.

Endlos war die Zeit, grenzenlos der Ort,
Wozu also gefangen bleiben in der einzigen Form?
So griff er zur Schere
Und zerschnitt die Geschichte, die mit seinem Namen besiegelt war,
Und warf die Fetzen in die Zeit und in den Raum.

Zu einer anderen Zeit,
Sehr viel später oder doch sehr bald,
An einem anderen Ort,

Sehr, sehr fern oder gleich nebenan,
Musste er sofort verschwinden
Und nie mehr zurückkehren in diese Welt.

Als er sah, dass er trotzdem noch immer hier war, noch immer in der gleichen Form feststeckte, ging es ihm sehr schlecht, und dieser Zustand hielt eine lange Zeit an und zermürbte ihn allmählich, es zerriss ihn wie ein irres Gelächter. Doch er überlebte. Und eines Tages ging er im Morgengrauen wieder hinaus auf die Straße. Nicht so wie früher aber, irgendwie anders ging er hinaus. Und sah sich draußen um. Nicht so wie früher aber, irgendwie anders sah er sich um. Seine Pupillen waren ein Nadelkissen, zerlöchert von den bösen Blicken und den bösen Worten, die in den Lichtkreis stachen. Aus manchen Löchern quoll Wasser heraus. So nämlich weinte er.

Er war schon so lange nicht mehr draußen gewesen, dass ihm nicht nur bei jedem Schritt die Beine zitterten, sondern er sich auch für keine Richtung entscheiden konnte. Alle Richtungen schienen ihm einerlei, jede Gasse eine Sackgasse, jede Straße wie die andere. Das Leben war wohl noch so, wie er es hinterlassen hatte; weder wusste es um Keramet Mumi Keşke Memiş Efendis lange Abwesenheit noch um die Krise, die er durchstanden hatte.

Da kam eine Frau die Straße entlang, sie war jung, energisch, keck.

Keramet Mumi Keşke Memiş Efendi baute sich nach Räubermanier vor ihr auf. »Wohin des Wegs?«

»Nach Hause«, erwiderte die Frau und deutete vage

vor sich, als wohnte sie nur zwei Schritte weit entfernt. Keramet Mumi Keşke Memiş Efendi trat noch näher an sie heran. Er wollte ihre Lippen sehen, wollte küssen, was er da sah, aber kaum dachte er das auch nur, da hatte er einen süßlichen Geschmack im Mund.

»Walnüsse«, sagte die Frau erklärend. »Ich habe Walnuss-Baklava gemacht, davon habe ich noch Sirup an mir. Jetzt klebe ich selbst wie Baklava. Bald werde ich runzlig sein wie Blätterteig. Dabei will ich das gar nicht.«

»Wie möchten Sie denn sein?«, rief Keramet Mumi Keşke Memiş Efendi der Frau hinterher, als sie schon weiterging.

»Ach, wie die Bonbons in den Schaufenstern. So herrlich bunt.«

Sie sagte noch mehr, doch sie war schon so weit weg, dass man es nicht mehr verstand. Als sie schon fast um die Ecke war, knickte sie plötzlich um und rieb sich den Fuß, und Keramet Mumi Keşke Memiş Efendi konnte eine letzte Frage stellen.

»Wo gibt es solche Bonbons?«

Während die Frau gebückt ihren Fuß massierte, trieb der Wind sein schelmisches Spiel. Mal kam er von vorne und drückte ihr das lange Gewand an den Körper, dass ihre Formen sich abzeichneten, mal wehte er von rechts oder links heran und zerrte an ihrem Haar, dann machte er sich heulend von hinten an sie heran und packte sie an den Hüften. Einen Augenblick hatte die Frau sich gehen lassen; einen Augenblick war zu sehen gewesen, was sonst versteckt wurde. Ein Zwinkern nur war es gewesen, eine optische Täuschung geradezu. Als die Antwort der Frau ihn erreichte, war sie selbst schon längst verschwunden.

»In Pera! Nach Pera! Pera!«

Da begriff Keramet Mumi Keşke Memiş Efendi, dass sich mit den Frauen des Landes etwas tat. Hatten sie sich verändert, während er sich zurückgezogen hatte, oder ging das schon eine Weile so, und er hatte es nur nicht bemerkt? War das Leben wirklich noch so, wie er es hinterlassen hatte, oder hatte sich während seiner Krise vieles gewandelt? Als er an jenem Tag die Straße etwas anders betrat als sonst und sich etwas anders umsah als sonst, merkte er jedenfalls, dass die alten Sitten nicht mehr gefragt waren. Anklang fand nun, was neu und europäisch war. Mit Sirup übergossene Walnuss-Baklava kam auf einmal nicht mehr gegen die marktschreierischen Reize von in knallbunte Gelatine gehüllten Bonbons an. Baklava war opulent, Bonbons dagegen wirkten wie eine Kostprobe. Baklava war zum Vertilgen, Bonbons eher zum Anschauen. Bonbons waren ein Vergnügen für den Einzelnen, Baklava verteilte man an Nachbarn und Verwandte. Bonbons waren das Neue, Baklava hinreichend bekannt. Ein Tablett voller Baklava konnte man anschneiden, wo und wie man wollte, man stieß in Geschmack und Gestalt immer auf das Gleiche; dass Bonbons hingegen nicht alle gleich waren, sah man schon den verschiedenfarbigen Verpackungen an. Baklava blieb an einem kleben und war gewöhnliche Kost, Bonbons musste man hinterherlaufen und kostete sie nie ganz aus.

Einmal wurde der Magen angesprochen, und einmal das Auge.

Eine einzige Frau ist doch nur eine einzige Frau, hätte Keramet Mumi Keşke Memiş Efendi sich sagen können. Doch wie viele Frauen musste er kennenlernen, um genug Frauen zu kennen? Wie viele Bücher musste man lesen, um ein Gelehrter zu sein, wie viele Länder befahren, bevor man als Reisender galt, wie viele Niederlagen einstecken, bis man verdrossen war? Wann war eine Zahl hoch genug, wann noch zu niedrig? Da der Spiegel zerbrochen war, genügte Keramet Mumi Keşke Memiş Efendi die Eins. Die teilte er durch tausend, subtrahierte bei Not und Mangel, addierte bei Hülle und Fülle und multiplizierte die Eins wieder mit tausend. Von allen Zahlen fand er die Eins ohnehin am bemerkenswertesten.

Wo es dem Menschen wehtat, da schlug sein Herz. Keramet Mumi Keşke Memiş Efendi steckte sich die Finger in die Augen. Das half aber nichts. Es hörte nicht auf. Das Herz schlug ihm in den Augen. Plötzlich vernieteten sich die Teile. Er hatte herausgefunden, wie sein Anliegen mit dem der Frau zu verbinden war. Denn alles hing mit allem zusammen.

Wie bei in Wasser getunktem Marmorpapier formten sich seine Gedanken nach innen. Wo es doch seit seiner Kindheit einzig und allein an seinen Augen lag, dass er so sonderbar war, würde er sich von nun an nur noch an Augen wenden. Was er wegen der eigenen Augen verloren hatte, würde er über die Augen anderer mit Zins und Zinseszinsen hereinholen. Und um das zu bewerkstelligen, würde er den Wind nutzen. Weder vor dessen Zorn würde er flüchten noch ihm hinterherlaufen, und er würde auch nicht aufsammeln, was der Wind von selbst zu geben gewillt war. Nein, er, Keramet Mumi Keşke Memiş Efendi, würde geradewegs auf den Wind zugehen und ihm in die Augen sehen.

Wenn der Wind nämlich wehte wie verrückt, ließ er auf geöffnete Augen einen Vorhang aus Kalk und Teer und Lehm einprasseln, aus Gesträuch und Gestrüpp, Gezücht und Geschmeiß, Staub und Dreck. Und dieser Vorhang tat so weh, dass man die Augen schließen musste. Darum glaubte jeder, der Wind sei mit den Augen nicht zu sehen. Die Augen von Keramet Mumi Keşke Memiş Efendi hingegen, die schuld daran waren, dass er so seltsam und so unglücklich war, diese Augen wie zwei schmale Striche, die sich ohnehin noch nie richtig geöffnet hatten, konnten den Wind in aller Ruhe anblicken. Indem er dem Wind ins Auge sah, würde er genauestens beobachten können, wie sich die Dinge im Land entwickelten, und auch herausfinden, was zu tun sei, um sich diese Entwicklung zunutze zu machen. Hatten seine Augen ihm bisher nur Verdruss gebracht, würden sie ihm von nun an Früchte eintragen.

Zum ersten Mal seit seiner Hochzeitsnacht, als er in voller Absicht den Spiegel zerschlagen hatte, fand er wieder einen Grund zu leben. Wo es dem Menschen wehtat, da schlug sein Herz. Bis jetzt hatte Keramet Mumi Keşke Memiş Efendis Herz in seinen Augen geschlagen. Nach Jahren der Einsamkeit, die seine Augen ihm beschert hatten, würde er nun Tausende von Menschen um sich scharen. Wegen seiner Augen war ihm das Leben bitter geworden, nun würden seine Augen es ihm versüßen. Indem seine Augen sahen, was sonst niemand sah, würde er aus dem Elixier der Finsternis, durch das die Menschheit mit ansteckender Blindheit geschlagen war, einen Trunk herausdestillieren und damit auf den eigenen Erfolg anstoßen. Zu diesem Zweck würde er zunächst die Entwicklung des Landes beobachten und dann alle, die blind daran glaubten, aufsammeln wie Pilze im Wald.

Keramet Mumi Keşke Memiş Efendi hatte seine Entscheidung getroffen. Nachdem nun mal im Reiche der Osmanen den Frauen der äußere Anschein so wichtig war, würde er Tausenden von Frauen eine Welt zum Bestaunen darbieten. Und da die Antwort auf seine Frage »Pera« gewesen war, würde er, was zu tun war, nirgends anders tun als dort.

~

In der Welt der Theater herrschte bereits reger Wettbewerb, und dort bei null anzufangen und sich emporzuarbeiten hätte viel Zeit und Mühe erfordert. Keramet Mumi Keşke Memiş Efendi wollte indes die Früchte seines Tuns sofort ernten. Mit teuren Gewändern war viel Geld zu verdienen, doch war das nicht das, was er unter einer Welt zum Bestaunen verstand. Er kam auf die Idee, einen tausendfältigen Zirkus zu gründen, ein Fest fürs Auge, eine Qual fürs Portemonnaie, doch gab er das schnell wieder auf. Nachdem er lange nachgedacht und sich hatte beraten lassen, traf er schließlich eine Entscheidung. Er würde ein riesiges Zelt aufstellen. Ein Zelt, das man nicht nur tage- oder jahrelang, sondern jahrhundertelang nicht vergessen würde. Wie eine Schlange, die sich in den Schwanz biss, sollte es an seinem Anfang enden und an seinem Ende wieder anfangen und so weit reichen wie das Auge und zum Auge wieder zurückkommen.

Und die Farbe des Zelts sollte Kirschrot sein.

In dem kirschroten Zelt wollte er Tausenden von Frauen eine Welt zum Bestaunen bieten. Eine solche zu gestalten fiel ihm nicht schwer: Verdankte er seine Existenz nicht einer Frau, die sich damit um die eigene Existenz gebracht hatte? War er nicht von sechs Schwestern aufgezogen worden und damit an der Grenze zwischen den Geschlechtern gewandelt? Hatte er nicht beobachtet, wie jede der Schwestern ihren Mann zu führen wusste, und dass es keineswegs Zufall war, wie ihre Methoden sich dabei glichen? War ihm nicht aufgegangen, dass es Gesetze gab, die jede Frau kannte, ohne sie je auszusprechen, und dass er im Grunde gemäß jenen Regeln erzogen worden war? War ihm der Morgen seiner Hochzeitsnacht nicht immer noch unauslöschlich im Gedächtnis? Und überhaupt: War Keramet Mumi Keşke Memiş Efendi nicht von Geburt an mit überragender Intelligenz gesegnet? So nämlich wusste er, dass es Frauen insgeheim gefiel, Frauen zu sehen, die hässlicher waren als sie selbst. Und so würde er ihnen eben zeigen, was sie sehen wollten. In dem kirschroten Zelt würde nicht Hässliches oder das Hässlichste ausgestellt, sondern die Hässlichkeit in Person.

~

Dass all diese Frauen, die einander kaum in ihr Gebet eingeschlossen und nicht einmal in ihre Träume gelassen hätten, nun gemeinsam diesen beschwerlichen Anstieg auf sich nahmen, um in den westlichen Teil des kirschroten Zelts zu gelangen, hatte somit einen einzigen Grund: das Zobelmädchen! Die Frauen wollten das Scheusal sehen, die Missgeburt, die Natursünde.

~

Während das Osmanische Reich im Begriff war zu verwestlichen, wie ein Junge, der aus dem Nachbarsgarten einen Apfel stiehlt und vor lauter Angst keinen Blick mehr zurück wagt, muss man nun, um zu begreifen, was das Zobelmädchen in einem kirschroten Zelt auf einer Anhöhe in Pera zu suchen hatte, etwas weiter ausholen. Muss zurück in die Vergangenheit, die alle Mysterien mumifiziert. Zurück in Zeit und Raum. Aber nicht allzu weit zurück: lediglich an die zwei Jahrhunderte. Und auch nicht allzu weit weg: lediglich nach Sibirien. Denn vor zweihundert Jahren begann in Sibirien die Geschichte des Scheusals, der Missgeburt, der Natursünde: die Geschichte des Zobelmädchens.

(Doch eigentlich lässt sich dieses Kapitel auch überspringen. Es müsste nicht geschrieben und auch nicht gelesen werden. Ohne langes Verweilen ließe sich zum nächsten übergehen, zur nächsten Zahl nämlich. All jenes hätte ja auch nicht geschehen können. Wie hässlich auch sein mochte, was da zu sehen war, hätte es auch das Anrecht gehabt, nicht gesehen zu werden, fern aller Augen zu bleiben. Und wäre dann auch gar nicht so hässlich gewesen.)

(Doch wenn wir unbedingt sehen wollen, was wir auch nicht hätten sehen können, müssen wir uns nun in das Sibirien des Jahres 1648 begeben.)

SIBIRIEN, 1648

Der Himmel war hoch, und der Zar weit. Es trieben sich Hexen herum, die das Gift, das sich unter ihren verknoteten Zungen verbarg, auf den Hopfen verspritzten. Die Menschen starben wie die Fliegen, und von weither bekam man den stechenden Geruch des Todes in die Nase. Der Schnee segnete die Leichen, die in gierig ihre Mäuler aufreißenden Gruben zerfielen. Den Verkauf von Hopfen hatte Zar Alexei längst verboten, doch irgendwie mussten die Hexen Mittel und Wege gefunden haben, das unter ihren verknoteten Zungen schimmelnde Gift weiter zu verspritzen. Irgendwie war es ihnen gelungen, denn die Flut hielt nicht an, das Sterben hörte nicht auf. In Russland ging die Pest um.

Nicht nur für seine Pest wurde das Jahr 1648 bekannt, sondern auch für seine große Sünde. Zar Alexei ordnete an, in der Woiwodschaft Belgorod umgehend sämtliche Hexen aufzugreifen, und in kürzester Zeit waren Dutzende als Hexen bekannte Frauen gefasst. Auf Plätzen wurden große Feuer geschürt, deren Rauch man noch tagelang sah, während ihr Ruß sich hartnäckig festsetzte.

In diesen Flammen verloderten die Hexen zusammen mit ihrem Gift. Ihr verrotteter Atem entlud sich in die Luft, die dadurch so bleiern schwer und trübe wurde, als wollte sie sich übergeben. Nun wurde alles nur noch mühsamer, denn anstatt mit Hexen, die zwar zu Hunderten in Erscheinung traten, aber doch leicht identifiziert und sogleich verbrannt werden konnten, hatte man es nun mit der Luft zu tun, die mutterseelenalleine auftrat, aber nicht zu fassen und erst recht nicht zu entzünden war. Wer noch am Leben war, verschwor sich einem von zwei Toden: Wer sich nicht mit der Pest ansteckte, galt als Hexe, und wer nicht als Hexe verbrannt wurde, den erwischte die Pest.

Die Luft versprühte das Gift, ließ sich dabei aber nicht beobachten. Sie ist ja ein unsichtbarer Ort, der sich einerseits endlos erstreckt und doch in einem Atemzug verbraucht wird. Sie ist sehr fern, und doch hat sie jeder vor der Nase. »Nur ja nicht atmen!«, mahnten die Schergen des Zaren. Und die Menschen auf dem Lande gehorchten. Solange sie draußen waren, achteten sie peinlich darauf, keinen Atemzug zu tun. Den ganzen Tag über arbeiteten sie ohne Unterlass, suchten nach Kräutern, die sich kochen ließen, stachen an den Leichen die Eiterbeulen auf, fegten die Asche der verbrannten Hexen weg, dann vertrauten sie den Tag der Nacht an und zogen sich in ihre Häuser zurück. Dort aber, wie Schiffbrüchige, die in ihrer panischen Angst, nie wieder aus den Meerestiefen emporzukommen, sich mit brennenden Lungen an die Oberfläche sehnen, rissen sie die Münder auf und sogen gierig die Luft ein, und atmeten die ganze Nacht lang, ausgiebig, abgehackt, heimlich. Und die Seuche verbreitete sich rasch.

Der Oberprediger des jungen Zaren gehörte zu den »Verteidigern des Glaubens«. »Majestät, gestattet nun, dass sie kommen.« Das erwog auch der Zar schon seit geraumer Zeit. »Ja«, erwiderte er nachdenklich nickend, »ich gestatte es. Sie sollen kommen.«

Und sie kamen. Um die Verräter in ihren Reihen ausfindig zu machen und so dem Zwist in der russischen Kirche ein Ende zu bereiten um das große Russland von seinem Schmutz zu befreien und wieder Ordnung in den Gottesdienst zu bringen, und um bei den tumben Bauern die Furcht vor dem Jenseits anzufachen und ihnen jegliche Götzendienerei auszutreiben. Und je mehr von ihnen kamen, umso mehr wurden zu Feinden abgestempelt, und je mehr zu Feinden abgestempelt wurden, umso mehr Opfer gab es. Und die Menschen starben wie die Fliegen. Denn ebenso wie für seine Pest wurde das Jahr 1648 für seine große Sünde bekannt.

In jenem Jahr brach der Salzaufstand aus, in den ersten Junitagen. Zum Zaren konnte die wütende Menge nicht vordringen, so ließ sie ihre Wut an den Bojaren aus, steckte ihre Häuser an, plünderte ihr Hab und Gut, vergewaltigte ihre Frauen. Am dritten Juni brach ein Brand aus. Die Flammen griffen rasch um sich, und der Kreml war vom Unmut der Menge umzingelt. Einer der Aufständischen zog sich splitternackt aus, stieg auf die Schulter eines Kameraden und schrie: »Ich habe solchen Hunger! Mit dem, was ich auf einmal essen könnte, ließe sich von hier bis Sibirien eine Straße bauen!«

~

Sibirien kümmerte nicht, was da vorfiel. Es war ohnehin von Geburt an taub und hörte nur, was direkt an sein Trommelfell drang. Sibirien wusste nicht einmal, dass der Himmel hoch und der Zar weit war. Es brutzelte in seinem eigenen Fett, spielte seine eigenen Spiele, und das mit gezinkten Würfeln aus Mammutzahn. Dort schlug die Geschichte des Zobelmädchens Wurzeln, im Sibirien der ersten Hälfte des 17. Jahrhunderts.

Wenn auch Sibirien nicht kümmerte, was woanders vorfiel, so gab es seit Langem viele, die sich um Sibirien kümmerten. Beketow, der mit dreißig Kosaken die Stadt Jakutsk gegründet hatte, hatte an den Zaren geschrieben: »Ihr ergebenster Diener ist den Fluss Lena entlang bis in die Gegend von Jakut gekommen, dort habe ich eine kleine Festung errichtet und die notwendigen Verteidigungsmaßnahmen ergriffen ... Ich habe viel Blut für Sie vergossen, habe meine Seele beschmutzt und Pferdefleisch und Wurzeln und Fichtenrinde und allen möglichen Dreck gegessen, Eure Majestät.«

So stand es in seinem Bericht. So hatten er und die anderen ihre beträchtlichen Vermögen angehäuft. Vom täglich anwachsenden Pelzberg herab hatten sie Armut und Natur die Stirn geboten. An etwas anderes als Pelze dachten sie gar nicht. Pelze waren so weich ... Es waren weiche und warme, flaumige und blutige Goldbeutelchen. Jenen Eroberern Sibiriens war jede Art von Pelz recht. Sie jagten Eichhörnchen, Füchsen und Hermelinen nach, doch am liebsten war ihnen der Zobel. Dieses kleine, behände Tier trug den Jägern wahre Vermögen ein. Tag für Tag trafen beim Zoll von Jakutsk ganze Schlitten voller toter Zobel ein. Jeden Tag wurden für Hunderte von Zobelfellen Tausende von Goldstücken bezahlt. Wer schon zu Anfang der Saison gekommen war, hatte längst seine Schäfchen im Trockenen, doch kaum jemand gab sich damit zufrieden und kehrte zurück. Die Jäger konnten nicht genug kriegen, wollten mehr Pelze, mehr Geld, mehr Macht ... Es gab von allem noch mehr in Sibirien, und daher wollten sie das auch.

In aus groben Stämmen gezimmerten, zwar geräumigen, doch sehr niedrigen Baracken mit Fenstern aus dünner Fischhaut warteten die Jäger monatelang die Schneeschmelze ab. Die Betten neben dem Lehmofen gehörten den Stärksten, die zugleich die Grausamsten waren. Die übrigen ließen ihre Betten von Huren anwärmen. Wenn sie dennoch weiter froren, stahlen sie den am Ofen Liegenden ihre Träume und deckten sich damit zu. Wem sein Traum gestohlen wurde, der wachte zitternd auf, horchte in der Stille der Nacht auf das Schnarchen und Delirieren und Wimmern und Knarzen um ihn herum und wartete, bis seine Augen sich ans Dunkel gewöhnt hatten. Sosehr er aber auch spähte, konnte er den Schuldigen nicht ausmachen. Und als Dieb galt hier ohnehin jeder mehr oder weniger.

Da der Hass sich verbreitete wie eine heimtückische Seuche und die Rache gleich einem Raubtier auf der Lauer lag, kochten beim abendlichen Glücksspiel am Lehmofen immer wieder die Gemüter hoch. Mal legte sich der Streit und das Spiel wurde fortgesetzt, denn für einen Jäger galt ein gebrochener Arm oder ein gebrochenes Bein schlimmer als der Tod, doch manchmal endete selbst eine harmlose Auseinandersetzung mit einem Verbrechen. Da dies aber einer Verletzung vorgezogen wurde, machten die Kameraden des Getöteten kein weiteres Aufheben davon. Und als Mörder galt hier ohnehin jeder mehr oder weniger.

In der Baracke herrschte ein durchdringender Geruch, der sich bei jedem festsetzte, der auch nur eine Nacht darin verbrachte. Wer dort schlief, fixierte von der ersten Nacht an den gleichen unsichtbaren Punkt. In unerreichbar weiter Ferne schmolz Tropfen für Tropfen der Schnee. Waren die Wege wieder frei, hatten die Pelzjäger längst ihre Vorbereitungen getroffen. Ungeduldig machten sie sich nach den langen Monaten des Wartens auf den Weg. Von den entlang der Grenze wohnenden Einheimischen forderten sie für den Zaren einen Tribut und für sich selbst Geschenke. Dass die Einheimischen einem Zaren, dessen Namen sie noch nie gehört hatten, keinen Tribut leisten wollten, und auch keine Geschenke für die Jäger übrig hatten, deren Visagen ihnen nicht gefielen und deren Namen sie auch nicht erfuhren, mussten sie teuer bezahlen. Wie weit man im Inneren Sibiriens gehen durfte, bestimmten nämlich die Pelzjäger.

Ursprünglich waren sie samt und sonders gekommen, um so schnell wie möglich reich zu werden und in ihre Heimat zurückzukehren. Sobald sich aber vor ihnen ganze Gebiete in schutzloser Nacktheit erstreckten, die nur danach fragten, erobert zu werden, trieb es die Männer nicht mehr so sehr in ihre russischen Städte zurück, die sich in wallende Röcke hüllten und sich teuer verkauften. Jedes Mal, wenn die Jäger am Zoll ihre Schlitten abluden und ihre Börsen füllten, zogen sie doch wieder los in jene weiße endlose Öde. Je weniger noch zu entdecken war, umso höher stieg der Wert des noch Unentdeckten. Aller Augen waren nunmehr auf den Nordosten Sibiriens gerichtet. Dies sei ein Paradies, hieß es, ein Pelzparadies für die gierigen Söhne armer Mütter, die das Zeitliche segneten, ohne sich je in einen Pelz gehüllt zu haben. Solch Traumbild vor Augen, kamen gegen Ende der 1630er-Jahre einige Kosaken zu dem Schluss, Nordostsibirien müsse auch auf dem Seeweg zu erreichen sein, und segelten in die dunklen Gewässern hinein.

Ihre Gefährte bestanden aus Baumstämmen, zusammengehalten nicht von Nägeln oder Teer, sondern von Lederriemen, die rissen, sobald sie mit den scharfen Eisbergen in Berührung kamen. Die Segel waren aus Hirschhaut; wehte der Wind nicht von hinten, war damit nicht von der Stelle zu kommen. Die Matrosen waren von Hunger, Dreck und Skorbut geplagt. Wer ums Leben kam, wurde zusammen mit seinen Träumen begraben; wer überlebte, träumte umso mehr.

Schiffsleute erzählten sich alle möglichen Geschichten

über Sibirien. Seltsame Pflanzen gebe es dort, die von Weitem wie Schwerter aus Eis aussähen, bei näherem Heranfahren immer mehr leuchteten, doch ganz aus der Nähe so gut wie unsichtbar waren. Und andere Pflanzen nährten sich vom Zirpen der Insekten, und vernahmen sie kein Zirpen, fraßen sie sich selbst auf. Dann gab es noch perlmuttartige Meerjungfrauen, die jeden Matrosen mit der Stimme seiner Mutter riefen, herrliche Lichtspiele, mit denen zerfallende Eisstücke sich voneinander verabschiedeten, Augenfische, die die Welt von unter den Eisbergen her betrachteten, grauenhafte Reptilien, die nachts an Bord kletterten und den Schiffsleuten die Nase brachen, primitive Einheimische, bei denen man die Frauen nicht von den Männern unterscheiden konnte und die so kurze Hälse hatten, dass man meinte, ihnen würde gleich der Kopf herunterpurzeln …

~

Auf einem der nach Nordostsibirien aufbrechenden Schiffe war ein Mann namens Timofei Ankidinow, ein Zobeljäger, wie es sie zu Hunderten gab. Er hörte nicht auf das, was die Seeleute erzählten. Ihn interessierte nur *eine* Legende, nämlich die von Pogitscha.

Der legendäre Fluss Pogitscha war so schön, dass man ganz einfach an ihn glauben musste. Wie das verschwommene Antlitz der verlorenen Geliebten lächelte er zart aus dem Nebel heraus. Er war für immer fern, für ewig fern, und je näher man ihm kam, umso ferner wurde er. Wer nach Nordostsibirien vorstieß und dabei schon so viele tote Zobel auf dem Schlitten hatte, dass immer wieder welche herunterfielen, der schwor sich, nicht eher umzukehren, als bis er nicht das Rauschen des Pogitscha gehört habe. Und falls er so weit käme, würde er vielleicht überhaupt nicht mehr wegwollen. An den Ufern des Pogitscha musste es von Zobeln nur so wimmeln, voll kohlenschwarzem Zauber in den kohlenschwarzen Augen. Pfade gab es dort, aus Robbenzähnen, und jeder davon führte zu einer Grube voller Rubine. Das Wasser des Pogitscha war warm und stellenweise sogar brodelnd heiß. Es hatte heilende Wirkung, und wer auch nur einmal darin eintauchte, war von allen Wunden befreit. Nachdem das Wasser so lau und kokett dahingeflossen war, mündet es in einen stillen See. Der See leuchtete von Weitem, und auf seinem Grund lagen riesige Perlen. Auf seiner Oberfläche ruhte unentwegt der Schatten eines Berges, der tagsüber fern, in der Nacht hingegen nah wirkte. Ab und an purzelten davon silberne Felsen herab, und wenn sie dabei aneinanderstießen, rieselte ein Regen auf den See, dessen Tropfen leuchtende Flecken hinterließen. Mit vom Rest der Welt isolierten Buchstaben schrieb der Regen im Pogitscha willkürliche Gedichte.

Timofei Ankidinow glaubte bedingungslos alles, was über den Pogitscha erzählt wurde. Nicht nur glaubte er, dass es den Fluss überhaupt gab, sondern auch, dass der Fluss nur für ihn da war, ja gerade auf ihn wartete. Timofei Ankidinow war ein Zobeljäger, wie es sie zu Hunderten gab. Sein Leben war derart bedeutungslos, sein Gesicht derart beliebig, und seit seiner Geburt hatte er sich derart abmühen müssen, um andere für sich zu gewinnen, dass ihm nun erschien, niemand aus dem ganzen Menschengeschlecht habe es so sehr verdient wie er, den Pogitscha zu Gesicht zu bekommen. Er hatte sich die Legende so sehr zu eigen gemacht, dass er den Pogitscha seine »Perlenfrau« nannte, und wenn ihm jemand unterkam, der ebenso oft jenen Namen erwähnte und von dem Fluss träumte, wurde er fuchsteufelswild. Die Legende war vor allem ihm versprochen, und eigentlich nur ihm allein.

Als das Schiff, mit dem sie wochenlang unterwegs gewesen waren, schließlich in den dunklen Gewässern versank, wusste er denn auch, dass er nicht umkommen würde. So sicher war er sich, dass er nicht sterben würde, bevor er nicht an den Pogitscha gelangt war, dass er sich nicht mal richtig Mühe gab, ans Festland zu schwimmen, sondern darauf wartete, von einer Zauberhand ergriffen und aus dem eisigen Wasser gezogen zu werden. Als er schließlich an Land gespült wurde, traf er dort einen Matrosen seines Schiffes an. Nachdem die beiden Männer einem so furchtbaren Unglück in geradezu sündhafter Weise entronnen waren, umarmten sie einander mit vor Freude und Scham rotfleckigen Wangen und blickten dann verwundert zurück auf das Wasser, das soeben noch das Wrack strudelnd hinabgezogen hatte und nun Teile davon schäumend wieder ausspuckte.

Aus einer Wunde am Kopf des Matrosen troff Blut, verkrustete in seinen Haaren, lief ihm in die Augen. Dabei sah er nicht so aus, als hätte er Schmerzen. Lächelnd sah er aufs Meer hinaus. Es war eine Welle hinter ihm her, von verführerischem Herzen, blassem Gesicht, lispelnder Zunge. Unter der Welle gingen Tausende Untiefen Hunderter Löcher ineinander über und vermehrten sich leidenschaftlich, darum war das Herz der Welle so verführerisch. In der Welle warfen Hunderte von Zobeln Tausende von Schatten und verdunkelten das Licht, darum war das Gesicht der Welle so blass. Und auf der Welle ertrank schreiend das tausendfache Echo Hunderter Stimmen, darum war die Zunge der Welle so lispelnd. Von den Fingerspitzen des Matrosen arbeitete sich die Welle langsam nach oben und kitzelte jede Stelle, die sie berührte.

Da merkte Timofei Ankidinow, dass sein Kamerad im Begriff war zu erfrieren. So nämlich war das Erfrieren. Ein schleichender Tod. Weder Schlusspunkt hinter das Laufende noch Vorbereitung auf Kommendes; weder Ende des Lebens noch Beginn von etwas Neuem. Lediglich ein Fließen, von hier in weite Ferne. Ja, so war das Erfrieren, ein Fließen, das nicht aufhörte, nicht aufhören sollte. Schwellenlos, stufenlos, mühelos. Und weil das Erfrieren so fließend vor sich ging, war es auch der einzige Tod, der dem Menschen das Blut entzog, ohne ihm dabei wehzutun. Aus eiskalt gewordenen Handflächen verkündete er noch tröstlich wärmend, das Leben ginge noch nicht zu Ende. Und noch dazu glaubte er selbst an das, was er dem Menschen einzureden versuchte. Das Erfrieren war der einzige Tod, der sich selbst verleugnete, ja sich sogar dagegen auflehnte. Er flüsterte seinem Opfer ins Ohr und tischte ihm eine Lügengeschichte auf. Die brach er dann mittendrin ab und machte sich davon. Das Opfer klammerte sich aufgeregt an die eiskalten Handflächen, von denen noch immer der wärmende Trost ausging. Es wollte nicht, dass der Tod blieb. Das Erfrieren war die einzige Todesart, die ihr Opfer um seine Einwilligung ersuchte. Ihm beim Töten ein Lächeln auf die Lippen zauberte.

Der Matrose lächelte beseelt.

Timofei Ankidinow sah ihn sorgenvoll an.

Währenddessen musste etwas weiter am Strand ein noch unbehaarter Junge unter einem umgedrehten Weidenkorb die schwerste Prüfung seines Lebens bestehen.

Der noch unbehaarte Junge gehörte einem dort ansässigen Stamm an und verharrte seit ganzen drei Tagen unter dem Korb. Drei Tage in völliger Dunkelheit. Dennoch war es nicht so, dass er sich nach Licht gesehnt hätte. So wie jemand einen bestimmten Geschmack auf seinem Gaumen auskosten und daher nichts anderes in seinen Mund schieben möchte, wollte der Junge eigentlich nichts Neues sehen, um nur ja den letzten Anblick, der ihm zuteilgeworden war, nicht aus dem Gedächtnis zu verlieren.

Es war der Anblick seiner leblosen Schwester gewesen. Ausgestreckt hatte sie auf dem eisigen Boden gelegen, und der Wind hatte mit ihren langen schwarzen Haaren gespielt. Der ganze Stamm trauerte, denn er hatte seine Schamanin verloren. Die Stammesältesten glaubten, an die Stelle der entschlafenen Schamanin könne ihr jüngerer Bruder treten. Der blickte mit seinen schwarzen Augen drein, als sei er mit dem Tod so vertraut wie ein Zobel. So tief, wie man in seine Pupillen hineinsah, konnte er gut und gern der neue Schamane sein. Aber noch war nicht gewiss, ob er wirklich der Richtige war. Daher musste er geprüft werden.

Als der Junge davon erfuhr, stellte er keine Fragen, sondern zog sich still zurück und verbrachte den ganzen Tag alleine. Bevor er am Abend mit den anderen das Dorf verließ, schnitt er seiner Schwester ein Büschel Haare ab und aß ein Stück von ihrem Fleisch. Das war das Letzte, was der Magen gesehen hatte, der nun wie ein leerer Beutel immer mehr zusammensackte und sich dabei verkrampfte und ins Leere hineinnagte.

Den ganzen Weg über waren Trommeln geschlagen worden. Als sie am Strand ankamen, wurde ein riesiges Feuer entfacht, und auf der einen Seite stellten sich die Männer auf und auf der anderen die Frauen. Als die Mutter des Jungen in Ohnmacht fiel und sich ihr Körper spannte wie ein Bogen, warf ihr Sohn Blicke darauf wie Pfeile. Bei Sonnenaufgang wurde der Korb herbeigetragen. Der Junge sah ihn besorgt an. Wenn er drei Tage und drei Nächte später unter dem Korb wieder hervorkäme, würde er entweder ein Nichts sein oder der neue Schamane.

Betrübt streichelte er die Halskette aus Mammutzähnen, die seine Mutter ihm geschenkt hatte. Nun waren sie tatsächlich alle weg und der Junge ganz allein unter dem umgedrehten Korb. Keinen Bissen würde er mehr bekommen und kein einziges Wort mehr sprechen, bis jener kommen würde, auf den er wartete, der Besucher, in dem seine Seele sich spiegeln sollte. Das mochte ein

Mensch sein, ein Tier oder auch ein Kraut. Der Besucher würde ihn entweder mit übermenschlichen Fähigkeiten ausstatten und ihn, wie einst seine Schwester, zum Schamanen machen, oder aber ganz im Gegenteil ihn bestrafen, weil er sich dergleichen überhaupt angemaßt hatte. Der Junge fasste alles ins Auge und wartete ab. Ob der Besucher nun als Mensch dahergegangen, als Vogel dahergeflogen oder als Fisch dahergeschwommen kam oder gar als Kraut durch das Eis hindurchstieß, auf jeden Fall würde er den Korb erblicken und zu ihm kommen. Und würde bestimmen, ob er der neue Schamane seines Stamms war oder nicht.

Während der unbehaarte Junge in seinem umgedrehten Korb des Besuchers harrte, konnte er sich nicht einer seltsamen Bedrückung erwehren, die an seinem Herzen nagte. Er mochte sich noch nicht eingestehen, dass er aus irgendeinem Grund fürchterliche Angst davor hatte, gesehen zu werden.

~

Der Matrose lächelte selig.

Timofei Ankidinow sah ihn sorgenvoll an. Zum einen plagte ihn die Eifersucht, denn es mochte doch sein, dass der Matrose nur deshalb so lächelte, weil auch er vom Pogitscha träumte, doch zum anderen wollte er den Mann vor dem Erfrieren bewahren.

~

Der Besucher war noch immer nicht gekommen. Der unbehaarte Junge dachte inzwischen nicht mehr an seine Schwester und auch nicht an den Namen, den er als Schamane annehmen würde. Vor lauter Hunger, Müdigkeit und Angst war er in einem erbärmlichen Zustand. Jeden Augenblick konnte er aufgeben, doch sogar dazu hatte er keine Kraft mehr.

Da durchfuhr es plötzlich seinen ganzen Körper. In den Korb hatte sich etwas eingeschlichen. Als hätte nicht er selbst schon drei Nächte in jenem Dunkel verbracht, sondern der Besucher durch seine Ankunft erst alles verfinstert, musste der Junge seine Augen an die Dunkelheit gewöhnen. Allmählich wurde die Gestalt deutlich. Es handelte sich um einen großen Zobel, aber einen sehr großen, mindestens fünf Mal so groß wie die anderen. Ein Zobel also war sein Besucher, war der Spiegel seines Antlitzes, sein Widerschein in dieser Welt. Nicht nur seine Augen, auch seine Seele schien also mit diesem flinken Tier verwandt.

Der Zobel und der Junge blickten sich an.

Und sie besahen sich, worin sie sich glichen. Aus beider Augen leuchtete Todesverachtung heraus. Sie waren einander zwei Spiegel. Während sie sich so betrachteten, gingen sie fließend ineinander über und vermehrten sich dadurch. Dann schlossen sie die Augen. Als wären sie nicht in dem engen Korb, sondern auf freier Flur, begannen sie den alten Schamanentanz zu tanzen. In weiter Ferne schlugen Trommeln. Jedes Mal wenn der Schlegel auf die Trommel traf, stampfte der Junge mit den Füßen, bis sich blutende Wunden auftaten. Die aber leckte der Zobel, und was seine Zunge berührte, verheilte augenblicklich.

Ohne die Augen voneinander zu wenden, drehten die beiden sich im Schneesturm ihrer Herzen. So schnell drehten sie sich, dass der Welt davon schwindlig wurde und sie ganz außer sich gerieten. In dem dunklen, engen Korb entdeckten sie, wie hell und endlos ihre Seelen waren, und sie mochten sich. Wenn sie bald den Korb wieder verlassen würden, würde jeder der beiden Körper wieder dahin zurückkehren, wo er hingehörte, doch ihre Seelen würden sich nicht wieder trennen. Dies war ihr Geheimnis. Und jener Augenblick war ihr Augenblick. Der vertraute Bund zwischen Schamane und Tier.

~

Aus Ästen und Zweigen flocht Timofei Ankidinow einen behelfsmäßigen Schlitten und legte darauf den Matrosen, dessen Lächeln erloschen war, sodass er wohl nicht mehr Gefahr lief zu erfrieren. Als Erstes wollte Timofei Ankidinow weg vom Ufer und einen Unterschlupf ausfindig machen. Alles Weitere würde sich schon fügen. Es gab ja auch nicht allzu viel zu überlegen, denn er spürte schon, dass er aus diesem noch unerforschten Stück Land ein Vermögen herausschlagen würde. Bestimmt war es ein Zobelparadies, und womöglich befand er sich sogar ganz in der Nähe des Pogitscha. Vielleicht war es nicht mehr weit bis zu der Pracht, der Überfülle, bis zu der Perlenfrau, von der er immer geträumt hatte.

Während Timofei Ankidinow den Schlitten zog, blickte er stets auf den noch unberührten Boden; der Matrose auf dem Schlitten, der nur mit Mühe die Augen aufbekam, blickte stumm auf den Weg.

Auf einmal huschte eine Gestalt an ihnen vorbei. Es war ein Zobel, aber ein sehr großer, mindestens fünf Mal so groß wie die anderen. Er hatte die Männer wohl nicht wahrgenommen und war bald nicht mehr zu sehen.

So verblüfft war Timofei Ankidinow über das riesige Tier, dass er sich beherrschen musste, nicht auszurufen. Ohne dem Matrosen irgendetwas zu sagen, folgte er mit dem Schlitten den Spuren des Zobels, die allerdings schon bald darauf vor einem Hügelchen endeten. Als der Zobeljäger ein wenig in dem Schnee scharrte, merkte er plötzlich, dass er einen umgedrehten großen Korb vor sich hatte. Durch diese Entdeckung wurde er noch aufgeregter. Womöglich befand sich unter dem Korb der Eingang zum sagenumwobenen Pogitscha? Vielleicht schlüpften dort alle Zobel Sibiriens hinein, um sich vor den Jägern zu verstecken? Wenn der Korb so einen riesigen Zobel verschwinden lassen konnte, musste sich ein unbezahlbares Geheimnis darunter verbergen.

»Vielleicht ist es besser, wenn wir nicht drunter sehen. Das kann eine Falle für Jäger sein. Oder irgendein sibirischer Fluch!«

Diese Sätze brachte der Matrose hervor, während er sich aufzurichten versuchte. Timofei Ankidinow sah ihn grimmig an. Er durfte nicht zulassen, dass der Pogitscha oder jene riesigen Zobel in irgendwelche anderen Hände gerieten. Er tat so, als würde er ein Einsehen haben, trat an den Schlitten heran, fiel aber dann urplötzlich über den Matrosen her. Der war auf solch einen Angriff nicht gefasst und ohnehin so geschwächt, dass er kaum eine abwehrende Geste zustande bekam. Und dann wurde ihm ein Dolch in den Bauch gestoßen.

blutimschneeblutimschneeblutimschneeschneemann-schneemannblutmann

Vor Aufregung zitternd blickte Timofei Ankidinow um sich herum. Alles war mit Blut vollgespritzt, alles rot in rot. Er wischte sich Blut aus den Augen, schleuderte den blutbeschmierten Dolch weg und stolperte auf den Korb zu. Und hob ihn an. Und sah hinein.

… Der Zobel und der Junge, zwei gleichgestimmte Seelen, zwei blutsverwandte Wesen, zwei Bündel Trauer, zwei fremde Gesichter, zwei vertrackte Schimären, der Junge und der Zobel … Sie waren im Begriff, ihre Seelen ineinander zu vermehren und dabei zu einer Einheit zu verschmelzen, doch ihre Vereinigung blieb unvollendet. Durch das Anheben des Korbs spitzte erst mit dreistem Lächeln das Tageslicht herein und danach ein fremder Blick. Dabei war dies doch ein Moment äußerster Vertrautheit, der jedem Auge verboten war, keinesfalls gesehen werden durfte! Der Zauber verflog. Alles blieb unfertig, unerlöst. Nun zappelten sowohl der Junge als auch der Zobel sich ab, um jeweils ihren halben Körper wieder an sich zu reißen, doch an Körpern war da nur noch ein einziger. Da der Zauber mitten in der Vereinigung gebrochen war, konnten sie weder in ihren vorherigen Zustand zurück noch den Wandel vollenden.

Das Licht, das die Dunkelheit zerrissen und ihre Intimität missachtet hatte, verschwand so augenblicklich, wie es gekommen war, und Timofei Ankidinow starrte mit herunterhängender Kinnlade und entsetzt aufgerissenen Augen das sich unter dem Korb regende Geschöpf an.

~

Der Militärgouverneur von Tobolsk hatte sich zurückgelehnt und nippte an seinem Glas, dann kratzte er wieder am Schorf der kleinen Wunde herum, die vor einigen Wochen an seiner Nasenspitze entstanden war und einfach nicht verheilen wollte. Tobolsk hatte sich zu einer der bedeutendsten Städte Sibiriens gemausert und galt nicht nur als Handelssitz, sondern auch als religiöses Zentrum. So war neben einem Männer- und einem Frauenkloster auch ein Priesterseminar eröffnet worden, in dem Gottesmänner unterkamen, bevor sie in die Wildnis weiterzogen, um den Hinterwäldlern den Namen des Herrn zu lehren und ihnen ihre Götzendienerei ein für alle Mal auszutreiben. Beliebt war Tobolsk vor allem bei Händlern aus Buchara und Tatarstan, die dort ihre wertvollen orientalischen Waren auf den Markt brachten.

Der Militärgouverneur starrte auf das Blut an seiner Fingerspitze. In der Nacht musste er die Wunde wieder aufgekratzt haben. Er schenkte sich Wein nach. Er war mit fünfzig Dienern in der Stadt eingetroffen sowie mit fünf Prostituierten, die andauernd miteinander zankten, drei Priestern und Hunderten von Fässern mit Wein und anderen Alkoholika. Doch wenn es so weiterging, würde er bei seiner Abreise gut das Zehnfache von allem besitzen. Die Jagdzeit ging gerade zu Ende. Bald würden die in Grenznähe ansässigen Einheimischen bei den Wachtposten ihre Tributzahlungen abliefern. Auch kamen die ersten jener unerschrockenen Kosaken zurück, die sich noch viel weiter vorgewagt hatten, und mit ihnen neue Pelze. Ach, die Pelze! Lächelnd rieb der Militärgouverneur den abgekratzten Schorf zwischen den Fingern. Er liebte Pelze. Ohne die Pelze würde er es an diesem gottverlassenen Ort keinen Tag lang aushalten.

Er fing wieder von vorne an zu rechnen. Überhaupt tat er nichts lieber, als sich am Abend in sein Zimmer zurückzuziehen und bei einem Glas Wein seinen Gewinn durchzurechnen. Letztens war ihm ein besonderer Coup gelungen. Die Tungusen hatten sich bisher hartnäckig geweigert, einen Tribut zu zahlen, bis er auf die Idee verfallen war, ihre Kinder zu entführen und das Problem damit von Grund auf zu lösen. Die Eltern lösten ihre Kinder nun gegen Zobelpelze ein. Manchmal wurden auch Stammesführer und Schamanen entführt. Einen Stammesfürsten zu schnappen war gar nicht so leicht, aber dafür umso einträglicher; ganze Schlittenladungen voller Pelze gab es dafür. Wenn jemand sich überflüssigerweise zur Wehr setzte, bestrafte der Militärgouverneur ihn eigenhändig, indem er ihm einen Stempel mit seinen Initialen einbrannte, und zwar immer an der gleichen Stelle: mitten zwischen die Augen. Wohin der Gebrandmarkte dann auch gehen mochte, nirgends würde er mehr einen Spiegel in die Hand nehmen, und wer immer ihn anblickte, dem wurde von der Macht des Militärgouverneurs erzählt.

Die Schamanen, die sich manchmal unter den Entführten befanden, waren seltsame Gesellen. In ihren Kerkerlöchern stießen sie nachts so merkwürdige Laute aus, dass kein Wächter dort aufpassen wollte. Bis zum Morgengrauen heulten und stampften sie und drehten sich dabei im Kreis, wobei sie zum Klirren der Fußfesseln ihre Halsketten aus Mammutzähnen scheppern ließen. Der Militärgouverneur stieg manchmal dort hinab und sah ihnen von einer Ecke aus zu. Zum Essen warf man ihnen madiges Fleisch vor die Füße, wie es ansonsten die Schlittenhunde bekamen. Sie kauten an dem verrottenden Fleisch, bis ihnen die Fäulnis in den Pupillen stand. Wenn dem Militärgouverneur der Magen hochkam, machte er sich eilig davon.

Bald würde er diesen verfluchten Ort endlich hinter sich lassen. Nur noch ein bisschen Geduld. Wenn er noch ein wenig die Zähne zusammenbiss, würde er von hier als einer der reichsten Männer des Landes davonziehen. Ein Klopfen an der Tür riss ihn aus seinen Gedanken. Es war einer seiner Adjutanten.

»Eure Exzellenz, draußen steht ein Zobelhändler, der behauptet, dass er in seinem Sack etwas ganz Wertvolles hat. Das will er niemandem außer Ihnen zeigen.«

»Na gut«, knurrte der Militärgouverneur. »Soll reinkommen. Sehen wir uns mal an, was er hat.«

Kurz darauf trat im Gefolge des Adjutanten mit stolzer Miene Timofei Ankidinow ein. Er drückte das Kreuz durch und begann mit seiner wortreichen Einführung, die er sich schon vor Tagen zurechtgelegt hatte, doch der Militärgouverneur brachte ihn mit einem kurzen Satz zum Schweigen und befahl ihm, sofort den Sack zu öffnen. Gehorsam ließ Timofei Ankidinow den Sack zu Boden, knüpfte die Schnur auf und trat einen Schritt zurück. Nach ein paar Augenblicken peinlichen Schweigens streckte das Wesen in dem Sack dumpf wimmernd den Kopf heraus, und dann seine ganze Gestalt. Dem Militärgouverneur, der gerade wieder an seiner Nase fummelte, rutschte vor lauter Erstaunen der Finger ab, sodass er wieder die empfindlichste Stelle aufkratzte und eine Weile vor lauter Schmerz nichts sagen konnte. Als er wieder Herr seiner Sinne war, klopfte er als Erstes Timofei Ankidinow anerkennend auf den Rücken, dann hob er zu Ehren des Sackes sein Glas. Und jedes Mal, wenn er sich rasch nachschenkte, wiederholte er den einen Satz: »Diesen Ausbund an Hässlichkeit muss jeder zu sehen bekommen!«

~

In einer stickigen, niedrigen Baracke in Tobolsk stand der Zobeljunge auf einem runden Tisch und tanzte. Händler, Jäger, Abenteurer, Verbannte, Flüchtige, Priester, hohe Beamte und ihre Diener, kurz gesagt, wen immer es in jene ferne Gegend verschlagen hatte, der drängte sich um den Tisch, trank unter Fluchen, Schreien und Pöbeln seinen Fusel und sah dem Zobeljungen beim Tanzen zu. Abend für Abend kam der Militärgouverneur vorbei, warf einen prüfenden Blick auf die Szenerie und überschlug die Tageseinnahmen. Seit er sich nämlich Timofei Ankidinow mit etwas Geld und vielen Drohungen vom Hals geschafft hatte, strich er den Gewinn alleine ein und war deshalb bester Dinge. Abend für Abend knöpfte er den Leuten, die den Zobeljungen sehen wollten, den Gegenwert von mindestens zwei Schlittenladungen Pelzen ab.

Nicht nur war der Junge nicht der neue Schamane seines Stamms geworden, sondern er war in einem Zustand zwischen Mensch und Zobel stecken geblieben. Und war nun ein Zobelmensch, weil seine Seele mit der eines Zobels im Gleichklang schwang. Doch in dem Augenblick, als seine Seele sich mit ihrer Gefährtin vereinigen sollte, als er die Seele des Zobels in sich einsaugen und seine eigene Seele dem Zobel einhauchen sollte, als die Fülle in ihm aufkeimen sollte, die ihm als neuen Schamanen seines Stamms vonnöten war, als die beiden aus zwei Wesen zu einem einzigen verschmelzen und danach sogleich wieder zu zweien werden sollten, da hatte von draußen eine Hand den Korb angehoben und ein ungebetenes Augenpaar zu sehen bekommen, was es nie hätte sehen dürfen, und durch das Licht aus diesen Augen wurde der Zauber der Vertrautheit unwiederbringlich zerstört, und alles musste unvollendet bleiben. Die beiden Seelen fielen auseinander, gefangen jedoch in einem einzigen Körper. Er war nun ein Zobelmensch. Halb Zobel und halb Mensch.

Ein unglückseliges Geschöpf, dazu verurteilt, in seiner unglückseligen Hässlichkeit ausgestellt zu werden.

Tagsüber bewegte sich der Zobeljunge in dem spärlichen Freiraum, den seine Fußketten ihm gewährten, und knabberte an hingeworfenem Essen. Sobald er satt war, schnüffelte er am Boden, um zu erkunden, in was für eine Welt er da geraten war. Abends stieg er in der Baracke auf den Tisch und stellte sich zur Schau. So hässlich und absonderlich war er, dass manche einen Umweg über Tobolsk in Kauf nahmen, nur um ihn zu sehen. Die Leute lachten, wenn sie ihn anschauten. Obwohl er furchtbar wild aussah, legte er ziemlichen Gehorsam an den Tag.

Er tat genau, was ihm geheißen wurde. Mal hüpfte er auf dem Tisch herum, mal ließ er sich berühren oder drehte sich herum und schwang kreisend seinen Schwanz. Oft drehte er sich auch auf allen vieren im Kreis und versuchte seinen Schwanz zu schnappen, und wenn er das tat, kringelten sich die Leute vor Lachen, und nicht nur das, sie schleuderten dann auch irgendetwas auf den runden Holztisch, und das mochte ein Fluch sein in ihrer jeweiligen Sprache, ein flink vom Fuß gezogener Stiefel, ein Rest Wein aus einem Glas oder eine der Huren, die von Schoß zu Schoß zogen.

Er war ein Zobeljunge, und damit trug er dem Militärgouverneur in kurzer Zeit mehr ein als jahrelanger Pelzhandel. Eines Abends aber, mitten in seiner Schau, brach der Zobeljunge zusammen. Wild riefen die Leute durcheinander, sahen sich entsetzt an. Der Zobeljunge war ohnmächtig geworden, war krank. In den darauffolgenden

Tagen ließ der Militärgouverneur sämtliche Ärzte in die Baracke kommen, die er hatte auffinden können, doch keiner vermochte die Krankheit zu benennen oder gar zu heilen. Als der Militärgouverneur den Zobeljungen Tag für Tag dahinsiechen sah, bat er in seiner Not schließlich die Schamanen um Hilfe, die er in seinem Kerker hatte. Von jenen erklärte sich nur einer, der Seelenverwandte eines Zobels, dazu bereit, nach dem Jungen zu sehen.

Der Zobeljunge wurde denn auch wieder gesund, doch den Militärgouverneur packte die Angst, seine Geldquelle könne gänzlich versiegen, falls dem Jungen einmal etwas Schlimmeres zustoßen sollte. So wollte er sich nicht nur auf sein Glück verlassen, sondern unbedingt von dem seltsamen Wesen Nachkommen zeugen lassen. Kinder, die genau wie der Zobeljunge halb Mensch und halb Tier waren.

Bald darauf wurde der Zobeljunge mit einer Hure zusammengebracht. Der Junge schnüffelte erst am Bett herum, dann an der Hure, und schließlich an sich selbst. Aus all den Schweiß-, Urin-, Exkrement-, Alkohol-, Rauch- und Verbannungsgerüchen pickte er einen einzigen heraus, so wie man aus einer Fülle von Haaren ein einziges herausklaubt, und diesen einen Geruch, den er am allermeisten und eigentlich als einzigen liebte, legte er sorgsam beiseite: Es war der Geruch nach Kälte! Und während er sich an jenem satt roch, ließ er die Hure gewähren, gehorsam wie stets.

Monate später, früh für einen Menschen, doch spät für ein Tier, brachte die Hure Zwillinge zur Welt. An dem ersten Kind, das herausschlüpfte, war nichts Besonderes. Der Militärgouverneur, der es vor dem Zimmer der Gebärenden nicht mehr ausgehalten hatte und neben dem Bett auf und ab ging, verzog beim Anblick des Babys das Gesicht. Er war mit den Nerven bald am Ende. Da kam das zweite Baby. Erst streckte es den Kopf heraus, und es war ein Menschenkopf. Es folgte der Körper und schließlich der dürre, nasse Schwanz: der Unterleib eines Zobels. Freudenschreie ausstoßend hielt der Militärgouverneur das Zobelbaby in die Luft. Der Hure steckte er ein paar Goldstücke zu, ließ sie und das erstgeborene Baby, wo sie waren, und ging mit seinem neuen Schatz auf dem Arm nach Hause.

Jahrhundertelang wurden alle Zobelkinder Zwillinge, und jedes Mal war davon eines ein Mensch und das andere ein Zobelmensch. Von den Zobelbabys waren manche Mädchen und manche Jungen. Die als Menschen Geborenen hatten eine geringe Lebenserwartung, und es ist nichts weiter über sie bekannt. Wer allerdings halb als Mensch und halb als Tier zur Welt kam, überlebte und trug dazu bei, dass erst der Militärgouverneur und dann seine Kinder, seine Enkel und seine Urenkel Vermögen auf Vermögen häuften.

So wurden denn zwei Stammbäume schicksalhaft miteinander verknüpft, gleich dreisten Efeutrieben, die ein blinder Zufall auf denselben Weg führte. Über Jahrhunderte hinweg sollten die Nachkommen des Militärgouverneurs sich von den Nachkommen des Zobeljungen nicht mehr trennen. In jeder Generation trug jemand mit dem

Familiennamen des Militärgouverneurs jemanden zur Schau, der mit dem Leiden des Zobeljungen geschlagen war, und diese Hierarchie hätte sich wohl bis in alle Ewigkeit erhalten, wenn nicht ein Urenkel des Militärgouverneurs das letzte Glied jener Kette, der er unwillkürlich angehörte, etwas gelockert hätte.

Es war nämlich so, dass jener Urenkel durchaus nicht gewillt war, das von seinem Vater übernommene Geschäft weiterzuführen. Zwar gehörte das Zobelmädchen in seinem Besitz zu den hässlichsten Exemplaren seiner Gattung, sodass er damit Geld wie Heu verdient hätte, aber danach stand jenem Urenkel nun mal nicht der Sinn. Anstatt auf den angestammten Ländereien die Zunft seiner Urahnen fortzuführen, wollte er sich auf dem neuen Kontinent, der angeblich jeden zu sich rief, ans bisher noch Unversuchte wagen. Für diesen Traum brannte er, doch wurde er weder das Zobelmädchen los noch das Erbe, das ihm überkommen war.

Eines Tages klopfte an der Tür jenes Urenkels ein Bote, hielt ihm wortlos ein versiegeltes Schreiben hin und harrte einer Antwort. In dem Schreiben erklärte jemand mit einem seltsamen Namen, er habe vom Ruf des Zobelmädchens vernommen und wolle es erstehen, und er bot dafür eine höchst erkleckliche Summe. Da zögerte der Urenkel des Militärgouverneurs nicht lange. Endlich, so sagte er sich, habe Gott vernommen, was schon so lange in ihm vorgegangen sei. Er nahm das Angebot an, und alles Weitere erfolgte rasch. Der Bote zählte dem Urenkel aus einer kirschroten Börse Goldstücke in die Hand, und jener überschrieb in einem Brief dem Mann mit dem seltsamen Namen sämtliche Rechte am Zobelmädchen.

Als noch am gleichen Abend der Bote sich mit dem Zobelmädchen auf den Weg machte, sah der Urenkel des Militärgouverneurs ihnen nach und fragte dann doch noch, wohin das Zobelmädchen eigentlich gebracht werde. Der Bote, der bis dahin noch keinen Laut von sich gegeben hatte, erwiderte aus schiefem Mundwinkel heraus: »Nach Westen! Nach Istanbul!«

Nach dem abendlichen Gebetsruf wurde an dem kirschroten Zelt auf der Anhöhe der nach Westen gehende Eingang für die Frauen geöffnet.

Da trafen sie ein, in kleinen Grüppchen, zu dritt, zu fünft, zu zehnt, und betraten durch den nach Westen gehenden Eingang das kirschrote Zelt auf der Anhöhe. Und brachten ihr Zwitschern und Lärmen gleich mit.

Die Eröffnung wurde von der Frau mit der Maske vollzogen. Ihre Maske war wirklich schrecklich anzusehen, mit Glupschaugen, als wären sie in dem Moment, als sie etwas Grauenvolles sahen, eingefroren, mit einer heraushängenden, wie von Bienen zerstochenen Zunge, einer Nase, die erst mächtig nach vorne ragte und dann aus unerfindlichem Grund steil in Richtung Unterlippe abfiel, und einem spitzen, übel beharrten Kinn. Stumm und reglos stand die Frau mit der Maske vorne auf der Bühne, als wäre ihr gesagt worden, sie solle ihr Leben lang warten, und das tat sie nun, ohne zu wissen, worauf und warum. Da nahm sie urplötzlich die Maske ab, und die Zuschauerinnen schrien auf. Das Gesicht unter der

Maske war nämlich haargenau wie das Maskengesicht. Aus weiter Ferne klangen leise Geigentöne. Als die Geige verstummte, wurden die Zuschauerinnen von der hässlichen Frau mit eleganter Geste begrüßt. Dann gab sie ein Zeichen, und die violetten Samtvorhänge mit den fusseligen Fransen hoben sich schwerfällig.

Hinter dem Vorhang ging es steil hinunter, und in einem pechschwarzen Kessel, unter dem Feuer loderte, stand, von Höllenwärtern umgeben, eine kleine, wiederum hässliche Frau namens Siranuş und begann mit dünner Stimme zu singen.

Du warst so schön, du warst so nett,
Ich hätt am liebsten dich gegessen
Mit wenig Zwiebeln drin, viel Fett,
So sehr war ich auf dich versessen,
Du bist mir leider angebrannt,
Das Herz ist schnellstens weggerannt.

Als das Lied zu Ende war, zogen die Höllenwärter den Kessel mitsamt Siranuş drin und dem Feuer drunter beiseite. Während Siranuş furchtbar schwitzend für ihre losen Worte büßte, betraten die Drei Hässlichen die Bühne. Es waren drei Schwestern, eine hässlicher als die andere: Mari, Tahuki, Agavni. Eine hatte nur eine Brust, eine zwei Brüste und die letzte drei. Sie tanzten nebeneinander aufgereiht und ließen dabei die Brüste im Gleichklang schwingen. Mit schielenden Seitenblicken suchte jede bei den anderen nach Makeln, und darüber vergaßen sie fast, dass sie vor Zuschauern auf einer Bühne standen. Mari hasste Agavni, der sie vorwarf, ihr eine Brust gestohlen zu haben. Agavni hasste Mari, der sie die Schuld daran gab, jene zusätzliche Last tragen zu müssen. Und beide hassten niemanden mehr auf Erden als Tahuki, denn jene erinnerte mit ihren zwei Brüsten stets die eine an ihren Mangel, die andere wiederum an ihren Überfluss, und da sie dunkel leuchtete wie eine in Lehm gefallene Perle, war sie trotz ihrer Hässlichkeit noch das kleinste der drei Übel. An manchen Abenden konnten Mari und Agavni sich nicht mehr beherrschen, unterbrachen abrupt ihren Tanz und fielen über Tahuki her. Wenn die Zuschauerinnen mit ansahen, wie die beiden sich mit jedem Schlag von der Seele prügelten, was sich an unterdrücktem Groll und unerfüllten Rachegelüsten angesammelt hatte, wurde ihnen selbst ein wenig leichter ums Herz. Während sich also für die Zunge Unaussprechliches, fürs Auge aber Ergötzliches abspielte, brodelte das Höllenfeuer unter Siranuş so heftig, dass durch den westlichen Teil des kirschroten Zelts träger Rauch zog. Schließlich packten Mari und Agavni ihre Schwester unter den Achseln und schleiften sie von der Bühne, worauf die Zuschauerinnen auf einmal bereuten, sich an jemandes Leid geweidet zu haben.

Nach den drei hässlichen Schwestern kam Schneeball Vergin auf die Bühne. Doch was heißt kam, sie schoss auf die Bühne, und mit ihr taten das auch die Syphilisknoten, die an ihrem ganzen Körper aufgeblüht waren. Ihre Mutter, eine namhafte Prostituierte in Galata, hatte sich die Krankheit einst von einem reizenden Herrn geholt, einem namhaften reichen Erben. Um loszuwerden, was da in ihr heranwuchs, hatte sie alle Mittel versucht, die ihr zu Gebot standen, doch als sie begriff, dass das Baby nicht weniger gedieh als das schleichende Übel im Blut seiner Mutter und sich an sie klammerte wie eine Muschel an ihre Schale, resignierte sie. Der reiche Erbe hatte hoch und heilig geschworen, die Kosten für ihre Behandlung zu übernehmen, doch als bis zur Entbindung nur noch wenige Monate verblieben, waren sowohl sein Vermögen als auch sein Eifer beträchtlich geschwunden. Vergin kam dennoch auf die Welt, abgehackt weinend und voller Flecken. Von Geburt an war sie nicht ganz richtig im Kopf, es wollte ihr nicht eingehen, wie grob es zuging auf der Welt. Und doch wuchs sie heran, und nicht etwa langsam, sondern in Windeseile. Erst als sie mit dem Wachsen innehielt, um einmal durchzuatmen, stellte sie fest, wie ihr Körper sich verändert hatte. Erstaunt blickte sie auf ihren Schoß. O Wunder! Dort war kein einziger Fleck. Und erst recht keine eitrige Wunde, wie sie ihren Körper ansonsten verunstalteten, kein grimmiger Schmerz, der sie um den Verstand brachte, keine schlimme Erinnerung, die ihr grausam ins Herz fuhr … nichts, absolut nichts von alledem hatte diesen Bereich erfasst. Erleichtert atmete sie auf.

Von da an sagte sie Schneeball zu ihrem Schoß. Niemand fragte sie, was es damit für eine Bewandtnis habe, und sie erzählte es auch keinem. Es war ja so, dass jeder um sie herum einen Spitznamen abbekam, der nur allzu sehr davon kündete, was von den Segnungen des Lebens ihm nicht zuteilgeworden war. Vergins Spitzname wurde denn auch unter dem labyrinthischen Himmel Galatas stillschweigend hingenommen.

Sie stellte ihr ungestümes Wachstum ein, war sie doch nunmehr groß genug. Wie ein Schneeball, der von verschneiten Höhen herunterrollte, war sie angewachsen und befand nun, durch weiteres Wachsen würde sie nur noch weiter herunterkommen. Und genau wie ein Schneeball, der sich mit der eigenen Wärme zum Schmelzen brachte, lebte sie in ihrer entrückten, zerlumpten Welt, ihren weitläufigen, wilden Träumen. Es mochte das Gegröle der Passanten an den geheimnisvollen Häusern verruchter Gassen zerschellen, mochten frohe Gesichter, jugendliche Körper zugrunde gehen, mochten Namen, auf die man die Gläser erhob, einer nach dem anderen in Grabsteine geritzt werden, doch Schneeball, und nur sie, blieb sich immer gleich. Weder berührte sie das Leben noch das Leben sie.

Da trat Keramet Mumi Keşke Memiş Efendi auf den Plan. Als vernommen wurde, jener Mann, der über sämtliche Huren Galatas liebend gern die seltsamsten Geschichten zum Besten gab, wolle sich unter so vielen Schönheiten ausgerechnet Vergin zur Mätresse wählen, herrschte allseitige Verwunderung. Bald aber beruhigten sich die Gemüter an jenem Ort, an dem man sich an allerlei Merkwürdigkeiten längst gewöhnt hatte. Das Feilschen hielt nicht lange an, bald schon verließ Schneeball Vergin mit einem Bündel auf dem Rücken das Kellerloch, das ihr als Wohnung diente.

Bei ihrem ersten Auftritt sah sie mit aufgerissenen Augen auf die Zuschauermenge. Und Hunderte von Augenpaaren sprenkelten aus dem Dunkel heraus auf sie zu. Das gefiel ihr. Seit jenem Tag harrte sie im westlichen Teil des kirschroten Zelts ungeduldig darauf, an die Reihe zu kommen, und wenn es so weit war, schoss sie wie ein Pfeil auf die Bühne.

Auf Schneeball Vergin folgte der Schlangenbeschwörer. Sobald die Frauen den Mann mit dem silbernen Armband, dem Ohrring und dem Brokatgürtel sahen, wurden sie kreidebleich. Schwangere kniffen sogleich die Augen zu. Als der Schlangenbeschwörer in der Bühnenmitte angelangt war, begrüßte er die Zuschauerinnen, indem er die Stirn runzelte und den Hals ein wenig reckte. Dann nahm er den Deckel des Schlangenkorbs ab. Die Frauen hielten den Atem an, manche zwickten sich gegenseitig, um nicht vor Aufregung in Ohnmacht zu fallen. Die Schlange kroch aus dem Korb und vor bis zum Bühnenrand. Dort blickte sie die Zuschauerinnen aus ihren smaragdgrünen Augen an, und je länger sie das tat, umso mehr sahen auf einmal die Frauen.

Denn in den Augen der Schlange spiegelte sich verkehrt herum die Welt.

In dieser Welt waren Junggesellen Witwer und Herren Diener. Die schwarze Erde wimmelte, und wer darauf trat, in den floss sie hinein. Zwischen verdurstenden Baumwurzeln, verrottenden Knochen, bösartigen Nattern, niederträchtigen Plänen, verfaulten Samen und krauchenden Würmern war Atlasseide grober Stoff und glänzende

Goldstücke nichts als Tand. An Alten wie an Jungen, an Reichen wie an Armen knabberten gierig die Maden. Die waren überall. Beim Fressen gaben sie ein schmatzendes Geräusch von sich, und mit diesem Schmatzen hätten sie das ganze Universum verputzt. Wäre der Himmel über der Stadt ein Opfertier und würde in Stücke zerrissen, und würde jedes Stück gerecht verteilt, so passte doch keines in irgendein Gefäß und nicht einmal in einen hohlen Zahn. Der Tod griff sich den Menschen, nicht aber das Gewand, in dem er steckte, das Feuer verwandelte das Baby in seiner Wiege zu Asche, nicht aber die goldenen Amulette, die daran hingen. Wenn dem also so war, und der Tod so nah, und wenn man schon irgendetwas sein musste, dann doch lieber ein Kaftan und nicht der, der ihn trug, lieber ein Goldstück als der Mensch, der sich damit schmückte.

Es war eine Beschreibung der Hölle, aber nicht der Hölle nach dem Leben, sondern jener, die das Leben in seiner Brust barg.

Da ertrugen es die Frauen nicht länger, der Schlange in die Augen zu schauen, und schreiend sprangen sie auf. An Handgelenk, Kehle und Ohrläppchen krabbelten gelbe Insekten herum. Aufgeregt machten sich die Frauen daran, auf die Bühne zu werfen, was immer sie an Schmuckstücken an sich trugen. Eine jede wollte sich reinigen, wollte sich so schnell und einfach wie nur möglich läutern und der Hölle entkommen. Da ging der Spiegel plötzlich wieder zu. Der Schlangenbeschwörer verbeugte sich leise lächelnd, sammelte die auf die Bühne geworfenen Schmuckstücke in den Korb, und viel rascher, als er zuvor gekommen war, machte er sich nun davon. Die Schlange folgte ihrem Meister und wand sich dabei wie eine gepfiffene Melodie.

Nach dem Schlangenbeschwörer trat Frau Kınar mit ihren zehn Fingerpuppen auf, mit denen sie die Naturkräfte nachahmte. Als Regenschauer ertränkte sie alles, als Hagel brach sie junge Äste, als Sturmwind riss sie Vogelnester davon, als Gießbach vernichtete sie die Ernte, als Trockenheit quälte sie den Boden, als Hungersnot leerte sie die Vorratsspeicher, als Sintflut trug sie Menschen davon, als Wirbelsturm verschluckte sie alle Geschöpfe, als Feuersbrunst wütete sie lodernd, und als Erdbeben ließ sie keinen Stein auf dem anderen.

Als alles wieder zur Ruhe kam, herrschte unter den Frauen lähmende Stille. Sie waren mitgenommen davon, nacheinander so viel Unheil mit anzusehen. Und sie ahnten, dass das Schlimmste noch kommen würde. Denn die Bühne gehörte nun dem Zobelmädchen.

Als das Zobelmädchen an der Reihe war, wurde es dunkel im kirschroten Zelt. Schwangere Frauen verkrampften sich, Babys wimmerten, alte Frauen sagten alle Gebete her, die sie kannten, und ob Jungfrau oder Witwe, ob gläubig oder nicht, ob arm oder reich, alle Frauen schmiegten sich aneinander und hielten den Atem an. Im Dunkel ging ihnen durch den Kopf, dass der Zelteingang eigentlich noch geöffnet sein musste. Sie hätten also gehen, hätten sich augenblicklich davonmachen können. Doch jetzt zu verzichten war natürlich unmöglich, jetzt wo das lange Erwartete endlich eintreten würde!

Manche Frauen, die zum ersten Mal im Zelt waren, hielten es vor Aufregung nicht mehr auf ihren Plätzen aus. Zittrigen Schrittes traten sie an die Bühne heran und versuchten herauszubekommen, was für ein Ungeheuer da ihrer harrte. Dabei stellten sie sich aber derartig furchterregende Wesen vor, dass sie vor ihrer eigenen Vorstellungswelt erschraken und zurückwichen. In den letzten Minuten, bevor das Zobelmädchen auf die Bühne kam, zerrten die Frauen also aus den Windungen ihres Gehirns ihre geheimsten Befürchtungen hervor. Und da Furcht zu neuer Furcht reizte, wurde jede Minute unerträglicher als die vorhergehende. So furchtbar aber war nicht, was die Frauen befürchteten, sondern die Furcht an sich. Die nämlich nistete sich überall ein und spross und gedieh. Jederzeit konnte sie von irgendwoher zum Angriff übergehen. Die Frauen waren aus lauter Furcht so sehr damit beschäftigt, sich rundherum abzusichern, dass sie gar nicht mehr auf die Bühne schauten. Sonst hätten sie nämlich gesehen, dass das Zobelmädchen längst auf der Bühne stand und aus seinen zobelschwarzen Augen die vor ihm zitternde Menge betrachtete.

Da wurde, um die Aufmerksamkeit der Zuschauerinnen dorthin zu lenken, auf der Bühne ein großes Feuer entzündet. Und die Frauen, die bis dahin aus den Buchstaben der Angst Pullover strickten, stießen wie aus einem Mund einen Schrei aus. Sie hatten das Zobelmädchen vor sich. Die Schau konnte beginnen.

Das Zobelmädchen begrüßte die entsetzt Gaffenden mit gleichgültiger Miene. Die Tausenden von Augen, die auf ihm ruhten, nahm es wahr wie ein einziges, wässriges Auge.

Jeden Abend, wenn das Zobelmädchen die Bühne betrat, sah es das Auge an, das es ansah. Betrachtete, wie es betrachtet wurde. Da ging der Schlegel herab, und die Trommel dröhnte los, und das Zobelmädchen begann langsam zu tanzen. Der Pelz, den es anhatte, war so lang, dass er über den Boden schleifte, und so weit, dass er seinen ganzen Körper verhüllte. Vermutlich war es ein Zobelpelz. Manche der Frauen im Zelt hatten sich nach dem Vorbild dieses Mantels einen ähnlichen schneidern lassen, und als das Zobelmädchen sich nun auf der Bühne wiegte, strichen auch sie unwillkürlich über ihre Zobelmäntel. Nun war es im Zelt auf einmal so ruhig und so still wie nur irgend möglich. So unschuldig wie eine Brieftaube, die mit einem Zettelchen um den Hals am Himmel schwebte und nicht wusste, was für ein Massaker die von ihr überbrachte Nachricht auslösen würde, so unschuldig war auch jener Moment der allgemeinen Lässigkeit.

Der Schlegel ging herab, die Trommel dröhnte los, und das Zobelmädchen zog ruckartig seinen Mantel aus. Darunter war es splitternackt. Es trat an den Bühnenrand und ließ unter fürchterlichen Schreien den Fluch auf die Frauen herabregnen, mit dem seine Sippschaft seit Jahrhunderten belegt war. Wie all seine Verwandten stellte es schamlos seine monumentale Hässlichkeit zur Schau.

Denn wie all seine Verwandten war es schamlos hässlich. Oben war es Frau, unten Tier. Der Schlegel ging herab, die Trommel dröhnte los, und auf einmal ließ das Zobelmädchen seiner Wut freien Lauf wie ein wildes Tier, das in einer Falle zappelte. Es stellte den Schwanz auf, knurrte zwischen den zusammengepressten Zähnen hindurch, spähte mit irren Blicken nach einem Opfer, legte gleich einem Panzer den uralten Zorn der Natur an und ging auf allen vieren zum Angriff über. Und schlug in die vielen Augen, die es anstarrten, ganz plötzlich seine Tatzen. Im Gegensatz zu seinem Urururgroßvater, dem Zobeljungen, war es also ganz und gar nicht gehorsam.

Da gellte in aller Ohren ein Schrei: »Augen zu!« Wer von den Zuschauerinnen bis dahin überhaupt noch gewagt hatte, auf die Bühne zu sehen, kniff nun in panischer Angst die Augen zu.

Abend für Abend ging das Schauspiel auf gleiche Weise zu Ende. Das Zobelmädchen trat von der Bühne, der Vorhang senkte sich, doch die Frauen blieben noch lange mit fest zugedrückten Augen wie angenagelt sitzen, als hätten sie keinen anderen Ort auf Erden als das kirschrote Zelt. Sie würden nicht mehr durch die Tür gehen können, nicht mehr den Steilhang hinunter, nicht mehr nach Hause zurück. So hätten sie noch wer weiß wie lange auf ihren Sitzen kleben bleiben und sich an dem festhalten können, was sie gesehen hatten, wenn nicht jeden Abend doch wieder ein Baby geweint hätte oder eine Alte ob all der Aufregung plötzlich in Ohnmacht gefallen wäre. Als hätten sie von oben einen Befehl bekommen oder wären von ihrem Vermieter aus dem Haus gejagt worden, rissen darauf sämtliche Frauen die Augen auf und rannten wild um sich schlagend los, als wären Gespenster hinter ihnen her. Sie trampelten über Fallende hinweg und sahen sich nur ja nicht mehr um, bis sie das Zelt wieder verlassen hatten.

Und jedes Mal gingen in dem wilden Durcheinander auch ein paar Kinder verloren. Manche fanden nach stundenlanger Suche tränenüberströmt in die Arme ihrer Mutter zurück, andere wurden erst am folgenden Tag einem zornigen Vater übergeben. Wurde nach einem Kind aber gar nicht verlangt, so lebte es von da an im Zelt weiter und mischte sich unter die seltsamen Lebewesen von Keramet Mumi Keşke Memiş Efendi.

Im westlichen Teil des kirschroten Zelts von Keramet Mumi Keşke Memiş Efendi verwuchsen sich die vergessenen Kinder allmählich, züchteten sich Koller und Gebrechen heran, und unter verschnittenem Lachen und nächtlichen Wutanfällen brachten sie es in Lehrjahren der Hässlichkeit letztendlich zur Meisterschaft. War der Moment dann gekommen, nahmen auch sie ihren Platz auf der Bühne ein und wurden in jenem Höllenschlund zu einem gellenden Schrei.

ISTANBUL, 1999

Zahir (**Zahir**): Einer der neunundneunzig Namen Gottes. Bedeutung: »Der sich vor den Augen nicht verbirgt.«

»Nicht bewegen!«

Irgendwie gefiel mir gar nicht, wie der Mann das sagte. Noch dazu war die Warnung völlig überflüssig, denn ich bewegte mich nicht. Und wusste auch gut genug, wie ich in meiner Bewegungslosigkeit aussah. Wie eine Ameise nämlich, die sich in einem übergestülpten Wasserglas mit einer toten Wespe abschleppt und von der immer gleichen Stelle mit kindlich verwundertem Blick auf die unbarmherzig runde Welt hinaussieht. Oder wie ein schwindsüchtiges Gedächtnis, das die Flecken all der Erinnerungen, die es nicht vergessen kann, in ein Taschentuch spuckt und an jedem Tag, das es in Quarantäne verbringen muss, die Krankheit an sich auch noch mit seiner Einsamkeit ansteckt. Oder wie die gelbliche, heiße Puddingsoße, mit der man eine Torte übergießt, an der sie dann zäh herunterläuft. Natürlich gab es bei einem Glas auch ein Außen, in meinem Gedächtnis eine hustenfreie Gegend und in der

Torte eine Schicht, an die die Puddingsoße nicht gelangte. Ich aber war nicht da draußen in dieser fernen, trockenen Gegend, denn mir war jede Bewegung un-mög-lich.

Und zwar, weil ich wieder mal in einer Tür stecken geblieben war. Eine von diesen Flügeltüren, an denen, weiß der Teufel warum, immer nur ein Teil auf ist. Das passierte mir oft. Nun, ich muss zugeben, dass ich durch solche Türen einfach nicht passe. Ich müsste seitlich durchgehen. Sonst bleibe ich eben stecken.

So war auch unsere Haustür beschaffen. Einer der Flügel war festgeriegelt, sodass zum Durchgehen nicht so viel Platz war. Normalerweise passte ich ja auf, aber an jenem Tag hatte ich es besonders eilig, in die Wohnung zu kommen, und da blieb ich mit einem Wollfaden meiner Jacke am Türschloss hängen. Und als wäre das noch nicht genug, kamen auch noch gerade ein paar Nachbarinnen mit ihren Einkaufstaschen vom Wochenmarkt zurück. Wie üblich taxierten sie mich sogleich von oben bis unten. Um ihren Blicken zu entgehen, rückte ich zur Seite, doch da mir nicht in den Sinn kam, erst mal meine Jacke auszuziehen, riss ich natürlich den Wollfaden noch weiter heraus und musste daraufhin lange Belehrungen über mich ergehen lassen. So einen Faden, den bringe man nicht wieder richtig rein, aber damit er von außen nicht mehr zu sehen sei, müsse man ihn doch wieder reinziehen, und dabei müsse man so und so vorgehen. Endlich machten sie sich in ihre Wohnungen davon.

Aber da kam auch schon ein alter Mann die Treppe herunter. Dem wollte ich ebenfalls Platz machen, doch anstatt wie die Frauen nur zu schauen und zu reden, bestand er darauf, mir zu helfen. Ich solle ihn nur machen lassen. An die zehn Minuten mühte er sich mit zittrigen Fingern und blinzelnden Augen ab und sagte dabei immer wieder, ich solle mich nicht bewegen. Dabei bewegte ich mich doch gar nicht.

Als ich so reglos dastand, fiel mir BC ein, der einmal in der Woche in einem Maleratelier Modell stand. Wie ein schwarzer Sklave musste er sich da fühlen, der tief im Herzen spürte, dass er im Spiegel der Natur, in der er sich früher nach Herzenslust bewegen durfte, nie wieder sein Antlitz sehen würde. Hoffnungslos starrte der Sklave dann auf die Männer, von denen irgendeiner ihn ersteigern würde. Ob nun der eine oder der andere, war ihm völlig egal. Genauso gleichgültig posierte BC dort vor ihm völlig unbekannten Menschen. Ich begriff nicht, warum er in das schreckliche Atelier überhaupt ging, warum er sich das antat. Seine Sorglosigkeit befremdete mich.

Wahrscheinlich fühlte ich mich verpflichtet, mich der Sorgen anzunehmen, die von BC vernachlässigt wurden. An seiner Stelle sorgte eben ich mich. Und wenn ich mich sorgte, kaute ich an meinen Nietnägeln herum.

Dabei musste ich raffiniert vorgehen. Erst mal musste das Wild aus der Höhle hervorgelockt werden, in der es sich verkroch. Meine Nietnägel waren zwar listig, was mir die Aufgabe erschwerte, doch waren sie zum Glück auch neugierig. Wer neugierig ist, will etwas sehen, und das war die größte Schwäche meiner Nietnägel und der Grund für ihren Untergang.

In der Schublade in meinem Kopf, in der ich aufbewahrte, was ich als Kind so alles gesehen hatte, war unter anderem eine hünenhafte Badewärterin, die einem im Frauen-Hamam die Haut frottierte. Nie werde ich vergessen, wie sie einmal einen kleinen Jungen bearbeitete, der nur aus Haut und Knochen bestand. Sie hatte schon gerieben und gerieben, und der Schweiß floss nur so über den Marmorboden, auf dem der Junge lag, und da gab die Frau, während sie da so kniete, auf einmal Kussgeräusche von sich. Sie wusste nämlich, dass auf der vom Dampf und dem vielen Reiben schon ganz benommenen Haut bald Schmutzteilchen hervortreten würden. Und die wiederum liebten es, wenn man ihnen Küsschen zuwarf. Darum streckten sie auch gleich die Köpfe heraus, um zu sehen, wer ihnen so zugeneigt war. Die Küsse waren in etwa wie der Gesang der Sirenen, durch den sich Schiffsleute von ihrem Kurs abbringen ließen. So rissen denn auch die Schmutzteilchen aus dem Körper des Jungen bedenkenlos das Steuerrad herum und begriffen nicht, dass das süße Klingen nichts anderes war als ein Intermezzo auf dem Weg in einen traurigen Tod. Wenn das Riesenschiff dann zwischen Felsen zermalmt wurde, blieb von der Begeisterung nicht mal ein Knochen zurück. Die Leichen der Schmutzteilchen wurden zusammen mit dem Abwasser durch das Ablaufgitter des Hamams rasch einem ungewissen Schicksal entgegengespült.

Meinen Nietnägeln stellte ich die gleiche gemeine Falle, die ich damals der ungeschlachten Badewächterin abgeschaut hatte. Ich rief sie mit Küssen herbei, und sie streckten sogleich ihre Köpfchen hervor, um nachzuschauen, woher das Geräusch wohl kommen mochte, und dann biss ich sie sofort ab. Das schmeckte beileibe nicht gut, doch darum ging es nicht. Manchmal tat es mir auch weh, und ich blutete sogar. Zuweilen vergaß ich die kleinen Wesen vollkommen, und dann wieder erwischte ich kurz hintereinander so viele, dass ich ganz schön lange warten musste, bis welche nachwuchsen. Das Dicksein machte mich nicht nur nervös, sondern auch sorgenvoll.

Wenn ich mich in das Maleratelier aufmachte, um BC dort zu sehen, vermehrten sich die Sorgen derart, dass ich an meinen Fingern wegfraß, was an Nietnägeln nur aufzutreiben war. Ich begriff es einfach nicht. Wie konnte man sich so zur Schau stellen, und warum? BC gab mir darauf keine Antwort. Wenn ich nicht lockerließ, sagte er bloß: »Wenn schon, denn schon!« Wieso wenn schon, denn schon? Ich begriff es nicht. Vielleicht wollte ich es auch nicht begreifen.

zaman (**Zeit**): Als die Katze, der die grausamen Buben des Viertels den Schwanz ausgerissen hatten, ihre zwei Jungen warf, leckte sie sie lange sauber, dann verließ sie sie. Das eine Katzenjunge wurde von den Leuten im Obergeschoss aufgenommen, das andere von den Leuten im Untergeschoss. Während das Kätzchen im Obergeschoss rasch wuchs und stärker wurde, dauerte es bei dem Kätzchen im Untergeschoss länger. Dabei bekamen beide das Gleiche zum Fressen.

Es war nämlich so, dass die Zeit im Obergeschoss anders verging als die Zeit im Untergeschoss. Die Leute unten richteten die Uhr immer nach denen oben und kamen dennoch stets in Verzug. Beim Betrachten ihrer Katzen bekamen die Hausbewohner allmählich das Gefühl, die Zeit könne man sehen. Die Zeit im Obergeschoss hatte ein Bäuchlein, die im Untergeschoss dagegen war schmächtig.

So vergingen Jahre, und die beiden Katzen wurden alt. Die im Obergeschoss wurde rasch immer schwerfälliger, die im Untergeschoss dagegen noch nicht. Die Zeit verlief auf einmal umgekehrt.

Das Atelier gehörte einem knapp sechzigjährigen Maler, der sein ganzes Geld und seine gesamte Zeit darauf verwandte, sich interessanter zu machen, als er eigentlich war. Außer am Sonntag kamen jeden Tag zu verschiedenen Stunden Gruppen von Studenten zu ihm. Und jeden Abend stand bei ihm jemand anders Modell.

Montag war der Tag von BC. Jeden Montagabend hüllte er sich in einen violetten Umhang, den er Gott weiß woher hatte, stieg auf ein niedriges Podest, setzte sich auf einen Hocker und begann vor all den Studenten, sich nicht zu bewegen. Während BC so dasaß, malten die Studenten ihn auf ihre Leinwände ab. Irgendwann gab es zehn Minuten Pause, dann stieg BC wieder auf das Podest, setzte sich auf den Hocker und warf den violetten Umhang ab, den er Gott weiß woher hatte. Splitternackt saß er nun da, alles war zu sehen.

Ich wäre vor Scham am liebsten im Erdboden versunken.

Und wie schief er dasaß; als würde er jeden Augenblick

herunterfallen. Damit machte er den Studenten die Arbeit schwer, denn er zwang sie geradezu, nicht etwas Bleibendes abzubilden, sondern etwas Vorübergehendes. Wie er so dasaß, hatte das nichts von einem tief verwurzelten Baum, nichts von einer Zecke, die sich an ihrem Opfer festbeißt, nichts von einem Märchen, das sich erneuert, je öfter es erzählt wird. Vielmehr saß er so absichtslos da, wie Quellwasser aus einem Felsspalt schießt, so unstet, wie der Morgenstern über den Himmel zieht, und so unbekümmert, wie die Motte an einem Buch über Traumdeutung knabbert, ohne je die Geheimnisse darin zu erfassen. Jetzt gerade war er hier, das schon, aber jeden Augenblick konnte er aufstehen und weggehen. Deshalb waren die Studenten auch so aufgeregt, wenn sie ihn malten, und in dem Eifer, das Bild so schnell wie möglich fertig zu bekommen, entgingen ihnen viele Details.

Ich denke aber, noch mehr Mühe hatten die Studenten mit BCs seltsamen Augen. Nicht immer, aber oft genug nämlich verkleinerten die sich zu zwei winzigen Schlitzen, als … als würden sie ganz und gar zugehen. Dann drückten sie nichts mehr aus, verrieten nichts von BCs Gefühlen. Mir fiel auf, dass immer dann, wenn BC so seltsam die Augen schloss, keines der von den Studenten gemalten Bilder mehr einem anderen glich.

Ich glaube nicht, dass BC das überhaupt merkte, denn er nahm weder die Bilder noch die Studenten wahr. Da er nicht sah, wer ihn sah, sah er auch nicht, wie man ihn sah. Er blickte nur gleichgültig mal hierhin, mal dahin. Indes brannten in dem engen Atelier mit den kleinen Fenstern stets Räucherstäbchen, und wenn ich nach Hause kam, roch ich noch immer nach Ölfarben und Rauch.

Dennoch zog es mich immer wieder in das Atelier. Bei jedem Besuch setzte ich mich in ein Eckchen und sah zu, wie BC angesehen wurde. Der Maler blickte streng auf die Studenten, die Studenten vielsagend lächelnd auf BC und BC gleichgültig in die Ferne. Und je länger das so anhielt, umso mehr hasste ich das Atelier. Dabei sagte BC zu mir, ich solle es ihm doch gleichtun. Wo ich nun mal so dick war, dass jeder mich anstarrte, ein Anschauungsobjekt also geradezu, da konnte ich mich doch erst recht zur Schau stellen. Allein der Gedanke, nackt und reglos vor so vielen Leuten zu sitzen, ließ mir das Blut gefrieren, aber BC sagte immer wieder: »Wenn schon, denn schon!«

Der Maler fragte auch mich, ob ich Modell sitzen wollte. »Obwohl, für Sie stellen wir natürlich keinen Hocker hin, sondern eine Couch!«

zarf (**Umschlag**): Seit Jahren war er Postbeamter. Seit Jahren ärgerte er sich, dass manche Dame sich zu fein und mancher Herr sich zu gut war, einen Briefumschlag vor dem Abschicken zuzukleben, und so ging eben er mit seiner Zunge selbst schmatzend zu Werke. Er war der festen Überzeugung, ein Briefumschlag sei nicht in erster Linie zum Vermerken der Adresse da, sondern diene vielmehr dem Zwecke, das Geschriebene vor fremden Augen zu verbergen. Erst dadurch werde ein Brief zum Brief. Als er Selbstmord beging, hinterließ er einen offenen Briefumschlag, mit einem seiner Augen darin. »Er wird noch aus dem Grab herausstarren«, klagten die

Hinterbliebenen. Damit er in Frieden ruhen konnte, klebten sie schmatzend den Umschlag zu.

»Ja nicht bewegen!«, sagte der Mann wieder. Das hätte er gar nicht zu sagen brauchen, denn ich rührte mich ohnehin nicht.

So etwas passierte immer nur mir. Sogar wenn ich am rechten Ort war und dort nichts anderes im Sinn hatte, als das Rechte zu tun, verging kein Viertelstündchen, und mir blieb alles in den Händen hängen, was ich nur anfasste, meine Füße weigerten sich standhaft, mich zu tragen, meine Handgelenke waren beleidigt und verstauchten sich, mein Doppelkinn schob sich vor, so weit es nur ging, meine Waden wetzten sich aneinander wund, mein Bauch wölbte und wölbte sich, mein Kopf platzte vor Wut, mein Blutdruck schoss in die Höhe, meine Ohren hörten nicht auf mich, mein Mund hielt die Zunge nicht im Zaum, meine Beine schlossen aus meinen aufgeplatzten Adern auf Wundbrand und wurden vor lauter Bedauern violett, meine Haut suchte sich zum Jucken neue Allergien, meine Augen tränten drauflos, und eh ich mich's versah, zerfiel ich regelrecht in lauter Einzelteile. Ich bückte mich, um sie aufzuklauben, doch jedes Mal ging mehr aus dem Leim, als ich aufsammeln konnte. Wie sehr ich auch achtgab, immer blieb irgendetwas zurück. Und irgendwas war immer nur halb, war schief, war unvollständig ...

Meine Träume waren wackelig, man brauchte nur zu schnipsen, schon krachten sie zusammen. »Ein Erdbe-

ben!«, rief ich dann aus. »Ein fürchterliches Erdbeben!«
Das glaubte man mir umso leichter, als durch den Erdboden tatsächlich eine leichte Erschütterung ging. Ausgelöst
hatte die allerdings nichts anderes als mein riesiger Körper.
Der war überhaupt an allem schuld, was mir zustieß. Ich
bewegte mich durch mein Leben, als wäre es ein Porzel-
lanladen, und trotzdem fielen um mich herum ständig Gegenstände zu Boden und zersprangen in tausend Stücke,
und das alles nur wegen dieses Körpers.

> *zayiçe* (Horoskop): Wer auf den Himmel blickt und aus des-
> sen Zustand auf das Schicksal der Menschen schließt, erstellt
> dazu ein Horoskop. Über ein Koordinatensystem wird ermit-
> telt, wo welcher Stern am Himmel steht.

Der Mann war offensichtlich guten Willens, aber ebenso
offensichtlich war er alt und ungeschickt. Während er vor
der Haustür an dem Wollfaden fummelte, sah ich zum
obersten Stock hinauf. BC war oben und ich unten. Und
unten war ich deshalb, weil so ein herausgerutschter Faden
keinen Anfang und kein Ende hat, und je mehr man daran
zieht, umso länger wird er, wie eine Geschichte, die ziellos
dahinirrt, weil ihr die Zuhörer abhandengekommen sind.
Unten war ich aber auch, weil ich an halb geöffneten Türen nun mal oft hängen blieb. Hätte ich doch wenigstens
die Jacke ausgezogen, aber gemäß dem Mann durfte ich
mich ja nicht mehr rühren. Mir kam in den Sinn, bei
uns zu klingeln und BC um Hilfe zu bitten. Aber welche
Frau will schon von ihrem Freund dabei gesehen wer-

den, wie sie mit einem Wollfaden an der Haustür hängen bleibt?

Irgendwie hatte ich mich an BC noch immer nicht richtig gewöhnt. Das heißt, nicht an BC als solchen, sondern vielmehr daran, überhaupt einen Freund zu haben. Wenn man so dick ist wie ich, schließt man ja mit so einigem ab. Hier kommt wieder meine Regel zum Zug: Ein Krug Voraussicht hat weniger Kalorien als ein Schluck Malheur. Anstatt mich irgendwelchen Illusionen hinzugeben und dann furchtbar enttäuscht zu werden, stellte ich mich doch lieber von vornherein darauf ein, dass mich garantiert nie jemand lieben oder begehren werde. Als aber urplötzlich BC in mein Leben trat, waren solche Regeln wie weggewischt. Wenn ich mit ihm zusammen war, schlugen die Wellen über mich hinweg, während alles, was ich mir bis dahin auferlegt hatte, nicht mehr Wirkung tat, als wenn man einen Kieselstein in ein ruhendes Wasser wirft und daraufhin ein paar Kreise entstehen. Ich hörte einfach nicht mehr auf mich. Das Leben war wie eine alte Wanduhr, die man verräumt hatte, weil sie als kaputt galt, und die auf einmal wieder zu ticken begann. Worauf ich sie denn auch wieder aufzog. Sie strampelte sich nun ab wie verrückt, als wollte sie die verlorene Zeit wieder aufholen. Ein ständiges, rasendes Ticktackticktackticktacktick. BC äußerte sich, wie üblich, despektierlich über die Zeit. »Dieses Ticktack ist die Taktik der Zeit«, sagte er.

Ich wusste nicht recht, was er an der Zeit eigentlich auszusetzen hatte. Überhaupt verstand ich nicht immer, was er von sich gab. Er liebte es, seltsam daherzureden, und er redete viel. Mir machte das nichts aus. Ich mochte ihn so.

zehir (**Gift**): Führt zum Tod, ohne sich selbst zu zeigen.

Als der Mann den Wollfaden endlich befreit hatte, sah er mich mit stolz glänzenden Augen an. In Erwartung meines Dankes räusperte er sich. Bestimmt hatte er etwas für Heldentum übrig. Sein Leben lang war er auf der Suche nach jungen Frauen, die in dunklen Straßen überfallen wurden, nach kleinen Kinder in lichterloh brennenden Häusern, nach früheren Höflingen, denen die geerbten Perlenbroschen aus der Tasche gestohlen wurden, nach Reedersöhnen, die entführt worden waren. Es waren ihm tatsächlich Gelegenheiten untergekommen, doch hatte er sie nie für eine Heldentat nutzen können. Die Zeit war grausam mit ihm umgegangen und hatte ihm auch nie erlaubt, das Verpasste wiedergutzumachen. Stets war er einen Schritt hinterhergehinkt, und erst zu Hause dann, wenn alles vorüber war, hatte er unter großem Bedauern herausgefunden, wie er hätte vorgehen müssen. Er hätte lediglich dem gleichen Vorfall noch einmal begegnen müssen, doch zu Wiederholungen vermochte er die Zeit nie zu überreden.

Als ich mit dem arg mitgenommenen Wollfaden in der Hand endlich das Haus betrat, sah mir der alte Mann mit betrübter Miene nach. Wer mochte ich wohl sein, dass ich ihn so unhöflich behandelte? Während er sich an die zwanzig Minuten bemühte, mir behilflich zu sein, hatte er auf nichts anderes geschaut als auf meine Augen, meine Jacke und den Wollfaden. Dabei hatte er sich nur vorgestellt, dass er gerade einer jungen Frau beistand, und sich innerlich ein Bild von mir gemacht. Als er mir nun hinterherblickte, nahm er mich zum ersten Mal in meiner Gesamtheit wahr und sah daher, was er zuvor nicht gesehen hatte. Und wunderte sich, wie man nur so dick sein konnte. »Das ist bestimmt erblich bedingt!« Er fragte sich, wohin ich jetzt ging. Sollte er wohl nachsehen, welche Wohnung ich betreten würde?

Da hätte er bloß seine Frau zu fragen brauchen. Seit dem ersten Tag wussten sämtliche Nachbarinnen, dass ich immer in die Wohnung von BC ging.

Zeliha (**Zeliha**): »Die Frau des Großwesirs hat sich in einen Sklaven verguckt«, hieß es lachend unter den Frauen. Zeliha wiederum begriff nicht, warum ihre Augen dafür bestraft werden sollten, dass sie etwas Schönes betrachteten. Sie fragte sich, wie diese Klatschtanten, die sich das Maul über sie zerrissen, eigentlich selbst die Welt um sich sahen.

So lud sie die Frauen eines Tages ein, um ihnen, die doch vorgaben, nicht zu lieben, zu zeigen, was sie liebte. Und sie gab ihnen Obst und ein Messer in die Hand. Dann ließ sie Yusuf rufen. Die Frauen konnten gar nicht die Augen von ihm abwenden, und erst, als er den Raum wieder verließ, merkten sie, dass sie nicht ihr Obst geschnitten hatten, sondern ihre Finger.

Als sie die Teller abräumte, sagte sie in ruhigem Ton: »Jetzt habt ihr gesehen, was meine Augen mir antun!«

Wieder war ich völlig außer Atem, als ich oben ankam. Und wieder wollte mein Röcheln gar nicht aufhören. Es gab keinen Aufzug in dem Haus, doch selbst wenn da einer gewesen wäre, hätte ich lieber das Treppenhaus benutzt. Wenn Sie so dick sind wie ich und ein Aufzug mit Ihnen drin kaputtgeht, sind garantiert Sie schuld. Einmal war ich in einem Aufzug zwischen dem zweiten und dem dritten Stock stecken geblieben, und als ich eine halbe Stunde später befreit wurde, amüsierten die Mechaniker sich köstlich. Ihr anzügliches Lächeln steht mir noch heute vor Augen.

Noch schlimmer allerdings, als alleine in einem Aufzug stecken zu bleiben, ist es, mit anderen in einen Aufzug zu steigen. Wenn man auf so engem Raum beisammensteht, werfen selbst höfliche Menschen erst einen verstohlenen Blick auf mich und dann auf das Schild, auf dem das erlaubte Höchstgewicht angezeigt ist. Im Kopf überschlagen sie, wie schwer ich wohl bin, und etwas Vorlautere fühlen sich manchmal auch noch bemüßigt, die aufkeimende Anspannung mit einem Scherzchen zu krönen: »Wenn bloß mal das Seil nicht reißt!«

Das alles ist derart unsinnig und übertrieben! Natürlich bin ich nicht so dick, dass ich in einem Aufzug eine Gefahr darstelle. So ziemlich jeder Aufzug würde mindestens drei Personen meines Formats locker aushalten, und deshalb begreife ich nicht, warum die Leute so reagieren. Aber mein Aussehen scheint eben alles zu dominieren. Wer in einem engen Aufzug neben mich gerät, denkt nicht mehr mit dem Hirn, sondern mit den Augen.

Aber das war Schnee von gestern.

In unserem Haus gab es keinen Aufzug.

zenne (Zenne): Männlicher Schauspieler im alttürkischen Volksschauspiel, der als Frau verkleidet auftritt.

Mit dem Schlüssel in der Hand blieb ich vor der Wohnungstür stehen, bis das Röcheln aufhörte. BC sollte mich nicht gleich kommen hören, denn ich wollte wissen, was er so machte, wenn ich nicht da war. Ich wollte seinem Leben ohne mich einen Überraschungsbesuch abstatten. Seit einer Weile schon war es so, dass er immer, wenn ich nach Haus kam, vor dem Computer saß und arbeitete. Ein überquellender Aschenbecher, die im eigenen Licht dämmernde Schreibtischlampe, eindringlicher Kaffeegeruch, überall Krümel von Haselnusswaffeln, auf dem Bildschirm stets ein paar Zeilen, dazu eine Zettelwirtschaft mit hingekrakelten Notizen … als sollte alles den Anschein erwecken, er sitze schon stundenlang da und tue in meiner Abwesenheit nichts anderes als arbeiten. Das machte mich misstrauisch. Solange ich ihn sah, war er mir vertraut, wenn ich ihn aber nicht sah, kam er mir vor wie ein Fremder, von dem ich nicht hätte sagen können, was er so tat.

Als ich den Schlüssel lautlos im Schloss umdrehen wollte, wurde die Tür plötzlich von innen aufgemacht, und vor mir stand ein lächelnder BC.

»Hallo! Na, was haben wir heute so gemacht?«

zevahir **(Firnis)**: Äußerer Schein.

Jeden Abend erzählten wir uns gegenseitig, was wir an dem Tag draußen gemeinsam unternommen hatten. In Wirklichkeit durften wir nämlich nicht gemeinsam draußen sein. Sobald wir aus dem Haus traten, war unsere Beziehung vorbei. Wir durften nicht zusammen rausgehen und nicht auf der Straße miteinander gesehen werden. Sogar wenn wir uns zufällig begegneten, ließen wir es bei einem kurzen Gruß bewenden. Niemand durfte uns nebeneinander sehen. Darauf kam es mir wahrscheinlich noch mehr an als BC. Ich wollte einfach nicht, dass man uns zusammen sah. Da draußen, wo unsere Privatsphäre endete, gab es kein »Wir« mehr, sondern nur noch ein »Ich«. Und wenn wir abends wieder zusammentrafen, erzählten wir uns daher, was wir den Tag über getrennt gemacht hatten, und zwar genau so, als hätten wir es gemeinsam erlebt.

Ich sagte ihm, dass wir an dem Tag gemeinsam eingekauft hatten. Und erzählte ihm vom Supermarkt.

zırh **(Panzer)**: Wenn der Mensch sein Inneres nicht vor äußeren Blicken bewahren kann, wird er schneller besiegt und kommt auf Schlachtfeldern leichter zu Tode.

Der einzige Ort draußen, an dem mein Dicksein nicht befremdete, waren Supermärkte. Ich kannte alle bei uns im Umkreis, und alle Supermärkte kannten mich. Die Sicherheitsleute davor begrüßten mich herzlich, als seien wir alte Bekannte. An der Feinkosttheke wurde mir stets irgendein neuer Käse oder eine Salami empfohlen; die Frau, die die Fische säuberte, tat das einzig und allein bei mir, ohne ein Gesicht zu ziehen; in der Backwarenabteilung sollte ich immer was probieren, von möglichst vielen Sorten; beim Gemüse wurden extra die aus dem Lager eingetroffenen Kisten sofort aufgemacht, damit ich mir etwas ganz Frisches aussuchen konnte; und die Kassiererinnen hielten allesamt gern ein Schwätzchen mit mir. In Supermärkten fühlte ich mich privilegiert. Ich konnte meinen Einkaufswagen bis zum Rand füllen und dennoch am folgenden Tag im selben Supermarkt wiederum viel zu viel kaufen, ja das sogar jeden Tag so treiben, ohne schief angesehen zu werden. Überhaupt durfte ich dort in aller Seelenruhe einiges tun, was anderen nicht gestattet war. Wo Käsestückchen oder Oliven zur Probe angeboten wurden, durfte ich mich so oft davon bedienen, wie ich nur wollte; Chipspackungen machte ich einfach im Laden auf und begann daraus zu essen, und aus dem Kühlschrank nahm ich mir kalte Getränke und löschte meinen Durst. Manchmal aß oder trank ich etwas auch gleich ganz fertig, und wenn ich dann die leeren Packungen oder Flaschen an der Kasse präsentierte, lächelten die Kassiererinnen nachsichtig, entsorgten meinen Müll und berechneten mir die Produkte gleichsam nur widerwillig. Ich hatte nichts getan, für das ich mich hätte schämen müssen. Man fand mich sogar süß. Dass ich so dick war, ging als Entschuldigung für meine Gefräßigkeit durch. In Supermärkten funktionierte das immer.

Mit der Zeit merkte ich, dass man die Toleranz, mit der Dicken wie mir in Supermärkten begegnet wurde, auch gegenüber Kindern an den Tag legte. Auch die mussten sich an bestimmte Regeln nicht halten und genossen Privilegien, die Erwachsenen vorenthalten wurden. Auch bei ihnen wurde ein Auge zugedrückt, wenn sie eine Packung schon vor der Kasse aufrissen und vor allen Leuten zu essen anfingen. Und auch bei ihnen fand man das süß. Kinder galten eben, genauso wie Dicke, als praktisch willenlose Wesen.

zıtlık (**Widerspruch**): Als das Auge gefragt wurde: »Was würdest du am liebsten sehen?«, erwiderte es: »Am liebsten einen Widerspruch.« Darauf zeigte man dem Auge die verbotene Liebe zwischen der Fruchtbarkeitsgöttin Aphrodite und dem Kriegsgott Ares.

Aphrodite und Ares trafen sich nachts, trennten sich aber stets vor Morgengrauen, um ihre Beziehung zu verheimlichen. Eines Nachts aber schliefen sie ein, und als die Sonne schon aufgegangen war, lagen sie noch immer nebeneinander, sodass sie vom Himmel ertappt wurden. (Notabene: Auf Erden begangene Sünden sieht man seit jeher am besten vom Himmel aus.) Was die Sonne zu Gesicht bekam, teilte sie augenblicklich Aphrodites griesgrämigem Gatten Hephaistos mit. Darauf wurden die beiden nackten Liebenden mit einem Netz gefangen und zur Schau gestellt, damit ihr Verrat allen eine Lehre sei.

»Wo ist denn da der Widerspruch?«, sagte das Auge. »Es wäre doch höchstens einer, wenn sie diesem hässlichen Hephaistos treu bliebe. Ich will einen Widerspruch sehen, aber einen echten!«

An jenem Nachmittag berichtete ich BC, wie wir gemeinsam im Supermarkt eingekauft hatten. Stets im Bewusstsein, beobachtet zu werden. Breite Spiegel, Sicherheitsleute, Kameras. »Verehrte Kunden, wir möchten Sie darauf aufmerksam machen, dass unser Geschäft mit Videoüberwachung ausgestattet ist.« Von solcherlei Schildern begleitet, spazierten wir durch das Land der Freiheit und der Vielfalt, vorbei an augenschmeichelnden Regalen, und kauften auch mehr mit den Augen als mit dem Geldbeutel, und als uns an der Kasse das Geld nicht reichte, legten wir so manches wieder an seinen Platz zurück. Unterwegs nach Hause sahen unsere Augen nicht, was wir tatsächlich gekauft hatten, denn sie hingen noch an dem, was wir zurückgelassen hatten.

»Jetzt erzähl du. Was hast du heute draußen gemacht?«

Aber da saß BC schon wieder an seinem Lexikon der Blicke. Meine Frage hatte er nicht einmal gehört. Verwundert betrachtete ich ihn. Wie viele andere Facetten würde ich von ihm wohl noch sehen, außer dieser einen, die ich gerade vor mir hatte?

zihin (**Verstand**): Verschwimmt der Verstand, so verschwimmen auch die Bilder.

Er zündete sich eine Zigarette an und las die letzten Einträge durch, die er verfasst hatte. Und so geschwätzig, wie er sonst auch war, wäre er nun wohl auf nichts eingegangen, was ich hätte sagen können. Priorität hatte nun sein Lexikon der Blicke.

zilzal (**Erdbeben**): *Zilzal* ist der Name der 99. Sure des Korans, die davon kündet, dass die Erde alles ausspucken wird, was an Schwerem in ihr enthalten ist. Dann werden die Schichten zu sehen sein, die normalerweise tief in der Erde verborgen sind.

Das mit dem Lexikon der Blicke hatte etwa eine Woche zuvor begonnen, im Kino. Wir gingen beide sehr gern ins Kino, war dies doch außerhalb der Wohnung der einzige Ort, an dem wir gemeinsam sein konnten. Meist gingen wir getrennt dorthin und saßen im Kino auch nicht nebeneinander. Waren aber wenig Leute im Saal, konnte es vorkommen, dass wir uns nebeneinandersetzten. Dann hielten wir im Dunkeln den ganzen Film über Händchen. Dennoch saß ich da wie auf glühenden Kohlen, und vor allen Dingen hasste ich die zehnminütige Pause. Rückte sie näher, stand manchmal einer von uns auf und setzte sich um, aber meistens waren wir doch vom Film so gefangen, dass wir diese Gelegenheit verpassten, und wenn dann plötzlich das Licht anging, versanken wir schuldbewusst in unseren Sitzen. In diesen endlosen zehn Minuten rutschte BC so weit hinunter, wie es nur ging. Bei mir dagegen war ohnehin nichts zu wollen. Ich mochte noch so sehr versinken und saß doch in meiner ganzen Masse und für jeden ersichtlich da.

Vor einer Woche also hatte es begonnen. Der Saal war fast leer, und wir sahen uns Händchen haltend einen Horrorfilm an, als BC auf einmal aufsprang, noch weit vor der Pause.

»Ich muss heim und arbeiten.«

Bevor ich irgendetwas fragen konnte, war er schon weg, und ich sah mir den Film alleine zu Ende an.

zina (**Ehebruch**): Damit ein Ehebruch als bewiesen gilt, müssen vier männliche Zeugen ihn mit eigenen Augen gesehen haben. Es genügt dabei nicht, dass die Zeugen alle das Gleiche gesehen haben, sondern sie müssen das Gesehene auch auf die gleiche Weise ausdrücken. Formuliert einer von ihnen seine Aussage so, dass Zweifel aufkommen, so gelten die Worte der anderen als gelogen und die Beschuldigung als unbegründet.

Als ich nach dem Film durch die Hintertür des Kinos auf eine Gasse hinaustrat, sah ich auf dem Gehsteig einen blinden Straßenverkäufer, dem ich woanders schon öfters begegnet war. Er verkaufte Nazar-Amulette in den verschiedensten Größen – sie sahen aus wie blaue Augen und sollten den bösen Blick abwenden. Um ihn herum schlichen lauter Katzen, sehr kleine zumeist. Das befremdete mich. Zu einem blinden Mann, der sich auf der Straße herumtrieb, passte doch viel eher ein einzelner Hund und nicht eine Schar von Katzenjungen. Noch dazu schleckten diese ständig an ihm, als wäre er ein riesiges Stück Leber, das jederzeit aufstehen und davonlaufen konnte.

Da verkaufte also ein blinder Mann an Leute, die sehen konnten, blaue Augen. Ich kaufte mir ein großes, um es zu Hause aufzuhängen. Als ich ihm das Geld hinhielt, wurde ich von dem Katzenjungen auf seinem Schoß angefaucht, was mich nicht wunderte, denn dass Katzen mich nicht mochten, hatte ich schon öfter bemerkt. Dennoch war ich verstimmt. Mit dem Amulett in der Hand machte ich mich auf zum erstbesten Lokal, in dem es gedünstete Hammelleber gab.

ziya (**Licht**): Durch das Licht wird alles sichtbar, nur das Licht selbst nicht.

Als ich nach Hause zurückkehrte, saß BC vor dem Computer. Aufgeregt rief er mich sogleich zu sich.

»Schatz, das ist das Lexikon der Blicke«, sagte er und deutete auf den Bildschirm. Wie jemand, der die beiden Menschen, die er auf Erden am meisten liebt, einander vorgestellt hat, wartete er nun darauf, dass die beiden sogleich miteinander warm wurden.

zorba (**Tyrann**): Da der Satiriker die Tyrannei des Tyrannen aufs Korn genommen hatte, büßte er sein Leben ein, und sein spitzzüngiges Haupt hing tagelang mitten auf dem Platz auf einem Pfahl. Wer vorbeikam, schaute darauf, und wer einmal darauf geschaut hatte, schaute wieder darauf. Die Herrschaft des Tyrannen war nämlich eine Herrschaft, die zur Schau gestellt wurde.

Erst dachte ich ja, das mit dem Lexikon sei nur eine der Verrücktheiten BCs und würde sich schnell wieder geben. So kam es aber nicht. Ganz im Gegenteil steigerte er sich immer mehr hinein. Er arbeitete fieberhaft daran und befasste sich gleichzeitig mit mehreren visuellen Aspekten, die nichts miteinander zu tun hatten. Meist schrieb er nachts. An das Klappern der Tasten, das mich anfangs am Einschlafen hinderte, gewöhnte ich mich mit der Zeit. War die Nacht vorüber, steckte er das Geschriebene in eine Klarsichthülle und verbarg es dann vor mir und vor dem Tageslicht. Wenn ich morgens aufstand, hatte er sich gerade erst schlafen gelegt. Obwohl wir in der gleichen Wohnung lebten, sahen wir uns immer weniger.

»Wie kommst du auf das alles?«, fragte ich eines Tages.

»Wie ich darauf komme? Das war schon da. Schon immer. Schau, unser ganzes Leben beruht doch auf dem Sehen und Gesehenwerden. Bei unseren sämtlichen Sorgen und Nöten, unseren fixen Ideen, bei unserem Glück und unseren Erinnerungen … ja bei unserer ganzen Existenz hier auf Erden … geht es immer und immer wieder um das Sehen und Gesehenwerden. Das will ich im Lexikon der Blicke aufzeigen. Zunächst einmal wirken die Einträge, als hätten sie nichts miteinander zu tun, aber da es dabei stets um das Sehen und Gesehenwerden geht, entstehen versteckte Querverweise. Und eigentlich sind es lauter einzelne Elemente eines großen Ganzen, wie die Flicken einer Schamanentracht. Auf diesen Vergleich bin ich heute Morgen gekommen. Na, wie gefällt er dir?«

Ich musste schmunzeln. Für Hochtrabendes hatte er

schon immer etwas übrig. Ich ging in die Küche, um mir zum Tee etwas zum Knabbern zu holen. Tatsächlich waren noch welche von den mit Aprikosenmarmelade gefüllten Keksen übrig, die ich am Tag zuvor in der Konditorei gekauft hatte. Als ich mit meinem Teller ins Wohnzimmer zurückkam, stand BC mit grimmiger Miene da.

»Du wirst es schon noch sehen«, sagte er, sichtlich beleidigt. »Ich werde dir beweisen, wie wichtig das Lexikon der Blicke ist.«

Ich wollte mich wieder bei ihm einschmeicheln und ihm sagen, dass er mir doch gar nichts zu beweisen brauche, aber meine Hand, mit der ich ihm durch die Haare fuhr, stieß er rüde zurück. Die Kekse wollte er auch nicht probieren. Er war sauer. Auf der Suche nach etwas Versöhnlichem fiel mein Blick auf den Computerbildschirm.

»Hm, du bist doch erst am Anfang, oder? Warum hast du dann nicht mit dem Buchstaben A begonnen?«, fragte ich, während auf meiner Zunge die Aprikosenmarmelade zerging. »Jedes Lexikon fängt doch bei A an, warum bist du schon beim Z?«

Immer wenn er so dreinsah, wurden seine Augen, die so schwarz waren wie Bitterschokolade, zu mit dem Pinsel hingehuschten Schatten. Dann zitterten mir die Hände, als müsste ich selbst diese Linien von Neuem zeichnen, und durch zu viel Wasser würden die Farbe zerlaufen und die Augen gelöscht. Dann konnte ich gar nicht die Augen abwenden von der Seltsamkeit seiner Augen.

***Zühre* (Venus)**: Es heißt, auch die Liebe werde vergessen, wie alles andere. Und vergessen werde sie nicht erst, wenn sie gelebt und vergangen sei, erkaltet und zu Asche verfallen, sondern sogar schon, wenn sie noch ungezügelt galoppiere.

Wie dem auch immer sei, im dritten Himmel gibt es einen Venusstern. Wer nicht mehr weiß, ob er noch verliebt ist, oder wer es zwar noch ist, sich aber nicht erinnert, in wen, der steigt in den dritten Himmel empor und blickt in den Liebesspiegel, den der Venusstern in der Hand hält. Und das Gesicht, das er darin erblickt, ist das Gesicht des Menschen, in den er verliebt ist.

Es heißt auch, manche sähen in dem Spiegel nichts als tiefe Finsternis. Doch zieme es sich nicht, an deren Gedächtnis zu zweifeln. Denn was bei ihnen aussetze, sei nicht das Gedächtnis, sondern das Herz.

»Ich habe mir gedacht, die Reihenfolge spielt keine Rolle«, sagte er verzagt. »Es sollte mehr so aufs Geratewohl werden. Aber wo ich jetzt darüber nachdenke, finde ich, dass du recht hast. Da muss eine Ordnung rein. Von A bis Z. Am besten ich fange doch vorne an.«

Weder begriff ich, warum er so eingeschnappt war, noch begriff ich, worauf er eigentlich hinauswollte. Aber es gefiel mir, dass er auf mich hörte. Aprikosensüß lächelte ich ihn an.

***Adem ile Havva* (Adam und Eva)**: Als Adam und Eva in den verbotenen Apfel bissen, erkannten sie erst, wie unterschiedlich sie waren. Schamvoll versuchten sie ihre Nacktheit mit

Feigenblättern zu verdecken. Adam aber griff zu einem Blatt und Eva zu drei Blättern. So lernten sie zugleich auch das Zählen und wurden nie wieder gleich.

Von da an war ein Tag wie der andere. BC blieb morgens zu Hause, und ich ging zur Arbeit. Wenn ich das Haus verließ, schlief er noch. Wenn ich zurückkam, saß er an seinem Lexikon der Blicke. Mal empfing er mich murrend, mal gleichgültig und mal auch ganz aufgekratzt fröhlich. Manchmal gingen seine Augen wieder so seltsam zu, dann wusste man nicht, was er empfand. Nicht nur sein Gemütszustand, sondern der ganze Ablauf unseres restlichen Tags wurde durch das Lexikon der Blicke bestimmt.

Allerdings gab es Dinge, die nicht davon bestimmt wurden. Wie zum Beispiel das Bezahlen der Miete. Das aber schien BC nur wenig zu bekümmern. Er hatte all seine Jobs aufgegeben und widmete seine gesamte Zeit dem Lexikon. Das betrübte vor allem den Besitzer des Malerateliers. Ausgerechnet, als er BC hatte anbieten wollen, nicht mehr nur montags Modell zu stehen, sondern jeden Abend, musste er erfahren, dass er ganz aufhörte. Wieder und wieder rief der Maler an und betonte, seine Studenten wollten nur noch mit ihm arbeiten, außerdem sei das Modellstehen doch nicht gar so zeitaufwendig, und da er große Mühe haben werde, wieder ein Modell aufzutun, das so viel Zuspruch finde, sei er auch bereit, das Honorar zu erhöhen. Es half alles nichts. BC wollte sich mit nichts anderem mehr befassen als mit seinem Lexikon.

Ich fand inzwischen in einer neu eröffneten Kinderkrippe einen Halbtagsjob als Betreuerin. Das Gehalt war nicht besonders gut, dafür aber die Arbeitsbedingungen. Ich musste nur den Vormittag über mit den Kindern meiner Gruppe Lieder singen, Bilder malen, Geschichten erzählen und mit bunter Knete basteln. Um halb eins gab es Mittagessen. Nach einem von den Eltern der Kinder festgelegten Speiseplan bereitete unser Koch jeden Wochentag ein anderes Essen zu. Ich hatte allerdings den schweren Verdacht, dass wir eigentlich jeden Tag Frikadellen und Kartoffeln aßen. Die Frikadellen waren mal aus Hackfleisch, mal aus Hühnchen, Fisch, Bulgur oder Soja. Die Kartoffeln blieben sich jeden Tag treu. Dazu tranken wir Milch, und zwar in Unmengen. Wenn die Kinder mich trinken sahen, lachten sie gackernd. Als Nachtisch gab es immer irgendeine Sorte Pudding. Danach legten sich die Kleinen zum Mittagsschlaf hin. Ich räumte noch ein wenig auf, dann übergab ich an eine Kollegin. Die Krippenleiterin erwähnte mir gegenüber immer wieder, wie recht es den Eltern der Kinder gewesen wäre, wenn ich dort ganztags gearbeitet hätte. Sie mochten mich angeblich, und abends, wenn sie die Kinder abholten, hätten sie am liebsten mich gesehen.

Dabei war ich keineswegs besser als die anderen Betreuerinnen. Ich war lediglich viel dicker als sie. Mein bloßer Anblick flößte den Eltern Vertrauen ein. Sie hatten dann weniger Angst, dass die Kinder hinfallen, sich schubsen oder mit scharfen Gegenständen spielen würden. Wie ein mit Träumen aus Erdbeerpudding gefüllter riesiger Ballon federte ich alles ab, was um mich herum vorging. In meiner Anwesenheit waren die Bastelmesser weniger scharf, die Tischkanten weniger spitz, die Streitereien weniger heftig und sogar die Rutsche draußen im Garten weniger rutschig. Solange ich da war, durfte man die Kinder in Sicherheit wissen. Ich war wie geschaffen für diese Arbeit.

Jedoch fiel es mir jeden Morgen schwer, in die Krippe zu gehen. Eigentlich wollte ich überhaupt nichts machen, was mich dazu zwang, das Haus zu verlassen. Sobald ich die Haustür öffnete, drängte sich mir schon der Wunsch auf, wieder heimzugehen. Mir gefiel es nicht da draußen.

Da draußen war das Land, wo einem Etikette verpasst wurden. Die Kinder in der Krippe wetteiferten geradezu darum, mich daran zu erinnern, wie dick ich war. So wie ein Raucher abends Tabakgeruch in den Haaren hat, roch ich beim Nachhausekommen die Buchstaben d-i-c-k in meinen Haaren. Darum wusch ich mir immer gleich als Erstes den Kopf und sah zu, wie die Buchstaben kreisend im Abfluss verschwanden. Manche aber gingen nicht heraus, da konnte ich so viel Shampoo verwenden, wie ich wollte, sie klebten an mir wie Kletten. Dann kam BC mir zu Hilfe und klaubte die ds, die is, die cs und die ks aus meinen Haaren einzeln heraus.

Eines Tages beschloss ich, mir die Haare zu färben. Die Buchstaben würde ich so nicht loswerden, das war mir klar, doch mit der passenden Haarfarbe würde ich sie unsichtbar machen, wie bei einem Pullover, dem man keinen Schmutz ansieht.

aşk **(Liebe)**: In den Armen ihres Liebhabers murmelte die Witwe: »Liebe muss verboten sein. Und was verboten ist, darf nicht zu sehen sein.«

Der junge Mann aber dachte, alle sollten sehen, dass er mit der Witwe schlief, denn das bewies, wie erwachsen er schon war. Darum ließ er alle Fenster offen stehen. Auf der Straße kam aber niemand vorbei.

Eines Tages öffnete der junge Mann in dem Haus eine Tür, die immer verschlossen war und die er noch nie angerührt hatte. »Mein Gott!«, rief er aus. »Da sperrst du immer alle ein? Damit uns nur ja keiner sieht?« Auf eine Antwort musste er jedoch warten, denn flink sperrte die Witwe den jungen Mann im Haus ein und ging davon.

Unterwegs begegnete sie einer Raupe und fragte sie: »Willst du mein heimlicher Liebhaber sein?« Da erwiderte die Raupe: »Ich möchte vielmehr, dass jedermann deine Liebe zu mir sieht, dann wirke ich nicht mehr so hässlich.« Eine Weile lang sah die Witwe der Raupe dabei zu, wie sie an einem Blatt herumfraß, dann sperrte sie die Raupe in der riesigen Welt ein.

Später stand sie vor dem Universum und stellte ihm die gleiche Frage. »Ich möchte, dass jedermann deine Liebe zu mir sieht«, sagte das alte Universum, »dann wirke ich nämlich jünger.« Die Witwe zuckte mit den Schultern. Sie trug ja einen ganzen Schlüsselbund in der Tasche. So sperrte sie das Universum in ihm selbst ein.

Kaum ging sie weiter, da fiel sie in eine Leere. Noch im Fallen zog sie einen weiteren Schlüssel aus der Tasche, doch da war nirgends ein Schloss. »Bist du töricht oder was?«, grummelte die Leere. »Was soll denn ein Schloss in der Leere? Außer der Leere findest du hier nichts.« Verwundert sah die Witwe die Leere an. »Dann lass mich bei dir bleiben«, sagte sie. »Dich habe ich gesucht!«

»Unmöglich!«, stieß die Leere aus. »Wenn du bei mir bleibst, füllst du meine Leere, und ich bin nicht mehr ich selbst.«

Dann aber rief sie der Witwe nach: »Halt, komm zurück!«, als wollte sie sich für ihre Grobheit entschuldigen. »Komm zurück und schließ alle Türen auf. Lass die Leute raus, du brauchst sie nämlich.«

Die Witwe hörte auf die Leere und sperrte sämtliche Türen auf. Als die Gefangenen das merkten, drängten sie heraus, und ganz benommen von ihrer Freiheit rannten sie so wild durcheinander, dass sie sich gegenseitig verletzten. Verärgert sagte die Witwe: »Und das soll jetzt besser sein?« Um sich den Aufruhr nicht länger mit ansehen zu müssen, sperrte sie sich selbst in ihr Haus ein. Und die Liebe verbot sie sich fortan.

Die Haarfarbenpalette, die mir von der Friseuse in die Hand gedrückt wurde, war umwerfend. Von den Farben her war wirklich alles geboten, aber noch mehr faszinierten mich die Namen. Unter einer kupferfarbenen Haarlocke stand zum Beispiel »Abschied vom Zug bei Sonnenuntergang«, ein etwas gewagterer Rotton hieß »Alias die Verführerin«, eine aschgraue Locke »Was der Kamin alles weiß«, eine gelbliche »Natürliches Blond« und eine kastanienfarbene »Herbstliches Kastanienrösten«. Mit dem Zeigefinger fuhr ich über jede einzelne Locke. Wäre es nach mir gegangen, hätte ich die Locken eher nach Speisen benannt. Schon als ich klein war, rief mir jede Farbe irgendein Essen in Erinnerung. Während ich so sinnierte, sah ich mir auf einmal meinen Zeigefinger näher an. Er sah furchtbar angeknabbert aus, und hastig versteckte ich ihn.

Nach längerem Zögern entschied ich mich für eine Locke mit silbernem Schimmer, die »Schwarz wie ein Kohlenkeller« tituliert war.

»Das wird Ihnen stehen«, sagte die Friseuse. »Es macht Ihr Gesicht etwas schmaler.«

Ich gab keine Antwort und lächelte auch nicht zurück, sondern starrte einfach in den breiten Spiegel vor mir. Verlegen wandte sie den Blick ab. Ich hasste Leute, die dicke Menschen einfach für dumm hielten.

ay (**Mond**): Über Jahrhunderte hinweg hat der Mensch sich dem Mond nahe gefühlt und ihn mit einem menschlichen Antlitz verglichen. (Anmerkung: Die Gesichter des Mondes untersuchen!)

Als ich nach Hause kam, ging BC nervös in der Wohnung auf und ab. Meine neue Haarfarbe fiel ihm sofort auf, und er äußerte sich auch positiv, doch mit den Gedanken war er offensichtlich woanders.

»Wenn das so weitergeht, werde ich mit dem Lexikon in hundert Jahren nicht fertig«, schimpfte er, während ich mir in der Küche eine Kleinigkeit herrichtete.

»Ich bitte dich, du hast doch vor ein paar Tagen erst angefangen. Und ich habe noch nicht mal kapiert, worum es wirklich geht.«

»Los, komm!«, rief er da. »Heute hocken wir nicht zu Haus rum, sondern gehen aus.«

Er musste verrückt geworden sein.

ayçiçeği (**Sonnenblume**): Als die Sonnenblume sich in die Sonne verliebte, krümmten sich die anderen Pflanzen vor Lachen. »Die Sonne kommt von ihrem Himmelsthron nie herunter. Sie ist mächtig und unerreichbar. Und wer bist du schon? Lass ab von dieser Liebe«, sagten sie zu ihr. Die Sonnenblume entgegnete nichts darauf und sah nur immer wieder sehnsüchtig zum Himmel hinauf.

Die Sonne bekam davon lange nichts mit, doch irgendwann fühlte sie die Blicke der Sonnenblume auf sich ruhen. Erst dachte sie, das sei nur eine Anwandlung und bald vorbei, doch irgendwann begriff sie, dass dem nicht so war. Die Sonnenblume war hartnäckig, und wohin die Sonne ihren Thron auch rückte, wandte unverdrossen auch die Sonnenblume sich hin.

Eines Nachmittags hatte die Sonne genug von diesen Nachstellungen und sandte auf die Sonnenblume gnadenlose Hitze herab. Und während von der Sonnenblume noch schwarzer Rauch aufstieg, eilten auch schon Menschen herbei. »Hurra!«, rief einer. »Jetzt können wir uns an dieser Liebe gütlich tun.«

Und als die Menschen am Abend über einen traurigen Liebesfilm Tränen vergossen, kauten sie Sonnenblumenkerne.

»Du willst ausgehen? Dann verstecken wir uns jetzt also nicht mehr? Kannst du mir sagen, was sich plötzlich geändert haben soll?«

»Ich habe für unsere Situation eine Lösung gefunden«,

erwiderte er leise und kniff dabei verschmitzt seine bit-
terschokoladeschwarzen Augen zu. Um meine Neugier
noch mehr anzustacheln, legte er eine Kunstpause ein,
und dann erst verriet er lächelnd: »Du und ich, wir werden heute Abend inkognito unterwegs sein!«

ay tutulması (**Mondfinsternis**): Manchmal gelingt es dem
Mond, sich den Blicken der Menschen zu entziehen. Sobald
ihn niemand sieht, pudert er sein Gesicht nach.

Während BC seine Vorbereitungen traf, redete er in einem
fort. Inkognito, das bedeute, sein Äußeres so zu verändern,
dass man nicht erkannt werde. Fast alle Sultane hätten zu
dieser List gegriffen, um unerkannt zu erkunden, wie es
außerhalb ihres Palasts wirklich zugehe. Nun sei es an uns,
durch eine Verkleidung an diese hochherrschaftliche Tradition anzuknüpfen.

»Schön und gut, aber wird uns nicht doch irgendjemand erkennen?«, murmelte ich. Natürlich würde das jemand, wieso auch nicht. Mir gefiel das Ganze gar nicht.

Aynel-yakin (**Aynel-yakin**): Die zweite Stufe der Gotteser-
kennung, die darin besteht, dass man Gott mit eigenen Augen
sieht.

BC rasierte sich sorgfältig. Als ich ihm einen Rest Schaum
aus dem Gesicht wischte, fühlte seine Haut sich an wie
ein Pfirsich. Weil BC so aufgeregt war, ging durch den
Pfirsichflaum ein leichter Schauer, der sich sogleich auf

mich übertrug. Hinter dem Wandschirm zog BC sich dann um, und als er wieder hervortrat, trug er einen meiner Büstenhalter. Gerade fragte ich mich noch, womit er den wohl ausgestopft hatte, als mein Blick auf seinen Hintern fiel. Als er powackelnd an mir vorbeitänzelte, sah ich ihn sorgenvoll an. So hatte ich den Mann, den ich liebte, noch nie gesehen. Voller Entsetzen fragte ich mich, inwiefern dieses Gebaren, diese Verleugnung all dessen, was ich bisher gekannt hatte, mich nicht irgendwie ausschloss. Wie konnte er sich nur so plötzlich mit seinem neuen Erscheinungsbild identifizieren? Mit seinem Äußeren schien sich schlagartig auch seine Persönlichkeit verändert zu haben.

Verstimmt dachte ich an die Perspektive, mit ihm gemeinsam das Haus zu verlassen. Wie sehr wir uns auch verkleiden mochten, wie sollten wir uns denn vor den Augen anderer verbergen können? Wir waren nun mal zusammen kein ansprechender Anblick. Auch inkognito, und selbst im Abenddunkel, passten wir einfach nicht zusammen.

Ich hatte Angst davor hinauszugehen. Mir gefiel es draußen nicht.

ayna (Spiegel): Die Odalisken im Harem konnten sich in den aus Venedig eingeführten Spiegeln an ihrer Schönheit gar nicht sattsehen. Ihr größter Wunsch war es, dass der Sultan genau das sah, was sie im Spiegel erblickten.

Olivenschwarzer Lidstrich, künstliche Wimpern, Schmetterlingsbrille, himbeerfarbener Lidschatten, Pailletten, bronzenes Make-up, Puder-Rouge, kirschroter Lippenstift, nachgezogene Lippen, maisgelbe Perücke, Netzstrümpfe, ungeheuer hochhackige Schuhe, die aus der Ferne wirkten wie Spielzeugtürme, und ein fließendes Kleid mit Blattmuster, das hinten bis zum Boden reichte: So stand er vor mir. Dazu noch riesige, kreisrunde Ohrringe, eine Korallenhalskette, scheppernde Armreife, protzige Ringe, eine erbsengrüne Tasche aus Schlangenleder an der einen Schulter und an der anderen der buschige Schwanz irgendeines armen Tieres.

Wie … Wie hatte er sich nur in so etwas verwandeln können? Als ich ihn berührte, um seinem Geheimnis auf die Spur zu kommen, kicherte er und zwinkerte mir mit seinen falschen Wimpern zu. Er war auf einem völlig anderen Trip als ich, und wenn ich mich nicht beeilte, würde er ohne mich inkognito losziehen.

Babil Kulesi (**Turm von Babel**): Die Menschen waren so neugierig auf Gott, dass sie in den Himmel hinauf einen Turm bauten, um Gott dort zu sehen. Die Bauarbeiten schritten rasch voran, und alle Arbeiter waren tüchtig am Werk. Doch als sie in den siebten Himmel vorstießen, gab Gott jedem Arbeiter eine andere Sprache. Da keiner mehr den anderen verstand, wurde der Turmbau eingestellt.

Denn Gott wollte nicht gesehen werden.

basilisk (Basilisk): Tödlich giftiges Tier. Früher der Albtraum aller Reisenden, die sich in ferne Gegenden wagten. Um sich vor den giftigen Blicken des Basilisken zu schützen, führten die Reisenden die verschiedensten Gegenstände mit. Die Klügsten aber begnügten sich mit einem Spiegel.

Was hätte den Basilisken mehr abschrecken können als sein eigener Anblick?

Wir mühten uns stundenlang ab. BC zerrte am einen Ende des Korsetts, ich schweißgebadet am anderen, um meine Fettschichten zu bändigen. Die aber waren ihre Bequemlichkeit gewohnt und daher höchst überrascht von dieser Art Zwangsjacke. Manche weinten herzzerreißend, andere verfluchten mich, und wieder andere verlegten sich aufs Bitten und Betteln. Einige fahndeten nach irgendeinem Loch oder Riss in dem Korsett, um sich heimlich davonzumachen, aber das gaben sie bald auf. Ich war in das Korsett derart eingeschnürt, dass jede meiner Bewegungen einem Wunder gleichkam. Von allen Seiten war ich umzingelt, von Norden, Süden, Osten und Westen, und mein Fett konnte nirgendwohin.

Die restlichen Vorbereitungen dauerten dann nicht mehr lang. Nach all der Anstrengung hatte ich ohnehin keine Kraft mehr, und erst recht keine Geduld. Auf Hände, Beine und Brust streute ich mir künstliche Haare, und meine kohlenkellerschwarzen Haare kämmte ich nach hinten, um sie unter einer Mütze zu verbergen. Der aufgeklebte Schnurrbart machte nicht viel her, aber das spielte keine Rolle, ich hatte mich bereits in einen draufgängerischen jungen Mann verwandelt. Mit einem energischen Heben der Augenbraue bedeutete ich BC, er solle losgehen. Als ich die Wohnungstür zusperrte, kicherte er im Treppenhaus.

Er hatte recht. So würde uns tatsächlich niemand erkennen.

baykuş (**Eule**): Rentner halten sich Kanarienvögel. Sie mögen Tauben, rühmen Adler, verscheuchen Krähen, bringen Papageien zum Sprechen. Das Kind aber liebt Eulen. »Eulen bringen Unheil«, heißt es da, »nimm ihren Namen nicht in den Mund.« Warum spricht man so über sie? Weil sie in der Nacht sehen, ja sogar die Nacht selbst sehen.

Wir arbeiteten uns durch Seitenstraßen vor, ohne jedoch die Hauptstraße aus den Augen zu verlieren. Bei jedem Schritt schlugen mir Essensgerüche in die Nase. Da sich die herrlichsten Düfte mit übelstem Gestank vermischten und so nichts wirklich roch, wie es sollte, war meine Nase beständig auf Spurensuche. Ich musste augenblicklich etwas essen. Das Korsett zwängte mich ein, und BC zog an mir herum. Als wir am soundsovielten Reismuschelverkäufer vorbeikamen, hielt ich es nicht mehr aus. Ich ließ mir von dem Jungen die Muscheln herrichten und einen guten Appetit wünschen.

Nun ja, den hatte ich, aber BC war nicht zu bremsen. In jeder Kneipe, an der wir vorbeikamen, wollte er unbedingt ein Bier zwitschern, und wenn er das nicht bekam, wurde er ungemütlich. Doch er wurde auch umso ungemütlicher, je mehr er trank, und je ungemütlicher er wurde, umso mehr trank er. Als er damit anfing, Türstehern in die Wange zu kneifen, platzte mir der Kragen. Mit pochenden Schläfen zog ich ihn weg. Wenn ich mich aufrege, bekomme ich erst recht Hunger. Ich hielt Ausschau nach einem Pfannkuchenstand, und neben mir grölte BC: »Ich bin eine freie Frau und mache, was ich will!« Als ich den gesuchten Stand erblickte, zog ich BC ziemlich rüde in die entsprechende Richtung. Da wurde ganz in meiner Nähe gerade Teig auf die heiße Platte gegossen und brutzelte herrlich, während er die frische Butter aufsog, und ich stand da und krümmte mich wegen eines dummen Streits vor lauter Hunger. Wir mussten schneller da hin. Aber kaum waren wir zwei Schritte vorwärtsgekommen, da brachte mich eine Stimme zum Erstarren.

»Lass gefäigst die Daame los!«

»Hast du etwa was gesagt?«, pflaumte ich sofort den pausbäckigen Mann an, der auf mich zukam. Trotz meines Korsetts musste ich immer noch einen stattlichen Eindruck machen. Aber der Mann schien mich keineswegs zu fürchten.

»Die Daame hab ich gessagt. Oder issas etwa keine Daame?«

cadı (Hexe): Bevor die Hexe Hänsel braten wollte, sollte er schön feist werden. Jeden Morgen befühlte sie daher seinen Zeigefinger, der aber blieb immer dünn und knochig, denn Hänsel hielt ihr statt des Fingers einen dürren Zweig hin. Da die Hexe nicht gut sah, konnte sie Hänsel nicht essen.

BC wickelte eine Locke seiner maisgelben Perücke um den Finger und sah uns mit einem Lächeln an, das mir das Blut in den Adern gefrieren ließ.

Bevor wir uns prügelten, hielten sowohl der Mann als auch ich noch einmal inne und sahen uns die Dame genauer an, für die wir da Leib und Leben aufs Spiel setzten. Und kamen zugleich zum selben Schluss, nämlich dass es keinen Grund gab, die Sache ausarten zu lassen. Ich grunzte den Mann an, er solle sich gefälligst trollen, und er ließ sich kurz darüber aus, dass man sich mit Gesindel am besten gar nicht einlasse. Dann warfen wir uns noch ein paar böse Blicke zu und wollten auseinandergehen, doch da stießen wir zur gleichen Zeit an dieselbe unsichtbare Mauer.

camera obscura (**Camera obscura**): Gerät, das ein Bild spiegelverkehrt wiedergibt.

Ich tastete mich an der unsichtbaren Mauer entlang, und als ich dabei in etwa einen Halbkreis vollführt hatte, stand ich plötzlich Nase an Nase mit dem pausbäckigen Mann, der anscheinend ebenso im Halbkreis an der Mauer entlanggewandert war. Die Mauer umgab uns also ganz und gar. Wir waren von den Augen all jener umzingelt, die danach gierten, eine Schlägerei zu sehen. Um da wieder herauszukommen, gab es nur eines, nämlich dass wir uns tatsächlich prügelten. Da begriff ich, dass jeder Streit auf der Straße von denen angefacht wird, die sich daran ergötzen wollen. Es sind die Zuschauer, die ihn vom Zaun brechen.

Den ersten Schlag versetzte ich ihm in die Magengrube. Er sackte zusammen, und ich dachte schon, davon erholt er sich nicht, aber da sollte ich mich täuschen. Offensichtlich war er nicht so ein Anfänger wie ich. Er schlug mich auf die Nase, und mir wurde schwarz vor Augen. Mein Blut schmeckte lauwarm. Als BC jenseits der unsichtbaren Mauer das Blut sah, schrie er laut auf. Die unsichtbare Mauer war aber eine Grenze. Weder durften wir Prügelnden sie überschreiten noch durfte uns jemand von außerhalb zu Hilfe eilen. Weinend scharrte BC an der unsichtbaren Mauer, weil er zu mir wollte.

Da geschah etwas Seltsames. Durch die vielsagend lächelnde Menge um uns herum fuhr eine Wellenbewegung, dann ging, nur damit die Szene sich belebte, in der Mauer kurz eine Tür auf und BC durfte schnell hindurch. Verschwommen bekam ich mit, wie BC lauthals schreiend auf mich zustürzte und mich mit Küssen und Schmeicheleien überschüttete. Dann packte er in seiner Wut die erbsengrüne Tasche aus Schlangenleder und drosch damit auf den Kopf des pausbäckigen Mannes ein. Alles Weitere drang kaum noch zu mir durch.

Leute hakten sich bei mir unter, um mir aufzuhelfen. Ich konnte kaum allein stehen. Auf BCs Gesicht hatten die Tränen in der Schminke Furchen gebildet, und aus seinen Pupillen glänzte die Freude darüber, dass ich mich vor aller Augen um ihn geprügelt hatte. Vor einem Krämerladen setzten wir uns auf leere Kisten und sprachen eine ganze Weile kein Wort. BC küsste mich mit seinen kirschroten Lippen auf meine wunden Stellen. Wir umarmten uns und schworen uns gegenseitig, dass wir einander nie wieder kränken würden. Mich erfüllte tiefe Befriedigung. Der Wind wehte kirschrot, mein Gesicht brannte kirschrot, und kirschrot küsste mich mein Freund.

ceviz ağacı (**Walnussbaum**): Der Walnussbaum bildet alles, was er sieht, auf den Schalen seiner Früchte ab. Darum will sich unter dem Walnussbaum niemand lieben.

Wir zogen Arm in Arm davon, und ich dachte, wir würden auf dem kürzesten Weg nach Hause gehen, BC aber zerrte mich in die erstbeste Kneipe, eine ziemlich finstere Bar. Während er dort wieder ein Bier nach dem anderen kippte, konnte ich nichts tun, als mit zurückgelegtem Kopf abzuwarten, bis sich mein Nasenbluten legte. In dieser Stellung sah ich BC aber nicht. Und wenn er außerhalb meines Gesichtskreises war, fürchtete ich mich.

Und wenn ich mich fürchte, bekomme ich Hunger.

cin (**Dschinn**): Laut dem Koran sind Dschinn Geister, die tausend Jahre vor Adam erschaffen wurden. Der aus schwarzem Lehm erschaffene Mensch ist ein sichtbares Wesen, der aus rauchlosem Feuer erschaffene Dschinn hingegen ist unsichtbar. Dschinn gibt es zuhauf, und sie unterscheiden sich voneinander in vielerlei Hinsicht. Manche sind böse.

Als wir später in einem Lokal saßen und ich auf meinen Spinatpfannkuchen wartete, versuchte ich so nett wie möglich zu BC zu sein, denn einen zweiten Streit an diesem Abend hätte ich nicht ertragen. Er hingegen schien gar nicht zu bemerken, wie angespannt ich war. Er war sturzbetrunken. Andauernd machte er Leute an, faselte vor sich hin und lachte darüber. Aller Augen ruhten auf uns. Nicht gerade das, was ich mir unter inkognito vorstellte.

çekirdek (**Kern**): Ein Reisender, vom langen Wandern sehr müde, setzte sich zum Rasten unter eine Platane. Aus seinem Bündel zog er Brot und Oliven, und während er sein Mahl verzehrte, spuckte er zum Vergnügen die Olivenkerne, so weit er nur konnte.

Da kam mit großen Schritten ein Riese daher, der ballte die Fäuste und rief: »Mit einem deiner Kerne hast du meinen Sohn getötet! Du bist der Mörder meines einzigen Sohnes!«

»Wie?«, entgegnete der Reisende entsetzt. »Das ist doch nicht möglich. Stell dir nur vor, wie winzig so ein Kern im Vergleich zu einem Riesen ist.« Da kam der Riese ins Grübeln. Um herauszufinden, ob der Reisende vielleicht recht hatte, machte er sich daran, einen der am Boden liegenden Olivenkerne zu betrachten. Das tat er tagelang, nächtelang, bei Regen, bei Sonnenschein, im Frühling, Sommer, Herbst und Winter. Immer wieder kam er und besah sich den Kern.

Und eines Tages donnerte er: »Ha, von wegen winzig klein im Vergleich zu einem Riesen! Um ein Haar hätte ich deine Lüge geglaubt!«

Der Reisende vermochte den Riesen nicht davon zu überzeugen, dass zwischen »einen Kern jetzt anschauen« und »einen Kern Jahre später anschauen« ein himmelweiter Unterschied bestand, und so beugte er unter dem hochgeschossenen Olivenbaum das Haupt und erwartete die Strafe, mit der der Riese ihn bedenken würde.

»Hör auf!«, flehte ich. Mein Spinatpfannkuchen war noch immer nicht serviert und ich in einem Zustand höchster Anspannung. »Geht es nicht ein bisschen leiser? Es schauen schon alle her.«

»Was hast du denn plötzlich? Warum passt dir nicht, dass die Leute schauen?«, sagte BC störrisch. Dann sprang er auf und redete erst recht so laut, dass alle ihm zuhörten.

»Jaja, zu Hause wollt ihr uns immer munter und lustig haben, nach Möglichkeit auch noch schamlos, aber kaum sind wir draußen, sollen wir das züchtige Fräulein geben. Ihr dirigiert uns rum, wie wir uns geben sollen, aber für uns ist das eine einzige Kränkung. Ihr Männer seid doch alle gleich, einer wie der andere. Scheinheilig wie sonst was. Entscheidet euch mal, was ihr wirklich wollt. Wenn wir außer Haus auch nur ein Zehntel von dem machen, was ihr zu Hause von uns verlangt, gibt es sofort ein Blut-vergießen. Oder stimmts vielleicht nicht? Mir reichts! Von hinten bis vorne! Das ist ja die reinste Persönlichkeitsspal-tung.«

Ich wollte im Erdboden versinken. Unterm Tisch ei-nen Geheimgang finden und mich dadurch davonma-chen. Mein Korsett platzen lassen und mitsamt meinem Fett kilometerweit weggluckern. Augenblicklich und für alle Ewigkeit verschwinden. Vor lauter Scham konnte ich niemandem ins Gesicht sehen. Bestimmt war das gesamte Lokal darauf gespannt, wie ich reagieren würde. Ich wagte gar nicht, vom Tellerrand der soeben erst servierten Spi-natpfannkuchen hochzublicken.

Dabbetülarz (**Dabba**): Laut dem Koran ein Tier, das am Jüngs-ten Tag auftaucht. Es hat einen Stierkopf, Elefantenohren, Ka-melfüße und einen Hyänenschwanz. Die Gesichter Gläubiger werden von ihm weiß gefärbt, die Gesichter Ungläubiger schwarz. Durch die Farben wird auch sichtbar, wer gut und wer böse ist.

Als wir nach dieser langen Nacht endlich wieder zu Haus anlangten, konnte BC nicht abwarten, bis ich die Wohnungstür aufbekam. Noch dazu ließ sich der Schlüs-sel nicht richtig drehen, und während ich noch damit kämpfte, warf BC auf einmal den Kopf zurück und röhrte, als wäre er am Ersticken. Im letzten Moment erschloss sich mir der tiefere Sinn dieses Lautes und ich sprang bei-seite. BC kotzte ausgiebig auf die Wände, den Boden, auf seine maisgelbe Perücke, und als sei das alles noch nicht genug, bekam auch die Fußmatte der Nachbarin ihren Teil ab. Nun hatte ich es so eilig, dass mir Hände und Füße zitterten. Zum Glück gab die Tür endlich nach.

BC stieß mich zur Seite und rannte hinein. Vor der Badtür verlor er das Gleichgewicht, stolperte über seine hohen Schuhe und schlug der Länge nach hin. Das musste ganz schön wehtun, doch war er zu betrunken, um es zu merken.

Ef'i (**Ef'i**): Die Viper Ef'i verlor erst ihre sehenden Augen und nach ihrer Begegnung mit dem Baum Razyanc auch ihre Blindheit. (Untersuchen: Da sie erst ihre sehenden und danach auch ihre nicht sehenden Augen verloren hat, werden ihrem getrockneten Herzen Abwehrkräfte gegen allen möglichen Zauber zugeschrieben.)

BC sah furchtbar aus, als er wieder aus der Toilette kam. Er war auf seine übliche Größe geschrumpft, der kirschrote Lippenstift war völlig verschmiert, das Make-up zerflossen, die Netzstrümpfe von oben bis unten zerrissen, die von der Perücke zerdrückten Haare standen ihm wild vom Kopf, und die Augen, die den ganzen Abend über so listig gefunkelt hatten, hielten nun schmerzlich still. BC faltete die Hände, die im Verhältnis zu seinem Körper immer etwas zu groß wirkten, und schob schmollend die Unterlippe vor. Offensichtlich hätte er sich sehr geschämt, wäre er gerade dazu in der Lage gewesen.

Elsa'nin gözleri (**Elsas Augen**): Elsas Augen sind ein Bodensatz der Schwermut. Die Dichter wühlen in der Schwermut, die Kinder im Bodensatz.

Als er ins Bett kroch, flüsterte er zerknirscht: »So hättest du mich nicht sehen sollen. In dem Zustand ...«

Dabei war es mir recht, ihn so gesehen zu haben. Er wirkte immer so, als wüsste er genau, was er tat, nahm alles völlig ernst, machte sich über jedes Thema endlos Gedanken, schätzte jeden richtig ein und erkannte somit auch gleich dessen Schwächen. Egal auf wen, stets übte er eine Macht aus, wie sie man von seiner Körpergröße her nicht erwartet hätte. So jemanden mal im erbärmlichsten aller Zustände zu sehen, das tat schon gut.

fal (**Wahrsagung**): Jede Wahrsagung ist darauf ausgelegt, die Zukunft vorherzusehen. Mit dem Vorhersehen ist es aber nicht getan, man muss die Menschen auch von dem überzeugen, was man gesehen hat. (Z.B.: Apollo hatte Kassandra mit der Fähigkeit der Wahrsagung ausgestattet. Als sie jedoch seinen Heiratsantrag ablehnte, bestrafte er sie damit, dass sie niemanden von ihren Vorhersagen würde überzeugen können.)

Am nächsten Morgen, als ich mich für die Arbeit fertig machte, sah ich, dass BC auch schon auf war. Er stand mit mürrischem Gesicht in der Küche und kochte Kaffee. Unsere Blicke trafen sich.

»Sag deinen Augen, sie sollen vergessen, was sie gestern gesehen haben«, bemerkte er trocken, halb im Scherz.

»Das vergessen die nicht.«

»Was? Gar nichts?«, fragte er unwirsch.

»Nein, gar nichts«, erwiderte ich, ohne zu wissen, warum ich so widerspenstig reagierte.

»Glaub ich nicht«, meinte er da. »Das vergessen die schon.«

Fames (Fames): In der endlosen, von ewigem Schnee und schneidend scharfem Eis bedeckten Ebene des Darbens, in der nichts weiter gedieh als fahles Unkraut, lebte der Hungergott Fames. Er war so mager, so furchtbar mager, dass er von Weitem aussah wie ein Haufen Knochen. Über seine angenagten, kälteblauen Lippen kamen ihm die Namen der Speisen, nach denen es ihn gelüstete. Von den glanzlosen, starr blickenden, von schwarzen Ringen umzogenen Augen war die Qual des Hungers abzulesen. Das Gesicht war gelb, die Haut völlig ausgetrocknet, die Haare vom vielen Kauen abgestumpft und zerzaust. An den Fingern hatte er so viel gesogen, dass sie spindeldürr waren. Da er immer wieder versuchte, sich selbst zu essen, war der ganze Körper von Bissspuren übersät.

Der Atem von Fames stank schlimmer als verfaulte Eier. Wer ihn nur einmal roch, hatte fortan immer Hunger. Sobald man sich mit seinem Atem vergiftet hatte, konnte man essen, so viel man wollte, und wurde doch nicht satt. Man verzehrte das Essen, doch an einem selbst nagte der Hunger. Denn nicht der Magen ist nicht satt zu bekommen, sondern die Augen.

Kaum war ich aus dem Haus, lastete ein großer Druck auf mir. Am liebsten wäre ich sofort wieder zurück in die

Wohnung und den ganzen Tag nicht mehr rausgegangen. Die Straße schien mir steiler denn je, der Weg so kompliziert wie noch nie. Am einfachsten wäre es mit dem Taxi gewesen, aber das konnte ich mir nicht jeden Tag leisten. Jetzt wieder in einen der morgens so übervollen Busse hinein, keuchend die hohen Stufen erklimmen, drinnen durch das Gedränge hindurchmüssen und dann die ganze Fahrt über das Geglotze der anderen aushalten ... Wenn ich nur daran dachte, wurden mir die Beine schwer. Und die Sammeltaxis waren ja noch schlimmer.

Ich zwang mich zum Weitergehen, aber meiner Brust entfuhr ein entsetzliches Röcheln. Bei jedem Schritt fühlte ich, wie meine Beine aneinanderrieben, und immer wieder musste ich kurz stehen bleiben. Nun, daran war ich gewöhnt. Mich fortzubewegen war mir schon immer schwergefallen. Wenn ich aber noch dazu wohin musste, wo es mir nicht behagte, dann wehrte sich nicht nur mein Leib, sondern auch die Seele. Während ich mich die steile Straße hochkämpfte, wurde ich von Passanten skeptisch beäugt.

fotoğraf albümleri (Fotoalben): Damit sich das Auge beim Vergangenen nur an das Schöne erinnert, werden in regelmäßigem Abstand Fotoalben aus dem Schrank geholt. Jedes Mal sieht man sich dann die Aufnahmen aufmerksam an, als wäre es das erste Mal, und immer in der gleichen Reihenfolge: Babyfotos, Kinderfotos, Jugendfotos, Hochzeitsfotos, Babyfotos, Kinderfotos, Jugendfotos ...

Als ich schweißgebadet oben ankam, hielt ich inne, um zu verschnaufen. Mein Entschluss aber war gefasst. So konnte es nicht weitergehen.

Ich würde eine Diät anfangen.

Zwei

»AUGEN AUF!«

Nach dem abendlichen Gebetsruf wurde an dem kirschroten Zelt auf der Anhöhe der nach Osten gehende Eingang für die Männer geöffnet.

Als wollten die Männer beweisen, dass sie eher zufällig anwesend waren, nicht aus eigener Neugier, sondern lediglich, um zu sehen, worauf die anderen so neugierig waren, und als wollten sie überhaupt nur einen kurzen Blick hineinwerfen und dann gleich wieder gehen, betraten sie das kirschrote Zelt betont gemächlich und mit gleichgültiger Miene. Die Herrenräume des riesigen Zelts waren für sie reserviert. Welcher Volksgruppe sie angehörten, welche Sprache sie sprachen und zu welchem Gott sie beteten, war nicht von Bedeutung. Nur Männer mussten sie sein, und einzeln eintreffen. Das nämlich hatte Keramet Mumi Keşke Memiş Efendi sich ausbedungen: Als Mann durfte man nur allein in das Zelt kommen.

Keramet Mumi Keşke Memiş Efendi besah sich gern die verschiedenen Seiten des Mondes, und er sagte, der nach Osten gehende Eingang des kirschroten Zelts sei die dunkle Seite des Mondes.

Er erzählte dazu eine merkwürdige Geschichte, der zufolge die dunkle Seite des Mondes sich vor nichts mehr fürchtete, als nicht geliebt und beim Weinen beobachtet zu werden. Wenn doch jemand sie weinen sah, fühlte sie sich in ihrer Männlichkeit gekränkt und sprang auf wie ein Schnappmesser. Seit Jahren hatte sie in ihren Hoden zwei Kristallmurmeln. Die hatte sie als Kind schon gestohlen und war damit zum Dieb von etwas geworden, was ihr ja eigentlich selbst gehörte.

… damit aus ihren Augen / nicht abzulesen war / was sie vorhatte / schlich sie mit gesenktem Haupt / mit zitterndem Herzen / und mit bangen Schritten / in das Viertel / des frechsten / bulligsten / und lästerlichsten aller Jungen / auch wenn sie / anstatt sich feige zu verbergen / hätte kämpfen müssen / sich aus eigener Kraft zurückholen / was ihr gehörte / jene Kristallmurmeln / nicht wahr / jenes Geschenk / das sie von einem nie gesehenen Gott bekommen hatte / oder vielleicht auch von dem Heiligen / dessen Sarg am Straßenrand stand / nicht wahr / doch unter ihrem Kopfkissen / waren die beiden kupfernen Münzen / eines frühen Morgens / zu zwei Kristallmurmeln geworden / und da sie ihre Zunge nicht hatte zähmen können / und allen die Murmeln gezeigt hatte / hatte jemand sie ihr weggeschnappt / und wer wohl ausgerechnet? / der frechste / bulligste / und lästerlichste aller Jungen / und noch dazu hatte der herumgeschrien / »die gehören jetzt mir / hol sie dir doch / wenn du kannst« / das konnte sie aber nicht / die dunkle Seite des Mondes schreckte zurück / und wartete ab / und erst als der freche Junge zum Pinkeln ging / erst da stahl sie zurück / was ihr gestohlen worden war / mit zitterndem Herzen / und gesenktem Haupt / damit aus ihren Augen nicht abzulesen war / was sie vorhatte …

Mit den Kristallmurmeln in der Hand lief die dunkle Seite des Mondes dann so weit, wie ihre Furcht sie trieb. Sie musste die Murmeln irgendwo verstecken, damit sie nicht wieder in die Hände des frechen Jungen gelangten. Nach vielem Überlegen kam sie zu dem Schluss, dass kein anderer Ort so sicher war wie ihr eigenes Fleisch. Sie begriff, dass sie für die wundersamen Murmeln ihre Männlichkeit vergeudet hatte. Und da sie sich nun mal wie eine Frau dem Pferd der Begierden an die Mähne geklammert hatte, ohne darüber nachzudenken oder auch nur nachdenken zu wollen, wem sie da eigentlich die Sporen gab, und im gestreckten Galopp dahingeeilt war, um sich das Entrissene zurückzuholen, und nicht den geringsten Mut gehabt hatte, den frechsten Jungen des armen Viertels offen herauszufordern und damit die verlorene Achtung zurückzugewinnen, so geschah es ihr nur recht, wenn sie von nun an nicht mehr auf die Straße durfte, nicht mehr mit den Freunden herumlief und wie ein kleines Mädchen am Fenster sitzen und warten musste, bis sie groß war. Um der Gerechtigkeit willen sollte das, was sie ihre Männlichkeit gekostet hatte, nun Teil ihrer Männlichkeit werden. Die kristallenen Hoden wurden zur ersten und letzten Heldentat ihres Lebens, zu ihrem ersten und letzten Aufstand gegen Ungerechtigkeit.

Von jenem Tag an pinkelte die dunkle Seite des Mondes ihre Befürchtungen weit hinaus. Und vor allem fürchtete sie sich, nicht geliebt und beim Weinen beobáchtet zu werden. Was ja auch beides aufs Gleiche hinauslief, nämlich auf Einsamkeit. Nicht geliebt und beim Weinen beobachtet zu werden waren beides Gründe, einsam zu sein.

So ähnlich lautete die Geschichte, die Keramet Mumi Keşke Memiş Efendi über die dunkle Seite des Mondes erzählte. Und er erzählte sie nicht von ungefähr, wusste er doch, dass Einsamkeit vor allem Männern zu schaffen machte. Nur um abends nicht allein zu sein, eilten Männer bei Einbruch der Dunkelheit aus dem Haus und fanden erst einander und danach Trost im gemeinsamen Gespräch. Nach einer Weile destillierten sie jedoch aus der Gemeinsamkeit Gemeinheit heraus und ließen ihre Zechfreundschaft ausarten. Sobald sie zusammensaßen und ihre Köpfe sich etwas benebelten, bezogen sie auseinander Kraft, die sie sogleich ausnutzten, um hinter Heldentum herzurennen, das kaum eine Kupfermünze wert war.

Nur einmal im Leben bot sich Männern ja Gelegenheit, die verästelten Bäume ihrer Kindheitsalbträume so richtig zurechtzustutzen. War der Zauber, der Kupfer in Kristall verwandelte, erst einmal vergangen, so kehrte er nie wieder. Die Alchemie nämlich war eine Tür, die ganz alleine entschied, wem und wann sie sich öffnete. Darum boten verpasste Gelegenheiten sich auch nie wieder. Wenn aber die dunkle Seite des Mondes nicht bekam, was sie wollte, wurde sie gleich noch dunkler. Und wenn das, was sie wollte, einem anderen gehörte, schnappte sie es ihm bei der ersten Gelegenheit weg. Keramet Mumi Keşke Memiş Efendi wusste, dass Männer sich am meisten gegenseitig bestahlen. Sobald die Gelegenheit sich bot, raubten sie einander das Glück. Und darum mussten sie einzeln kommen. Mussten den steilen Weg alleine hinaufgehen und auch beim Betreten des nach Osten gehenden Eingangs des kirschroten Zelts allein sein.

Darauf ließen manche Männer sich gleich von Anfang an ein. Sie waren zumeist von nobler Herkunft oder wollten so erscheinen. Brav traten sie den Weg alleine an und gingen ihn ebenso allein bis zum Eingang des Zelts zu Ende. Andere wiederum, die sehr wohl wussten, dass sie sich schließlich und endlich doch voneinander würden trennen müssen, zögerten diesen Moment so lang hinaus, wie es nur ging. Sie waren von niederer Abkunft oder wollten so erscheinen. Anstatt die Einsamkeit von vornherein allein zu ertragen, zogen sie es vor, sich ihr erst später und dann gemeinsam zu unterwerfen. Was sie verschleppten und verschoben, ereilte sie, wenn sie am Brunnen ankamen. Dann stoben sie von ihren Weggefährten davon, als flöhen sie eine ansteckende Krankheit. Der Brunnen thronte dort so selbstgewiss, dass seine Wasser überliefen, und wie Verdurstende labten sich die Männer an seinem eiskalten Nass. Sobald ihr Schweiß getrocknet war, gingen sie weiter, jeder nun für sich, die Beine so zitternd wie bei neugeborenen Kälbern, die ihre ersten Schritte taten, und sie wurden dabei von jenen anderen, die ihre Einsamkeit von Anfang an geschultert hatten, stolz überholt. Die nunmehr Einsamen versuchten es den ohnehin Einsamen nachzutun, so unauffällig wie möglich.

Danach war jeder allein, wurden Freunde zu Fremden, und die Lippen des Gesprächs blieben fest aneinandergepresst. An die Herzen der Männer machte sich eine ungewisse Angst heran. Dabei hatte Keramet Mumi Keşke Memiş Efendi strengste Anweisung gegeben: Da die Männer allein kommen sollten, durfte auch die Angst sie nicht begleiten. So lösten sie denn, einen nach dem anderen, die Finger, mit denen die Angst nach ihnen griff, und wenn sie den letzten Finger gelöst hatten, purzelte die Angst in einen tiefen Abgrund und riss dabei von jedem Herzen ein Stückchen mit. Um nicht länger hören zu müssen, wie die ramponierten Herzen aus dem Abgrund klagten, hielten die Männer sich die Ohren zu und retteten sich durch den nach Osten gehenden Eingang des kirschroten Zelts. Und taten dabei doch so, als seien sie eher zufällig da, nicht aus eigener Neugier, sondern lediglich, um zu sehen, worauf die anderen so neugierig waren, und als wollten sie überhaupt nur einen kurzen Blick hineinwerfen und dann gleich wieder gehen.

Die meisten waren zu Fuß gekommen. Wer sich darauf versteifte, mit der Kutsche hinaufzufahren, dem konnte es blühen, dass er einem seltsamen Unfall zum Opfer fiel. Man konnte nie wissen. Manchmal ging alles gut, und die Pferde schafften es, wenn auch schweißgebadet, die steile Strecke heil zurückzulegen. Hin und wieder aber rutschte so eine Kutsche einfach weg, als bewegte sie sich auf Eis, und holterdiepolter wurde Zeile für Zeile die ganze Fahrt hinauf wieder gelöscht. Da solche Vorfälle sich häufig zutrugen, stiegen die meisten Männer vorsichtshalber schon unten aus ihren Kutschen aus und legten die steile Strecke zu Fuß zurück. Manch andere ließen sich sogar auf einer Sänfte hinauftragen, vornehme Herren, die stolz dreinblickten, wenn sie auf den starken Schultern ihrer Diener geschaukelt wurden. Doch wie es so zuging auf der Welt: Manchmal stürzten auch sie den Hang hinunter.

Wer auf dem zweiten Teil der Wegstrecke den letzten Schritt tat, konnte sich umdrehen und hinter sich das Meer erblicken. Strahlend blau und ruhig lag es vor ihnen. Da verfielen manche Männer, ganz wenige aber nur, auf einen verrückten Gedanken. Das Meer erschien ihnen wie ein Frieden verheißender Mutterleib. Konnte man nicht … ohne sich dorthin zurückzusehen, und auch ohne dorthin gelangen zu wollen … ganz einfach dort drinnen sein, um auf nie getane Reisen zu gehen, in völlig neue Gegenden? Doch da wartete schon wieder das ganze Knäuel der Pflichten. Das Seil, das gerade etwas lockerer gewesen war, straffte sich. Wer sich soeben noch Hirngespinsten hingab, dem fiel wieder ein, dass Hirngespinste sich nicht schickten. Wie sagte doch Keramet Mumi Keşke Memiş Efendi so schön: Sollte das Männerschiff irgendwann untergehen, dann schlicht und einfach deswegen, weil sie das glänzendste aller Lichter für einen Leuchtturm hielten und jämmerlich auf Grund liefen.

Niemand, der nun den betörenden Duft der Feigen- und Zitronenbäume einsog und die violetten Knospen der

Lagerstroemia sah, würde glauben, dass hier einst Sumpf-gebiet gewesen sein sollte. Es hieß, der Grund dafür, warum das kirschrote Zelt ausgerechnet hier und nicht irgendwo anders errichtet worden sei, liege einzig und allein in Keramet Mumi Keşke Memiş Efendis Eigensinn. Aus jenem heraus tat er manche Dinge und behielt für sich, warum er sie tat. Darüber jedoch wurde nicht lange spekuliert, denn wesentlich war nicht das Zeltäußere, son-dern sein Inneres. Und wenn überhaupt jemand Bescheid wusste, dann war es eben Keramet Mumi Keşke Memiş Efendi.

Alle Sprachen wurden unter den Männern dort ge-sprochen, und vertreten war auch jegliches Metier. Es gab verschriene Schürzenjäger, berühmte Draufgänger, Möchtegern-Draufgänger, Liebestolle, reiche Erben, ver-armte Erben, Antiquare, die in ihrem Laden einen La-den versteckten, feindliche Spione, von Venedig oder Genua bestallte Dolmetscher, Banker aus Galata, vor-nehme Tanzlehrer aus Salons in Pera, die Pariser Mode flugs nachnähende Schneider, Süßwarenhändler, heraus-geputzte Adelige, Dekorateure, Tscherkessen mit schwar-zen Kaftanen und Fellmützen, wohlbeleibte griechische Kneipenwirte, englische Zahnärzte, streng dreinblickende Beduinen, bleiche Perser, Bäcker, die gerade ihre Kunden nicht mit genügend Wiener Gebäck beliefern konnten, Weinimporteure, Besucher großartiger Bälle, vermeint-liche Besucher großartiger Bälle, russische Musiker, fran-zösische Fotografen, armenische Drucker, italienische Architekten, mit Pistolen bewaffnete Albaner, jüdische

Händler, Abchasen, Abasinen, Serben, Gesellschaftsgänger, Spezialisten für orientalische Sprachen, Konsulatsangehörige, Zuhälter, den Istanbuler Legenden hinterherjagende Schatzsucher und ihnen folgende Traumverkäufer, Straßenschreiber, die Sprache der Bücher lesende Bouquinisten, die Sprache des Goldes sprechende Wucherer, die Sprache der Buchstaben verschweigende Kalligrafen, Kopisten, Schiffsoffiziere, Regimegegner, Regimehelfer und noch viele andere mehr.

Dass all diese Männer, die sich auf der Straße jeden Gruß und im Streit jede Gnade verweigert hätten, sich im östlichen Teil des kirschroten Zelts versammelten, hatte nur einen einzigen Grund: Sie wollten La Belle Annabelle sehen!

Ausgegangen war das alles von Keramet Mumi Keşke Memiş Efendi, denn der war ein ausgefuchster Mann. Er war schon als seltsames Wesen auf die Welt gekommen, war als Kind so gewesen und später erst recht. Nie hielt es ihn auf der Stelle, immer musste er sich regen. Was er sich in den Kopf gesetzt hatte, ging er sofort an und wurde dessen augenblicklich überdrüssig. Er liebte es, die Menschen zu verblüffen, und ärgerte sich zugleich, dass sie sich so leicht verblüffen ließen. Er unternahm die unsinnigsten Dinge, erwachte aus jedem Schlaf voll brennender Neugier, sprach rasend schnell, war ständig unterwegs. Und doch vermeinte, wer ihn anschaute, oft eine Art Starre zu sehen. Seine Blicke nämlich waren ausdruckslos. Die Augen wie Schlitze schienen frei von jeglichem Gefühl zu sein.

Schließlich wurde ihm eine Frau gefunden, die von allen sechs Schwestern für würdig erachtet worden war. Sie war so schön und anstellig, dass sämtliche Heiratsvermittlerinnen sich auf sie geeinigt hatten. Nur einen Makel wies sie auf: Sie war so schweigsam wie ein Stein am Grund eines tiefen Sees. Von Geburt an nämlich war sie taubstumm.

Als sie in der Hochzeitsnacht ihren Schleier lüftete, erblickten die beiden sich zum ersten Mal. Mit weit geöffneten Augen sah die Braut ihrem Mann in die Augen und fand dort weder Glück noch Mitleid, weder Ungestüm noch Segen. Denn die Augen, neben denen sie nun an jedem Morgen, den der Herr werden ließ, erwachen würde, waren so leer wie die Aussteuertruhe eines Waisenmädchens.

Da begann die junge Frau zu weinen. Drei Tränen entflossen ihren beiden Augen. Keramet Mumi Keşke Memiş Efendi reihte die drei Tränen nebeneinander auf und las dann Silbe für Silbe, was die ungelenke Zunge seiner Frau ihm flehend erzählte. Da stand geschrieben:

»Lieber Herr, lass mich bitte gehen. Ich habe weder Zunge noch Ohr und lebe seit jeher über meine Augen. Mit meinen Augen höre ich, und mit meinen Augen spreche ich. Deine Augen aber … solche Augen wie die deinen habe ich noch nie gesehen. Es kommt mir vor, als seien sie geschlossen. Und wenn sie geschlossen sind, erzählen sie nichts. Ich kann mit der Zunge nicht sprechen, und du nicht mit den Augen. Wie sollen wir da ein ganzes Leben miteinander verbringen? Ich bin noch jung. Lieber

Herr, lass mich bitte gehen! Sonst werden deine Augen mir zum Grab.«

Wortlos stand Keramet Mumi Keşke Memiş Efendi vom Bett auf, nahm einen Spiegel zur Hand und besah seine Augen.

Und zerschlug dann wortlos den Spiegel.

Im Morgengrauen half er seiner Frau, ihre Sachen zu packen. Still und ohne Abschied verließ die junge Frau das Haus. Quälend langsam ging die Haustür zu.

Und das blieb sie von da an, denn Keramet Mumi Keşke Memiş Efendi ging nicht mehr hinaus. Er wollte niemanden mehr sehen, schlug sämtliche Einladungen aus und öffnete die Tür auch seinen besorgten Freunden nicht. Seine sechs Schwestern grämten sich sehr. Um dem Leid ihres Bruders Abhilfe zu verschaffen, versuchten sie ihn wieder zu verehelichen. Die Heiratskandidatinnen waren allesamt eine schöner und gesprächiger als die andere, doch umsonst. Keramet Mumi Keşke Memiş Efendi wollte keine von ihnen.

Eines Tages suchte seine Tante ihn auf. Sie war schon sehr alt. Als sie eintrat, blieb schon die Hälfte ihrer Kraft am Türklopfer hängen.

»Das wusste ich nicht, mein Junge!«, sagte sie heiser. »Hätte ich es gewusst, so wäre es doch nicht so gekommen. Als du geboren wurdest, war dein Gesicht nur ein Wachstropfen, und bevor er erkaltete, musste ich daraus etwas formen. So gestaltete ich ein Gesicht, wenn auch ein starres. Aber deine Augen ... Es war ja so wenig Zeit ... Du wurdest schon ganz hart, da brachte ich nicht mehr zustande. Sie blieben dünne Schlitze. Gezeichnet habe ich sie dir, doch ist mir nicht eingefallen, sie auch zu öffnen. So ist über deinen Augen ein wächserner Schleier geblieben. Das konnte ich nicht ahnen, mein Junge. Bitte, verzeih mir, sonst kann ich nicht in Ruhe sterben.«

Keramet Mumi Keşke Memiş Efendi sah auf die faltigen Hände seiner Tante, die Gestalter seines Gesichts, die Baumeisterin seines Schicksals. Er hätte die Hände nun küssen können, sie küssen und sie dann zu seinem Haupt führen. Hätte die Frau trösten, sie mit seinem Trost beruhigen können. Das tat er aber nicht.

So ging die Tante wieder. Dabei blieb die andere Hälfte ihrer Kraft an der Türklinke hängen. Noch am selben Abend wurde gemeldet, die alte Frau sei gestorben. Keramet Mumi Keşke Memiş Efendi sprach niemandem sein Beileid aus und kostete auch nicht vom Leichenschmaus der Frau, der er doch sein Gesicht verdankte.

Er hegte gegen niemanden Groll, es war ihm nur alles gleichgültig. Er hatte das Gefühl, nun könne er alles tun, und wenn er schon alles tun konnte, war es doch am besten, gar nichts zu tun. Unerbittlich wies er alle ab, die ihm helfen wollten. Seine Schwestern weinten sich die Augen aus, seine Feinde lachten sich ins Fäustchen. Er stürzte sich in ein Rauchmeer und schwamm darin so weit vom Ufer weg wie nur möglich, doch was man so die Ferne nannte, war nicht weniger trügerisch als eine Fata Morgana, und so weit man auch hinausschwamm, kam man dem Horizont doch nicht näher.

»Gibt es denn irgendwo auf dieser Welt eine Beschäftigung, die sich lohnt?«, fragte er und sog dabei den Rauch ein. Dann zuckte er die Schultern. »Womöglich gibt es die, doch sobald ich mich ihr widme, vergeht mir auch schon die Lust daran. Ich bräuchte eine Lust, die nie vergeht.«

»Gibt es irgendwo auf dieser Welt ein Abenteuer, das auf mich wartet?«, fragte er, während sich in seinem Kopf schon alles drehte. Dann zuckte er die Schultern. »Womöglich schon, doch wenn ich es erlebe, ist die Geschichte gleich vorbei. Ich bräuchte Geschichten, die nie vorbei sind.«

Da beschloss er, allem ein Ende zu bereiten.

Und schmolz dahin. Damit sein wächsernes Leben sich schneller verbrauchte, setzte er sich jeglicher Hitze aus. Nahm vor dem Ofen Platz und stellte ringsherum Kerzen auf. Lief mit Fackeln in der Hand zu Feuersbrünsten. Schlief beim Bäcker ein und wachte beim Heizer wieder auf. Ließ sich brennenden Raki durch die Kehle rinnen und sang ein Loblied auf die Lampenanzünder. Sonnte sich tagsüber stundenlang und lag nachts bei hochkarätigen Huren. So schnell wie möglich wollte er dahinschmelzen, sich von der Starre befreien, die ihm das Herz zusammenschnürte, und wieder flüssig werden. Wenn er schon als Wachstropfen in dieses absurde Gefüge gekommen war, das man Welt nannte, dann wollte er auch als Wachstropfen wieder aus ihr scheiden. Von dem, was er angefangen hatte, mochte er nichts beendet haben, doch würde zumindest er selbst dort enden, wo er begonnen hatte. Später, vielleicht, würde er von Neuem erstarren, in ganz anderer Form. Und wenn ihm die wieder nicht gefiel, was machte das schon? Würde er eben wieder zerrinnen. Die Zeit war schließlich endlos, und der Raum grenzenlos. Wozu da in jener Schablone stecken bleiben?

Es wurde kälter. Der Winter kam.

Es wurde wärmer. Der Schnee schmolz.

Er dagegen noch immer nicht.

Er wusste schon nicht mehr, wie er sein wächsernes Leben noch mehr verfluchen, noch mehr verwünschen sollte. Seit er in der Hochzeitsnacht sein Spiegelbild zerschlagen hatte, sah es ihn aus den Scherben an wie ein aus vierzig Flicken genähtes Schamanengewand. Die mit seinem Namen versiegelte Geschichte hatte er zerschnitten und die Fetzen in Zeit und Raum verstreut. Alles war in Stücke gegangen, doch wäre auch er selbst geschmolzen, die Stücke schmolzen nicht.

~

Es ging ihm sehr schlecht. Doch er überlebte. Und eines Tages ging er im Morgengrauen wieder hinaus auf die Straße. Nicht so wie früher aber, irgendwie anders ging er hinaus. Und sah sich draußen um. Nicht so wie früher aber, irgendwie anders sah er sich um. Und ging dahin, als träte er auf die Scherben eines Spiegels, der eine bruchstückhafte Geschichte stotterte und ein zersplittertes Gesicht wiedergab. Keramets Pupillen waren ein Nadelkissen, zerlöchert von den bösen Blicken und den bösen

Worten, die in den Lichtkreis stachen. Aus manchen Löchern quoll Wasser heraus. So nämlich weinte er.

Er war schon so lange nicht mehr draußen gewesen, dass ihm nicht nur bei jedem Schritt die Beine zitterten, sondern er sich auch für keine Richtung entscheiden konnte. Alle Richtungen schienen ihm einerlei, jede Gasse eine Sackgasse, jede Straße wie die andere. Das Leben war wohl noch so, wie er es hinterlassen hatte; weder wusste es um Keramet Mumi Keşke Memiş Efendis lange Abwesenheit noch um die Krise, die er durchstanden hatte.

Da kam ein junger Mann die Straße entlang, er war jung und schick, nur etwas zu lässig.

Keramet Mumi Keşke Memiş Efendi baute sich bedrohlich vor ihm auf. »Woher kommst du?«

»Von zu Hause«, erwiderte der junge Mann und deutete dabei vage hinter sich, als wohnte er nur zwei Schritte weit entfernt. Neugierig ging Keramet Mumi Keşke Memiş Efendi auf ihn zu. Ihm schlug ein scharfer Geruch in die Nase.

»Ich habe Raki getrunken, um den Nelkengeruch im Mund wegzukriegen, aber ich muss wohl zu viel erwischt haben«, erläuterte der junge Mann. »Parfüm habe ich auch angelegt, jede Menge sogar, und trotzdem werde ich den Gestank nicht los. Meine Mutter steckt mir immer Kümmel in die Taschen, gegen den bösen Blick, und bevor ich aus dem Haus gehe, muss ich Nelken kauen, nach denen rieche ich dann den ganzen Tag. Da wird mir das Essen schal, die Straßen schmal, die Tage kurz. Ich rieche wie ein altes Holzhaus.«

»Wie möchtest du denn riechen?«, rief Keramet Mumi Keşke Memiş Efendi dem jungen Mann hinterher, als der schon weiterging.

»Wie diese prächtigen Steinhäuser, die alle einen eigenen Namen haben. So möchte ich riechen. Ganz kühl. Kühl und selbstsicher.«

Er sagte wohl noch mehr, doch war er schon so weit weg, dass man es nicht mehr verstand. Keramet Mumi Keşke Memiş Efendi nutzte aus, dass der Wind in die Richtung des jungen Mannes wehte, und schrie ihm eine letzte Frage hinterher.

»Und wo gibt es solche Häuser?«

Er wartete ab, doch eine Antwort brachte der Wind nicht zurück. Als Keramet Mumi Keşke Memiş Efendi sich schon abwandte, drang ein Flüstern an sein Ohr.

»In Pera! Nach Pera! Pera!«

Da begriff Keramet Mumi Keşke Memiş Efendi, dass sich mit den Männern des Landes etwas tat. Hatten sie sich verändert, während er sich zurückgezogen hatte, oder ging das schon eine Weile so, und er hatte es nur nicht bemerkt? Auf jeden Fall begriff er, dass nichts mehr so sein würde, wie es bisher gewesen war. Sogar der Wind ließ sich nicht mehr darauf ein, zurückzuwehen; ganz offensichtlich hatten die Himmelsrichtungen sich verkehrt. Die alten Sitten waren nicht mehr gefragt, Anklang fand nun, was neu und europäisch war. Die stattlichen Steinhäuser mit ihren Reliefs ließen natürlich die brennenden, betäubenden Sonnenstrahlen nicht herein und ließen auch nicht spüren, wie schal das Essen war, wie schmal die Straßen, wie kurz die Tage. Anders als die verwitterten Fassaden der alten Holzhäuser waren sie jedoch eine fortwährende Augenweide. Auch redeten sie liebend gern von sich selbst, ob nun ihr Gegenüber ihre Sprache verstand oder nicht, während die Holzhäuser nur den Gesprächen ihrer Bewohner lauschten und kaum einmal selbst das Wort ergriffen. Im Steinhaus verkörperte das Leben sich ganz alleine, das Holzhaus existierte nur gemeinsam mit anderen. Wurden Steinhäuser so erbaut, dass Fremde deren Bewohner betrachten konnten, sollten Holzhäuser vielmehr vor fremden Blicken schützen. Steinhäuser konnten mit zerbrochenen oder nicht einmal gegründeten Familien aufleben, während Holzhäuser ihren Lebenssaft aus den Wurzeln verzweigter Stammbäume sogen. Steinhäusern, die leer standen, blieb daher ihre Würde erhalten, verlassene Holzhäuser indes dämmerten dem Verfall entgegen.

Steinhäuser waren für das Sehen und Gesehenwerden gebaut, darum wurden auch ihre Fassaden durch jeden Blick eines Passanten neu verputzt. Holzhäuser waren für das Nichtsehen und Nichtgesehenwerden gebaut, darum nutzten ihre Fassaden sich durch jeden Blick eines Passanten ab.

Ein einziger Mann ist doch nur ein einziger Mann, hätte Keramet Mumi Keşke Memiş Efendi sich sagen können. Doch wie viele Männer musste er kennenlernen, um genug Männer zu kennen? Wie viele Bücher musste man lesen, um ein Gelehrter zu sein, wie viele Länder befahren, bevor man als Reisender galt, wie viele

Niederlagen einstecken, bis man verdrossen war? Wann war eine Zahl hoch genug, wann noch zu niedrig? Das war nun das zweite Beispiel, das er sah. Da der Spiegel zerbrochen war, genügte Keramet Mumi Keşke Memiş Efendi die Zwei. Und die fand er von allen Zahlen am bemerkenswertesten.

Zum ersten Mal seit seiner Hochzeitsnacht, als er den Spiegel zerschlagen hatte, der seine Augen zeigte, fand er wieder einen Grund zu leben. Wo es dem Menschen wehtat, da schlug sein Herz. Während Keramet Mumi Keşke Memiş Efendis Herz in seinen Augen schlug, hatte er sich eine Beschäftigung gewünscht, aber eine, die er nicht wie üblich schnell erledigen und dann vergessen würde, sondern die er vielleicht nie zu Ende bekäme, und der er auch niemals überdrüssig würde. Und so eine hatte er wohl jetzt gefunden. Und ein Abenteuer hatte er gewollt, das sich wirklich lohnte. Aus der Geschichte dieses Abenteuers sollten sich lauter neue Geschichten herauskristallisieren, und wenn man schon alles zu überschauen meinte, sollte doch nicht alles zu überschauen sein, und nach Möglichkeit sollte das Abenteuer nie zu Ende gehen. Wenn er sich nun auf diese Beschäftigung einließ, würde ihm vielleicht so ein Abenteuer zuteilwerden.

Er wusste nämlich, was er tun würde.

Da nun mal das Seltsame an ihm von seinen Augen herrührte, würde er sich von jetzt an nur noch an Augen wenden. Was er wegen seiner Augen verloren hatte, würde er mit Zins und Zinseszins aus den Augen anderer wieder hereinholen. Für die Einsamkeit, die seine Augen ihm beschert hatten, würde er sich nun dadurch schadlos halten, dass er Tausende von Menschen um sich scharte. Wegen seiner Augen war ihm das Leben bitter geworden, nun würden seine Augen es ihm versüßen. Indem seine Augen sahen, was sonst niemand sah, würde er aus dem Elixier der Finsternis, durch das die Menschheit mit ansteckender Blindheit geschlagen war, einen Trunk herausdestillieren und damit auf den eigenen Erfolg anstoßen. Zu diesem Zweck würde er zunächst die Entwicklung des Landes beobachten und dann alle, die blind daran glaubten, aufsammeln wie Pilze im Wald. Nachdem nun mal im Reiche der Osmanen den Männern der äußere Schein so wichtig war, würde er Tausenden von Männern eine Welt zum Bestaunen darbieten. Und da die Antwort auf seine Frage »Pera« gewesen war, würde er, was zu tun war, nirgends anders tun als dort.

~

Nachdem er lange nachgedacht und sich hatte beraten lassen, traf er schließlich eine Entscheidung. Er würde ein riesiges Zelt aufstellen. Ein Zelt, das man nicht nur tage- oder jahrelang, sondern jahrhundertelang nicht vergessen würde. Wie eine Schlange, die sich in den Schwanz biss, sollte es an seinem Anfang enden und an seinem Ende wieder anfangen und so weit reichen wie das Auge und zum Auge wieder zurückkommen.

Und die Farbe des Zelts sollte kirschrot sein.

In dem kirschroten Zelt wollte er Tausenden von Männern eine Welt zum Bestaunen bieten. Eine solche zu gestalten fiel ihm nicht schwer: Hatte das Fehlen einer Mutter ihn nicht schon gelehrt, was es bedeutete, als Mann geboren zu werden? War er nicht als Sohn eines Vaters aufgewachsen, der auf ihn eifersüchtig war, weil die Töchter das Nesthäkchen mit so viel Liebe umsorgten? War er nicht von sechs Schwestern aufgezogen worden und damit an der Grenze zwischen den Geschlechtern gewandelt? Hatte er nicht beobachtet, wie jeder seiner sechs Schwager immer wieder aufbrauste und sich ebenso schnell wieder beruhigte? Hatte er nicht mitbekommen, wie jede seiner sechs Schwestern ihre Söhne erzog? Träumte er nicht immer noch von der Frau, die ihm eine Nacht lang Gattin gewesen war? Und überhaupt: War Keramet Mumi Keşke Memiş Efendi nicht von Geburt an mit überragender Intelligenz gesegnet? So nämlich wusste er, wie sehr es Männern gefiel, schöne Frauen zu sehen. Und so würde er ihnen eben zeigen, was sie sehen wollten. In dem kirschroten Zelt würde nicht Schönes oder das Schönste ausgestellt, sondern die Schönheit in Person.

~

Dass all diese Männer, die sich auf der Straße jeden Gruß und im Streit jede Gnade verweigert hätten, sich nach dem abendlichen Gebetsruf im östlichen Teil des kirschroten Zelts versammelten, hatte nur einen einzigen Grund: La Belle Annabelle! Die Schönste aller Schönen, die einzige Fee im giftigen Eibenwald, das geflammte Lebenselixier!

~

Während das Osmanische Reich im Begriff war zu verwestlichen, wie ein Junge, der aus dem Nachbarsgarten
einen Apfel stiehlt und vor lauter Angst keinen Blick mehr
zurückwagt, muss man nun, um zu begreifen, was La Belle
Annabelle in einem kirschroten Zelt auf einer Anhöhe in
Pera zu suchen hatte, etwas weiter ausholen. Muss zurück
in die Vergangenheit, die alle Mysterien mumifiziert. Zurück in Zeit und Raum. Aber nicht allzu weit zurück: im
gleichen Jahrhundert ein wenig nach hinten. Und auch
nicht allzu weit weg: lediglich nach Frankreich. Denn im
gleichen Jahrhundert begann in Frankreich die Geschichte
der Schönsten aller Schönen, der einzigen Fee im giftigen
Eibenwald, des geflammten Lebenselixiers: die Geschichte
von La Belle Annabelle.

(Doch eigentlich lässt sich dieses Kapitel auch überspringen. Es müsste nicht geschrieben und auch nicht
gelesen werden. Ohne langes Verweilen ließe sich zum
nächsten übergehen, zur nächsten Zahl nämlich. All jenes
hätte ja auch nicht geschehen können. Wie schön auch
sein mochte, was da zu sehen war, hätte es auch das Anrecht gehabt, nicht gesehen zu werden, fern aller Augen
zu bleiben. Und wäre dann auch gar nicht so schön gewesen.)

(Doch wenn wir unbedingt sehen wollen, was wir auch
nicht hätten sehen können, müssen wir uns nun ins Frankreich des Jahres 1868 begeben.)

FRANKREICH, 1868

Im Zimmer mit der himmelhohen Decke und dem taubenflügelweichen Boden schrie das Leben in einem
geschnitzten Bettgestell aus Nussbaum seinen Schmerz
hinaus. Die Laken waren voller Schweiß und Blut und
Exkremente. Es schienen zwei unsichtbare, störrische
Hengste am Werk zu sein, die das Bettgestell wie eine
unglückselige Kutsche in zwei entgegengesetzte Richtungen zogen. Der eine Hengst zerrte mit Schaum vor dem
Maul so sehr an dem Seil, dass die Babys langsam aus dem
Mutterleib herausrutschten. Der andere aber schien sich
geschworen zu haben, dem ersten nicht nachzustehen,
und während er mit aller Kraft zog und zog, rutschten
die Babys allmählich wieder zurück. Alles starrte wie ge-
bannt auf die beiden Tiere, die sich mit geblähten Nüs-
tern und weit aufgerissenen Augen abmühten. Während
die Hengste sich derart bekämpften, schien nicht nur das
große Bett und das hohe Zimmer, sondern der ganze
prächtige Gutshof von einem Erdbeben erschüttert zu
werden. Die Babys im Mutterleib wurden hin und her
geschüttelt, und draußen tobte ein fürchterlicher Sturm.

Das einzige Wesen, das von all dem Aufruhr ungerührt blieb, war die gebärende Mutter.

Sie hieß Madeleine oder, wie sie von jedermann genannt wurde, Madame de Marelle.

Madame de Marelle half an keinem der beiden Enden mit, an denen die unsichtbaren Hengste zerrten, und tat auch sonst nichts, um die Entbindung zu fördern. Sie war unglaublich teilnahmslos, erstaunlich reglos. Keinen einzigen Ton gab sie von sich. Hätte sie reden können, so hätte sie Gott gebeten, es schneien zu lassen und alles auf immer und ewig einzufrieren: die Schmerzen, die ihr in den Leib fuhren, das eifrige Treiben um sie herum, den Kampf der Hengste, die Lebewesen, die aus ihr herausdrängten, und überhaupt den ganzen Gutshof, diesen Sündenpfuhl. Auch nach Jahrhunderten noch sollten die Menschen beim Anblick der sündigen Frau, die nicht gebären konnte, auf die Knie sinken und in sich gehen. Das Seil aber, an dem die Hengste zogen, sollte – starr vor Eis – in der Mitte auseinanderreißen. Damit nichts mehr blieb, worum man sich zu grämen hätte. Weil einfach nichts mehr blieb.

Sie konnte aber nicht reden. Lag schweißgebadet da und starrte an die himmelhohe Decke, auf die ein Feld voller Sonnenblumen gemalt war, zwischen denen sich ein rahmgesichtiger Engel tummelte. Während die Frau auf dessen Flügel stierte, war jeder im Raum entsetzt, denn dass die Frau nicht schrie, nicht brüllte, sich nicht rührte, galt als schlimmes Zeichen. Die Schmerzen krallten sich in ihre Adern, ihren Lippen jedoch entfuhr nicht ein ein-

ziges Wimmern. Die Lippen von Madame de Marelle …
Die jungen Mädchen, die der Hebamme behilflich waren,
wollten lieber gar nicht wissen, was um Himmels willen
jene Lippen so zugerichtet hatte.

Madame de Marelles Lippen waren zerfetzt. Schlimmer
zerfetzt als der armselige Kadaver einer Maus, wenn ein
Raubvogel ihn in Stücke gerissen hatte.

~

»Gib deine Lippen her«, hatte der junge Mann gesagt.

Der Fluss war keine zwei Schritte entfernt. Keine zwei
Schritte mehr waren es bis zum Wasser, wo man dahin-
fließen konnte, dahintropfen, dahinschäumen, am Ufer
aufblühen oder den Fischen zum Fraß werden.

»Gib deine Lippen her«, hatte er nochmals gesagt, diesmal viel schärfer. Die Lippen der Frau waren völlig ausgetrocknet. Jeden Augenblick konnte die Haut aufspringen,
mit letzter Kraft hielt sie noch aus. Die Haut war an der
Grenze, und auch die Frau war an der Grenze. Sie wollte
zurückweichen, konnte aber keinen Schritt tun. In ihr ru-
morte es. Sie mochte sich kein bisschen; ihr Herz entrin-
dete sich wie der Stamm einer Eibe, und darunter kamen
ihre Begierden zum Vorschein. Und da sie wusste, wie
giftig jene waren, so giftig nämlich wie die Nadeln der
Eibe, rührte sie sie nicht an. Das Gift kreiste in ihr, da es
durch keinen Riss hinausfand. Da schliefen ihre Sinne ein.
Sie überließ sich ganz der Benommenheit, die sich ihrer
bemächtigte. So ruhig und lau diese Ergebenheit war, so

kalt toste der Fluss. Von dem sie nur zwei Schritte entfernt waren.

Sobald sie den jungen Mann gesehen hatte, war ihr klar geworden, dass Gott sie prüfen wollte. Es war alles genau so, wie es in den Predigten immer beschrieben wurde. Seine Haut war straff und verführerisch; sie musste leicht säuerlich schmecken. Und sie war nass. Flüssigkeiten waren eigentlich eklig. Wie ohnmächtig der Mensch doch war; selbst wenn er seine Seele völlig trocken halten wollte, musste sein Körper Flüssigkeiten erdulden. Auch dann trug der Teufel einen Sieg davon. Diesmal trat er wieder in neuem Gewand auf, als junger Mann von atemberaubender Schönheit nämlich. Der Augenblick, in dem sie ihn sah, wurde ihr zum Anfang allen Unglücks. Von da an war nichts mehr so gewesen wie zuvor. Sobald sie allein war, dachte sie nur noch an den Jungen. Der Schlaf war ihr nunmehr verhasst, denn sie öffnete darin der Sünde ihre Arme. Nach unruhiger Nacht begrüßte sie den Morgen mit geschwollenen, grollenden Augen. Wenn sie sich vornahm, ihn tagsüber nicht anzusehen, sah sie ihn erst recht an, und sosehr sie sich bemühte, ihm auszuweichen, verfluchte sie doch auch jeden Augenblick, den sie bis dahin ohne ihn verbracht hatte. So rasch erlahmte ihr Widerstand, dass sie wohl von Anfang an schon wusste, wie kläglich sie an dieser Prüfung scheitern würde.

Als der junge Mann im Gutshof von Madame de Marelle eintraf, brach gerade der Abend herein. Den ganzen Tag über hatte es wie aus Kübeln gegossen. Der junge Mann sagte, er sei den ganzen Tag über gewandert, dabei war seine Kleidung völlig trocken. Er nahm den schwarzen Samthut ab, hielt ihn grüßend vor die Brust, schlug elegant den schwarzen Samtumhang zurück und lächelte unbestimmt. Es war alles genau so, wie es in den Predigten immer beschrieben wurde. Der Botschafter des Teufels. Seine schwarze, samtene Haut blühte auf wie eine blutige Rose. Verleitete zum Berühren.

»Fass mich ruhig an«, sagte eine blecherne Stimme. »Hab keine Angst! Es bleibt davon keine Spur, niemand wird es merken.«

Madame de Marelle begriff nicht, woher die Stimme kam, doch kümmerte sie das nicht. Schon eine Weile klagte der Hausknecht, ihm werde die Arbeit zu viel. Wenn der junge Mann schon eine Beschäftigung suchte, so konnte er doch dem Hausknecht zur Hand gehen. Rasch erklärte sie dem jungen Mann, was zu tun war, dann ging sie hastig davon und suchte sich von da an von ihm fernzuhalten. Doch wurde man solcher Schönheit einmal ansichtig, ertrug man nichts mehr, in dem sie sich nicht widerspiegelte. Nachts lag Madame de Marelle stundenlang wach, betete und flehte ihren Schöpfer an, um der wahnsinnigen Versuchung nicht zu erliegen. Wenn sie morgens erwachte, stellte sie manchmal fest, dass sie gekrümmt am Boden lag. Hatte sie sich etwa gar nicht ins Bett gelegt, oder war sie im Schlaf herausgefallen? Sie wusste es nicht. Ihr war bang davor, was sie alles machen und wollen würde. Sie hatte Angst vor ihrer eigenen Grenzenlosigkeit.

»So ist das manchmal«, sprach zu ihr die Kerze an ihrem Bett. »Manchmal triffst du jemanden, und du weißt, dass du ihm gegenüber schwach bist. Wie ein Teig bist du dann, den der andere nehmen und nach Belieben kneten soll.«

Um die Kerze zum Schweigen zu bringen, blies sie die Flamme aus. Darauf stieß sie sich im Dunkel immer wieder an. Als es tagte, bemerkte sie entsetzt die blauen Flecken in ihrem Gesicht.

Anstatt sich so zu quälen, hätte sie den jungen Mann auch einfach entlassen können, ihm zeigen, wessen Wort hier galt. Hatte sie nicht schon so lange alles ganz alleine zusammengehalten? Gleich nach dem Tod ihres Gatten hatte sie begonnen, aus dem Gutshof, den sie vom ersten Augenblick an gehasst hatte, einen frommen Ort zu machen. Als Erstes hatte sie zusammen mit dem Mobiliar auch gleich die Dienerschaft ausgewechselt und sich geschworen, niemanden auf dem Gut zu beherbergen, an dessen Sittlichkeit sie irgendwelche Zweifel hatte. Davon ausgenommen hatte sie lediglich den Hausknecht.

Jener war nun das einzige Bindeglied zwischen Madame de Marelles Vergangenheit und der Gegenwart. Er war der einzige Mensch, der noch wusste, wie seine Herrin damals als blutjunge Braut eingetroffen und mit unsicheren Augen die steinernen Mauern angesehen hatte, und wie sich in diesem Blick Tag für Tag immer mehr die Angst eingenistet hatte. Er erinnerte sich als Einziger an den Geruch der Salbe, mit der Madame de Marelle die Wunden beschmierte, die von den nachts auf ihren Rücken herniedergehenden Peitschenschlägen stammten, und er wusste auch noch, dass sie sich irgendwann von dieser Salbe keine Linderung mehr erhoffte. Er wusste, wie grausam die Frau in den ersten Ehejahren von ihrem Mann behandelt worden war. Zwar ließ die Grobheit des Mannes mit der Zeit nach, doch nun verhärtete sich die Frau. Und wurde so hart, dass sie sich selbst und ihrer ganzen Umgebung alles versagte, was dem Menschen auf Erden Freude bereiten konnte. Allmählich trauten sich die Diener in ihrer Gegenwart nicht einmal mehr zu lächeln.

Madame de Marelle war sich sicher, dass der Hausknecht all sein Wissen für sich behalten würde. So wie das Bett aus Nussbaum und die hohe bemalte Decke alles, was sie in so vielen Jahren gesehen hatten, doch nicht wirklich gesehen hatten, und alles, was sie gehört hatten, doch nicht wirklich gehört hatten, so verstand sich auch der Hausknecht darauf, so blind wie eine Sense und so stumm wie eine Egge zu sein. Natürlich tat er das nicht aus Güte heraus, denn was Güte war, wusste er nicht einmal. Höchstens tat er es, weil er am liebsten so leblos wie eine Egge oder eine Sense war, und damit seine Leblosigkeit keinen Schaden nahm, hielt er seine Zunge im Zaum und tat seine Arbeit.

Die Frau hasste den Hausknecht. Insbesondere seine rostbraunen Haare, die ihm lockig-frech auf die Schultern fielen. Ihre Haare dagegen waren glatt und schwarz. Bevor sie am Morgen ihr Schlafzimmer verließ, steckte sie die Haare zu einem festen Dutt hoch, aus dem den ganzen Tag über kein einziges Haar herausstehen durfte. Im Grunde genommen war es gleichgültig, ob sie den Hausknecht mochte oder nicht, denn über die Jahre war er zu einem Teil des Gutshofs geworden. So wie man eben eine Henkersschlinge brauchte oder einen altgedienten Pflug.

Ein paar Mal war Madame de Marelle schon ganz nahe daran gewesen, den Hausknecht zu dem jungen Mann zu schicken, damit der ihm seine Entlassung mitteile. Doch jedes Mal hatte sie zwar entschlossen angefangen zu reden, ihren Satz aber nicht beenden können und den Hausknecht jeweils stehen gelassen. Als sie einsah, dass es so nicht ging, beschloss sie, für eine Weile wegzufahren. Nach tagelangen Vorbereitungen schärfte sie eines Abends den Dienern noch einmal ein, wie sie sich zu verhalten hätten, und fuhr dann endlich los. Als sie an der Hängebrücke über den Fluss anlangten, sagte der Kutscher: »Heute ist das Wasser ziemlich hoch. Aber keine Angst, wir kommen schon hinüber.« Madame de Marelle wusste, warum das Wasser so hoch war, und wusste auch, dass sie nicht hinüberfahren würden. Sie sagte zum Kutscher, er solle umkehren.

Als sie zurückkamen, war es schon Nacht und draußen niemand zu sehen. Von irgendwo in der Stille war aber ein Flüstern zu hören. Dem ging sie nach, bis vor den Stall, aus dem die Stimmen kamen. Sie lugte durch eine Ritze, sah im Dunkel aber nichts. Drinnen wurde gelacht, und die Pferde wieherten, als fürchteten sie sich. Da ging auf einmal die Stalltür auf, und der Hausknecht kam heraus, die Stirn voller Schweißperlen. Mit unverhohlenem Ekel sah die Frau ihn an. Wie schäbig er doch wirkte. Neben der himmlischen Schönheit des jungen Mannes nahm er sich aus wie ein Höllenwächter, der sich ins Paradies verirrt hatte. Er passte nicht an einen Ort, an dem eine so göttliche und zugleich teuflische Schönheit waltete. Und doch war er nötig. So wie man eine Henkersschlinge brauchte oder einen altgedienten Pflug, so brauchte sie eben den Hausknecht.

Als Madame de Marelle in jener Nacht endlich einschlief, geriet sie wieder in den Traum, der ihr schon so oft erschienen war. Sie war in einer niedrigen, dunklen Höhle mit vielen Türen, von denen jede zu einem verzweigten Weg führte. Diese Wege glichen sich so sehr, dass sie sich schon oft verirrt hatte, doch inzwischen wusste sie, wie sie gehen musste. So kam sie zu einer moosbedeckten Lichtung mit lauter kleinen, von zitternden Flämmchen umgebenen Marienstatuen, und in deren Mitte stand ein Relief in Form eines Gesichts. Es war dies das Unschuldige Gesicht, das allen, die sich den sieben Sünden hingaben und dem Teufel dienten, die Hand abbiss. Um festzustellen, ob man schuldig war oder nicht, brauchte man lediglich die Hand in den offenen Mund des Reliefs zu stecken, und war man unschuldig, so blieb der Mund offen, und es geschah weiter nichts. Bei einem Sünder aber schnappte der Mund augenblicklich zu und gab die Hand nicht wieder her.

Jedes Mal, wenn Madame de Marelle davon geträumt hatte, war sie bis zu dem Relief gekommen, hatte aber nie gewagt, ihre Unschuld auf die Probe zu stellen. Diesmal nahm sie ihren ganzen Mut zusammen und streckte die rechte Hand zitternd vor. Da merkte sie, dass das Unschuldige Gesicht sich allmählich veränderte. Sie kümmerte sich nicht darum, tat einen tiefen Atemzug und steckte die ganze Hand hinein. Obwohl sie in den Fingerspitzen etwas Seltsames spürte, zog sie die Hand nicht zurück. Da sah sie vor sich auf einmal das Gesicht des jungen Mannes. Und im gleichen Augenblick schnappte der Mund zu.

Schreiend fuhr sie aus dem Schlaf. In ihrer rechten Hand pochte das Blut. Sie richtete sich im Bett auf und rieb sich die Hand. Bis zum Morgen war es noch lang. Voller Angst legte sie sich wieder hin.

Nun schreckte sie immer durch ihr eigenes Schreien aus dem Schlaf. Und es schmerzten sie die Lippen, deren rosa Haut jeden Morgen, nach jedem Albtraum, noch dünner war und dem Augenblick näher kam, an dem sie aufplatzen würde.

In diesem Zustand war sie denn auch ans Flussufer gegangen, mit zum Zerreißen gespannten Lippen. Von Weitem hatte sie gemeint, dort stehe der junge Mann mit dem Hausknecht zusammen, doch beim Näherkommen erkannte sie, dass der junge Mann allein war. Sie wusste selbst nicht recht, wie ihr geschah, doch trat sie wortlos auf ihn zu und setzte sich ans Ufer.

»Gib deine Lippen her!«, sagte der junge Mann, auf so ruhige, selbstverständliche Art, als sollte Madame de Marelle ihre Lippen nicht ihm geben, sondern dem Ufergestrüpp oder dem Eibenwald in der Ferne.

Als der junge Mann sie auszog, wusste sie, dass es keinerlei Grund gab, sich zu schämen, sie würde ohnehin nicht mehr von der Wiese aufstehen. Wenn das Unheil, vor dem sie stets geflohen war, ohne ihm entgehen zu können, schließlich vorbei war, würde der junge Mann sich davonmachen, sie aber würde auf immer und ewig hierbleiben. Wie ein ausgetrocknetes Insekt würde sie unter der Sonne auf den Tod warten, würde verwesen und wieder zu Staub werden. Als der junge Mann sich auszog, hörte sie aus dem Boden Stimmen. Wie ausgehungert der Boden doch war. Bald würde er sie mitsamt ihren Sünden verschlingen. Sie schloss die Augen. Als der junge Mann in sie eindrang, gab die Haut ihrer Lippen, die so lange widerstanden hatte, plötzlich nach und sprang auf, und das Blut floss ihr als dünnes, rosafarbenes Rinnsal aus dem Mundwinkel.

Als der Lustschrei des jungen Mannes aus dem fernen Eibenwald widerhallte, lag Madame de Marelle noch immer auf dem Boden und sah keinerlei Veranlassung, von dort wieder aufzustehen. Ohne Schmerz, ohne jegliches Gefühl wartete sie darauf, im Mund des Bodens zu verschwinden. Nur einmal hob sie den Kopf und sagte, sie würden sich nicht wiedersehen. Sie sagte das eher vor sich hin, oder zu jemandem, der gar nicht da war. Der junge Mann betrachtete sie eine Weile, fragte aber nichts. Er schien peinlich berührt, und um das zu überspielen, strich er mit seinen dicken Fingern die rostroten Haare zurück. Als Madame de Marelle diese Bewegung sah, wurde sie erst ganz steif und dann gelb im Gesicht. Sie zitterte. Auf einmal sprang sie auf und lief halb nackt auf den Gutshof zu.

Während ihrer ganzen Schwangerschaft verließ sie das

Zimmer nicht mehr. Den jungen Mann sah sie nicht wieder, und sie fragte auch nicht nach ihm. Hin und wieder sah der Hausknecht nach ihr. Sie mochte ihn nicht, wollte ihn nicht um sich haben. Und doch brauchte sie ihn. So wie man eine Henkersschlinge brauchte oder einen altgedienten Pflug, so brauchte sie eben den Hausknecht. Wie es um ihre Lippen stand, sah kein anderer als er. Sie waren zerfetzt. Ihr Mann hatte immer einen Dolch mit sich getragen, dessen Scheide mit Saphiren verziert war, mit dem hatte sie die Lippen, die sie dem jungen Mann gegeben hatte, gnadenlos aufgeschnitten. Wie Nelkenblüten standen die Lippen offen, und jedes Stückchen Fleisch versuchte mit Müh und Not einen Schorf zu bilden, der aber immer wieder abzufallen drohte.

~

Während im Zimmer mit der himmelhohen Decke und dem taubenflügelweichen Boden das Leben in einem geschnitzten Bettgestell aus Nussbaum seinen Schmerz hinausschrie, zitterte der Schorf an ihren Lippen bang. Die Laken waren voller Schweiß und Blut und Exkremente. Madame de Marelle konnte nicht reden. Hätte sie reden können, so hätte sie Gott gebeten, es schneien zu lassen und das eifrige Treiben um sie herum und die Lebewesen, die aus ihr hinausdrängten, auf immer und ewig einzufrieren. Auch nach Jahrhunderten noch sollten die Menschen beim Anblick der sündigen Frau, die nicht gebären konnte, auf die Knie sinken und in sich gehen.

Schweißgebadet lag sie da und starrte an die himmelhohe Decke, auf die ein Feld voller Sonnenblumen gemalt war, zwischen denen sich ein rahmgesichtiger Engel tummelte. Keinen Ton gab sie von sich. Während die Schmerzen sich in ihre Adern krallten, entfuhr ihren Lippen nicht ein einziges Wimmern. Die Lippen von Madame de Marelle … Die jungen Mädchen, die der Hebamme behilflich waren, wollten lieber gar nicht wissen, was um Himmels willen jene Lippen so zugerichtet hatte.

So kamen die Zwillinge zur Welt. Dann legte man sie der Mutter in die Arme, eines zu ihrer Rechten, eines zu ihrer Linken. Madame de Marelle sah zunächst das erstgeborene Baby an. Es war so hässlich, dass es weniger an ein Menschenkind erinnerte als vielmehr an einen Dämon. Liebevoll lächelte die Frau es an. Was konnte aus einer schändlichen Vereinigung schon anderes herauskommen als eine derart hässliche Kreatur? Gott würde ihr nicht erlauben, ihre Sünde je zu vergessen. Bis zu ihrem letzten Atemzug würde beim Anblick ihres Kindes der Schraubstock an ihrem Gewissen enger gezogen und sie am Buckel ihrer Missetat noch schwerer tragen. Aus mattem Glück heraus dankte sie Gott und drückte mit ihren zerfetzten Lippen auf die faltige Wange des ersten Babys einen innigen Kuss. Dann wandte sie sich zur anderen Seite und sah das zweite Baby.

Das wiederum war so schön, dass es weniger an ein Menschenkind erinnerte als vielmehr an eine verirrte Fee. Seine winzigen Lippen, die aus dem zuckersüßen Gesichtchen herausstanden wie Rosenknospen, regten sich andauernd, als würden sie jeden Augenblick anfangen zu sprechen. Madame de Marelle sah das zweite Baby erst voller Verwunderung, dann mit unverhohlenem Hass an. Um es nicht länger vor Augen zu haben, zog sie ihren Arm zurück.

Dann wandte sie dem ersten Baby das Gesicht, dem zweiten aber den Rücken zu und verfiel in tiefen, tiefen Schlaf.

~

Monsieur de Marelle steckte den Dolch, den er immer bei sich trug, zwischen die Seiten des Buchs und seufzte. Selbst als er kurz zuvor seine Zwillinge auf den Arm genommen hatte, war ihm dabei nicht leichter ums Herz geworden. Rasch kämmte er mit seinen dicken Fingern die rostroten Haare, wie immer, wenn ihm so schwer zumute war. Er mochte seine Haare, und noch bei niemandem sonst hatte er solche gesehen. In seiner Familie wurde diese Haarfarbe von Generation zu Generation weitervererbt. Von den Zwillingen war ja auch das eine nach dem Vater geraten, aber das andere? Vielleicht würde das andere Baby später Haare haben wie die Mutter und sie genauso zu einem festen Dutt hochstecken, aus dem kein einziges Haar hervorstehen durfte.

Seine Frau schlief schon wieder; seit der Entbindung tat sie kaum etwas anderes. Wenn sie so dalag, setzte sich Monsieur de Marelle manchmal an die Kante des Nussbaumbetts und sah sie an. Wie seltsam sie doch im Laufe des letzten Jahres geworden war. Diese mühsame Schwangerschaft. Tag für Tag schien sie noch hasserfüllter zu werden und sich vor allem zu ekeln, was das Leben an Freuden bot. Wie lange war es schon her, dass sie ihm einen liebevollen Blick geschenkt hatte? Als er Madeleine damals zur Frau erwählt hatte, wusste er zwar, dass sie nicht in ihn verliebt war, doch dachte er noch, mit der Zeit würde sich das schon ergeben. Auch war ihm natürlich bewusst, wie viel Schuld ihn selbst traf. Insbesondere in den ersten Ehejahren war er recht grausam zu ihr gewesen. Wenn ihm einfiel, wie er sich damals verhalten hatte, bohrten sich dicke Splitter in sein Gewissen. Später aber hatte er sich sehr gebessert und Madeleine nicht mehr verletzt. Anstatt aber darüber glücklich zu sein, hatte sie sich immer mehr verhärtet, ja war geradezu versteinert.

Sosehr er sich auch an die Kälte seiner Frau gewöhnt hatte, begriff er doch nicht, was im letzten Jahr in sie gefahren war. Jeden Tag wurde sie merkwürdiger. Als sie eines Tages verkündete, sie wolle eine lange Reise antreten, hatte er dagegen nichts eingewandt und gehofft, das werde ihr guttun. Doch obwohl ihr so viel an der Reise lag und sie sich lange darauf vorbereitete, war sie dann, kaum abgefahren, auch schon wieder zurückgekehrt. Monsieur de Marelle striegelte im Stall gerade die Pferde. Als er seine Frau fragen wollte, wie weit sie denn gekommen und warum sie schon zurück sei, verzog sie nur das Gesicht und ging wortlos auf ihr Zimmer. Mit der Zeit häuften sich solche Vorfälle derart, dass Monsieur de Marelle sich schon fragte, ob seine Frau ihn überhaupt noch erkannte. Es war fast so, als ob sie ihn mit jemandem verwechselte, mit jemandem, den es gar nicht gab. Und als ob sie vor jemandem davonliefe, vor einem Gespenst womöglich. Noch mehr als für ihre Eibenwälder war die Gegend ja auch für ihre Gespenstergeschichten bekannt.

Monsieur de Marelle gab zwar nichts auf solche Hirngespinste, doch musste er mit ansehen, wie sich Madeleines Zustand von Tag zu Tag verschlimmerte. Anstatt sich andauernd den Kopf darüber zu zerbrechen, ging er wie üblich mit dem Gesinde seiner Arbeit nach. Es hatte sich also nicht wirklich etwas verändert. Schon seit Beginn ihrer Ehe war er jedes Mal, wenn er Hand an seine Frau legte, von dieser zurückgewiesen worden. Darüber beklagte er sich nicht einmal sonderlich, denn sobald er Madeleine mit ihrem strengen, schwarzen Dutt auch nur anschaute, verging ihm schon die Lust. Insgeheim aber wünschte er sich einen Erben, am besten ein Kind mit so rostroten Haaren, wie er selbst sie hatte!

Als er die Hoffnung darauf bereits so gut wie aufgegeben hatte, fand er eines Tages auf dem Schreibtisch einen von seiner Frau geschriebenen Zettel vor, auf dem stand, er solle am folgenden Morgen zum Flussufer kommen. Er tat also, wie ihm geheißen, war zur angegebenen Zeit an Ort und Stelle und wartete. Bald darauf kam tatsächlich Madeleine, aber sie schlich sich ganz seltsam heran, verbarg sich eine Weile hinter einem Busch, von dem aus sie ihren Gatten beobachtete, dann näherte sie sich wie ein scheues Tier und umkreiste ihn mehrmals schnüffelnd. Schließlich nahm sie willfährig neben ihm Platz und sah ihn wortlos an. Monsieur de Marelle traute seinen Augen nicht. Er vermochte sich keinen Reim darauf zu machen, warum die Frau, die sich nie von ihm berühren ließ und ihn in letzter Zeit mit Blicken voller Abscheu bedachte, auf einmal so ganz anders war. Und da hielt sie ihm plötzlich ihre Lippen hin. In seiner Verwirrung brachte Monsieur de Marelle halbwegs einen Kuss zustande, den seine Frau jedoch kaum zu bemerken schien. Sie war nur noch zerfließende Hingabe. Und auch, als sie schon nackt auf der Wiese lag, setzte ihr seltsames Gebaren sich fort, denn unentwegt horchte sie auf den Boden und murmelte unverständliche Worte.

Nachdem sie sich geliebt hatten, blieb sie erst liegen, dann hob sie den Kopf und verkündete, dass sie sich nie mehr sehen würden, aber das sagte sie gewissermaßen nicht zu ihrem Mann, sondern zu irgendjemandem, der gar nicht da war. Und plötzlich, als hätte sie etwas Entsetzliches erblickt, wurde sie erst ganz steif und dann gelb im Gesicht. Dann sprang sie auf und rannte halb nackt auf den Gutshof zu. Monsieur de Marelle sah ihr nach und wunderte sich, in was für einen kuriosen Traum er da geraten war.

Doch war es kein Traum, denn nach einer Weile wuchs der Leib seiner Frau an. Durch die Schwangerschaft wurde sie noch merkwürdiger und unverträglicher. In den folgenden Monaten verließ sie kaum noch ihr Zimmer und warf den lieben langen Tag schmachtende Blicke auf die kleinen Marienfiguren um sich herum. Wohl wissend, dass er unerwünscht war, sah Monsieur de Marelle häufig nach seiner Frau und erkundigte sich, ob sie nicht irgendetwas brauche, und jedes Mal ging er so verzagt wieder fort, dass davon sogar seine Vorfreude auf den Erben mit dem rostroten Haar überschattet wurde.

Schließlich war es so weit, die Entbindung stand unmittelbar bevor. Es war eine fürchterliche Sturmnacht, in der Wind, Regen, Blitz und Donner Hand in Hand wirkten, um den großen Gutshof in seinen Grundfesten zu erschüttern. Monsieur de Marelle ging im Korridor auf und ab und lauschte lange vergebens auf die erlösenden Schreie seiner Frau. Erschöpft ließ er sich schließlich in seiner Bibliothek nieder und fuhr sich mit den dicken Fingern unablässig durch das rostrote Haar. Bis irgendwann die Zwillinge zur Welt kamen. Da verfiel Madame de Marelle in tiefen Schlaf. Und war fortan kaum vom Schlafen abzubringen. Nur manchmal erwachte sie unverhofft und sah sich staunend um, dann brachte man ihr sogleich die beiden Säuglinge zum Stillen. Und es geschah stets das Gleiche. Den hässlichen Säugling mit den rostroten Haaren stillte sie ausgiebig, doch sobald der bildhübsche Säugling an der Reihe war, drehte sie sich weg und schlief wieder ein. So musste für das zweite Kind eine Amme gesucht werden.

In einem der umliegenden Dörfer fand sich auch bald eine junge, kräftige Frau, die nach Schafswolle, Käse, Stroh und Brei roch. Sie hatte erst kürzlich entbunden und verfügte über so viel Milch, als hätte sie ein ganzes Dutzend Kinder stillen können, ohne dass die Fülle ihre Brüste abgenommen hätte. Als die Amme das hübsche

Baby erblickte, schloss sie es gleich ins Herz. Beim Stillen sah sie es entzückt an und lächelte stolz, als spiegelte sich in dem Gesichtchen ihre eigene Schönheit. Wenn man sie manchmal bat, auch das andere Baby zu stillen, ließ sie widerwillig ein bisschen Milch in den Mund des hässlichen Wesens tropfen. Stieß Monsieur de Marelle dazu, so stellte er immer wieder fasziniert fest, was zwischen seiner Gattin und der Amme doch für ein Gegensatz bestand und wie anders die beiden Frauen sich mit den beiden Babys beschäftigten. Und es festigte sich sein Glaube daran, dass Frauen doch recht irrationale Lebewesen waren.

Die Amme ließ sich Monsieur de Marelles neugierige Blicke sehr wohl gefallen. Als das hübsche Baby eines Tages in ihren Armen einschlief, zog sie die vorgewölbte Brustwarze aus seinem Mund und hielt sie kurzerhand dem Mann hin. Von da an vernachlässigte sie das hübsche Baby ein wenig. Zwar stillte sie es noch, ihre Hauptaufgabe in dem Gutshof bestand aber nun darin, den Vater zu verköstigen.

~

Eines Tages folgte die Amme Monsieur de Marelle in die Bibliothek, die sie bis dahin noch nie betreten hatte. Als sie vor den übervollen Bücherregalen stand, fiel ihr an der Wand ein Bild auf, das am unteren Teil des vergoldeten Reliefrahmens eine längliche Öffnung aufwies. Auf den ersten Blick wirkte sie wie der drohende Mund des Unschuldigen Gesichts, der Sündern die Hand abbiss. Dieser

Rahmen, dieses Bild ... Auf einmal stieß die Amme einen Schrei aus. Sie schlug die Hand vor den Mund, wurde bleich und sah mit wilden Blicken im ganzen Raum umher. Da sie nichts anderes zum Verdecken fand, nahm sie eilig ihr Tuch ab, tastete sich zu dem Bild vor, das sie nur ja nicht mehr sehen wollte, und verhängte es. Beim Anblick der hektisch hantierenden Frau verschlug es Monsieur Marelle die Sprache, sodass er nicht einmal fragte, was in sie gefahren war. Das erzählte sie dann aber von selbst.

»Ich hatte schon gehört von dem Bild, alle Frauen im Dorf wissen und erzählen davon. Es soll hier mal ein junger Mann gelebt haben, der arbeitete mit dem Hausknecht, und er war so schön, so unglaublich schön, dass man ganz verrückt wurde, wenn man ihn nur sah. Der Gutshof gehörte damals einer Witwe, und die verliebte sich in den Jungen, der aber wollte zu ihrem Unglück nichts von ihr wissen. Eines Tages war der junge Mann verschwunden, und dann fand man ihn tot im Wald, unter einer Eibe. Wie er umgekommen war, wusste man nicht. Kaum hörte die Witwe davon, lief sie herbei und zog den Toten ganz alleine bis zum Flussufer. Dort klammerte sie sich an ihn und ließ ihn nicht mehr los. Tagelang soll sie dort um ihn geweint haben. Wer ihr näher kam, den jagte sie davon. Um den Toten zu begraben, musste man sie schließlich von ihm wegschleifen.«

Vom schnellen Erzählen war die Amme außer Atem. Monsieur de Marelle reichte ihr ein Glas Wein, das sie gierig leerte, bevor sie in ruhigerem Ton weitersprach.

»Vor dem Begräbnis ließ die Witwe von einem Maler

ein Bild des jungen Mannes und einen Rahmen dafür anfertigen. Die Öffnung im Rahmen glich dem Mund des Unschuldigen Gesichts. Das Bild hängte sie an ihrem Bett auf und sah es jeden Tag voller Gewissensbisse an. Vielleicht war es eine Sünde gewesen, den Jungen so sehr zu begehren, und womöglich war er deshalb gestorben. Um herauszubekommen, ob sie gesündigt hatte oder nicht, steckte sie jeden Abend die Hand in die Öffnung. Schließlich verlor sie völlig den Verstand. Es muss dieses Bild hier sein. Alle Frauen im Dorf kennen seine Geschichte und behaupten, dass ein Fluch darauf liegt. Der junge Mann soll nämlich wirklich sehr schön gewesen sein und konnte jede Frau in sich verliebt machen. Vor allem Jungfrauen wurden ganz wahnsinnig. Darum muss man das Bild verhängen. Und darf es niemals anschauen.«

Die Amme trank noch etwas Wein, dann fragte sie tonlos: »Wie ist es überhaupt hierhergekommen? Ich dachte, es sei irgendwo versteckt worden.«

»Das hat letztes Jahr ... Madeleine hier aufgehängt. Madeleine ...«

Er bekam seinen Satz nicht zu Ende, denn es fuhr ihm ein Stich durch den Kopf. Er stürzte hoch, lief zu den beiden Kindern, nahm das hübsche Kind auf den Arm und lief damit zurück in die Bibliothek. Trotz aller Proteste der Amme riss er das Tuch herunter und hielt das Baby neben das Bild. Kein Zweifel, das Gesichtchen des hübschen Babys war eine kleine Kopie vom Gesicht des jungen Mannes. Von da an hasste Monsieur de Marelle das Kind und hätte es am liebsten gar nicht mehr gesehen, erinnerte es ihn doch jedes Mal an den Mann, der seiner Frau den Kopf verdreht hatte, sodass sie ihn mit ihm betrog.

~

Es wuchs nicht jedes Kind auf die gleiche Weise auf. Bei manchen Kindern wurde unter dem Einfluss derer, die sie liebten, die zähflüssige Zeit verdünnt, sodass sie langsam, Schluck für Schluck heranwuchsen. Andere hingegen tranken die Zeit unverdünnt, laut gluckernd hinunter. So nämlich wuchs das hübsche Baby auf, das den Namen Annabelle bekam und schon im zartesten Alter vereinsamte. Erst wurde es von seinem Zwilling verlassen, der dem Mutterleib als Erster entschlüpfte, dann von seiner Mutter, seiner Amme und schließlich auch von seinem Vater. So wuchs es denn fern von ihnen auf, ganz allein.

Meist trieb Annabelle sich draußen herum, verschwand lange im Eibenwald. Und oft stieg sie zum Flussufer hinunter. Dort gefiel es ihr ganz besonders. Irgendwas am Fluss zog sie an. Sie hielt stundenlang die Beine hinein und versuchte sich im rasch fließenden Wasser zu sehen. Manchmal versank sie so sehr in ihrem welligen Spiegelbild, dass sie gar nicht merkte, wie die Sonne unterging und es allmählich dunkel wurde. Sie hatte keine Angst, dort die Nacht zu verbringen, und auch die Stimmen der Nacht schreckten sie nicht. Zu Hause fehlte sie ohnehin niemandem. So weit sie zurückdenken konnte, sah die Mutter sie voller Scham an, die Amme voller Zweifel, der Vater voller Ekel und die Zwillingsschwester voller

Neid. Wer auch immer sie erblickte, verzog entweder das Gesicht oder wandte die Augen ab. Nur der Fluss lächelte, wenn er sie sah, und er flüsterte ihr zu, sie brauche nicht traurig zu sein, denn mit ihrer geheimnisvollen Schönheit erinnere sie an eine Fee. Und wie eine Fee könne sie auch davonfliegen und mit jedem Flügelschlag funkelnden Glanz versprühen.

So hätte denn Annabelle gut und gern ihr ganzes Leben lang den Gutshof nicht verlassen, sich im Fluss betrachten und darüber alt werden können, tja, wenn da nicht jener seltsame Zufall gewesen wäre.

Es war Herbstanfang, und die welken Blätter segelten auf den Fluss herab, als täten sie es eines dem anderen nach. Es lag eine dumpfe Hast in der Luft, die bei jeder Berührung zerbröselte. Damals lagerte unweit des Flusses eine durchziehende Theatertruppe, deren Schauspieler reichlich unwillig wirkten. Mit trägen Gesten zupften sie sich Flöhe vom Körper, lernten ihre Rollen, wuschen ihre Wäsche, löffelten ihre Kohlsuppe und sprachen dabei kein Wort miteinander. Einer unter ihnen aber ließ von seiner Beschäftigung ab und sah nur noch zu dem Mädchen hin, das etwas abseits mit den Füßen im Wasser dasaß. Der kleine, alte Mann war der Prinzipal der Truppe, und nachdem er Annabelle lange genug betrachtet hatte, rief er zu seinen Leuten: »So eine Schönheit muss jeder zu sehen bekommen!«

~

Manchmal ging alles sehr rasch vonstatten. Als der Prinzipal am Gutshof von Monsieur de Marelle vorstellig wurde, machte er sich keine sonderlichen Hoffnungen, beim Verlassen des Hofes jedoch strahlte er übers ganze Gesicht. Mit solchem Glück war aber auch nicht zu rechnen gewesen. Erst hatte er zur Kenntnis nehmen müssen, dass es sich bei Annabelle mitnichten um ein Dienstmädchen handelte, sondern um die Tochter der Gutsbesitzer, und umso verblüffter war er, als dennoch niemand etwas dagegen einzuwenden hatte, dass das Mädchen sich der Theatertruppe anschloss. So reibungslos war alles verlaufen, dass der Mann befürchtete, es könne jederzeit jemand auftauchen und alles vereiteln, daher hielt er es für ratsam, dass sie sich so schnell wie möglich aus der Gegend davonmachten. Mit welchen Talenten Annabelle gesegnet sein mochte, wusste der Prinzipal gar nicht. Falls ihre Stimme genauso schön war wie ihre Erscheinung, konnte sie in den Pausen zwischen den Stücken allein auf der Bühne singen. Vielleicht würde er sie auch den Tänzerinnen zuordnen oder ihr irgendeine Rolle auf den Leib schreiben. Seiner Truppe, um die es gerade nicht sehr gut stand, würde das feengesichtige Mädchen auf jeden Fall Glück bringen, da war der Mann sich gewiss. Und einen Namen hatte er auch schon für sie: La Belle Annabelle!

Im Hof des Gutes nebeneinander aufgereiht sahen Annabelles Zwillingsschwester und ihre Eltern zu, wie die Theatertruppe davonzog. Und als die Pferdewagen hinter der Wegbiegung verschwunden waren, atmeten alle drei erleichtert auf. Lediglich die Frau aus dem Dorf, die dem

Mädchen einst als Amme gedient und seither den Gutshof nicht mehr verlassen hatte, nahm Anteil an Annabelles
Schicksal und hatte den Schauspielern noch hinterherge-
rufen: »Wo bringt ihr sie hin?« Da hatte der Prinzipal, die
Augen fest auf die vollen Brüste der Frau gerichtet, fröhlich zurückgerufen: »Nach Osten! Nach Istanbul!«

Die Männer, die einzeln durch den nach Osten gehenden Eingang von Keramet Mumi Keşke Memiş Efendis kirschrotem Zelt traten, wollten die Schönste aller Schönen sehen, die einzige Fee im giftigen Eibenwald, das geflammte Lebenselixier, La Belle Annabelle. Die trat immer zuletzt auf die Bühne, davor waren andere Schönheiten dran.

Die Eröffnung wurde von der Frau mit der Maske vollzogen. Ihre Maske war wirklich herrlich anzusehen, mit der Stirnlocke, den Mandelaugen, den hochgebogenen Wimpern, der niedlichen Nase, den kirschförmigen Lippen, den verschmitzten Grübchen und den mit rot gefärbtem Zucker eingeriebenen Wangen. Stumm und reglos stand die Frau mit der Maske vorne auf der Bühne, als wäre ihr gesagt worden, sie solle ihr Leben lang warten, und das tat sie nun, ohne zu wissen, worauf und warum. Da nahm sie urplötzlich die Maske ab, und die Zuschauer schrien auf. Das Gesicht unter der Maske war nämlich haargenau wie das Maskengesicht. Aus weiter Ferne klangen leise Geigentöne. Als die Geige verstummte, wurden die Zuschauer von der schönen Frau mit eleganter Geste begrüßt. Dann gab sie ein Zeichen, und die violetten Samtvorhänge mit den fusseligen Fransen hoben sich schwerfällig.

Auf der Bühne hing inmitten eines blutroten Mohnfelds von einem Birnbaum eine aus Efeu gewirkte Schaukel, und darauf saß, von hoppelnden Häschen umgeben, vor der untergehenden Sonne am Horizont, vom Frühlingswind umspielt, von Schmetterlingen umschwirrt, eine zierliche Frau namens Hayganoş und begann mit dünner Stimme zu singen.

Böreks, ja die lob ich mir,
Ob mit Käse oder Fisch,
Ist mir völlig einerlei,
Rasch nur auf den Tisch.
Und geht mir auch das Herz entzwei.

Als das Lied zu Ende war, erhob sich der Birnbaum und zog die Schaukel, die Mohnblumen und all die Häschen und Schmetterlinge beiseite. Während von Hayganoş nur noch ein müdes Murmeln zu hören war, betraten drei neue Schönheiten die Bühne. Es waren drei Schwestern, eine hübscher als die andere: Lisa, Maria und Rosa. So schön waren die drei, dass sie einander ausstachen, sobald man sie nebeneinander sah. Da sie aber von Eifersucht nichts wussten, trennten sie sich keinen Augenblick. Ihre innere Schönheit entsprach der äußeren. Arm in Arm standen sie auf der Bühne, zauberten Lächeln um Lächeln hervor und sangen ihre zuckersüßen Lieder, die davon handelten, wie schön das Leben doch sei. Dieser Teil der Vorstellung zog sich so lange hin, bis er bei den Zuschauern nur noch einen schalen Geschmack hinterließ. In den Liedern war alles so makel- und tadellos, dass manche Unglücksraben, denen im Leben das meiste schiefgegangen war, sich schon schwer beherrschen mussten, um nicht auf die Bühne zu stürmen und die drei Schwestern von dort herunterzuprügeln.

Dann kam Hoyrat Aruzyak auf die Bühne, oder vielmehr entfaltete sie sich dort wie ein betörender, sich langsam öffnender Rock. Unter allen Darstellern im kirschroten Zelt verfügte sie über die meiste Bühnenerfahrung. Zum ersten Mal aufgetreten war sie schon als blutjunges Kind mit blondem, lockigem Haar, danach war sie zu einer Schönheit herangewachsen, zu einer verführerischen noch dazu, und schnell hatte sich ihr Ruf in der ganzen Stadt herumgesprochen. Auf den Herzen, die sie brach, trampelte sie herum, eilte von einer Theatertruppe zur nächsten, von einem Männerschoß zum anderen, und versüßte sich den schwefligen Geschmack des Lebens mit feurigen Küssen. Sie liebte glänzenden Schmuck, prächtige Kleider, liebte Prunk und Komplimente. Was über sie geredet wurde, scherte sie nicht, sie gab jeder Laune nach und nahm sich vom Leben, was sie nur wollte. In der Stadt der Liebe kannte sie jeden Geheimgang, jede Abkürzung, jedes Versteck. Und doch war es so, dass ihr die Tore jener Stadt eines Tages vor der Nase zugeschlagen wurden.

An jenem fatalen Tag stand sie auf der Bühne, und während dort zwei Recken ihre Schwerter zogen und um sie kämpften, sollte sie ihrer Rolle gemäß das Geschehen am Rande weinend begleiten. Da sie seit Monaten das gleiche Stück aufführten, war mitnichten zu erwarten, dass sie aus der Rolle fallen würde, doch aus unerklärlichem Grunde tat sie genau das. Obwohl im ganzen Stück keine derartige Szene vorkam, fuhr sie plötzlich mit einem spitzen Schrei zwischen die Kämpfenden und spürte darauf gleichzeitig deren beide Schwerter im Gesicht. Die Männer waren nicht nur auf der Bühne, sondern auch im Leben in sie verliebt und hassten einander daher, und nun schlugen sie den Wangen der Frau, der sie schon so lange hinter-herliefen, zur Linken und zur Rechten zwei lange, tiefe Wunden. Vor Schmerz brach Hoyrat Aruzyak mitten auf der Bühne zusammen.

Der Vorhang wurde gesenkt, die Zuschauer verließen das Theater, Hoyrat Aruzyaks Schmerz aber blieb. Nie wieder nahm sie einen Spiegel in die Hand, nie wieder betrachtete sie ihr Gesicht. Das war auch nicht nötig, denn wie sie aussah, das las sie aus den Blicken von Freund und Feind ab. Dutzende von Malen versuchte sie sich umzu-bringen, doch wo dies auch geschah, waren immer frü-here Bewunderer zur Stelle und brachten sie ins Leben zurück. Leben aber wollte sie nicht mehr und schaffte es doch nicht zu sterben. Es traf sie hart, wenn Frauen, die sie früher anlachten, doch innerlich vor Eifersucht zer-sprangen, sie nun teilnehmend ansahen und dabei inner-lich lachten. Wer ihr sein Mitleid bezeugte, den fertigte sie ab. Sie lernte Wörter, die ihr fremd gewesen waren.

Während ihr Herz abstumpfte, wurde ihre Zunge spitzer. Da sie nun mit allem herausplatzte, was ihr nur in den Mund kam, wollte sie bald niemand mehr um sich haben. Ohnehin verschwand sie bald, und von da an hörte man nur noch hin und wieder, dass sie vor teuren Lokalen gesichtet wurde, manchmal in Lumpen gehüllt bei Bekannten klingelte und sie anbettelte, dass sie mit Steinen Theatertruppen bewarf, auf deren Bühnen sie früher geglänzt hatte, und dass sie für eine Flasche Alkohol zu jeglicher Schamlosigkeit bereit war. Über derlei geredet wurde durchaus, und doch wurde sie dadurch immer unsichtbarer und spukte im Gedächtnis derer, die sie kannten, bald nur noch herum wie ein ruheloses Gespenst.

~

»Manchmal … verletzen wir uns irgendwie. Aber jede Wunde verheilt. Bildet eine Kruste und schließt sich. Versteckt sich vor anderer Augen. Denn keine Wunde will gesehen werden.«

Hoyrat Aruzyak saß auf dem Gehsteig und hörte gar nicht zu. Sie hob nicht mal den Kopf, um zu sehen, wer da eigentlich mit ihr sprach. Sie hasste es, wenn Leute ihr ungebeten Ratschläge erteilten und darauf herumritten, wie schön doch das Leben trotz allem sei.

»Man darf sich nur nicht die Pupillen verletzen, denn dann kann man die Welt nicht mehr mit den gleichen Augen sehen. Von allem nimmt man dann nur das Schlechte wahr, und nicht einmal die verstecktesten Niedrigkeiten entgehen einem. Die anderen spüren, dass man nicht mehr das Gleiche sieht und sie nicht mehr mag. Es ist ihnen so unangenehm, dass sie einen selbst nicht mehr ansehen wollen. Und niemand will mehr mit einem etwas zu tun haben. Das Bild ist noch das gleiche Bild, aber die Augen haben sich verändert. Sobald man aus dem Bild heraustritt, ist wieder alles wie zuvor, und jedermann ist erleichtert. Darum finde ich, am besten geht man in solchen Fällen. Und zwar auf die Sache drauf!«

Erstaunt sah sich Hoyrat Aruzyak nun doch an, wer da auf sie einredete. Mehr als dessen Worte fiel ihr das Gesicht des Mannes auf, genauer gesagt die Augen. Die bestanden aus kaum mehr als zwei dünnen Schlitzen, als könnten sie alles, was er im Brustton der Überzeugung vortrug, jederzeit leugnen. Der Blick schien bar jeglichen Gefühls zu sein und säte weder Mitleid aus noch Schmerz, weder Wut noch Hoffnung. Und da er nichts säte, versuchte er auch nichts zu ernten. Und wirkte doch nicht falsch. Spielte nicht mit einem. Hoyrat Aruzyak war es sogar so, als hätte sie noch nie im Leben jemanden kennengelernt, der so fern jeder Falschheit gewesen wäre. Die Augen ihres Gegenübers waren zumindest so echt wie eine der seltenen Bühnen, die den Zuschauer während einer Vorstellung vergessen ließen, dass er im Theater saß.

So war Keramet Mumi Keşke Memiş Efendi ins Leben von Hoyrat Aruzyak getreten. In den darauffolgenden Tagen war er der Frau nicht mehr von der Seite gerückt und hatte unentwegt weitergeredet. Er brachte ihr aber auch andauernd stechend riechende Salben und Pasten dubioser Zusammensetzung. Durch die schienen die Wunden zwar nicht zu verheilen, doch wirkten sie zumindest nicht mehr so roh.

Da brachte Keramet Mumi Keşke Memiş Efendi von den Schauspielern in seinem Zelt Schminkmaterial mit. Mit dickem Puder und grellen Farben überdeckte er die Wunden. Zum ersten Mal nach so langer Zeit wagte Hoyrat Aruzyak es da, wieder einen Spiegel in die Hand zu nehmen. Sie sah hinein, und wie jeder, der sich zu etwas überwand und dann merkte, dass er sich einer falschen Hoffnung hingab, war sie erst auf sich selbst und dann auf den Boten dieser Hoffnung wütend. Es hatte sich nichts verändert. Die beiden Wunden prangten noch immer in ihrer ganzen Hässlichkeit auf ihren Wangen. Keramet Mumi Keşke Memiş Efendi hob den zu Boden gefallenen Spiegel auf und hielt ihn der Frau trotz allem wieder hin.

»Deine Hässlichkeit ist so schön, dass uns die Haare darüber zu Berge stehen«, sagte er. »Du, Aruzyak, bist so schön wie die Nacht des Jüngsten Gerichts. Du musst auf die Bühne! Spiel uns das Leben vor, das mit dem Tod nicht zu Ende geht.«

Diesem Mann, der kein bisschen den Männern glich, die sie kannte, starrte Hoyrat Aruzyak eine Weile in die undurchdringlichen Augen. Auch wenn sie kein Wort von dem verstand, was er so von sich gab, verblieb ihr davon ein anregender Geschmack auf dem Gaumen. Sobald sie alleine war, zog sie aus ihren Truhen die alten Gewänder hervor, die sie seit Urzeiten nicht mehr getragen hatte. Und mit dem Gebaren einer Prinzessin, die dem

Hof des Nachbarstaates ihre Aufwartung machte, schleifte sie am nächsten Tag ihre ganze Aussteuer den Hügel hinauf und wurde in dem kirschroten Zelt vorstellig. Am ersten Abend, an dem sie die Bühne betrat, verschlug es ihr zunächst die Sprache. Die Augen der Zuschauer funkelten wie Sterne, die einem in einer mondlosen Nacht zuzwinkerten. Da verströmte sich eine Wärme in ihr, die sie längst vergessen hatte. Und es gab für sie kein Halten mehr: Sie trank die Lust, gemocht zu werden, auf einen Zug aus. Wie beschwipst sie an dem Abend war!

Von jenem Tag an wartete sie im kirschroten Zelt jeden Abend mit stolzem Lächeln, bis sie an die Reihe kam, und wenn es so weit war, entfaltete sie sich auf der Bühne wie ein betörender, sich langsam öffnender Rock. Wer ihr dabei zusah, dem lief es eiskalt über den Rücken. So wie in den Ruinen einer zerstörten, geplünderten Stadt, deren Bewohner samt und sonders ermordet wurden, eine junge Eidechse herumwuselte und dabei überall den Samen neuer Hoffnung versprühte, so starb in Hoyrat Aruzyaks Nacht des Jüngsten Gerichts das Leben und lebte der Tod wieder auf.

Auf Hoyrat Aruzyak folgte der Schlangenbeschwörer, der jeden Abend, als hätte er zuvor noch etwas Wichtiges zu erledigen gehabt, erst in letzter Minute eintraf. Sobald er die Bühne betrat, fühlten die Männer, die sein silbernes Armband, den Ohrring und den Brokatgürtel sahen, neue Kraft in sich aufsteigen. Selbst den Schmächtigsten und Feigsten kam es in den Sinn, auf die Straße zu rennen und dort herumzubrüllen. Sollten sie ruhig davon träumen, der Schlangenbeschwörer jedenfalls, als er in der Bühnenmitte angelangt war, begrüßte die Zuschauer, indem er die Stirn runzelte und den Hals ein wenig reckte. Dann nahm er den Deckel des Schlangenkorbs ab. Die Schlange kroch aus dem Korb und vor bis zum Bühnenrand. Dort blickte sie die Zuschauer aus ihren smaragdgrünen Augen an, und je länger sie das tat, umso mehr sahen auf einmal die Männer.

Denn in den Augen der Schlange spiegelte sich verkehrt herum die Welt.

In dieser Welt waren Witwer Junggesellen und Diener Herren. Die Erde regte sich fröhlich und kitzelte die Seelen der darin Ruhenden. Da es in jenem Leben Zweige gab, die dem Hagel neue Blüten entgegenstreckten, Vögel, in deren Federn Regentropfen zitterten, Wangen, die bei jedem Glas erröteten, waren kupferne Münzen auf einmal Juwelen und Pferdedecken aus Atlasseide. Die durch die Wolken hindurchschwebenden Lichtstäubchen umfassten die Alten wie die Jungen, die Reichen wie die Armen mit gleicher Zärtlichkeit. Und sie waren überall. Wo sie etwas berührten, hinterließen sie kleine Funken, aus denen für Köpfe, die weder Kamm noch Seife kannten, goldene Kronen geflochten wurden. Selbst der niederträchtigste Mensch trug in seinem Namen etwas Schönheit, und auch der ödesten Gegend war ein Eckchen Paradies zu eigen. Jeder Zank trug eine scheue Stille in sich, jede Bedrängnis ließ unverhofft aufatmen. Wo das Leben endete, fing es wieder an; fiel mal nach oben, stieg mal zur Erde hinauf, verschnaufte in den Pausen, erwärmte sich an der eigenen Asche. Und wenn es warm genug war, stürzte es wieder los und zog unstet umher, wie ein verwickeltes Rätsel, dem seine Auflösung missfiel. Wenn alledem so war, musste der Mensch doch am Leben bleiben. Ob sein Aufenthalt kurz oder lang war, spielte keine Rolle, denn maßgebend war nicht die Zeit.

Es war eine Beschreibung des Paradieses, aber nicht des Paradieses nach dem Leben, sondern jenes, das das Leben in seiner Brust barg.

Da fingen die Männer, die in den Augen der Schlange verkehrt herum die Welt sahen, auf einmal zu schluchzen an, und sie weinten, wie sie noch nie geweint hatten und nie wieder weinen würden. Gar mancher fiel auf die Knie und bereute seine Sünden. Das Zelt wurde vom Geruch kühlen Zisternenwassers erfüllt. Als würde jegliches Böse ein Ende nehmen und alles nur noch gut sein. Einen winzigen Augenblick lang fühlten alle Männer im Zelt, dass sich ihnen eine einzigartige Gelegenheit bot, alle Schuld von sich abzustreifen, und um zu beweisen, wie sehr sie sich reinigen wollten, warfen sie ihr ganzes Geld auf die Bühne. Da ging der Spiegel plötzlich wieder zu. Der Schlangenbeschwörer verbeugte sich leise lächelnd, sammelte das auf die Bühne geworfene Geld in den Korb, und hatte er sich mit dem Kommen vorher Zeit gelassen, so flüchtete er nun fast von der Bühne. Die Schlange folgte ihrem Meister und wand sich dabei wie eine gepfiffene Melodie.

Nach dem Schlangenbeschwörer trat Frau Betri mit ihren zehn Fingerpuppen auf, mit denen sie die Naturkräfte

nachahmte. Als Regen ließ sie reichen Segen herunter-
rieseln, als Regenbogen erbaute sie dem Unmöglichen
eine Brücke, als Tautropfen streichelte sie der Wiese über
die Wangen, als Sommerwind ließ sie die Berghänge erschauern, als Kraut heilte sie, als Schnee tröstete sie, als
Sonne ließ sie schwanenhalsige Blüten aufgehen, als Nebel glasierte sie, als Klima erfreute sie in jeglicher Form,
als Wasser belebte sie das Leben. Es gab nichts Gutes, was
die Natur dem Menschen nicht geschenkt hätte.

Als diese betörende Vorstellung zu Ende war, herrschte
unter den Männern lähmende Stille. Die Bühne gehörte
La Belle Annabelle.

Da es nun so weit war, fuhr ein Schauder durch alle Männer, als wären sie auf einmal vom Teufel geritten. Dass all
die gesehene Schönheit noch übertroffen werden sollte,
war ein geradezu erschreckender Gedanke. Wenn es nach
dem Paradies noch ein Jenseits gab, wer sollte dann im
Paradies verharren? Ohne es zu wollen oder auch nur
zu wissen, machte La Belle Annabelle den Tod bedeutungslos. Und wo der Tod bedeutungslos war, löste auch
das Leben sich auf. Das Leben aber liebte es, die Menschen zu verblüffen. Es gab den Augenblick, in dem es
dem Geschwätzigsten die Sprache verschlug, der Mu-
tigste mit zitternden Knien dastand. Den Augenblick, in
dem der Fotograf auf den Auslöser drückte und sich den
fröhlich Feiernden plötzlich das Herz zusammenschnürte,
als könnte ein verbranntes Foto dem Glück, von dem es
zeugen sollte, den Garaus machen. Den Augenblick, in

dem der Zaghafteste mutig wurde, der Zungenfertigste auf einmal stotterte, der Dickfelligste den Schrei des Entsetzens in sich hörte … Und der Name dieses Augenblicks war ein Wort, das selbst die ältesten Sprachen unter der Sonne nicht gebildet hatten; er blieb ungeschrieben und unausgesprochen. Solange man dem Augenblick nicht nahe kam, war er daher nicht vorhanden, und sobald man sich ihm genähert hatte, war es ohnehin zu spät. Denn auf der Bühne stand nun La Belle Annabelle.

Als Keramet Mumi Keşke Memiş Efendi Annabelle zum ersten Mal erblickt hatte, wusste er, dass er für den östlichen Teil des kirschroten Zelts gefunden hatte, wonach er suchte. Augenblicklich hatte er darüber nachgedacht, wie der Prinzipal der Theatertruppe wohl am besten zu überreden sei. Dabei stellte es sich einfacher heraus als angenommen, denn der kleine alte Mann, der gen Orient gezogen war, um ein Vermögen zu verdienen, steckte dort vielmehr schon bald bis zum Hals in Schulden und brauchte Geld. Außerdem hatte Annabelle ihn enttäuscht. Sie schaffte es nicht, auch nur die kleinste Rolle auswendig zu lernen, und konnte weder richtig tanzen noch singen. So wollte der Mann die aus Frankreich mitgebrachte Annabelle, auf die er solche Hoffnungen gesetzt hatte, ohnehin so schnell wie möglich loswerden.

La Belle Annabelle selbst war so schweigsam wie in der Sonne trocknender Lehm. Keramet Mumi Keşke Memiş Efendis Angebot nahm sie mit solch überraschendem Gleichmut an, als bestünde das Leben ohnehin darin, dass es einen von hier nach dort verschlug. Der Rest war ein Kinderspiel. Der Prinzipal bekam etwas Geld in die Hand gedrückt, und am folgenden Tag nahm Annabelle ihren Platz im kirschroten Zelt ein. Erst schlenderte sie nur herum und bemühte sich nicht, die dort gesprochene Sprache zu lernen. Viele der auf sie einströmenden Wörter prallten an ihr ab, andere wiederum blieben haften. So lernte sie, fast wider Willen, die Sprache doch noch. Sprach sie aber nicht.

Was auch keiner von ihr erwartete. Sie sollte weder sprechen noch singen noch tanzen, sondern einzig und allein auf der Bühne stehen. Einfach nur gesehen werden. Nun gut, sie hatte ein Tamburin in der Hand, doch merkte irgendjemand, ob die Zimbeln daran auch klimperten, die Fransen herumgewirbelt wurden? Niemand achtete auf irgendetwas anderes als auf La Belle Annabelles Gesicht.

Wie der Gutshof, auf dem sie geboren war, hatte Annabelles Gesicht vierzig Zimmer und vierzig Türen, durch die vierzig verschiedene Besucher zugleich hineingebeten wurden. Jeder Besucher hielt sich in dem herrlichen Gebäude für den Ehrengast, und ohne den anderen je zu begegnen, wandelte er durch die prächtigen Gärten, die kühlen Keller, die Zimmer mit den geschnitzten Decken, die von Spinnweben durchzogenen Dachböden, die glänzenden Salons und die Korridore mit den samtbeschlagenen Türen und den Spiegeln, die einander unendlich vervielfältigten.

Wenn sie auf der Bühne stand, hörte jeder Mann, wie

eine Seidenstimme ihm zuflüsterte: »Augen auf!« Und alle Zuschauer sperrten die Augen noch weiter auf.

In jener Zeit, in der der Osten die Augen nicht vom Westen wandte, der Westen den Osten als Spiegel seiner Pracht nutzte und dennoch niemand genau zu sagen wusste, wo eigentlich der Osten endete und der Westen begann, stellte das Gesicht von La Belle Annabelle eine grenzenlose Grenze dar. Es gehörte weder zum Westen noch zum Osten. Darum fühlte jeder Mann, der es betrachtete, sich zugleich zu Hause und in der Fremde. So vieles kam ihm bekannt vor in diesem Gesicht … bekannt wie der Duft der Süßigkeiten in der Kindheit. Am liebsten wäre er hin und hätte die Frau umarmt, doch gleich beim ersten Schritt überkam ihn eine Fremdheit. Wen das Gesicht anzog, den stieß es zurück und ließ doch auch nicht zu, dass der Zurückgestoßene sich zu weit entfernte. Das Gesicht von La Belle Annabelle war so fließend wie die Wasser des Flusses, den sie hinter sich gelassen hatte. Es sprudelte, wechselte von Ausdruck zu Ausdruck, von Zustand zu Zustand und blieb doch weiterhin so schön wie die einzige Fee im giftigen Eibenwald.

Jeder Mann im kirschroten Zelt hätte sich gewünscht, das ruhelose Feengesicht möge doch kurz einmal verschnaufen und die Fee ihren Kopf auf seine Schulter legen. Das war aber nur ein Traum, und jeder sah im Gesicht von La Belle Annabelle, der Schönsten aller Schönen, das Antlitz der Liebe, nach der er sich heimlich sehnte.

Und jeder mutierte zum regen Künstler, um sie abbilden zu können. Während die Träume und Sehnsüchte wild durcheinanderwogten, verzehrte sich jeder Mann danach, La Belle Annabelles einzige Liebe zu sein, und sei es auch nur für einen Augenblick. Da war der Augenblick auch schon vorbei, und La Belle Annabelle trat grüßend von der Bühne ab. Die Zuschauer klatschten sich vor der leeren Bühne die Hände wund, doch La Belle Annabelle kehrte nicht zurück.

Abend für Abend ging das Schauspiel auf gleiche Weise zu Ende. Wenn der nach Osten gehende Eingang des kirschroten Zelts sperrangelweit geöffnet wurde, drängten die Männer, die einzeln eingetreten waren, schubsend und lärmend gemeinsam hinaus.

Wenn sie den Hügel hinunterstiegen, plagte sie, dass sie nicht wussten, wo die Schönheit, die sie soeben noch nach Herzenslust hatten betrachten dürfen, sich jetzt wohl aufhielt und was sie tat. Am Brunnen auf halber Höhe wuschen sie sich mit eiskaltem Wasser das Gesicht, was aber ihren Unmut nicht im Mindesten linderte. Kamen sie zu Hause an, verfinsterten sich unwillkürlich ihre Blicke, denn die Frau, an deren Seite sie die Nacht verbringen würden, war nun mal nicht La Belle Annabelle. Bei einigen von ihnen meldete sich das schlechte Gewissen, und sie versuchten, zu ihrer Frau netter zu sein als sonst. Das gelang ihnen aber nicht. Darauf wollten sie so schnell wie möglich einschlafen. Wie sagte doch Keramet Mumi Keşke Memiş Efendi immer: Wenn Männer sich von unrechten Träumen befreien wollen, flüchten sie sich in den Schlaf.

Wenn die Männer schliefen, gingen die Frauen unruhig

im Haus hin und her, denn ihnen ging die fürchterliche Fratze des Zobelmädchens nicht aus dem Sinn. Schwangere trauten sich nicht einzuschlafen; sie fürchteten sich davor, im Traum ein Zobelkind zur Welt zu bringen und am nächsten Morgen darin ein schlechtes Omen zu erkennen.

Da kam die Nacht über sie herein. Die Nacht verlangte nach Trost wie ein gebrochener Schwur, verlangte nach Neuem wie eine sich häutende Schlange. Und war die einzige Zeit, in der in dieser Welt des Sehens niemand niemanden sah.

gölge (**Schatten**): In einem Fischerdorf mit weißen Häusern und schwarz gekleideten Frauen lebte einmal ein alter Bootsbauer. Jeder kannte ihn, aber niemand wusste, dass der Bootsbauer keinen Schatten hatte.

Vor vielen Jahren, als ganz junger Mann, war er gern im Meer getaucht, ganz tief hinunter, um zu sehen, was sich dort verbarg. Eines Tages war er so tief hinuntergetaucht, dass er unmöglich wieder nach oben kommen konnte. Das Meer aber hatte Mitleid mit ihm, weil er noch so jung war, und es bot ihm an, dass er sein Leben behalten durfte, wenn er dafür seinen Schatten hergab. Von jenem Tag an lebte der alte Bootsbauer ohne Schatten und gab dieses Geheimnis niemandem preis.

Nun war es aber so, dass in dem Fischerdorf mit den weißen Häusern und den schwarz gekleideten Frauen jeder, der schon einmal zu tief getaucht war, keinen Schatten mehr hatte. Da ein fehlender Schatten nicht weiter auffiel, merkte das niemand. Jeder brauchte nur sein eigenes Geheimnis zu wahren, so wurde es zum Geheimnis von allen und war somit kein Geheimnis mehr.

»Räum die endlich weg!«, bat ich BC inständig.

Ich hatte sechs Böreks vor Augen, drei mit Kartoffelfüllung und drei mit Hack. Lecker sahen sie aus, vermutlich frisch aus dem Ofen. Jeden Tag trafen sich die Nachbarinnen im Haus jeweils bei einer anderen zum Essen, sodass unweigerlich immer in irgendeiner Wohnung blechweise Kuchen und Böreks gebacken wurden und es im Haus herrlich duftete. Oft genug bekamen auch wir von diesen Köstlichkeiten einen Teller ab, und das nicht nur von diesen Gemeinschaftsessen, sondern auch anlässlich besonderer Festlichkeiten oder an religiösen Feiertagen. Laut BC ging das schon seit dem Tag so, an dem er in die Wohnung eingezogen war. Damals hatte ihn als Erstes die nervöse Nachbarin von nebenan gesehen. Sie habe ihn von oben bis unten gemustert, und als sie erfahren habe, dass er Junggeselle sei, habe sie ihn gleich gefragt, wer ihn denn bekoche. Eine halbe Stunde später sei sie zusammen mit den anderen Nachbarinnen angerückt, jede mit einem kulinarischen Willkommensgruß in der Hand. Und seither sei kaum ein Tag vergangen, an dem er nicht mit irgendeiner Speise beglückt worden sei, gebracht entweder von den Frauen oder einem ihrer Kinder.

Lediglich als ich eingezogen sei, habe der Eifer etwas nachgelassen. Damals meinten die Frauen wohl, mit BCs Junggesellentum sei es nun vorbei. Dann aber sahen sie, dass ich eine Frau war, »die arbeiten geht«, und sie merkten wohl auch, dass ich sogar am Wochenende nicht sonderlich kochte. Da ich so dick war, vermuteten sie womöglich auch, dass ich nicht leicht satt zu kriegen sei, und so ließen sie uns sogar mehr Essen zukommen denn je zuvor.

Die Böreks hatte die Frau von unten geschickt, die mir von allen Nachbarinnen im Haus als die beste Köchin galt. Diesmal aber würde ich die Böreks nicht anrühren. Ich war nämlich auf Diät.

gölge oyunu (**Schattenspiel**): Das in zahlreichen Kulturen vorkommende Schattenspiel fächert sich in ein »Spiel der Schatten« und die »Schatten des Spiels« auf. Was dabei zu sehen ist, hängt vom Auge des Betrachters ab.

Wenn auf Java die Menschen zum indonesischen Schattentheater Wayang Kulit ins Schloss des Königs kamen, wurden die Männer so gesetzt, dass sie gen Osten sahen, und die Frauen so, dass sie gen Westen sahen. Die Grenze dazwischen hieß Pringgitan, und dort wurde der Vorhang gespannt.

Sowohl die Puppen als auch die Dalang genannten Puppenspieler wurden auf der Seite der Männer platziert, also gegenüber dem Osten, wo die Sonne aufgeht. Während die Männer sie direkt vor sich hatten, sahen die Frauen ihre Schatten.

Das wusste Glaukon nicht. Er lauschte dem Philosophen, den er vor sich hatte.

»Stell dir vor, dass hinter ihren Rücken Gegenstände durchs Licht getragen werden und das Licht diese Gegenstände an die Wand der Höhle wirft«, sagte der Philosoph. »Nun, lieber Glaukon, die Welt, die wir mit unseren Augen sehen, ist die Wand jener Höhle, und wer das Licht dahinter erblicken kann, ist ein Weiser, der das Sinnesauge in das Verstandesauge zu verwandeln weiß. Deshalb können die Frauen, die nichts anderes als den Schatten wahrnehmen, sich nicht davon befreien, ein Trugbild für die Wirklichkeit zu halten.«

»Ich verstehe«, erwiderte Glaukon. »Deshalb können Frauen ja auch keine Philosophen sein.«

»Genau. Und deshalb können Philosophen keine Frauen sein.«

»Hast du wieder was geträumt?«, fragte BC, als er die Böreks wegräumte.

Stets sollte ich ihm meine Träume erzählen. Das tat ich auch, mal so, wie sie gewesen waren, mal etwas verändert. Wenn ich morgens aufwachte, öffnete ich nicht gleich die Augen, sondern zurrte erst mal im Halbschlaf den frischesten Traum fest. Ich schmeckte das Geträumte mit Kräutern, Soßen und Gewürzen ab, füllte etwaige Lücken mit meiner Fantasie, verputzte Risse mit Lügen. Insbesondere seit ich auf Diät war und alles, was ich sah, irgendwie mit Essen in Verbindung brachte, servierte ich BC köstliche Traumgerichte, die sowohl das Auge als auch den Magen ansprachen. Wie vermutlich so mancher, der abzunehmen versucht, war auch ich insgeheim darauf aus, dass die Leute um mich herum dicker wurden. BC allerdings gehörte zu den nervigen Zeitgenossen, die essen können, was sie wollen, und doch nie zunehmen. Weder die Nachbarinnen noch ich hatten es geschafft, auch nur ein einziges Kilo an ihn ranzubekommen.

Damit meine Träume heranreifen konnten wie Granatäpfel, stand ich am Wochenende nicht gleich auf, wenn ich wach war, sondern drehte mich noch mal auf die Seite.

Trotzdem konnte es mir passieren, dass ich mich hinterher an meinen Traum nicht erinnern konnte oder das Gefühl hatte, gar nichts geträumt zu haben. Dann suchte ich nach Fertigträumen, aus Traumdeutungsbüchern etwa oder aus aufgeschnappten Gesprächen. Wer suchet, der findet. Ich brauchte nur noch das Etikett abzumachen und die Träume fremder Menschen auf den Tisch bringen, als hätte ich sie selbst geträumt. »Da hast du dir aber Mühe gegeben!«, bemerkte BC schelmisch lächelnd. Schuldbewusst sah ich auf meine geschundenen Hände herunter, die schmerzend in Salzwasser badeten.

Genauso wie für Träume hatte BC etwas für Filme übrig, und aus beidem bezog er Material für sein Lexikon der Blicke. Eigentlich mochte er sowohl Filme als auch Träume gerade deswegen.

> *gözbası* (**Blendwerk**): Es ist Blendwerk, wenn durch rasendes Tempo etwas nicht Vorhandenes als existierend dargestellt und das Auge dadurch getäuscht wird. Verringert der Zauberer seine Geschwindigkeit nur um ein Geringes, tut das Auge des Zuschauers sich auf und nimmt die List wahr. Der Zauber geht verloren, das Geheimnis ist gelüftet.
>
> Das Alter geht mit Langsamkeit einher. Alternde Zauberer vollführen ihre letzte Nummer und lassen sich darin selbst verschwinden.

Oft genug schlief BC vor dem Fernseher ein. Mitten in einem Film, den er genussvoll ansah, fing er an zu schnarchen, stellte aber dann, ohne die Augen zu öffnen, Fragen

zum Film, und wenn er tatsächlich vollkommen wegge-
treten schien, wachte er urplötzlich mit finsterer Miene
auf, als sei er durch eine Ohrfeige aus seinem Traum ka-
tapultiert worden, worauf er den Film weiter ansah, als
hätte sich darin inzwischen nichts getan, ja gar nichts
tun können. Vielleicht hielt er sich für den einzigen Zuschauer und meinte, sobald er die Augen schloss, würden
die Schauspieler auf Zehenspitzen beiseitetreten und eine
Zigarettenpause einlegen und erst weiterspielen, wenn er
wieder wach war.

Wenn BC vor dem Fernseher schlief, nutzte ich das,
um ihn ausgiebig zu mustern: seine im Vergleich zum
Körper viel zu großen Hände, die Zehen, die so unhar-
monisch aneinandergereiht waren, als gehörten sie zu lauter verschiedenen Füßen, die sich kräuselnden schwarzen
Brusthaare, die schrundigen Brustwarzen, die aus dem
Mund herausspitzende, gewagt rote Zunge, die Flecken
im Gesicht, und immer fragte ich mich dabei, wie er nur
so klein sein konnte. Ich nahm ihm die herabrutschende
Brille ab, und bevor ich sie beiseitelegte, setzte ich sie
selbst auf. Was sahen seine winzigen Augen nur durch
diese Gläser? Was sah er, dass er über die Menschen so
viele Geschichten wusste und zugleich so sehr schielte?
Ich konnte hindurchblicken, so viel ich wollte, aber die
Brillengläser gaben ihr Geheimnis nicht preis.

Mit seiner Brille auf der Nase stellte ich mich vor den
Spiegel. Ich bemerkte aber nichts Besonderes an mir, das
gleiche Gesicht, den gleichen Körper. Seit ich denken
konnte, schleppte ich meine Plage mit mir herum. Meine

Korpulenz war wie ein Amulett, das man aus Versehen nicht an meine Wiege, sondern an meinen Körper geheftet hatte. Bei dem Versuch, sie loszuwerden, hatten wohl böse Geister sich meiner bemächtigt und ich war nur noch dicker geworden. Obwohl, vor langer, langer Zeit, in meiner frühen Kindheit, war ich noch nicht dick gewesen. Aber nun hatte das keine Bedeutung mehr. Mich daran erinnern zu können, dass ich in ferner Vergangenheit einmal ein schlankes Kind gewesen war, half mir beim Abnehmen keinen Deut. Vorbei war vorbei. BC war da anderer Ansicht.

gözbebeği (**Pupille**): Die Pupille ist beim Menschen rund, bei den meisten Tieren hingegen senkrecht schlitzförmig. Ihre Größe hängt vom in die Iris einfallenden Licht ab. Durch Dunkelheit und Ferne wird die Pupille größer, durch Helligkeit und Nähe dagegen kleiner. Licht lässt den unentschlossenen Kreis also schrumpfen, ohne Licht wächst er an. Da er auch kleiner wird, wenn er Nahes betrachtet, bedeutet Nähe ihm Helligkeit. Was der Ferne nur noch die Dunkelheit lässt. Und wer möchte die schon aus der Nähe sehen.

Bei Verliebten wird die Pupille größer; dem geliebten Menschen ist er also fern. Um den Schmerz zu lindern, der aus der Ferne erwächst, nennt man den Geliebten »Mein Augenstern!«.

»Vergangenheit, Gegenwart und Zukunft ... das zeichnen wir immer als ein Nacheinander auf einer geraden Linie. Darum meinen wir, die Vergangenheit sei schon vorbei und die Zukunft noch nicht da. Und fatalerweise zwingen wir die Zeit dazu, auf dieser vorgezeichneten Linie entlangzugehen. Vielleicht ist die Zeit aber so sturzbetrunken, dass sie kaum bis zu ihrer Nasenspitze sieht«, gab BC von sich und fuchtelte dabei mit einer Schere herum.

Er fing schon wieder davon an. Liebend gern schwadronierte er über die Zeit, das war sein Lieblingsthema. Ich dagegen wollte nur in aller Ruhe dasitzen und fernsehen. Mit einer Riesenschüssel Popcorn auf dem Schoß sah ich mir einen dieser Gruselfilme an. BC saß auf dem Teppich, umgeben von einem Haufen Zeitungen und Zeitschriften, aus denen er Bilder, Artikel und Anzeigen ausschnitt. Dazu süffelte er Wein.

Er sammelte Material für das Lexikon der Blicke.

»Ach, würde doch die Zeit nie nüchtern werden. Und es nie schaffen, auf der Linie geradeaus zu marschieren. Wenn sie bloß ständig stolpern und schwanken und irgendwas kaputt machen würde. Dann könnten wir ihr dabei zuschauen, an ihr herumkritisieren und ihr nicht mehr alles aufladen, was wir eigentlich selbst machen sollten.«

Wenn er sich so ereiferte, wirbelte er mit seinen viel zu großen Händen herum wie ein Irrsinniger, als würde es bei jedem Wort an etwas fehlen, das er irgendwie zu ergänzen suchte.

»Genau, die Zeit sollte nie nüchtern werden. Und lauter Fehler machen. Keinerlei Plan einhalten können. Ihre Fehler immer erst danach merken … wenn es zu spät ist. Erst wenn sie wieder nüchtern wird, soll sie mitkriegen, was sie schon wieder alles verpasst hat. Mit der eigenen Geschwindigkeit soll sie nicht mitkommen. Und irgendwann ganz aufgeben und wieder zurückrudern, in die entgegengesetzte Richtung. Erst soll sie mal ihre Zukunft ausgeben, Münze für Münze, und dann Trost in irgendwelchen Neuheiten suchen. Und dann soll die Vergangenheit dran sein, das Alte, das wir irgendwie nicht kaputt gekriegt haben. Ihr ganzes Ego soll sie rauskotzen, ihr ganzes Wissen, auch wenn dabei alles ganz durcheinanderkommt, jede Reihenfolge zum Teufel geht …«

Es war wieder einmal einer jener Momente, in denen er am Stück vor sich hin redete. Ich begriff kaum, worauf er hinauswollte, dachte mir nur, dass ihn vor allem die eigene Stimme zum ständigen Reden ansporne. Und betrunken war nicht die Zeit, sondern er selbst.

»Und was soll geschehen, wenn die Zeit nüchtern wird?«, warf ich ein und stopfte mir eine Handvoll Popcorn in den Mund.

Auf den Film kam es mir nicht mehr an. Eigentlich war der Eifer, den BC an den Tag legte, ziemlich verwandt mit meiner eigenen Art von Leidenschaft. Um dem Schauspiel weiter beizuwohnen, stellte ich gern irgendwelche Zwischenfragen. Ich hörte ihm gar nicht richtig zu, sondern mochte bloß die Art, wie er palaverte. Vor allem, wenn er ganz aufgeregt jede Silbe betonte, als würde er aus einer verwitterten Grabinschrift einen fürchterlichen Fluch herauslesen.

»Wenn sie nüchtern wird, erinnert sie sich wieder. Wozu ist das Erinnern schon gut? Zu gar nichts. Es bringt einem nichts als Schmerz ein.«

Ich schwieg lieber. In solchen Augenblicken wusste ich nicht recht, wie ich mich verhalten sollte, denn von seinem Trip brachte ich ihn ohnehin nicht ab. »Wer etwas zu sagen hat, der soll das jetzt tun oder für immer schweigen«, sagte eine Stentorstimme. Ich brachte mich in Stellung, um das »jetzt« nicht zu verpassen, aber dann schluckte ich nur. Da war bestimmt etwas, das ich hätte sagen sollen, aber ich kam nicht darauf. Da ich »jetzt« schwieg, übernahm BC für immer das Reden. Ohne Punkt und Komma schwafelte er weiter. Wenn ich seine flammenden Lippen berührte, schwollen mir die Finger an. Was er sagte, wurde immer unverständlicher, und aus seinen Äuglein war nicht abzulesen, was er eigentlich empfand.

»Wer sich erinnert, fürchtet sich vor der Einsamkeit. Es gibt Menschen, die nur, weil sie Angst vor dem Alleinsein haben, ihrer Verbrauchtheit treu bleiben und aus verstaubter Liebe heraus Kinder in die Welt setzen, und genau diese Leute haben das beste Gedächtnis.«

Er setzte sich in den Schaukelstuhl, wickelte sich in seine violette Fransendecke und redete schaukelnd weiter, und zwar immer lauter. Anscheinend hatte er vergessen, dass am Vorabend die nervöse Frau von nebenan bei uns geklingelt hatte, weil wir so laut gewesen seien, und dass sie sogar angedeutet hatte, sie werde sich beim Hausbesitzer beschweren. Da sie schon mal in unserer Wohnung stand, hatte sie auch einen prüfenden Blick umhergeworfen und gestichelt, wie es bei uns denn aussehe. Ich hatte wirklich keine Lust, mich mit der Frau schon wieder auseinanderzusetzen. Aber wenn BC erst in Fahrt war, merkte er gar nicht mehr, wie laut er war. Wer ihn nur hörte, hätte meinen können, da redete ein Riesenkerl. Plötzlich hüpfte er aus dem Schaukelstuhl, kam zu mir und packte mich am Handgelenk.

»Die Vergangenheit vergeht gar nicht. Die geht nirgends hin, sondern fließt in die Gegenwart hinein. Darum ist es auch so wichtig zu vergessen. Das Vergessen ist ein Reinigen der Augen. Wie ein Frühjahrsputz. Wer nicht vergisst, der kann nicht leben! Und auch nicht leben lassen!«

»Ich mache aus meinen Augen lieber ein Archiv«, erwiderte ich schulterzuckend. Da ließ er mein Handgelenk los und stand auf. Hatte er ein spöttisches Lächeln auf den Lippen, oder kam mir das nur so vor?

»Das sagst ausgerechnet du?«

Warum sollte ich das nicht sagen? Was machte es schon, wenn ich es sagte? Anstatt zu antworten, setzte er sich wieder in den Schaukelstuhl und wickelte sich in die Fransendecke. Dieses plötzliche Schweigen verstimmte mich. Und wenn mich etwas verstimmte, bekam ich Hunger.

Als ich aufstand, um mir noch etwas Popcorn zu holen, fiel es mir wieder ein. Ich war ja auf Diät!

gözcü (**Aufpasser**): Ein findiger Juwelier im Großen Basar ließ in seinem Laden eine Hintertür einbauen, von der er meinte, sie gewähre ihm Unsterblichkeit. Sollte eines Tages der Todesengel Azrael eintreffen, würde der Juwelier ihm durch jene Tür entwischen. Dazu brauchte er einen Aufpasser, der an der

Vordertür sitzen und nach dem Todesengel Ausschau halten sollte. So jemanden aber fand er nicht, obwohl er hohen Lohn versprach.

Den Todesengel ärgerte die List des Juweliers, und so machte er sich als armer Müller verkleidet zu dem Laden auf. Gegen viel Gold ließ er sich darauf ein, den ganzen Tag vor dem Laden zu sitzen und nach dem Todesengel Ausschau zu halten. Das tat er dann auch, aber irgendwann wurde es ihm zu bunt. Er wollte sich sowohl die Seele des Juweliers holen als auch sein Versprechen einhalten, vor dem Laden aufzupassen. Es nagte an ihm, dass er aus dieser Zwickmühle nicht herauskam.

Da fand er eines Tages einen Ausweg. Er stellte hinter die Hintertür einen mannshohen Spiegel und richtete ihn auf die Vordertür aus. Dann setzte er sich vor den Laden und meldete dem Juwelier, der Todesengel sei im Anmarsch. Mit einer Behändigkeit, wie man sie von seinem mittlerweile erschlafften Körper nicht mehr erwartet hätte, lief der Juwelier zur Hintertür und riss sie auf. Anstatt der Unsterblichkeit aber erblickte er vor sich im Spiegel den an der Vordertür stehenden Todesengel. Er erschrak, begriff jedoch sofort, welchen Fehler er begangen hatte. Denn wer außer dem Boten des Todes ließ sich schon darauf ein, nach dem Tod Ausschau zu halten?

Ich machte mir allmählich Sorgen.

Alles, was BC tat oder sagte, hatte nämlich inzwischen irgendwie mit dem Lexikon der Blicke zu tun. Dieses wiederum blieb mir ein Rätsel, da BC mir nicht zeigen wollte, was er schrieb, und durch dieses Rätsel lebten wir uns Tag für Tag auseinander. Außerdem hegte ich den Verdacht, bei jedem Satz, den BC zu mir sprach, handele es sich um ein Zitat aus dem Lexikon. Als käme seine Beziehung zu mir und sogar zur ganzen Welt nur über dieses Lexikon zustande und könnte nur so weit gehen, wie das Lexikon es zulasse. Das wollte mir nicht schmecken.

Alles und jeden sah er nur noch als potenzielles Material an. Er sagte, jene Geschichten seien wie Wasser, und nur in Wundern käme es vor, dass Süßwasser und Salzwasser dahinflössen, ohne sich zu vermischen. Da es sich beim Lexikon der Blicke um kein Wunder handle, könne sich sehr wohl alles mit allem vermischen. Wie mit einem Stock in der Hand stocherte er unablässig in Geschichten herum, bei denen er mal das Ende an den Anfang setzte und mal den Anfang in die Mitte. Aus Filmen, Träumen, Zeitungsauschnitten, Bildern, Enzyklopädien schnitt er sich zurecht, was er brauchte, setzte die Stücke zusammen und verleibte sie dem Lexikon ein.

Ich machte mir Sorgen, denn was er einmal als Material verwendet hatte, dem schenkte er keinerlei Beachtung mehr.

gözlük (Brille): Gerahmtes Glas für Menschen, die besser sehen und gesehen werden möchten.

Als ich am folgenden Tag von der Krippe heimkam, war BC nicht zu Hause. In letzter Zeit ging er immer öfter fort, ohne mir Bescheid zu sagen. Wenn ich an solchen Tagen die Treppe hinaufstieg, ging garantiert immer eine

Wohnungstür auf und eine Nachbarin stand mit dem Mülleimer oder mit einem Teller Essen für mich da und erzählte mir ungefragt, wann BC aus dem Haus gegangen war und welche Richtung er eingeschlagen hatte. Wohin genau er unterwegs war, wussten selbst diese Frauen nicht.

So aß ich eben alleine, und mit essen meine ich lediglich eine Grapefruit, denn da ich am Vortag gesündigt hatte, bestrafte ich mich und gedachte an dem Tag nichts anderes zu mir zu nehmen. Während ich die Schalen zu einem Haufen aufschichtete, prüfte ich mit der anderen Hand meinen Bauch. Was heißt Bauch, eigentlich hatte ich drei Bäuche, und nicht einer davon gab auch nur ein bisschen nach.

halüsinasyon (**Halluzination**): Um zu sehen, was sie nicht sehen konnten, brauten sich die Menschen jahrtausendelang ein berauschendes Getränk aus Fliegenpilzen. Dann begannen sie sich zu fürchten, was sie wohl sehen würden.

Wäre ich nicht so dick gewesen, hätte ich den Erfolg meiner Diät eher verfolgen können. Wo nicht viel ist, fällt sofort auf, wenn etwas fehlt, doch wo sehr viel ist, bleibt Fehlendes unbemerkt. Wie früher schon so oft, lief ich wieder mit knurrendem Magen herum. Und wenn schon der Magen nicht zu seinem Recht kam, dann sollte doch wenigstens das Auge schwelgen dürfen. Also sah ich mir Kochsendungen an, schnitt aus Zeitschriften Rezepte aus, stellte mich vor die Schaufenster von Restaurants, ging im Supermarkt die Regale mit den Kalorienbomben ab, ließ mir von jedem begabten Hobbykoch Tipps geben, und wenn ich mich nach all den Essensfantasien selbst zum Essen hinsetzte, wurde ich partout nicht satt. Da konnte ich dann gut und gern dreißig Grapefruits hinunterschlingen. Vor mir häufte sich dann ein Berg von Schalen auf, deren Anblick mich um den letzten Nerv brachte. Diäten machten mich nun mal nervös.

Von all den Grapefruits wurde ich so schwerfällig, dass ich mich kaum mehr aus dem Sessel rühren konnte. Da hörte ich die Tür aufgehen. BC kam nach Hause. Ich war aber zu müde, um aufzustehen. Mir fielen die Augen zu, und mit einem letzten Blick auf die Grapefruitschalen schlief ich ein.

haremağası (**Palast-Eunuch**): Palast-Eunuchen, wie man sie im Harem des osmanischen Hofs, aber auch in den Palästen von Assyrien, Iran, Rom, Byzanz, bei den Abbasiden und den Mamluken kannte, waren als Diener tätig. Nach ihrer Entmannung bestand die größte Sünde, die sie begehen konnten, im Sehen.

»Also los«, sagte ich zu BC, als er durch die Tür kam. Er sah müde aus.

»Was, los?«

»Heute Abend gehen wir zusammen aus. Wir waren schon lang nicht mehr inkognito unterwegs. Um zu sehen, wie es dem Volk so geht. Das machen wir jetzt.«

hayal (**Fantasie**): Das Kind kletterte immer wieder auf den Apfelbaum und träumte. Den ganzen Tag kam es vom Baum nicht herunter, und manchmal übernachtete es sogar dort oben. Dem wollten die Eltern nicht länger zusehen, und so ließen sie den Baum fällen. Das Kind legte sich in die Grube, die von dem Baum zurückgeblieben war, und stellte sich vor, es sei selbst ein Apfelbaum. Und gab jedes Jahr saftige, knackige Äpfel. Und jedes Jahr löffelten die Eltern unter Tränen Apfelkompott.

Diesmal ging das Verkleiden schneller vonstatten. Innerhalb einer Stunde waren wir nicht wiederzuerkennen. Ich gab einen hartgesottenen, vorbestraften Dieb. BC war mein Helfershelfer, ein arbeitsscheuer, abgestumpfter Jugendlicher, der sich bei seinem älteren Bruder einschmeicheln wollte. Genau wie seine zögerlich wachsenden Bartstoppeln wusste er nicht recht, wohin mit sich selbst. Jede dieser dünnen Stoppeln war wie ein frisch ausgeschlüpftes Küken, und weil die alle woanders hinschauten, hielt jedes eine andere Wärmequelle für seine Mutter. BC war verwirrt an jenem Abend, war ein ungeduldiger, intoleranter, cholerischer, abgebrannter junger Kerl. Ich wollte ihn am liebsten auf den Schoß nehmen, ihn auf dem Rücken tragen, ihn um mich herumschwingen und ihn vor allem in die Luft schleudern. Er sollte sich droben am Himmel amüsieren, sich fragen, warum die Sonne gerade den Sonnenblumen so zusetzte, sollte das Gesicht des Mondes streicheln, sich den Ort der Sterne merken, und wenn er dann wie ein Klumpen herunterfiel, sollte er wissen, dass ich ihn vielleicht nicht auffangen würde. Weil ich weggegangen war, vielleicht aus Langeweile, vielleicht aus Vergesslichkeit, vielleicht einfach so. Dieses Vielleicht sollte ihn höhnisch erschaudern lassen, während er herunterplumpste. Nicht elegant herabschweben wie ein Blatt sollte er, sondern eher herunterschießen. Und ich ihn dann im letzten Augenblick abfangen und seine Angst in meine Arme schließen.

Er hatte sich eine schmutzige, graue Mütze aufgesetzt, unter der gegelte Haare und seine von der Kälte geröteten Ohrläppchen hervorlugten. Die Hände in den Taschen trabte er mir brav hinterher. Die rechte Kniescheibe sah aus der abgewetzten, fettigen Jeans heraus, als wollte sie vorneweg gehen. Sein Gesicht war so schmutzig und gebräunt, dass es durch die Angst, die er empfand, nicht noch dunkler werden konnte, doch verriet ihn, wie er die mit Pusteln übersäten Lippen verzog.

»Hab keine Angst«, sagte ich. »Du bist minderjährig, dich buchten sie nicht ein.«

hayalbilim (**Science-Fiction**): Das Lieblingsthema von Science-Fiction-Schriftstellern ist der irgendwie Fremde, der aus einer anderen Zeit oder von einem anderen Ort kommt. Manchmal kommt er auch nicht, und man muss zu ihm hin. Auf jeden Fall ist eine Reise notwendig.

Das riesige Lokal war hell erleuchtet. All jenen zum Trotz, die es immer mit der Tiefe und mit dem Sanften haben, floss das gelbliche Licht oberflächlich und laut, vom aufgerichteten Besteck zu den aufgereihten Gästen, von den augenumschmeichelnden Vorspeisen zu den ohrenumschmeichelnden Gesprächen, von den Tischdecken mit lachsfarbenen Bommeln zu den Kellnern mit schwarzen Fliegen, von den Gemälden in Pastelltönen zu den grelltönigen Salaten, von schweren Parfüms zu heftigem Anisduft. Das Licht segelte hier vor dem Wind, in diesem prächtigen Fischrestaurant, das vom Meeresufer aus die Nacht herausforderte.

Den Ort hatte ich ausgewählt. BC war diesmal stumm und gehorsam. Aneinandergeschmiegt drückten wir die Nasen an die Glaswand und spähten hinein. Eine Weile schien uns niemand zu bemerken, bis auf einmal BCs Blicke sich mit denen einer mandeläugigen Frau kreuzten, die gerade dem stattlichen Mann ihr gegenüber zuprostete. Da begann sich hinter der Glaswand etwas zu verändern. Von unserem Beobachtungsposten aus sahen wir, wie die Frau einen Bissen, an dem sie mühevoll herumkaute, einfach nicht hinunterbrachte. Zu Recht wirkte sie besorgt. Beim Essen angestarrt zu werden war bestimmt höchst unangenehm. Wir fragten uns, was sie wohl tun werde. Bald senkte sie traurig den Blick und sah auf das tote Auge des toten Fisches auf ihrem Teller. Wahrscheinlich dachte sie selbst darüber nach, was sie tun sollte. Als sie den Kopf wieder hob, war aus ihrem Gesicht alle Farbe gewichen und ihr Blick erstarrt. Erst sagte sie dem stattlichen Mann Bescheid, dann dem Oberkellner. Und nachdem sie die beiden auf uns angesetzt hatte, würdigte sie uns keines Blickes mehr, weder uns noch den Fisch auf ihrem Teller.

Der mandeläugigen Frau, die uns da verpetzte, fühlte ich mich dennoch irgendwie ganz nahe.

Hümay (**Homa**): Der grünköpfige Vogel Homa, der dafür bekannt ist, sich von Menschenaugen so fern wie möglich zu halten, liebt den Himmel so sehr, dass er sogar seine Eier in der Luft ablegt. Manchmal soll ein Homa sich der Erde bis auf vierzig Ellen annähern und sein Schatten auf einen Menschen fallen. Wem dies widerfährt, dem kann auf Erden niemand mehr etwas anhaben.

Während der Oberkellner dazu neigte, die Angelegenheit geräuschlos aus der Welt zu schaffen, entpuppte sich der stattliche Mann als Krakeeler der übelsten Sorte. Durch ihn erfuhr sogleich das ganze Restaurant, was wir da draußen trieben, und alle schauten uns beunruhigt an. Bald kamen zwei grobschlächtige Burschen auf uns zu und sagten, wir sollten gefälligst unsere Nasen nicht an die Scheibe kleben und die Leute drinnen nicht anstarren. Als wir protestierten, packten sie uns und schafften uns ohne viel Federlesens fort.

Da wir an dem Abend aber inkognito unterwegs waren, mussten wir an den Ort zurück, an dem wir nicht gesehen werden durften.

In einer Sackgasse, von der aus wir sehen konnten, ohne gesehen zu werden, legten wir uns auf die Lauer. Im Dunkel, denn von dem strahlenden Lichtschein, der das Restaurant umgab, kam bei uns nicht mehr an als ein schwacher Abklatsch. BC fluchte vor sich hin. Die beiden

Riesenkerle hatten ihn an seinem struppigen Schnurrbart gepackt und ihn fortgeschleudert, als würden sie sich einer toten Ratte entledigen. Aus vor Wut blutunterlaufenen Augen starrte er angespannt auf das Restaurant. Er starrte sogar mit der Nase, und zwar auf die herbeigewehten Alkohol- und Essensdüfte, starrte mit der Faust auf das, was er nicht zwischen die Finger bekam, und starrte mit den Zähnen, die er dabei knirschen ließ.

»Da sind sie!«, rief er auf einmal aus. Das Paar stand vor dem Eingang und wartete darauf, dass ihr Auto vorgefahren wurde. Beide waren apfelgrün gekleidet. Um die wollte ich mich gar nicht kümmern. Wir warteten weiter. Bald darauf trat eine von oben bis unten orangefarben ausstaffierte Familie aus dem Restaurant, die Eltern und zwei halbwüchsige Töchter.

Wir schlichen uns aus unserem Versteck.

iğne deliği (**Nadelöhr**): In einem jener Viertel, in denen die Stille so wertvoll ist wie Gold, saßen eine Mutter und ihre Tochter den ganzen Tag am Fenster und stickten an der Aussteuer. »Deine Träume müssen durch ein Nadelöhr passen«, sagte die Mutter zur Tochter. »Wenn ein Traum dafür zu groß ist, dann gib ihn auf. Vergiss ihn. Träume, die nicht durch das Auge der Nadel passen, sind unerfüllbar und tragen einem nichts anderes als Kummer ein.«

Das Mädchen hörte der Mutter aufmerksam zu. Dann gab sie sich ihren Träumen hin. Wann immer sie so träumte, rutschte ihr der Stickrahmen aus der Hand, und die Nadel gleich mit.

»Das Schwert!«

Aufgeregt reichte BC mir das Krummschwert. Die Mitglieder der orangefarbenen Familie standen im Dunkel aufgereiht da. Ich überlegte, wer es sein sollte. Sie zitterten alle, aber jeder auf eine andere Weise. Ich entschied mich für die geradezu schlotternde Mutter.

Die Frau flehte uns an, wir sollten sie alle gehen lassen. Als sie aber das Schwert erblickte, brachte sie vor Angst keinen Ton mehr heraus. Ich war an jenem Abend nicht nur ein hartgesottener, vorbestrafter Dieb, sondern auch ein geschulter und erfahrener, und so ging ich in aller Ruhe vor. Ohne der Frau wehzutun, pellte ich ihre Orangenschalen ab. Als die äußere Schale ganz entfernt war, trat ich einen Schritt zurück, und die Frau stand in einer hellfarbigen, leicht gewellten inneren Schale mit Spitzenbesatz da.

Ich packte ihren Mann, schleifte ihn vor sie hin und sagte, er solle sie sich genau anschauen. Töricht blinzelnd blickte er zuerst auf die Orangenschalen am Boden, dann auf mich. Als seine Augen sich endlich auf den Anblick seiner Frau einschossen, waren Sehen und Erkennen eigentlich eins, doch da das Gehirn immer länger braucht als die Augen, mussten wir noch ein wenig warten. Hätte er eine Fremde vor sich gehabt, wäre die Sache einfacher gewesen, denn mit Menschen, die wir kennen, tun wir uns nicht so leicht. Irgendwann aber wusste der Mann doch, was er sah, nämlich die jeder Ästhetik entbehrende Nase seiner Frau, ihr Doppelkinn, die hängenden Brüste, das quellende Fett, die Krampfadern, die färbebedürftigen

Haare, die Krähenfüße. Und was er sah, gefiel ihm nicht, doch fasste er sich schnell. »Die Jahre«, murmelte er, »die setzen einem doch zu. Dabei war sie früher so hübsch. Sie hatte es ja nicht leicht. Aufgeopfert hat sie sich für uns.«

Ein Hauch von Mitleid verfinsterte die Nacht.

»Den Dolch!«

BC hatte anscheinend seine Aufregung bezwungen, denn mit ziemlich ruhiger Hand hielt er mir den Dolch hin. Da begann die Frau zu schluchzen. Wiederum ohne ihr wehzutun, entledigte ich sie nunmehr auch ihrer inneren Schale. Der Mann war nun an das Verfahren gewöhnt und blickte sofort hin. Und sah und erkannte. Sah die Lippen der Frau, die herunterhingen, weil sie so oft den Mund verzog, sah die Mundwinkel, die schlaff und faltig waren, weil die Frau immer murrte, sah die Blicke, die ganz finster waren, weil sie stets nach Fehlern Ausschau hielten, sah, wie die Verderbtheit in ihrem Herzen ihren Körper in Mitleidenschaft zog, sah, wie sie dennoch in Beautysalons weiterhin der einen oder anderen böse hinterherblickte, sah das viele Geld und die viele Zeit, die gierig darauf verwendet worden waren, den Körper wieder auf Vordermann zu bringen, sah, wie die Frau, je unglücklicher sie wurde, sich immer mehr auf ihre Töchter einschoss und sie nicht mehr aus den Augen lassen wollte, sah, wie die Töchter heimlich im Schlafzimmer an ihren Kleidern herumschnüffelten und in ihrem Tagebuch lasen, sah, wie die Töchter mit der gleichen Verschlagenheit seit Jahren sie selbst beobachteten. Und was er sah, gefiel ihm nicht. Er verzog die Miene und trat ein paar Schritte zurück. Die Frau schlug die Hände vors Gesicht, doch ihr Mann sah sie ohnehin nicht mehr an.

Den Mann zu schälen war viel einfacher. Die Erhabenheit seiner rauen Schale war nichts weiter als Blendwerk. Als ich nach und nach die äußere Schale abschnitt, kam ein winziger Leib zum Vorschein. Aller Saft war entwichen, und da der Körper nichts mehr zu saugen gehabt hatte, war er Tag für Tag geschrumpft. Dank der äußeren Schale hatte man dem Mann das aber nicht angesehen und er nichts von seiner Stattlichkeit eingebüßt. Die innere Schale allerdings war bröckelig geworden und zerfiel uns zwischen den Fingern. Wir brauchten der Frau gar nichts zu sagen, denn sie ging von selbst auf ihren Gatten zu und musterte ihn. Auf den Mann, den sie damals im Glauben geheiratet hatte, für die Zukunft die richtige Wahl getroffen zu haben, den Vater ihrer zwei Töchter, den hauptsächlichen Klagegrund während der langen Telefongespräche mit ihrer Schwester, ihren ohne die Schale lächerlich klein dastehenden Ehemann warf sie nun einen langen prüfenden Blick. »Was für ein Jammer«, sagte sie. »Wie eingefallen er ist. Er hatte es ja nicht leicht. All die Jahre hat er sich abgerackert, und alles nur für uns.«

Ein Hauch von Mitleid verfinsterte die Nacht.

»Den Dolch!«

Grinsend hielt BC ihn mir hin. Als auch die zweite Schicht entfernt war, blickte die Frau noch einmal hin. Sah und erkannte. Und erkannte, dass ihr Mann jedem, den er nicht unterkriegte, die Hand küsste, ja vor jedem

Stärkeren geradezu im Staub kroch, dass er im tiefsten Schlund der Hölle Tag für Tag und Jahr für Jahr mit Lug und Betrug Magen und Geldbeutel mästete, dass er haufenweise Geld für Jungen mit zartem Nacken und schmalem Po ausgab, dass sein Lieblingsspiel darin bestand, die Jungen Sachen von ihm anziehen zu lassen, er hingegen Frauenkleider trug, wobei es seine größte Lust war, von den Jungen erniedrigt und beleidigt zu werden, dass er von den Jungen auch verlangte, ihn zu schlagen, ihnen aber einschärfte, es dürfe davon nicht die kleinste Rötung zurückbleiben, dass er geschickt genug war, über Jahre hinweg von diesen nächtlichen Spielen keinerlei Spur zu hinterlassen; dass er in dem Moment, in dem das Spiel aus dem Ruder lief und die Schläge immer härter wurden, seinen Straps abnahm und die Jungen, die ihn gerade noch schlagen sollten, damit übel zurichtete, dass er aus jeder Lumperei mit weißer Weste davonkam und sich aus jedem Sumpf am Schopf herauszog, dass er jeden, der ihm auf die Schliche kam, gnadenlos in die Knie zwang und ihm dann auch noch auf die Schultern trat und somit noch höher stieg. Das alles sah sie, und es gefiel ihr nicht.

jaluzi (**Jalousie**): Vorhang, der dem Äußeren keinen Blick auf das Innere gönnt.

BC war nun so richtig in Laune und wollte die Töchter hervorziehen, die bisher sorgenvoll beobachtet hatten, wie es ihren Eltern ergangen war. Ich aber war müde und hatte genug. Nach kurzer Diskussion willigte BC ein, mit mir nach Hause zu gehen. Erst wollte er aber unbedingt mit den Orangenschalen ein Feuer machen, und ich ließ ihn gewähren. Mit seiner Mütze in der Hand zog ich mich zurück und beobachtete ihn.

BC tänzelte um sein Feuer herum und versprühte dabei herrliche Düfte. Sein Eifer rollte gleichsam eine steile Wiese hinunter und nahm dabei immer mehr Fahrt auf. Er schlug auf einen blechernen Deckel, der vermutlich zu einer Mülltonne gehörte, und hetzte uns damit die bösesten Geister der sieben Kontinente auf den Hals. Dann ließ er den Deckel fallen und reckte das Krummschwert und den Dolch in die Luft, wobei er schrie wie ein Verwundeter und zitterte wie ein Fallsüchtiger. Mit angehaltenem Atem sah ich ihm zu. So hatte ich ihn noch nie erlebt. Ich sah auf seine Haare, in denen die Farben der Flammen spielten, sah auf den Schwung seiner Lippen, sah verwundert auf die Welt, die sich weigerte, Zeuge seiner immer heller glühenden Augen zu sein. Er war wie eine Hexe, die sowohl ihr Gift als auch ihr Gegengift verlor, als der Wind in die Seiten ihres Zauberbuches fuhr; die zur Mücke wurde und den Ochsen, der die Welt trug, in den Wahnsinn trieb; die in ihrer Wut sämtliche Brunnen der Stadt vergiftete; die beim Warten auf den Vollmond göttlich fluchte, aber sonst niemanden fluchen ließ.

Jedes Mitglied der orangefarbenen Familie starrte BC mit weit aufgerissenen Augen an. In ihren riesigen Pupillen kämpfte die gehemmte Freude darüber, bald freigelassen zu werden, mit der Starre, in die der plötzliche Schmerz sie versetzt hatte, und dann war da noch etwas in den Pupillen … ein winzig kleiner Fleck … als hätte da ein Floh hineingebissen, eine Zecke sich festgeklammert, eine Raupe herumgeknabbert, ein Egel sich festgesogen, eine Motte sich hineingefressen, oder als wäre aus einem Apfel ein kleiner Wurm herausgekrochen.

Janus (**Janus**): Der römische Gott Janus hatte zwei Gesichter, von denen eines nach vorne und eines nach hinten blickte. So konnte er sowohl in die Vergangenheit als auch in die Zukunft sehen.

BC stutzte an jenem Abend seine gelben Halluzinationen mit der scharfen Seite seines Herzens zu, hüpfte über die Flammen, genoss sein Inkognito-Dasein und löschte schließlich das Feuer, das er selbst entzündet hatte, mit seinem eigenen Schweiß. Als wir die orangefarbene Familie in einer Sackgasse zurückließen, stieg von der Feuerstätte noch leiser Rauch auf. Dann schlenderten wir Arm in Arm schweigend durch kleine Seitenstraßen. Auf einmal merkte ich, dass BC sich Orangenschalen in die Jacke gesteckt hatte. »Wozu das denn?«, fragte ich.

»Na, wenn wir schon als Diebe unterwegs sind, müssen wir doch auch was stehlen. Was meinst du, was die einbringen?«

Kalipso (**Kalypso**): Griechische Göttin, deren Name sich aus dem Verb »kalyptein« (verstecken) ableitet.

Ich roch nach Orange. Überhaupt schien alles nach Orange zu riechen. Daheim ging ich als Erstes ins Bad. Diesmal hatte mein Körper so lange in dem Korsett gesteckt, dass er aufbegehrte. Ich konnte mich kaum mehr bewegen, kaum mehr sprechen, und fühlte mich immer schwerer. Mit letzter Kraft rief ich nach BC, doch der hörte mich nicht. Er saß schon wieder am Computer, und aus dem eifrigen Tippen schloss ich, dass ihm neue Einträge für das Lexikon eingefallen waren.

> *kedi* (**Katze**): Das Katzenauge sieht Dinge, die der Mensch nicht sieht.

Mein Körper hatte eine Rechnung mit mir offen. Vor dem Spiegel zog ich meine Verkleidung aus. Das Korsett tat inzwischen unheimlich weh. Ich löste einen Riemen nach dem anderen, und eigentlich musste mein Fett, das den ganzen Abend über eingeschnürt gewesen war, sogleich herausquellen, aber irgendwie spürte ich keinen Unterschied. Das war doch höchst seltsam. Ich zog das ganze Korsett aus. Darunter war noch eins.

An dieses zweite Korsett konnte ich mich überhaupt nicht erinnern. Eilig schnürte ich auch dieses auf, doch darunter fand ich ein drittes. Es machte sich Entsetzen in mir breit. Unter jedem Korsett kam immer wieder ein neues zum Vorschein. Und jedes sah aus wie eine Grapefruitschale. Genau wie die Mitglieder der orangefarbenen Familie wurde ich Schicht um Schicht geschält. Bei denen tauchte wenigstens nach der zweiten Schale der Körper auf, ich dagegen schien nur aus Schale zu bestehen. Weinend zog ich mich weiter aus, und neben mir häuften sich die Grapefruitschalen an.

Nach der Gott weiß wie vielten Schale blieb von mir nur noch ein fischgrätenartiges Skelett übrig. Ich sah so entsetzlich aus, dass ich mich im Spiegel gar nicht mehr zu betrachten wagte. Doch als ich zur Seite schaute, merkte ich, dass ich wieder vor einem Lokal stand, diesmal aber nicht vor einem schicken Fischrestaurant. Im großen Schaufenster drehten sich auf dicht gestaffelten Spießen vorne Hähnchen, dahinter Zicklein, dann Lämmchen und ganz hinten ausgewachsene Rinder. Alle drehten sich in genau der gleichen Geschwindigkeit. Und auf einmal entdeckte ich zwischen all dem Fleisch meinen Körper, wie ich ihn kannte. Riesig. Breiig. So jämmerlich anzusehen wie in der Sonne schmelzendes Sahneeis. Und dieser Körper hatte eine Schürze umgebunden und stach mit einer Gabel prüfend in das röstende Fleisch. Er zwinkerte mir zu. »Unser Abendessen«, sagte er vor einem riesigen Tier, das tatsächlich ein Kamel zu sein schien. »Ich bin aber auf Diät«, flüsterte ich. »Ach so, ja, natürlich. Hätte ich fast vergessen. Du bist auf Diät.«

Dann riss er von dem Kamel eine Keule ab, biss herzhaft hinein und sah mir dabei geradewegs in die Augen.

Aus der Ferne hörte ich BCs Stimme, die immer näher kam. Ich öffnete die Augen einen Spalt. Ich musste eingeschlafen sein, und wieder mal zur unpassendsten Zeit. BC saß am Rand meines Sessels und blickte mich an. Über seine Schulter hinweg sah ich die Schalen der Grapefruits, die ich zuvor hinuntergeschlungen hatte. Ich wollte keine Schalen mehr sehen. Als ich etwas zu artikulieren versuchte, legte BC mir einen Finger auf die Lippen.

»Pst, sag einfach nichts«, flüsterte er lächelnd. »Dich kann man wohl nicht allein zu Hause lassen. Wie viele Kilo Grapefruit hast du denn gefuttert?«

Verlegen lächelte ich zurück.

»Ich weiß ja nicht, was du letzte Nacht geträumt hast«, sagte er, »aber allem Anschein nach war es eher ein Albtraum. Ist aber vorbei jetzt. Erzähl einfach niemandem, was du geträumt hast, behalt es für dich.«

Verwundert sah ich ihn an. Dabei war er es doch, der mich sonst immer drängte, meine Träume zu erzählen. Aber eigentlich war mir gerade recht, dass er jetzt nicht fragte und mir lieber still über die Haare strich, anstatt zu reden.

kem göz (**Böser Blick**): Aus seinem bodenlangen weißen Rüschenkleid heraus lächelte das junge Mädchen, als es an der alten Frau mit dem behaarten Kinn vorbeikam, die auf dem Platz Taubenfutter verkaufte. »Du siehst aus wie ein Schwan«, sagte die alte Frau. Das junge Mädchen verspürte einen seltsamen Schauder, dankte aber trotzdem für das Kompliment.

Die von den Tauben umschwirrte Treppe hatte Moos angesetzt, und auf der letzten Stufe rutschte das junge Mädchen aus und stürzte in eine große Pfütze. Passanten halfen ihr auf, wischten ihr das Blut von der aufgeplatzten Lippe, doch ihr weißes Rüschenkleid konnten sie nicht säubern.

»Daran ist die Frau schuld!«, rief das junge Mädchen. Die alte Frau mit dem behaarten Kinn stand direkt hinter ihr. »Unsinn«, flüsterte sie ihr zu. »Jeder weiß doch, dass Weiß leicht schmutzt.« Dann schüttete sie dem jungen Mädchen eine Tasse Vogelfutter über den Kopf.

Wie eine schwarze Wolke flogen die Tauben auf das Futter zu.

BC sagte ich nichts davon, doch der Traum nahm mich ziemlich mit. Wenigstens ein paar Tage lang wollte ich keine Orangen, keine Grapefruits und überhaupt nichts mit Schalen sehen. Dabei wusste ich, dass es eigentlich um meinen Körper ging und ich mich nicht so auf ihn hätte fixieren dürfen. Wenn Sie aber so dick wären wie ich, würde Ihr Körper zu mehr werden als nur zu einer fixen Idee, nämlich schlicht und einfach zu dem Ort an sich, an dem Sie atmen und leben, dem Ort, zu dem Sie gehören. Und den Ort, zu dem man gehört, verlässt man nicht so leicht.

Dabei hatte ich noch ein paar Tage zuvor den Kindern in der Krippe gepredigt, beim Menschen komme es nicht auf das Äußere, sondern auf das Innere an. Das Aussehen spiele überhaupt keine große Rolle. Andächtig hatten sie gelauscht und keinerlei Faxen gemacht. Was ich da erzählte, bedeutete ihnen nichts, sondern sie sahen immer wieder zu den Fenstern hin, auf die wir am Morgen künstlichen Schnee aufgesprüht hatten und einen Schneemann mit einer Karotte als Nase, mit Kohlen als Augen und einem Besen aus Reisig. Schön war das geworden, aber sie dachten jetzt immer nur daran.

Wirklich zuzuhören schien nur ein rothaariger Junge mit Sommersprossen, ein lieber Kerl, der die Augen nicht von mir wandte und dabei ständig in der Nase bohrte. Ich kannte seine Familie, und seine junge, ebenfalls rothaarige Mutter hatte mir neulich etwas erzählt. Sie war seit fünf Jahren verheiratet und hatte sich zu dem Jungen noch ein Mädchen dazugewünscht und das auch bekommen, doch war es mit einer Behinderung zur Welt gekommen. Von ihrer Schwiegermutter hatte sie sich daraufhin anhören müssen, sie sei wie ein Muttertier, das ein dreibeiniges Junges geboren habe. Als die Frau mir das berichtete, konnte sie ihre Tränen nicht zurückhalten. Den Ärzten zufolge gab es aber noch Hoffnung. Für eine Operation sei das Kind jetzt noch zu klein, doch später könne noch etwas korrigiert werden. Die Eltern taten alles, damit das kleine Mädchen sich seines Zustands nicht bewusst wurde, und schärften auch dem Jungen ein, er solle nur ja nichts sagen, sonst bekomme er Prügel. Anscheinend waren solche Drohungen aber gar nicht nötig, denn der Junge sei zwar ziemlich verschlossen, im Umgang mit seiner Schwester aber liebevoll. Vorläufig sei das Problem noch zu bewältigen, denn das Mädchen komme nie aus dem Haus, doch wenn es größer werde und rauswolle und in den Augen der anderen sich selbst sehen werde …

Dass der rothaarige Junge mit den Sommersprossen so ausdauernd in der Nase bohrte, während ich neben dekorierten Fenstern über die Bedeutungslosigkeit äußeren

Anscheins dozierte, hätte mich unter normalen Umständen zum Schäumen gebracht, doch aus irgendeinem Grund sah ich diesmal darüber hinweg. Dann kam die Mittagspause. Die Kinder setzten sich an ihre runden Tische und aßen ihre Frikadellen mit Kartoffeln, ich hingegen rührte meinen Teller nicht an, ich war ja auf Diät. Nur ein Glas Milch trank ich. Als ich danach den Kopf wandte, fiel mir auf, dass der rothaarige Junge mit den Sommersprossen mich ansah. Leise lächelnd führte er die Hand zur Nase, diesmal aber nicht, um darin zu bohren, sondern er fuhr sich mehrmals über die Oberlippe, als wollte er sie kämmen. Das wiederholte er so lange, bis ich kapierte.

Ich hatte einen Milchbart, das also wollte er mir bedeuten. Sofort wischte ich ihn ab. Als ich den Kopf wieder drehte, sah der rothaarige Junge mit den Sommersprossen mich nicht mehr an.

Eigentlich nervte mich die Krippe. Wenn ich dort war, wollte ich bloß immer so schnell wie möglich nach Hause zurück, denn nur dort konnte ich so richtig durchatmen. Ich war nun mal gern zu Hause.

keşif (**Entdeckung**): Um bis dahin von niemandem gesehene Gegenden als Erste zu sehen, segelten Hunderte von Entdeckern in dunkle Gewässer los. Mit der Zeit allerdings sorgten sie dafür, dass auf der Welt kein Ort mehr zu entdecken war.

Zu Hause fühlte ich mich so geborgen wie nirgends sonst. Ich liebte dieses Krempelparadies, in dem die Zahl der

Zeitungen, Bücher und Bilder Tag für Tag anwuchs, wo aufs Geratewohl Hunderte von Fotos herumlagen, wo nichts seinen festen Platz hatte und alles überflüssig war, wo ich mich vor den Augen da draußen verstecken konnte und meine Privatsphäre hatte, unsere Privatsphäre. Gerade in dem Durcheinander, das allmählich entstand, seit BC für sein Lexikon Material sammelte, fühlte ich mich am meisten zu Hause.

Ich liebte diese Wohnung. Wenn nur nicht so oft der Strom ausgefallen wäre.

kimlik **(Identität)**: Klopf, klopf, klopf. »Wer ist da?«, rief die Frau drinnen. »Ich bins«, erwiderte der Mann draußen. »Ich kenne keinen Ich«, sagte die Frau drinnen. »Wie kann das sein?«, rief der Mann draußen. »Wie kannst du Ich vergessen? Schau noch mal nach, dann fällts dir wieder ein.«

Das Gesicht der Frau drinnen umwölkte sich, ihre Stimme zitterte. »Geh weg«, flüsterte sie. »Gleich kommt mein Mann nach Hause. Ich gehöre jetzt ihm.«

Ich sah ein letztes Mal auf das ockerfarbene Haus mit den Rüschenvorhängen, aus dessen Kamin der Rauch aufstieg. Er wusste nicht, wohin er sollte. Die Nacht verbrachte er im Hof der Moschee. Als am Morgen Betende eintrafen, mischte Ich sich still unter Wir. Seither wurde er nicht mehr gesehen.

Das Elektrizitätswerk musste es auf uns abgesehen haben, denn immer wieder blieb unser Haus im Dunkeln. Wenn der Strom ausfiel, stellten wir uns ans Fenster und sahen voller Neid, wie den ganzen Hang entlang all die triefäugigen Häuser hell erstrahlten. Der Vermieter setzte seinen ganzen Ehrgeiz daran, diesem Umstand Abhilfe zu schaffen, doch half kein Drohen und kein Flehen, kein Bitten und kein Betteln. »Da muss irgendein Angestellter einen Fehler begangen haben«, hieß es beim Elektrizitätswerk. »Ganz typischer Fall.« »Na, dann unternehmen Sie doch was dagegen«, versetzte der Vermieter. »So einfach ist das nicht«, wurde ihm beschieden. »Jeder Fall hat seine Vorgeschichte. Haben Sie davor etwa keinen Respekt?« Vor lauter Gram wurde der Vermieter bettlägerig. Auf seine Vorgeschichte war er nämlich stolz.

Uns waren die Hände gebunden. Auf dem Amt fand sich ein uralter Plan des Viertels, auf dem an der Stelle, wo nun unser Haus stand, ein Sumpfgebiet verzeichnet war, den Einträgen nach ein mindestens hundert Jahre altes. »Das ist wie eine Wunde, die zwar oberflächlich verheilt, darunter aber eitert. Der Sumpf ist wohl nie ganz ausgetrocknet«, erklärte ein geschwätziger Stadtangestellter. Dennoch sei er zuversichtlich. Mit den dafür schon bewilligten Geldern werde die Trockenlegung des Sumpfes bald erledigt sein.

Im Elektrizitätswerk sah man durchaus ein, wie unsinnig es war, an eine Adresse, die es offiziell gar nicht gab, regelmäßig Stromrechnungen zu schicken, doch hieß es dort auch immer wieder: »Aber in diesem Land funktioniert sowieso nichts richtig.« Man hätte natürlich einen neuen Plan anfertigen müssen, hätte den früher einmal begangenen Fehler korrigieren und im Protokoll festhalten müssen, der Sumpf sei längst trockengelegt und an seiner

Stelle befinde sich ein mehrstöckiges Haus. Dieses eher laute Viertel, in dem sowohl solide Familien als auch freiheitsliebende Junggesellen wohnten, war allerdings ein altes, ja ein sehr altes Viertel. Und zwar so alt, dass es mit dem traurigen Charme eines hässlichen alten Weibs, bei dem sich im eingefallenen Zahnfleisch kein Gebiss mehr halten konnte, im schütteren Haar keine Farbe und im umnebelten Gedächtnis keine Erinnerung, wütend auf all jene war, die sich an seine Jugend erinnerten und von denen es daher an seine Jugend erinnert wurde. Die Widerspiegelung seiner einst gerühmten Schönheit, der vergilbte Plan, an dem das Weib sich mit seinen dürren Fingern festkrallte. Ein neuer Plan kam für sie gar nicht infrage.

Und eigentlich ging es ja gar nicht um einen neuen Plan als solchen, sondern vielmehr um die elektrischen Leitungen, die nach Gott weiß was für einem Plan verlegt worden waren. Manchmal schien der Strom es nicht bis zu den Leitungen hinaufzuschaffen, an die unser Haus angeschlossen war. Er machte sich zwar gemächlich auf den Weg, doch irgendwann kehrte er plötzlich um, als hätte er ein Gespenst gesehen, und dann bekamen die am Hang gelegenen Häuser auf einmal doppelt so viel Strom, und den Leuten, die daheim gemütlich fernsahen, wurde angst und bange, wenn ihre Glühbirnen flackerten, und sie mussten ihre Fernseher ausschalten, damit nichts verschmorte. Während wir in unserem Haus ganz oben im Finsteren saßen.

»Das ist wie mit den Gefäßen eines schweren Rauchers«, erläuterte der Stadtangestellte. »Wenn da was verstopft, kommt das Blut nicht weiter. Der arme Strom schafft es fast den ganzen Hang hoch, aber irgendwann kann er nicht mehr.«

> *komşu kadın* (**Nachbarin**): Die Nachbarin ist ein Auge, das niemals zugeht. Sie späht von Fenstern herunter, hinter Vorhängen hervor, auf Balkons hinauf, durch Gucklöcher hindurch, und nicht zuletzt späht sie, wenn sie einem etwas vorbeibringt.

Als würde es nicht schon genügen, dass wir nachts oft im Dunkeln saßen, sahen wir nun auch tagsüber kaum mehr die Hand vor den Augen, denn seit einer Woche war die Stadt in dichten Nebel gehüllt. Der Hausverwalter wiederum hatte sich bereits seit Längerem in den Kopf gesetzt, dass unser Haus, das vom Stromvermögen her schon nicht gesegnet war, von Kopf bis Fuß renoviert werden sollte. Er war von Wohnung zu Wohnung gezogen und hatte dafür geworben, dass ein Fassadenanstrich in einer ansprechenden Farbe auch unserem seelischen Wohlbefinden guttun werde. Angesichts unserer Bemühungen werde vielleicht auch das Elektrizitätswerk seine Haltung zu uns überdenken.

Nun waren die Maler, von Nebelschwaden umzogen, eifrig am Werk. BC hingegen schien gar nicht zu bemerken, was um ihn herum vorging. Außer dem Lexikon interessierte ihn eigentlich gar nichts mehr. Wir waren nicht mehr inkognito unterwegs, erzählten uns nicht mehr

unseren Tagesablauf so, als hätten wir ihn gemeinsam erlebt, und auch die Schilderung unserer Träume zelebrier-
ten wir nicht mehr wie früher. Immer und ewig hatte das
Lexikon der Blicke Vorrang. Als hätte sich parallel zum
Lexikon auch unsere Beziehung entwickelt, und als dieses
nun stockte, geriet jene in eine Sackgasse.

korse (**Korsett**): Ein Korsett ist Blendwerk. Es zeigt den Körper schlanker, als er wirklich ist.

BC wurde furchtbar unverträglich. Meist schlich er murrend in der Wohnung umher und brach wegen Nichtig-
keiten einen Streit vom Zaun. Drinnen war es ihm zu
warm, draußen zu kalt, die Nachbarin stellte den Fernseher zu laut, die Kinder von unten quäkten, der Hausverwalter war zu umtriebig, die Wohnung unaufgeräumt,
die Katze verlor zu viele Haare, und ich stellte zu viele
Fragen. Alles war zu viel. Nur von einem durfte es immer
mehr geben, das waren die Einträge ins Lexikon, und nur
wenn ihm wieder ein solcher einfiel, fand er ein wenig
zur Ruhe.

koza (**Verpuppung**): Bevor die hässliche Raupe verschönt
wieder zum Vorschein kommt, verbirgt sie sich vor aller Augen in einem Kokon.

An einem Samstagnachmittag, an dem ich wegen des
Nebels von der Terrasse aus nicht bis auf die Straße hi-
nuntersah und wegen BC zu Hause keinen Frieden fand,

musste ich in die Krippe, deren Leiterin es für gut hielt, mindestens ein Mal im Monat zwischen Betreuern und Eltern ein Treffen anzuberaumen, diesmal eben an einem Wochenende. Ich war spät dran, und im Treppenhaus traf ich auf den alten Mann, der mir geholfen hatte, als ich mit der Jacke im Türschloss hängen geblieben war. In seinem Filzhut hatte sich Nebel festgesetzt, was aussah wie ein Heiligenschein. Ausdruckslos blickte er mich an. Anscheinend erkannte er mich nicht, wohl wegen des Nebels, der zwischen den Menschen bleierne Vorhänge zog.

So dicht war der Nebel, dass ich draußen nur ein paar Schritte weit sah. Anstatt auszuschreiten, schleifte ich mehr am Boden dahin. Irgendwie schaffte ich es so den Hang hinunter, doch ab da wurde es ungemütlich. Dort sah ich nämlich eigentlich gar nichts mehr.

kör (**blind**): In einer Stadt voller goldener Kuppeln lebte einmal ein sehr, sehr alter Mann. So alt war er, dass in den Falten seines Gesichts, wenn es regnete, das Wasser tagelang nicht verdunstete. Er wusste nicht, wie alt genau er war, doch nichts auf Erden konnte ihn mehr befremden, denn was es auch sein mochte, er hatte es irgendwann schon mal gesehen.

Eines Tages brach in einer der Schulen der Stadt ein fürchterlicher Brand aus, dessen Flammen so rasch um sich griffen, dass keines der Kinder gerettet werden konnte. Als das Feuer endlich gelöscht war, blieb von dem Schulgebäude fast nichts übrig. Alle Menschen waren entsetzt, außer dem alten Mann.

»Hier hat es schon mal gebrannt«, sagte er, »damals war das Gebäude ein Gefängnis, und alle Häftlinge sind dabei umgekommen. Und davor sind hier Patienten verbrannt, zu der Zeit war es ein Krankenhaus. Ach, diese Augen haben schon so viel Feuer gesehen, da ist das hier gar nichts Besonderes.«

Da wurde eine Mutter, die bei dem Brand ihr Kind verloren hatte, vor Wut wie verrückt, und mit Steinen jagte sie den alten Mann davon.

Ein andermal wurde die Stadt mit den goldenen Kuppeln von großer Trockenheit heimgesucht. Die Menschen kämpften miteinander um jeden Bissen Essen, und der alte Mann sah ihnen verwundert zu. »Das ist auch früher schon geschehen. Einmal hat es drei Jahre hintereinander im Frühjahr nicht geregnet. Und ein andermal sind unsere Kornkammern von einem feindlichen Heer geplündert worden, damals litten wir auch Hunger. Diese Augen haben schon so viele Hungersnöte gesehen, da ist das hier gar nichts Besonderes.«

Als ein Mann, dem vor lauter Hunger schlecht war, das hörte, wurde er so wütend, dass er den alten Mann verprügelte.

Da brach eines Tages ein Krieg aus, und als er sich hinzog, fehlte in der Stadt mit den goldenen Kuppeln bald in jedem Haus ein junger Mann. Die Menschen waren still vor lauter Trauer, nur der alte Mann sprach unentwegt. »Was haben diese Augen schon für Kriege und Massaker gesehen, da ist das gar nichts Besonderes.«

Als das Bajonett eines jungen Mannes, der aus dem Krieg nicht zurückgekehrt war, das hörte, wurde es so wütend, dass es dem alten Mann die Augen ausstach.

Da rief der alte Mann verwundert: »Dunkelheit! Es ist alles ganz dunkel. Das habe ich früher noch nie gesehen.«

Und diese Dunkelheit, die er noch nie gesehen hatte, befremdete ihn so sehr, so ungemein, dass sein altes Herz zu schlagen aufhörte.

Eigentlich war es ja nicht nur ein einzelner Hang, sondern deren zwei, doch da der zweite begann, wo der erste endete, wirkten sie wie ein einziger. Und genau an der Stelle stand ein alter Brunnen, dessen Wasser wohl schon vor langer Zeit versiegt war. Er war über und über mit Plakaten beklebt, mit Slogans besprüht, mit Flüchen vollgeschmiert. Aber er stand noch da, und wenn es auch kein echter Brunnen mehr war, so sah man ihm doch bei näherer Betrachtung an, wie erhaben er einst gewesen sein musste. Seltsam war nur, dass mir das erst jetzt auffiel, wo ich mich im Nebel mühsam vortastete, dabei kam ich doch täglich hier vorbei.

Je weiter hinunter ich gelangte, umso dichter wurde der Nebel, sodass ich kaum noch vorwärtskam. Als ich endlich ganz unten war, musste ich mich zum Verschnaufen auf ein Mäuerchen setzen. Ich war furchtbar erschöpft und schweißgebadet. Es war nun nicht mehr weit bis zur Bushaltestelle. Wegen des Nebels waren die Busse vermutlich halb leer und der Verkehr ein einziges Chaos. Da beschloss ich auf einmal, das zu tun, was ich schon lange hatte tun wollen, mich aber nicht getraut hatte. Ich würde kündigen. Würde einfach nicht mehr in die Krippe gehen. Und stattdessen nach Hause zurückkehren und mich so lange nicht von dort wegrühren, wie mir danach war.

***körebe* (Blindekuh)**: Die blinde Kuh steht in der Mitte, mit verbundenen Augen. (Erkundigen, was für Lieder dazu gesungen werden!)

Als ich wieder die Treppe hinaufstieg, öffnete die Frau im Erdgeschoss eilig die Tür, stellte den Müll davor, dann drückte sie mir einen großen Teller mit Essen in die Hand.

BC saß mit mürrischem Gesicht im Bett und fing gleich zu jammern an, er komme auf keine neuen Einträge mehr. »Warum denn die Eile?«, wandte ich ein. »Gönn dir doch eine Pause.« Wütend sah er mich an und legte sich mit einem Ruck wieder hin. Da schien sich einer in den Schlaf zu flüchten.

***köstebek* (Maulwurf)**: Schwarzes Tier, das nicht gut sehen kann.

Als ich eines Morgens erwachte, hatte der Nebel sich aufgelöst. Und unser Haus war von oben bis unten kirschrot angestrichen. Die Farbe hatte der Hausverwalter ausgesucht. Mir gefiel sie; BC war sie gleichgültig. Er ging jetzt wieder öfter aus dem Haus.

Neugierig war ich schon, wohin es ihn trieb und was er anstellte, aber irgendwie hatte ich das Gefühl, dass er sich nicht allzu weit wegbewegen würde und überhaupt diesem Viertel nicht lange fernbleiben könne, selbst wenn er es wollte. Ob ich nun hier war oder nicht, verband ihn irgendetwas Inniges mit unserem Haus und mit diesem Hang, den man so schwer hinauf- und so schwer hinun-

terkam. Als er noch nicht mit dem Lexikon beschäftigt
war und gern mit mir tratschte, hatte er so etwas einmal
fallen lassen.

»So wie es einen Mörder wieder an den Tatort zurück-
zieht, hat auch unser Gedächtnis Orte, auf die es fixiert
ist. In unseren Träumen kehren wir unbewusst an solche
Orte aus unserer Vergangenheit zurück, an denen irgendetwas noch nicht ganz ausgestanden ist.« Beinahe furchtsam hatte er hinzugefügt: »Weißt du, was komisch ist? Ich
bin im Traum immer da, wo ich sowieso bin. Sogar wenn
ich träume, rühre ich mich aus der Gegend nicht fort.«

kurban (Opfer): Vor der Zeit der monotheistischen Religio-
nen kam es bei einem Opfer darauf an, wem es dargebracht
werden sollte. Im antiken Griechenland wurden Göttinnen
weibliche Opfer gebracht und Göttern männliche. Die Him-
melsgötter bekamen weiße Opfer, die Erdgötter schwarze, die
Feuergötter rote.

Das arabische Wort für Opfer bedeutet eigentlich »nah
sein«. Laut dem Koran hat Allah, als Abraham ihm seinen Sohn
opfern wollte, vom Himmel einen Widder herabgesandt und
somit der Tradition des Menschenopfers ein Ende bereitet.
Außer Widdern dürfen auch Kamele, Rinder, Wasserbüffel,
Schafe und Ziegen geopfert werden. Vor dem Schlachten werden dem Opfertier die Augen verbunden.

Ich machte mir keine Sorgen, da ich wusste, dass er früher
oder später wieder auftauchen würde. Überhaupt sorgte
ich mich nun weniger. Ich kaufte mir einen riesigen Son-

nenschirm und stellte ihn auf die Terrasse. Er war schreiend violett und der Liegestuhl darunter genauso. Seit ich bei der Krippe gekündigt hatte, ging ich nur noch für diverse Einkäufe aus dem Haus und brauchte mich nicht mehr mit den Blicken fremder Leute herumzuschlagen. Es war herrlich, von niemandem gesehen zu werden! Mir ging es richtig gut. Ich kaute nicht mehr an meinen Nietnägeln und plagte mich nicht mit allen möglichen Bedenken. Stattdessen glitt ich in eine Art Teilnahmslosigkeit hinein, die mir zwar seltsam, aber höchst angenehm erschien. Und noch dazu nahm ich ab.

kurşuna dizilenler (**standrechtlich erschießen**): Wer standrechtlich erschossen wird, bekommt von denen, die ihn standrechtlich erschießen, die Augen verbunden.

Als BC nach Tagen endlich wieder aufkreuzte, warf er mit halb zugekniffenen Augen einen kurzen Blick auf die Terrasse, kam aber nicht zu mir. Ohne einen Ton zu sagen, setzte er sich sofort an sein Lexikon, wo ich ihn aber dann nicht klappern hörte. Ich wusste, dass er ins Stocken geraten war und kaum mehr etwas zustande brachte, aber da er keine Hilfe von mir wollte, bot ich ihm auch keine an. Sollte er sich da drinnen nur abstrampeln, ich genoss einstweilen meine kleine Wohlfühlinsel. Ich streckte mich unter dem violetten Sonnenschirm wieder auf meinem violetten Liegestuhl aus, blickte auf die Leute hinunter, die sich den Hang heraufmühten, süffelte an meiner Diätcola und versuchte abzuschätzen, welcher meiner drei

Bäuche wohl am schnellsten dahinschmelzen würde. Hin und wieder rechnete ich aus, um wie viel leichter ich schon geworden war, und fing dabei oft wieder von vorne an, als wäre bei jedem Rechenvorgang wieder ein Gramm mehr von mir weg. Bis jetzt hatte ich genau neuneinhalb Kilo abgenommen. Zwar kam mir beim Anblick von gekochten Zucchini allmählich der Magen hoch, ich wurde auch viel schneller müde als sonst und hatte wahnsinnigen Hunger, doch was sollte es, diesmal war ich wild entschlossen.

kurşun dökme (**Bleigießen**): Man gießt geschmolzenes Blei in kaltes Wasser und deutet die bizarren Formen, die so entstehen. Wenn das Blei, das auf jemandes Kopf, Bauch oder Fuß beziehungsweise in der rechten Ecke des Zimmers oder auf der Türschwelle gegossen wird, die Form eines Auges annimmt, liegt ein Fall von bösem Blick vor.

Als ich seine Augen sah, war mir sofort klar, dass etwas Ungutes geschehen würde. Er stellte sich an die Terrassentür und sah mich an, wie er mich noch nie angesehen hatte. Nach etwa einer Stunde vergeblicher Bemühungen am Computer wollte er wohl an mir auslassen, dass er keinen Eintrag gefunden, keinen anständigen Satz geschrieben und keine Geschichte hinbekommen hatte. Er erging sich in Beschimpfungen, trank den Tee nicht, den ich ihm machte, und alles, was ich vorbrachte, um ihn zu beruhigen, wischte er vom Tisch. Darauf ging ich wieder auf die Terrasse und kümmerte mich nicht weiter um ihn. Für mich war es immer noch ein vergnüglicher Tag, und ich hatte keine Lust, ihn mir von ihm verderben zu lassen. Der sanfte Abendwind spielte mit den Rändern des violetten Sonnenschirms. Auf einmal durchfuhr mich ein Schauder, und ich wandte den Kopf. In der Terrassentür stand erneut BC und beobachtete mich, wer weiß, wie lange schon, obwohl er doch wusste, wie sehr ich das hasste.

»Du lässt es dir anscheinend gut gehen«, sagte er mit belegter Stimme. Ich versuchte mich an einem Lächeln, konnte aber meine Gereiztheit nicht verbergen. Mein Blick blieb an dem seinen hängen. Seine Augen waren so seltsam. Nun, das waren sie immer, aber diesmal erkannte ich sie kaum wieder. Als stünden sie zwischen uns wie ein starrer Vorhang, durch den ich weder ihn sah noch erkennen konnte, wie er mich sah. Schweigend hoffte ich, er würde wieder hineingehen, doch er redete weiter. »Mit deinem Riesenkörper warst du ja bisher schon auffällig genug, aber jetzt, unter dem knalligen Sonnenschirm, sieht man dich wahrscheinlich schon von ganz unten am Hang!«

Manchmal haut es das Herz einfach um. Es geht gemächlich seines Weges und kracht urplötzlich gegen den Brustkorb und schlägt der Länge nach hin. Versucht wieder aufzustehen und merkt gleich, dass es nicht geht, weil irgendwas gebrochen sein muss. Es tastet sich ab, entdeckt aber keine Wunde. Aus Leibeskräften schreit es: »Ich muss sofort hier raus!« Mühsam rappelt es sich hoch und trommelt gegen die Stäbe seines Käfigs, bis ihm alles wehtut. Wenn es sich schließlich doch aus dem Brustkorb befreien kann, sieht es unschlüssig auf die vor ihm liegenden Wege, von denen es keinen je betreten hat. Die Wege verschlingen und die Wasser trüben sich.

Das Herz ist ein Auge aus Diamant. Verkratzt man es, sieht es von da an durch einen perlmuttenen Riss auf die Welt.

Kyklop (**Zyklop**): Zyklopen waren einäugige Riesen, die in großen Höhlen lebten, Viehzucht betrieben und Obst und Gemüse anbauten. Als Odysseus und seine Mannen die Höhle eines Zyklopen betraten, fanden sie dort krügeweise Käse, fässerweise Wasser, schläucheweise Milch, kistenweise Fleisch und bottichweise Weintrauben vor.

Da kam der Zyklop herein. Unter seiner Augenbraue, die vom einen Ohr bis zum anderen reichte, hatte er ein einziges riesiges Auge. Er schnappte sich zwei von Odysseus' Begleitern und fraß sie auf der Stelle auf. Am Tag darauf verleibte er sich noch zwei Seeleute ein, und so ging das Tag für Tag weiter.

Eines Nachts gelang es Odysseus, den Zyklopen betrunken zu machen. Jener sah daraufhin doppelt, was er mit seinem einen Auge nicht gewohnt war, und so war es Odysseus ein Leichtes, ihn zu töten.

BC ging hinein, und ich blieb auf der Terrasse. Mit meinem Riesenkörper unter dem violetten Sonnenschirm. Ich sah zu, wie die Sonne unterging, die Wolken zerstoben, der Mond aufging, die Sterne sich vermehrten, und während dies alles geschah, wunderte ich mich, wie ich da so reglos liegen bleiben konnte. Ich litt. Der Lodos wehte und fachte das Feuer an. Erst war es nur ein Funke, dann eine Flamme, doch schließlich brannte unser Schwur lichterloh.

Einen solchen hatten BC und ich nämlich abgelegt, ohne dass wir ihn jemals in Worte gefasst hätten. Was immer wir über das Aussehen des anderen zu sagen hatten, hatten wir uns gleich am ersten Tag gesagt. Danach hatte BC über mein Äußeres kein Wort mehr verloren und ich über seines ebenso wenig. Wir machten das nicht etwa, um einander nicht wehzutun, sondern es gab darüber einfach nichts mehr zu sagen, wenn wir unter uns waren. Mochten wir draußen wegen unserer Erscheinung so manches zu erleiden haben, so fühlten wir uns in der Abgeschiedenheit unserer Wohnung durchaus wohl. Und wie auch immer unsere Körperformen sich gestalteten, waren wir für das Auge des anderen so fließend und wandlungsfähig wie Wasser. So hatte ich mich nie darüber gesorgt, wie ich auf BC wohl wirken mochte. Im Terrassengeschoss unseres Hauses hatte ich zu einer inneren Ruhe gefunden, wie sie mir sonst nirgends zuteilgeworden war, und vom Gewicht der Buchstaben d-i-c-k war ich dort befreit. Ich war leichter geworden und hatte vielleicht gerade deswegen zum ersten Mal im Leben tatsächlich abgenommen.

Ich trank meine Diätcola aus und stand schwerfällig aus dem Liegestuhl auf. Im Nu stand ich vor dem Kühlschrank.

Lamia (**Lamia**): Bevor Lamia sich in ein Ungeheuer mit einem Menschenkopf und Eselsbeinen verwandelte, war sie eine

Frau von legendärer Schönheit. Sie schlief oft mit Zeus und wurde dabei stets schwanger, doch die eifersüchtige Hera brachte jedes der neugeborenen Kinder um.

Allmählich hasste Lamia Frauen, deren Kinder noch lebten, so sehr, dass sie nachts wach lag. Da entführte sie die Kinder anderer Frauen und verschlang sie.

Zeus bekam Mitleid mit Lamia und verschaffte dadurch Abhilfe, dass er ihr abends die Augen herausnahm und sie neben ihr Bett legte. Erst von da an konnte sie wieder schlafen. Ihre Augen ruhten die Nacht über neben ihr.

Ich machte die Kühlschranktür auf, und das Licht darin ging an, und mit dem Licht strich mir sogleich der unvergleichliche Duft ins Gesicht, zu dem Kälte und Essen sich verwoben. Der Kühlschrank lächelte mich an.

»Wo warst du so lange?«, fragte er leicht vorwurfsvoll.

»Da bin ich doch wieder.«

makyaj (**Schminke**): Durch Schminke werden Unreinheiten und Flecken unsichtbar.

Im ersten Fach sah ich diverse Käsesorten: Ein noch verpacktes Riesenstück Beyaz Peynir, eine große Scheibe reifen Kaşar, ein schon leicht schimmelndes Stück jungen Kaşar, ein Päckchen Streichkäse und etwas Tulum. Ich holte sie alle heraus und reihte sie auf dem Tisch auf. Im gleichen Fach war auch noch etwas Olivenpüree. Ich schnitt ein Brot auf, bestrich es großzügig, und mit dem Püree-Sandwich in der einen Hand und dem Stück Beyaz

Peynir in der anderen stand ich da und biss mal hier und mal da ab.

Beim Essen musste ich allein sein, fern von allen Blicken. So ein Fressanfall war etwas ganz Intimes, ein schändliches Geheimnis zwischen mir und dem Essen. Ich kauerte mich neben dem Kühlschrank auf den Boden. Das Brot war schnell weg, und den Rest Käse aß ich ohne Brot. Auf den Kaşar und den Tulum war ich zunächst nicht so scharf, verputzte sie aber dennoch. Im zweiten Fach fand ich eine halbe Ringwurst, die ich immer wieder in den Streichkäse dippte, bis beide weg waren. Ich aß so schnell, dass mein durch wochenlange Diät geschrumpfter Magen aus dem Staunen gar nicht mehr rauskam. Während er noch um Fassung rang, fielen mir schon die gefüllten Weinblätter ins Auge, die wir vor einer Ewigkeit gekauft haben mussten. Der Reis darin war vertrocknet, die Blätter selbst von fragwürdiger Farbe. Ich biss von jedem Stück etwas ab und ließ den Rest liegen. Da sah ich auf einmal die Schale mit der süßen Aşure, die wir neulich von einer Nachbarin bekommen hatten. Ich hatte sie nicht gegessen, weil ich auf Diät war, und BC musste sie vergessen haben.

Auf der Oberfläche hatte sich eine dünne Haut gebildet, doch als ich die abkratzte, lugten auch schon all die Kichererbsen, Reiskörner, Feigen, Granatapfelkerne und Bohnen heraus, aus denen die Aşure bestand. Es war eine große Portion, aber sie war doch nicht groß genug. Als ich mit der Aşure fertig war, bot der Kühlschrank nichts anderes mehr als Grapefruits, mein Hauptnahrungsmittel seit Wochen, aber das war nun das Letzte, was ich essen wollte. So machte ich mich über die Küchenschränke her und stieß als Erstes auf eine angebrochene Packung Chips, ziemlich labberig schon, aber das war egal. Als Nächstes waren zwei Dosen Fisch dran. Die eine war für Leute, die auf Diät waren, also fettarm. Ich putzte beide weg. Allmählich war ich voll. Ich hielt kurz inne und trank etwas Milch, um mir die Kehle durchzuspülen. Die Milch war eigentlich für die Katze. Wenn mich die Krippenkinder gesehen hätten, wie ich die Milch hinuntergluckern ließ, hätten sie wieder gekichert. Ich wollte aber weder an diese Kinder noch an sonst etwas denken. Ich wollte lediglich essen. Ohne aufzuhören.

Richtig schmecken tat mir nichts davon.

Ums Schmecken ging es auch gar nicht. Nicht, was ich aß, war von Bedeutung, sondern nur, dass ich aß. Und ob es nun Saures, Süßes oder Bitteres war, es schmeckte eines wie das andere.

Ich fand kleine, schick aufgemachte Packungen mit Anistörtchen, Nussecken und Salzgebäck. Die hatte ich alle vor meiner Diät gekauft, nun waren sie längst nicht mehr frisch, aber das machte nichts, sie sahen noch immer appetitlich aus. Als ich damit fertig war, kamen die Haselnussschnitten dran, auf die BC so versessen war. Dann fiel mir auch noch eine ganze Tüte uralter gerösteter Kichererbsen in die Hände.

Während ich so die Küchenschränke leer fraß, hörte ich von nebenan das übliche Klappern. Ein paar Stunden zuvor hatte BC in seiner Wut noch auf die Tastatur eingeschlagen, nun fuhren seine Finger auf den heil gebliebenen

Tasten wieder herum wie eh und je. Hartnäckig schrieb er an seinem Lexikon der Blicke weiter. Jenes Geräusch war mir inzwischen widerwärtig. Ich zerknüllte die leeren Verpackungen und warf sie weg.

> *masa altı* (**unter dem Tisch**): Kinder, Haustiere und Menschen, die aus irgendeinem Grund mit dem Himmel im Zwist stehen, verkriechen sich unter dem Tisch, um sich vor aller Augen zu verbergen.

Als ich im letzten Schrank wühlte, hatte ich sie plötzlich vor mir: die Schokolade! Wie herrlich sie duftete … Wenn man sie aus ihrer attraktiven Verpackung und der eng anliegenden Silberfolie befreite, lächelte sie einen in ihrer kaffeebraunen Nacktheit verlegen an. Schokolade! Etwas Verboteneres gab es für mich nicht.

Wenn man nämlich so dick ist wie ich und nach vielen anderen Diäten wieder mal eine macht, schmeckt Schokolade nicht etwa nach Hmm!, wie in der Werbung, sondern vielmehr nach bitterer Rache. Beißt man nur ein winziges Stückchen davon ab, zerfällt der Schein des eisernen Willens, den man so lange aufrechterhalten hatte, in tausend Scherben und lässt sich durch nichts mehr reparieren. Wer nämlich Schokolade isst, isst danach alles. Es war wie bei einem Sünder, der, wenn er erst einmal die abscheulichste Sünde begangen hatte, beim Begehen kleinerer Missetaten nicht die geringste Reue empfand. Auch nach einer Tafel Schokolade im Magen erschien einem keinerlei Speise mehr verboten.

merak (**Neugier**): Am Morgen nach der Hochzeitsnacht ließ der Prinz seine Frau vor sich niedersetzen und sprach zu ihr: »Wandle in diesem Palast mit seinen vierzig Zimmern nach Herzenslust herum. Versuche aber nie, die Tür zum vierzigsten Zimmer zu öffnen!«

»Dein Wunsch sei mir Befehl«, erwiderte die junge Frau gefügig. Kaum verließ der Prinz den Palast, eilte sie mit einem Schlüsselbund zur vierzigsten Tür.

Der Magen ist ein Märchenland.

Die Grenzen werden von Wächtern aus Schokolade beschützt.

Isst man die Wächter auf, hält einen nichts mehr davon ab, seine Diät abzubrechen. Es tun sich die Tore zu einer unübersehbaren Welt ohne jegliche Verbote auf. Der Magen ist ein Märchenland, in dem zwischen Mensch und Tier, vornehm und grob, schön und hässlich, zivilisiert und wild, attraktiv und abstoßend gerade mal ein einziger Bissen liegt. Und der ist schnell geschluckt.

maske (**Maske**): Gesicht, das das Gesicht anders zeigt, als es ist.

In der Küche hatte ich alles erledigt, also ging ich ins Bad, sperrte die Tür zu … und zählte bis drei.

Zwischen meinem Körper und mir spielte sich ein Kampf ab. Der Körper versuchte mit atemberaubender Geschwindigkeit, die Nahrungsmittel zu zermahlen und zu verdauen, in Teile zu zerlegen und die Spreu vom Weizen zu trennen. Ich musste schneller sein als er. Solange das Gegessene noch mir gehörte, also noch nicht Teil meines Inneren geworden war, noch nicht ganz von draußen abgetrennt, noch unverdaut, musste ich diesem fieberhaften Treiben Einhalt gebieten. Schon als ich das Zeug alles gemächlich in mich hineingestopft hatte, hatte ich ja gewusst, dass ich mich danach übergeben würde, also musste nun einfach alles wieder heraus.

mikrop (**Mikrobe**): Bösartigkeit, die so klein ist, dass man sie mit bloßem Auge nicht sieht.

Ich begann mich zu übergeben.

model (**Modell**): Praxiteles war in die Hetäre Phryne verliebt und verewigte ihre herrliche Schönheit durch eine Marmorfigur, damit sie auch Jahrhunderte später noch zu bewundern sei.

Was danach zu tun war, wusste ich auswendig. Und führte es Punkt für Punkt durch. Ich drückte auf die Spülung. Spülte mir den Mund aus. Säuberte das Klo. Spülte mir den Mund aus. Wusch mir die Hände. Spülte mir den Mund aus. Wusch mir das Gesicht. Spülte mir den Mund aus. Putzte mir die Zähne. Spülte mir den Mund aus. Sah mich im Spiegel an. Spülte mir den Mund aus.

Ich sah mitgenommen aus. Mitgenommen und verstimmt. Denn wieder war etwas in mir dringeblieben. Wie sehr ich mich auch bemühte, konnte ich nie genauso viel herauskotzen, wie ich gegessen hatte. Vor allem die

Schokoladenstückchen hatte ich schwer im Verdacht, dass sie sich in den Magensäften festsetzten und sich von dort auch dann nicht wegrührten, wenn im Magen alles drunter und drüber ging. Sollte ich es nicht doch noch mal versuchen? Vielleicht würde diesmal alles herauskommen. Ich übergab mich erneut.

> *Morpheus* (**Morpheus**): Gott der Träume. Einziger Sohn der Nacht und des Schlafes. (Genauer nachsehen!)

So fing es an.

So fing es an, dass ich zurück in mein altes Leben verfiel. Meine einstige Unzufriedenheit, aus deren Klauen ich mich durch das Leben mit BC völlig befreit wähnte, kam wieder zum Vorschein. Und blähte sich noch dazu auf, als wollte sie die verlorene Zeit wiedergutmachen. Alles kehrte in seinen ursprünglichen Zustand zurück. Es konnte also alles zurück in die Vergangenheit, und das Alte vermochte nicht wirklich zu altern. BC hatte schon recht. Die Zeit verlief nicht auf einer schnurgeraden Linie von gestern nach heute und von heute nach morgen, sondern mal stolperte sie vorwärts, mal zurück, mal ging sie, mal blieb sie stehen, gerade so, als wäre sie betrunken.

> *mucizevi göz* (**Wunderauge**): Während die Stadt unter einer Belagerung ächzte, briet ein Mönch neben dem heiligen Brunnen Fisch. Die Leute wunderten sich. »Ausgerechnet jetzt brätst du Fisch? Es fällt gerade die Stadtmauer. Wir sind verloren.«

Der Mönch bewahrte die Ruhe. »Ich glaube schon lang nicht mehr an das, was die Menschen sagen. Aber wenn diese Fische aus dem Feuer springen, dann glaube ich daran, dass die Stadt fällt.« Sprachs, und schon hüpften die halb garen Fische aus der Pfanne in den heiligen Brunnen.

Ein paar Tage später wurde ich krank und lag mit Schüttelfrost im Bett. Im Halbschlaf bekam ich mit, in was für einem Zustand ich war. BC wich mir nicht von der Seite. Die Kommode stand voller süßer Säfte und bitterer Pillen. Mein Fieber wollte und wollte nicht fallen. Immer wieder schlief ich ein, träumte und redete im Schlaf. Aus tiefsten Untiefen drang ein Klopfen an mein Ohr, als schlüge jemand an mein eisernes Bettgestell. Irgendwann begriff ich, dass BC, um mich stets vor Augen zu haben, seinen Computer im Schlafzimmer aufgestellt hatte. Er schrieb neben mir an seinem Lexikon weiter und schien wieder inspiriert zu sein, denn das Scheppern der Tasten hörte nicht auf.

nokta (**Punkt**): Durch einen einzigen Punkt ( ) wurde das Aug( )e blind.

Ich träumte von bunten Luftballons, denen ich von unten nachstarrte. Sie stiegen höher und höher, und als sie schon die Wolken erreichten, platzten sie auf einmal. Da regnete es Ballonfetzen auf mich herab.

Oryantalizm (**Orientalismus**): Ein westlicher Reisender war ganz begierig darauf, einmal mit einer jener orientalischen Frauen zu schlafen, die immer hinter geschnitzten Türen, Holzgittern und dünnen Gesichtsschleiern versteckt waren. Er zog in der ständigen Hoffnung durch die Straßen, einmal durch eine offene Tür schlüpfen zu können oder einen Blick unter einen Çarşaf zu erhaschen, der vom Wind neckisch gelüpft würde.

Wenn er in sein Land zurückkehrte, schwärmte er seinen Freunden von den orientalischen Frauen vor, von ihrer milchweißen Haut, ihrer haarlosen Scham, ihren fleischigen Lippen, und obwohl er jene nie gesehen, geschweige denn berührt hatte, erzählte er davon so, als hätte er es doch getan. Und jedes Jahr fuhr er wieder in den Orient.

Irgendwann ging sein Wunsch in Erfüllung, und eine orientalische Frau erwiderte sein Begehren. Als er an ihrem Haus ankam, sah er die Tür weit offen stehen. Das befremdete ihn, auch wenn er sich selbst nicht erklären konnte, warum. Er betrat das Haus und sah sogleich, dass die Orientalin sich schon entkleidete. Aufgeregt rief er: »Was tust du da? Zieh dich ja nicht aus!« Und als die Frau ihn verblüfft ansah, machte er sich auch schon wieder davon.

Zurück in der Heimat versammelte er wieder seine Freunde um sich, die schon ganz begierig darauf waren, seinen neuesten Abenteuern zu lauschen. Und wie jedes Jahr hatte er auch diesmal wieder viel zu erzählen.

Als ich erwachte, knurrte mir der Magen. Ich hatte keine Ahnung, wie lange ich geschlafen hatte; es mochten ein paar Stunden oder auch ein paar Tage gewesen sein. Auf schwachen Beinen ging ich in der Wohnung herum und musste mich an den Wänden abstützen. BC war nicht daheim. Auf dem Wohnzimmertisch stand, wie für mich hingestellt, ein Schälchen mit gerösteten Kichererbsen, und gleich daneben lag eine Klarsichthülle mit Blättern darin. Ich musste lange geschlafen haben, und BC hatte wohl gedacht, dass ich noch länger das Bett hüten würde, denn bedenkenlos hatte er sein Lexikon der Blicke herumliegen lassen, das er ansonsten so sorgsam vor mir verbarg.

Pandora (**Pandora**): Als Pandora die Büchse öffnete, um zu sehen, was drin war, entwich daraus alles Schlechte in die Welt.

Erst aß ich die Kichererbsen auf, dann las ich das Lexikon.

Es wurde dunkel. Die Nacht stand uns bevor. Ich hörte den Schlüssel in der Tür. BC kam nach Hause.

Pamuk Prenses (**Schneewittchen**): Als die sieben Zwerge um Schneewittchen weinten, grämten sie sich, da sie ihre Schönheit nie wieder sehen würden. Um sie bis in alle Ewigkeit betrachten zu können, bahrten sie sie in einen gläsernen Sarg auf.

»Du hast es also gelesen«, sagte er verägert. »Dabei ist es noch gar nicht fertig. Da ist noch vieles zu vervollständigen.« Er setzte sich in den Schaukelstuhl und begann schwerfällig zu schaukeln. »Na dann sag doch wenigstens, wie es dir gefallen hat. Obwohl es ja gar nicht schön ist, dass du so was hinter meinem Rücken tust. Aber so ist es eben, wenn man eine Freundin hat. Die Privatsphäre geht einem flöten.«

paravan **(Wandschirm)**: Mademoiselle de Ludauffe, die Tochter des Gesandten des Königreichs der beiden Sizilien, war zusammen mit ihrer Freundin Mademoiselle Amoureu bei der Gemahlin des Sultans eingeladen. Diese forderte sie auf zu tanzen, was die beiden jungen, hübschen Frauen den ganzen Tag über fröhlich taten. Sie wähnten sich dabei allein und wussten nicht, dass Sultan Selim III. sie hinter einem Wandschirm beobachtete.

BC bemerkte es gar nicht. Bemerkte nicht, wie bitter ich ihn ansah.

Drei

»ANGESCHLAGEN!«

Nachmittags machte die Zeit im Garten ein Nickerchen. Jeden Tag fielen ihr zur gleichen Stunde die
Augen zu, blieben für die gleiche Dauer geschlossen und
gingen zur gleichen Stunde wieder auf.

Während die Zeit schlief, döste das Mädchen unter
dem Kirschbaum und aß die zu Boden gefallenen Kirschen. Sobald die aufgegessen waren, machte es sich über
die auf dem Baum her. Das brauchte es aber nicht oft,
denn jeden Tag fielen Dutzende Kirschen vom Baum herab. Warum konnte das Mädchen nicht das Gleiche tun?
Warum konnte es sich nicht von seinem Haus lösen?

Das Haus, von dem es sich nicht lösen konnte, war
grünlichgrau.

Das grünlichgraue Haus war das Haus seiner Großmutter.

Wenn aber die Zeit ihr Nickerchen machte, konnte
man meinen, es sei möglich, einfach davonzugehen, ohne
eine einzige Spur zu hinterlassen, und auf einmal an einem
ganz anderen Ort zu sein. Einfach zu gehen, nicht um
irgendwo anzukommen, sondern nur um des Gehens wil-

len, ohne abzuwarten, ob irgendwann einmal irgendjemandem die Kirschkerne, die man hinter sich geworfen hatte, als Orientierung dienen würden, waren sie doch inzwischen zu Bäumen geworden.

Solange die Zeit schlief, konnte das Mädchen so viele Kirschen essen, wie es nur wollte, erst die am Boden, und dann die auf dem Baum. Wer sollte es schon sehen? Zusammen mit der Zeit fiel ja fast jeder und alles in Schlaf. Aus dem Erdgeschoss war das Schnarchen der Großmutter zu hören, aus dem ersten Stock das Schnarchen der Hausbesitzerin Tante Kıymet. Das ganze Viertel wurde zu einer einzigen großen Wiege, und der Wind sang dazu ein Schlaflied. Sanft und selig schliefen die Kinder, die Katzen und sogar die Straßenverkäufer, die Papierdrachen, die Puppen und selbst das Walnussnougat. Solange sie schliefen, konnte das Kind nach Herzenslust Kirschen essen und die Kerne weit fortschleudern, bis auf das Blechdach des Kohlenschuppens im Nachbargarten.

Blumenhändler, Blumenhändler,
Mach die Tür auf, mach sie auf,
Einmal, zweimal, dreimal, viermal,
Dass ich deine Blumen kauf.

Draußen auf der Straße war es völlig still. Nur die Geister tobten sich aus, denn wenn die Zeit schlief, waren sie stets hellwach. Und in die tiefe Stille hinein krähten sie mit ihren heiseren Stimmen die Lieder, die die Kinder immer draußen sangen, bevor sie zu Bett gingen.

Wenn das Mädchen die Kirschkerne auf das Blechdach des Kohlenschuppens warf, schepperte es derart, dass das Mädchen schon meinte, es könne auf das Dach einen wahren Hagel herabregnen lassen. Früher oder später würde jeder Kern in dem Loch verschwinden, das es selbst geschlagen hatte. Wenn es nur genügend Kirschen aß, nicht nur die am Boden, sondern auch die Kirschen auf dem Baum, würde es das Blechdach völlig zerlöchern. Jedes von einem Kern gerissene Loch würde sich mit einem anderen zusammentun, bis schließlich nichts mehr übrig bliebe, das noch zerlöchert und zerfetzt werden könnte. Mit letzter Kraft würde dann der Kohlenschuppen sich an sein durchlöchertes Dach klammern. Der Verputz würde abbröckeln, die von unten aufsteigende Leere den Platz der abgeschürften Haut einnehmen und daraufhin der ganze Kohlenschuppen mitsamt seinem Blechdach verschwinden. Bis in alle Ewigkeit.

Der Kohlenschuppen konnte nämlich seine Zunge nicht im Zaum halten. Immer musste er scheppernd reden, wenn die Kerne auf ihn herabregneten. Er wusste nicht, dass er seine Zunge hätte zügeln sollen. Dass einem, der viel sprach, die Zunge blutete.

»Wer viel spricht, dem blutet die Zunge«, das sagte die Großmutter immer, und ihre Lippen, hart und gefleckt wie die Schale eines Granatapfels, blieben fest verschlossen. Sollte die Schale aufplatzen, würden die Wörter alle herauspurzeln, doch sie platzte nicht auf. Die Großmutter war ganz anders als die anderen Frauen, denn die redeten in einem fort.

Es war der Tag, an dem die Frauen sich gemeinsam mit Wachs enthaarten. Schon am frühen Morgen versammelten sie sich im Erdgeschoss des grünlichgrauen Hauses und stellten ihre angebräunten kleinen Töpfe auf den Herd. Sie sogen den betäubenden Geruch ein, und damit das Wachs auch ja die richtige Konsistenz bekam, erzählten sie sich ausführliche Klatschgeschichten. Als sie sich gegen Mittag nebeneinander auf den Boden setzten und mit schmerzverzogener Miene die dünnen Wachsschichten von den Beinen abzogen, wuselte das Mädchen zwischen ihnen herum und lutschte dabei an einem Bleistift, um den es etwas Wachs herumgewickelt hatte. Ihm war unbehaglich, denn solange die Prozedur nicht vorüber war, durfte es im Haus nichts anrühren, als würde es sofort an der Wand kleben bleiben, sobald es auch nur aus Versehen daran kam. So blieb es die meiste Zeit auf dem Fensterbrett sitzen. Seit dem Morgen regnete es ununterbrochen. Das Mädchen sah auf den Garten hinaus, der von den Regentropfen streichelnd zerzaust und erfrischend zugerichtet wurde. Bald würden die Frauen Beine und Hände in schäumendem Wasser waschen und sich der Zubereitung von Teigtaschen widmen. Das Mädchen versuchte, nicht zu den Frauen zu schauen. Es wusste, dass die Enthaarung etwas Verfängliches war, und wollte an diesem unappetitlichen Geheimnis, in das man es gegen seinen Willen hineinzog, so wenig wie möglich teilhaben.

Als der Regen immer heftiger wurde, stand das Mädchen auf und ging benommen in die Küche. Da sah es die gläsernen Teelöffel, die nur aus ihrem edlen Samtetui geholt wurden, wenn Besuch kam. An allen anderen Tagen rührte das Mädchen seinen Tee mit blechernen, leicht biegsamen Löffeln um.

Es hielt sich am Küchentisch fest und besah sich die gläsernen Teelöffel näher. Ihm war noch nie aufgefallen, dass ganz oben aus dunklerem Glas winzige Schmetterlinge saßen, die jederzeit hätten wegfliegen können, dies aber aus irgendeinem Grund nicht taten. Gleich neben dem Etui lagen zwei große, runde mit Zeitungspapier ausgelegte Backbleche mit den schon vorbereiteten Teigtaschen. Mitten auf den kleinen Teigkarrees thronte jeweils ein rosafarbenes Fleischkügelchen. Die Münder der Teigtaschen waren noch nicht verschlossen, und dennoch schienen sie nicht reden zu wollen.

Da brach das Mädchen von sämtlichen Teelöffeln die Schmetterlingsflügel ab und legte sie beiseite. Die Löffel legte es in einen Mörser und zermalmte sie gründlich.

Knackend zerbarst das Glas. Ganz vorsichtig, um sich nicht in die Finger zu schneiden, drückte das Mädchen dann in jedes Fleischkügelchen einen Glassplitter. So wie vertrocknete Erde gierig Regentropfen aufsog, schluckten die Teigtaschen jeden Splitter. Im Handumdrehen waren alle Splitter in den Fleischkügelchen verschwunden. Wer sie nicht eingehend inspizierte, dem fiel weiter nichts auf. Die Teigtaschen mit Hack und Glas waren zum Kochen bereit. Das Mädchen machte sich nicht einmal die Mühe, sie zu verschließen. Wer die Münder aufgemacht hatte, der würde sie schon auch zumachen.

Es wusste nicht, warum es das tat, war sich aber seines Tuns bewusst, und auch der möglichen Folgen. Diese hätte es jederzeit verhindern können, indem es ins Wohnzimmer hinüberging und den schon hungrigen Frauen sagte, sie sollten nur ja die Teigtaschen nicht essen, sonst würden ihre Zungen bluten. Damit keine Zunge blutete, hätte es das irre Raunen sofort zum Schweigen bringen und sich selbst denunzieren können.

Kaum tat es einen Schritt in Richtung Wohnzimmer, da fiel auf den Boden der lange, dünne Schatten seiner Großmutter. Sie kam bestimmt, um die Teigtaschen zuzuklappen. Noch bevor sie das Mädchen hätte erblicken können, war dieses bereits durch die Hintertür in den Garten hinausgehuscht.

Aus unzähligen Rissen im grauen Himmel fiel der Regen herab wie aus einer gelöcherten, bis zum Rand mit Wasser gefüllten Plastiktüte, in der man Obst wusch. Das Mädchen lief durch den Garten, trat auf jeden Regenwurm, den es nur erwischte, und stolperte auf dem matschigen Boden immer wieder. Als es schon meinte, den Garten hinter sich gelassen zu haben, knallte es gegen den Kohlenschuppen und fiel der Länge nach hin.

kohlebösebösekohleböse

Besorgt sah es auf sein aufgeschlagenes Knie. Schon immer hatte es Angst, sich zu infizieren, und so stellte es sich vor, es hätte ein Fläschchen Jodtinktur in der Hand. Als es sich die eingebildete Tinktur auf die Wunde träufelte, verzog es übertrieben das Gesicht und blies auf die schmerzende

Stelle. Der Kohlenstaub, der sich darauf ansammelte, kümmerte es nicht weiter, der tat einem nichts. Der Wind würde ihn davonblasen und der Regen ihn wegwaschen. Keine Spur würde davon übrig bleiben. Es konnte ja nicht wie ein Kirschkern auf einmal Wurzeln schlagen.

Früher hatte das Mädchen Kirschkerne immer geschluckt, damit in ihm drin ein Kirschbaum wuchs. Damals war es noch klein, inzwischen aber groß genug, um zu wissen, dass so etwas ganz und gar unmöglich war und man noch so viele Kirschkerne schlucken konnte und daraus im Magen doch keine Kirschbäume wurden, weil der Mensch ein Inneres und ein Äußeres hatte und Kirschkerne nicht dem Inneren, sondern dem Äußeren angehörten und nun mal nur da Wurzeln schlagen konnten, wo sie hingehörten. Ein Kirschkern ließ sich nicht zerkauen, sondern lediglich aus Versehen verschlucken, dann wurde er aber nicht verdaut, sondern einfach wieder ausgeschieden. Sobald man das schmackhafte Fruchtfleisch davon gelöst hatte, war der Kern nur noch zum Wegwerfen gut. Wie ein Bote, der – war das Schreiben, das er bei sich trug, erst überbracht (und mochte dieses auch noch so wertvoll sein) – wieder zurückreiten musste. Ein ungebetener Gast. War er dennoch in den Körper geraten, musste er seinen Besuch dort kurz halten und so bald wie möglich wieder verschwinden.

Da war das Wasser in der Plastiktüte auf einmal alle. Als auf den Garten der letzte Regentropfen fiel, lächelte die Sonne schläfrig auf die wie Perlmutt glänzende Erde.

~

An jenem Nachmittag machte die Zeit im Garten ein Nickerchen. Nach dem Regen war es völlig still. In das Blubbern des Topfs mit den Teigtaschen mischte sich lediglich das wie aus einem einzigen Mund klingende Schnarchen der von der Enthaarungsprozedur erschöpften Frauen. Der Boden des Viertels war zu einer hölzernen Wiege geworden, die sanft schwang. Die Menschen streckten sich im Bett der Trägheit genüsslich aus und wandelten durch die wüsten Wälder ihrer Träume. Während alle schliefen, lehnte das Mädchen am Kirschbaum und aß die Früchte, die am Boden lagen, und fragte sich wieder, wie es jenen nur gelang, sich vom Baum zu lösen.

Da wurde der Schlaf der Zeit auf einmal durch ein Geräusch gestört, das nach dem Wimmern einer Wurst klang, der man die Haut abzog. Gleich darauf ertönte ein schriller Schrei, dann noch einer und wieder einer. Die Schreie kamen aus dem Obergeschoss des grünlichgrauen Hauses. Dort stand auf dem Küchenbalkon, der auf den Garten hinausging, die Hausbesitzerin Tante Kıymet und schrie so laut, wie sie nur konnte.

Das Mädchen wurde von der Angst gepackt. Jedes Frühjahr durften die Mieter im Erdgeschoss drei Äste des Kirschbaums abernten. Die Großmutter verarbeitete diese Kirschen zu Marmelade und versäumte es nie, davon als Dankeschön etwas ins Obergeschoss zu geben. Die anderen Kirschen durften nicht angerührt werden, sie waren Tante Kıymet und ihren Söhnen vorbehalten. Zwar hatte das Mädchen nur Kirschen vom Boden aufgeklaubt und somit gegen kein Verbot verstoßen, doch nach kurzem

Überlegen begriff es, dass es seine Unschuld nicht würde beweisen können. Und selbst wenn es heute unschuldig war, hatte es nicht gestern gesündigt und sich den ganzen Tag über die Kirschen im Baum hergemacht? Da Tante Kıymet kaum das Haus verließ und den Kirschbaum immer nur von oben sah, konnte es da sein, dass sie die an den Ästen fehlenden Kirschen erst jetzt bemerkte? Sollte das Kind heute für seine gestern begangene Sünde bestraft werden?

Tante Kıymet in ihrem grünlichgrauen Haus war die dickste Frau der Welt. Ihre Füße waren so fleischig und aufgequollen, dass sie keine Schuhe anziehen konnte und sommers wie winters in Pantoffeln herumlief. An ihren Beinen, von denen jedes in etwa den Umfang von zwei Kindern hatte, liefen Krampfadern in sämtlichen Fliedertönen entlang. Manche davon waren so hart wie draußen in der Kälte aufgehängte Wäsche, andere wiederum schamhaft erschlafft wie der Gummi einer Schleuder, die ihr Ziel verfehlt hat. Bei einigen ihrer Krampfadern musste man unwillkürlich an Telefonkabel denken. Als die Frau einmal in einen Plausch mit Nachbarinnen vertieft war, hatte das Mädchen die Gelegenheit genutzt, um ihre Krampfadern aus der Nähe zu begutachten, und dabei war es zu dem unumstößlichen Befund gekommen, Tante Kıymet müsse ein Roboter sein. Die Krampfadern waren gar nicht echt, sondern aus Plastik. Solange man die Kabel nicht kappte, war Tante Kıymet unaufhaltsam. Ein Roboter eben. Wie sonst wäre zu erklären gewesen, dass man die Frau trotz ihres sagenhaften Gewichts niemals essen sah? Vielleicht ernährte sie sich von Benzin aus den Autos ihrer Söhne oder vom Öl ihrer Nähmaschine. Noch dazu war sie vermutlich Schlafwandlerin, und es mochte sein, dass sie zur Zeit des morgendlichen Gebetsrufs mit verwickelten Kabeln, unterbrochenen Schaltkreisen und weit aus den Höhlen herausstehenden Augen auf den leeren Straßen unterwegs war und verzweifelt nach ihrem Erfinder suchte.

Wenn Tante Kıymet die Treppe ihres grünlichgrauen Hauses hinaufstieg, lag das Mädchen oft unten still auf der Lauer. Es stellte sich immer vor, wie die Frau auf den obersten Stufen ins Stolpern geraten und die Treppe wieder herunterpurzeln würde. Es erschauderte bei dem Gedanken, dass der riesige Leib auf es zuschießen und es im letzten Moment zur Seite springen würde, um nicht erdrückt zu werden wie ein Käfer. Sie fiel aber nie, sondern schaffte es jedes Mal die ganze Treppe hinauf, wenn auch schweißgebadet und außer Atem. Ohnehin ging sie nur selten aus dem Haus, eigentlich nur, wenn sie zu Monatsanfang die Mieten für ihre Häuser im oberen Viertel kassieren wollte, oder wenn Elsas Leber ausging.

Sie vergötterte Elsa. Nicht Tiere liebte sie oder Katzen im Besonderen, sondern nur Elsa. Die Leber, die Elsa fraß, wurde von Tante Kıymet höchstselbst ausgesucht und gekocht. Im Obergeschoss des grünlichgrauen Hauses roch es daher jeden Tag nach Leber. Wenn ihre schmerzenden Krampfadern es ihr nicht erlaubten, bis zum Metzger zwei Straßen weiter zu gehen, schickte sie Kinder dorthin, denen sie genauestens einschärfte, was sie zu besorgen hatten, doch hatte sie die Kinder stets im Verdacht, etwas weniger Leber zu kaufen und das verbleibende Geld in die eigene Tasche zu stecken. Manchmal dachte sie auch, dass sie der Metzger, obwohl er doch wusste, für wen die Leber bestimmt war, vom schlechtesten Fleisch bediente, und wenn ihre Schmerzen gerade erträglich waren, ging sie zu ihm und stellte ihn zur Rede. Dann hatte der massige, schnurrbärtige Metzger ziemliche Mühe, mit seinen vor Ärger zitternden Händen das Pochen der Schlagader an seiner Stirn in den Griff zu bekommen, und machte gleichzeitig unter tausend Entschuldigungen eilfertig ein neues Leberpaket zurecht. Tante Kıymet nahm es mit mürrischem Gesicht an sich, dankte beiläufig und ließ beim Hinausgehen noch eine Bemerkung fallen, die man durchaus als Drohung auffassen konnte. Sobald sie um die Ecke war, konnte der Metzger seine Nerven nicht länger im Zaum halten und schleuderte entweder das alte Leberpaket an die Wand oder klagte den Rest des Tages jedem neu eintreffenden Kunden sein Leid. Die Kunden waren das gewohnt. Sie spendeten ihm beruhigende Worte und erinnerten ihn daran, dass er es sich mit der Frau nun mal nicht verscherzen durfte, denn schließlich gehörten ihr nicht nur die Häuser nebenan, sondern auch der enge Metzgerladen selbst.

An jenem Nachmittag, an dem die Zeit wie gewöhnlich ihr Nickerchen machte, konnte Tante Kıymet nicht einschlafen. Nachdem sie sich lange im Bett hin und her gewälzt hatte, erschien es ihr sinnvoller, aufzustehen und etwas zu kochen. Gefüllte Auberginen würde sie machen, wie sie Nurettin, ihr Zweitältester, schon als Kind so gern gegessen hatte. Auf dem Küchenbalkon, der auf den Garten hinausging, hingen bereits getrocknete Auberginen. Sie füllte sich welche in die Schürze und dachte sich dabei, dass dazu Kirschsaft passen würde. Unwillkürlich blickte sie dabei auf den Kirschbaum hinunter. Und ihr Blick blieb dort hängen. Auf einmal gab sie ein Geräusch von sich, das nach dem Wimmern einer Wurst klang, der man die Haut abzog. Gleich darauf tat sie einen schrillen Schrei, dann noch einen und wieder einen.

Während Tante Kıymet auf dem Balkon noch schrie wie am Spieß, strömten schon Nachbarn in den Garten, die aus süßestem Schlaf geschreckt worden waren. Und nicht nur Nachbarn, es waren auch sogleich Straßenhändler zur Stelle, wie man sie ja überall fand, wo sich eine Menschenmenge bildete. So viele Leute auf einen Schlag hatte der Garten noch nie erlebt. Sie standen alle unter dem Balkon und sahen neugierig hinauf, und dieses sinnlose Starren dauerte so lange an, bis endlich jemandem einfiel, zu der Frau hinaufzugehen. Danach entspann sich zwischen denen oben und denen unten ein abstruser Dialog. Die unten stellten fortwährend Fragen, was denn eigentlich los sei, und die oben, die aus der mit aufgerissenen Augen stumm dastehenden Tante Kıymet nichts herausbekamen, versuchten das dadurch wettzumachen, dass sie sich in den abwegigsten Vermutungen ergingen. Schließlich kam jemand auf die Idee, nicht immer nur zu Tante Kıymet zu schauen, sondern lieber dorthin, wo sie selbst hinblickte. Und da entdeckten sie, dass an einem der Äste des Kirschbaums ein lebloser Körper baumelte.

Es war ein toter Körper, eine tote Katze nämlich. Als Tante Kıymet begriff, dass nun endlich auch die anderen sahen, was sie sah, fand sie zu ihrer Sprache zurück.

»Mein armes Schätzelchen! Wer konnte dir nur so etwas antun! Verrecken soll er!«

Die Leute oben trampelten die Treppe wieder hinunter, und zurück blieben nur zwei Frauen, die Tante Kıymet die Handgelenke mit Kölnischwasser einrieben. Unten wurde überlegt, wer die Katzenleiche aus dem Baum holen sollte, und schließlich einigte man sich auf Tante Kıymets jüngsten Sohn Zekeriya. Nur hing die tote Katze ziemlich weit oben, und die Äste des Kirschbaums waren recht dünn. Zekeriya kletterte zwar zunächst behände los, doch als unter seinen Füßen ein Ast nach dem anderen wegbrach, musste er einsehen, dass er nicht ganz hinaufkommen würde. So ließ er sich ein Nudelholz reichen, kletterte so hoch, wie er konnte, und drosch von dort auf die tote Katze ein, auf den Schwanz, den Kopf, was er eben gerade erwischte. Dabei fuhr ein Zittern durch den ganzen Baum, es purzelten Kirschen herab, und von den Blättern löste sich eine Art Staub, der auf die Leute regnete, doch die tote Katze fiel und fiel nicht herab.

Auch wenn es nur eine Katze war, konnten die Leute nicht länger mit ansehen, dass auf sie eingeprügelt wurde, und sie beschlossen, die Sache selbst in die Hand zu nehmen. Man krempelte sich die Ärmel hoch, und mit vereinten Kräften begannen die Nachbarn den Baum, auf dem noch immer Zekeriya stand, kräftig zu schütteln. Innerhalb weniger Sekunden fielen erst Dutzende von Kirschen, dann das Nudelholz, Zekeriya und schließlich die tote Katze herunter, das Ganze von einer Staubwolke und vielfachem Geschrei begleitet. Beim Begutachten der Katze kam kein Zweifel auf, es handelte sich um Elsa. Die Augen waren ihr mit einem kirschroten Tuch verbunden, in dessen Rand winzige Meeresmuscheln eingearbeitet waren. Um das offen stehende Maul schwärmten zahllose kleine Fliegen herum. Da an der Katze keine Wunde auszumachen war, konnte man sich nicht recht erklären, woher die Blutklümpchen an ihren Barthaaren stammten.

Man nahm der Katze das Tuch ab, und die Leute besahen sich neugierig ihre Augen. Elsa indes blickte genauso drein, wie sie das immer getan hatte. Dass sie tot war, schien sie gar nicht zu bemerken. Da sie in den Augen sogar noch Schlafsand hatte, sah sie nicht nur alles andere als erschreckend aus, sondern vielmehr so, als könne sie jeden Augenblick erwachen, sich genüsslich recken, irgendjemandem auf den Schoß springen und sich dort einrollen.

Unwillkürlich rieben sich die Umstehenden daraufhin den eigenen Schlaf aus den Augen, denn einer Toten, und sei es auch einer Katze, wollte niemand ähnlich sehen. Da ging ein Ruck durch die Menge. Tante Kıymet – in Kölnischwasser geradezu getränkt, und nicht nur das, sogar eingeflößt war ihr welches worden, verdünnt zwar nur, aber den Magen hatte es ihr dennoch umgestülpt – schüttelte mit einer Leichtigkeit, wie man sie ihrem schwerfälligen Körper wahrlich nicht zugetraut hätte, die beiden Nachbarinnen ab, die ihr mit ihrem Kölnischwasser hinterhereilten, und warf sich auf die tote Elsa. Während sie lautstark das Tier beweinte, wurden auch den im Garten Versammelten die Augen feucht, und nach dem Schlafsand mussten sie sich nun die Tränen aus den Augen wischen. Es wurde Kölnischwasser herumgereicht. Als Tante Kıymet endlich den Kopf wieder hob, sah sie die Umstehenden hasserfüllt an. Da blieben ihre rot geweinten Augen an dem Mädchen haften.

»Die wars! Das Mädchen mit den Glotzaugen hat es getan! Die hat meine Elsa schon immer malträtiert! Die ist mit dem Teufel im Bund! Teufelsbraten!«

Kein Mucks war zu hören. Wie auf einen Befehl hin wagte niemand mehr zu sprechen, zu weinen oder sich zu rühren. Je länger sich die Stille hinzog, umso intensiver wurde sie, sodass man schließlich sogar hörte, wie das Eis der Straßenhändler zerschmolz, die Sesamkringel vertrockneten und den Luftballons die Luft entwich. Einzig und allein Tante Kıymet durfte es wagen, diese Stille zu brechen.

»Na los! Sags schon! Gibs zu, dass das Tuch dir gehört. Red endlich, du Bastard!«

Nach dem Schlafsand und den Tränen sammelte sich nun in den Augen der Menschen ein »ob« nach dem anderen an. Ob es wohl stimmte? Ob dieses kleine Mädchen tatsächlich so etwas Furchtbares getan hatte? Im Allgemeinen mochten Kinder ja Katzen. Ob es bei diesem Mädchen anders war? Am intensivsten wurde das Mädchen vom Direktor der Grundschule gemustert, der auf jeder Elternversammlung betonte, was für einen verderblichen Einfluss das Fernsehen auf die Jugend habe und dass, wenn er Kinder hätte, er ihnen das Fernsehen nie und nimmer erlauben würde. Am meisten »obs« versammelten sich in seinen Augen.

Es bedurfte vielen guten Zuredens, bis die Großmutter Tante Kıymet dazu bewegen konnte, sich im Erdgeschoss des grünlichgrauen Hauses etwas auszuruhen. Sogleich deckten Nachbarinnen in aller Hast den Tisch. Im Handumdrehen legte ein junges Mädchen die Teller auf den Tisch und ein etwas älteres das Besteck; zwei dicke Frauen rückten mit großen Töpfen an und verteilten die Teigtaschen auf die Teller; gleich danach goss eine hochgewachsene Frau auf jede Teigtasche etwas Joghurt mit Knoblauch, während eine kleine, schmale Nachbarin aus einem Pfännchen heißes Öl auf die weißen Häufchen träufelte, das sich sogleich seine eigenen Wege suchte. Jedermann wurde zu Tisch gebeten, aber niemand schien bei Appetit zu sein. Abgesehen von einigen wenigen, die höflichkeitshalber vom Rand des Teiges etwas abknipsten, nahm niemand einen Bissen zu sich. Tante Kıymet saß auf dem Ehrenplatz und weinte und klagte weiter, während die beiden Frauen mit dem Kölnischwasser ihr wieder die Handgelenke einrieben. Die Großmutter indes blickte versonnen auf die Teigtaschen, die keiner anrührte. Wenn es so weiterging, würde all die Mühe umsonst gewesen sein. Plötzlich aber hörte Tante Kıymet auf zu weinen, griff zu einem Löffel und machte sich über die Teigtaschen her. Und aß sie in einem solchen Tempo, dass allen Frauen im Raum nur noch der Mund offen stand. Schmatzend aß sie weiter, und sobald sie den Teller leer hatte, wurde er wieder mit Teigtaschen gefüllt, die alle ihr Joghurthäubchen bekamen und mit heißem Öl beträufelt wurden.

Unter den verblüfften Blicken der Nachbarinnen vertilgte Tante Kıymet an jenem Nachmittag ganze fünf, sechs Teller Teigtaschen. Als der Vorrat in den Töpfen zur Neige ging, bestanden die Frauen darauf, dass Tante Kıymet auch ihre Teller leer essen solle, und auch mit denen wurde sie fertig. Als sie merkte, dass keine einzige Teigtasche mehr übrig war, lehnte sie sich zurück, dankte halbherzig und sagte: »Elsa hätte das auch geschmeckt!« Doch war sie mit diesem Satz noch nicht ganz fertig, als den Frauen im Raum ein Schrei entfuhr. Der Mund von Tante Kıymet war voller Blut.

Das Mädchen war verwirrt, denn zum ersten Mal hatte es Tante Kıymet essen sehen. Dann war sie doch kein Roboter. Sie aß wie alle anderen auch, also war sie genauso ein Mensch.

Wenn sie aber kein Roboter war, wie konnte sie dann so viele Teigtaschen vertilgen, ohne zu platzen?

~

»Wir zwei werden richtig gute Freunde. Und du weißt ja, Freunde können über alles reden.«

Der Arzt war jung und bartlos. Hinter seiner dicken

Brille blickte er einen aus blauen Augen an. Das Mädchen war sein erster Patient.

~

Als der Umzugswagen losfuhr, blickte die Großmutter, die neben dem Fahrer saß, mit Tränen in den Augen ein letztes Mal auf das grünlichgraue Haus. Am Morgen hatte sie im Obergeschoss geklingelt und einen letzten Versuch gemacht.

»Tante Kıymet, ich flehe dich an, wirf mich bitte nicht raus. Habe ich mir in all den Jahren als Mieterin je etwas zuschulden kommen lassen? Waren wir nicht immer gute Nachbarn? Wir haben uns doch immer gegenseitig geholfen. Kannst du dich an *einen* schlechten Tag erinnern? Glaub mir, das Mädchen kommt weg. Ich habe seinen Eltern Bescheid gesagt, die holen es ab. Mein Sohn hatte gesagt: ›Du weißt ja, wie es bei uns zugeht, kann das Mädchen eine Weile bei dir bleiben? Dann holen wir es wieder.‹ Das konnte ich ihm nicht ausschlagen. Obwohl das Mädchen meine Enkelin ist, hatte ich es bis dahin kaum gesehen. Wie hätte ich wissen sollen, was für eine Teufelin das Mädchen ist! Es ist eben nach seiner Mutter geraten. Hätte ich das gewusst, hätte ich es doch gar nicht aufgenommen. Bitte, Tante Kıymet, wirf mich in meinem Alter nicht aus deinem Haus. Ich schwöre auf den Koran, dass das Mädchen bald weg ist!«

Tante Kıymet aber war unbeugsam gewesen.

Der Umzugswagen hielt auf der anderen Seite der

Stadt vor einem fünfstöckigen Wohnhaus. Dort wohnte die Tochter der Großmutter mit ihrem Mann und ihren drei Kindern. Als die Großmutter die Treppe hochstieg, verfluchte sie alle, die daran schuld waren, dass sie auf ihre alten Tage auf ihren Schwiegersohn angewiesen war. Das Mädchen trabte hinter ihr her.

Einen Garten gab es dort nicht, lediglich einen Balkon mit leeren Blumentöpfen. In jeden der Töpfe legte das Mädchen einen Kirschkern. Es wusste sehr wohl, dass keine Erde darin war, aber das kümmerte es nicht. Bald würde es sowieso von dort weggehen.

~

»Falls irgendetwas Schlimmes passiert ist, kannst du mir das ruhig erzählen.«

Das beharrliche Schweigen machte den jungen Arzt so nervös, dass er alle zwei, drei Minuten die dickglasige Brille abnahm und sie mit einem Samttuch abrieb. Ohne Brille sah er kaum über die Nasenspitze hinaus, sodass seine blauen Augen schüchtern glänzten. Das gefiel dem Mädchen. Es schaute den Arzt gern so an.

»Na schön«, sagte der Arzt und hob bedauernd die Arme. »Dann erzähl mir doch wenigstens, warum du auf das Dach gestiegen bist, bevor ihr von dort ausgezogen seid. Da haben sich doch alle Sorgen um dich gemacht. Also, warum bist du da raufgestiegen?«

~

In das grünlichgraue Haus war das Mädchen zu Sommeranfang gekommen. Die Großmutter hatte seinen Koffer aufgemacht und den gesamten Inhalt auf der Couch ausgebreitet. Kurze Hosen, Socken, Unterhosen, Mützen. Und bunte Murmeln.

»Das ist alles, was du zum Anziehen hast?«

Am Abend hatte das Mädchen ein langärmliges, braunes Kleid angezogen, das die Großmutter für es gekauft hatte.

»Jetzt siehst du mal aus wie ein Mädchen!«

Den Koffer mit seinen Sachen hatte die Großmutter auf dem Schrank verstaut. Das Mädchen durfte nichts davon anziehen, weder in der Wohnung noch draußen. Dass es die kurzen Hosen nicht draußen tragen sollte, hatte ihm noch eingeleuchtet, aber vor wem hatte es sich drinnen zu verbergen? Wer sollte es da sehen? Darauf gab ihm die Großmutter damals keine Antwort.

~

»Was siehst du auf dem Bild?«

Das Bild zeigte einen Ofen, auf dem Kastanien rösteten, ein voluminöses Sitzkissen und ein rotes Wollknäuel.

»Du hast es gar nicht richtig angesehen«, beanstandete der junge Arzt und hielt dem Kind das Bild noch einmal hin. »Bitte schau es dir genau an.«

Neben dem Ofen, auf dem die Kastanien brieten, spielte auf einem voluminösen Sitzkissen eine Katze mit einem roten Wollknäuel.

»Weißt du, ich habe auch eine Katze. Vielleicht bringe ich sie mal mit, dann darfst du sie streicheln. Du magst doch Katzen, oder?«

~

Die Großmutter war knochendürr. Sie kaute immer alles so lange, bis es in ihrem zahnlosen Mund völlig zerfasert und geschmacklos geworden war, und wenn sie es endlich hinunterschluckte, hatte sie manchmal schon vergessen, was sie eigentlich aß. Es war ihr auch egal. Sie sagte immer, man müsse für jedes Essen dankbar und nur ja nicht wählerisch sein. Manchmal kochte sie absichtlich schlecht, salzte etwa nicht, würzte viel zu scharf oder gönnte sich kein bisschen Fett. Das Mädchen musste sich daran gewöhnen, alles zu essen. Oder auch gar nichts.

Oft nämlich fastete die Großmutter, als hätte sie aus dem Ramadan noch Schulden abzutragen, sei es nun aus dem letzten oder dem nächsten. Auch wenn sie es nicht aussprach, erwartete sie an solchen Tagen, dass das Mädchen mitfastete. Es protestiere auch gar nicht, und in Gegenwart seiner Großmutter nahm es keinen einzigen Bissen zu sich, doch kaum war es aus dem Haus, stopfte es sich im Garten mit Kirschen voll. Eines Tages aber bereitete die Großmutter diesem Spielchen ein Ende. Sie packte das Mädchen an den mit Kirschflecken übersäten Fingern und sah ihm geradewegs in die Augen. Als sie endlich etwas sagte, verformten ihre Lippen, hart und gefleckt wie die Schale eines Granatapfels, sich zu einem nach innen gewandten spöttischen Lächeln.

»Mich kannst du meinetwegen täuschen. Aber glaubst du etwa, Gott sieht nicht, dass du heimlich Kirschen isst?«

~

»Wenn du nicht willst, rede eben nicht. Das heißt aber, dass wir keine Freunde sind. Und dann siehst du mich nicht mehr.«

Der Arzt nahm die dickglasige Brille ab und putzte sie. Seine Drohung tat ihre Wirkung. Hatte das Mädchen bisher hartnäckig geschwiegen, so redete es nun wie ein Wasserfall und erzählte ihm alle Märchen, die es kannte, und danach erfand es neue. Ihm war egal, dass es heiser wurde und ihm die Kehle austrocknete, auch hatte es keine Angst, dass ihm die Zunge bluten würde.

Und während es so redete und redete, trübten sich die blauen Augen des Arztes, und sein Gesicht verfinsterte sich.

~

Das Mädchen bekam von der Großmutter ein Paket überreicht. Es erwartete wieder ein Kleid, doch zum Vorschein kam ein Tuch, ein kirschrotes, in dessen Rand winzig kleine Muscheln eingearbeitet waren.

An jenem Tag lernte das Mädchen, wie man betete. Es kniete auf dem Gebetsteppich und ahmte seine Großmutter nach. Dabei hörte es, wie die kleinen Muscheln wie aus einem Mund redeten. Was sie sagten, war nicht zu verstehen. Als die Großmutter den Gebetsteppich wegräumte, ging das Mädchen ihr nach.

»Und wann schaut er uns zu?«

»Meinst du etwa, für ihn gibt es ein Wann?«

Gott war zeitlos. Auch wenn die Zeit ein Nickerchen machte, sah er den Menschen zu. Das Mädchen faltete seinen eigenen Gebetsteppich zusammen und legte ihn auf den der Großmutter.

»Und warum schaut er uns zu?«

»Deine Eltern haben dir ja wirklich gar nichts beigebracht«, murrte die Großmutter. »Sie möchten wohl, dass du so wirst wie sie.«

Das Mädchen hörte gar nicht richtig zu. Es war mit den Gedanken ganz woanders. Als die Großmutter hinausging, rief das Mädchen ihr hinterher.

»Und in der Nacht? Wenn es dunkel ist? Sieht er da auch was?«

Die Großmutter wandte sich um und musterte das Mädchen von oben bis unten, als würde sie es zum ersten Mal sehen. Dann sagte sie jenen Satz.

»Man muss seine Zunge im Zaum halten. Wer viel redet, dem blutet sie nämlich.«

Als die Großmutter aus dem Zimmer war, flatterten dem Mädchen aus den Buchstaben der Antwort, die es nicht bekommen hatte, Tausende von Wörtern im Kopf herum. Es war also anscheinend so, dass es tagsüber drinnen wie draußen aufpassen musste und nie vergessen durfte, dass es beobachtet wurde. In der Nacht aber war es wohl anders, da sah Gott nicht auf die Erde herab. Darum war es in der Nacht ja auch dunkel, kohlendunkel. Kohlenschuppenschwarz.

Von da an ging das Mädchen immer erst spät ins Bett.

~

»Du isst momentan viel, oder?«

Das Mädchen nickte herzlich lächelnd. Da es seinen Freund nicht verlieren wollte, lehnte es sich zurück und redete wieder los. Ohne Hast, aber auch ohne Pause erzählte es, wie in dem Haus mit den Fenstern aus Konfekt, der Tür aus Lebkuchen, dem Schornstein aus Baiser, dem Rasen aus Erdbeerpudding, den Zäunen aus Lokum, den Zimmern aus Nougat und dem Dach aus Schokolade Hänsel und Gretel, als sie an alledem knabberten, der bösesten Hexe der Welt in die Hände fielen.

Während das Mädchen so erzählte, sah der junge Arzt mit auf die Hände gestütztem Kopf vor sich hin. Auf dem Tischchen lag der Sesamkringel, den das Mädchen nicht aufgegessen hatte.

~

»Nicht bewegen«, sagte der fremde Mann. »Ja nicht bewegen, okay?«

Das hätte er gar nicht zu sagen brauchen, denn das Mädchen rührte sich ohnehin nicht. Und zwar nicht nur einfach so, als wäre es plötzlich erstarrt, sondern vielmehr, als würde es sich sein Leben lang niemals bewegen, ja sich gar nicht bewegen können. In seiner Bewegungslosigkeit glich es einer Ameise, die sich mit einer toten Biene auf dem Rücken in einem umgedrehten Wasserglas abstrampelte und dabei vom immer gleichen Punkt aus mit immer gleicher kindlicher Verwunderung auf die Rundheit der Welt blickte. Natürlich gab es auch eine Welt außerhalb des Wasserglases. Aber da war das Mädchen nicht. Es war im Kohlenschuppen.

»Gut so«, sagte der fremde Mann. »Wir spielen jetzt ein Spiel. Ein Zählspiel.«

Im Garten des Nachbarhauses stand ein Kohlenschuppen mit einem Blechdach und zwei Türen, von denen die eine immer geschlossen und die andere immer offen war. An der geschlossenen Tür hing ein großes Vorhängeschloss. In dem Schuppen waren das Holz und die Kohlen für den Winter gelagert. An der offenen Tür war kein Schloss, denn an der Leere hatten Diebe kein Interesse.

Der Schuppen hatte ein winziges Fenster, dessen Scheibe zerbrochen war. Die paar Sonnenstrahlen, die es in den Schuppen schafften, erschlafften darin sogleich, sodass es dort stets dunkel war. Scherben, Holzstücke, verirrte Murmeln, vergilbte Zeitungen, ein Frauenschuh mit kaputtem Absatz, ein verrottetes Teesieb, eine verrostete Nagelschere mit einem darin stecken gebliebenen Fingernagel, stumpfe Rasierklingen, eine Gebetstafel in arabischen Lettern und herumliegende Kichererbsen schmiegten sich im Dunkeln flüsternd aneinander. Und Kinder kamen herein, beim Versteckspielen.

Für dasjenige Kind, das die anderen suchen musste, hatte der Kohlenschuppen immer etwas Verwirrendes an sich. Er war ein Versteck, auf das man so leicht kam, dass sich kaum jemand dort versteckte, sodass auch kaum dort nachgeschaut wurde und der Schuppen dadurch doch ein beliebtes Versteck war.

»Du kannst doch zählen, oder?«

Das Mädchen war ja gerade im Kohlenschuppen, weil es vor den Zahlen davongelaufen war. Sobald das suchende Kind sich zur Wand gedreht hatte, war das Mädchen mit den anderen pfeilschnell weggerannt. Nach kurzem Zögern war es über die Gartenmauer geklettert und hatte sich hinter dem »Roten Angeber« versteckt. Da zählte das Kind an der Mauer gerade mit kreischender Stimme »Eiiiins!«. Der »Rote Angeber« war das neue Auto von Abdullah, dem ältesten Sohn von Tante Kıymet. Abdullah schaffte es immer wieder, nagelneue Autos zu Schrott zu fahren und sich dabei nicht einmal Nasenbluten zu holen. Heulend wälzte er sich dann am Boden, schwor vor allen Leuten auf den Koran, dass er nie wieder einen Tropfen Alkohol anrühren würde, blieb dann auch tatsächlich ein paar Tage lang seinem Schwur treu und erzählte dabei jedem, er sei nun ein völlig neuer Mensch, und überhaupt sei es ja so, dass er zwar guten Herzens, aber schlechten Einflüssen ausgesetzt sei und immer wieder den Umtrieben falscher Freunde zum Opfer falle. Bald darauf waren all die Tränen wieder vergessen, und Abdullah kreuzte mit einer chromblitzenden Limousine auf, mit der er die Jugendlichen aus dem Viertel herumchauffierte und ihnen dabei einimpfte, sie sollten nur ja fleißig lernen, damit mal was aus ihnen werde, und auch auf ihre Eltern sollten sie gefälligst hören. Am Abend des gleichen Tages setzte er das Erteilen der Ratschläge in der Kneipe fort, und im günstigsten Fall kroch er irgendwann in der Nacht unversehrt aus den Trümmern des Wagens hervor, den er gegen einen Baum gesetzt hatte, heulte Rotz und Wasser und schwor, dass von nun an alles anders werde. Da Tante Kıymet für ihre Knausrigkeit gegenüber ihren Söhnen bekannt war, kursierten allerlei Gerüchte, woher Abdullah das viele Geld eigentlich habe. Die meisten nahmen an, die Autos seien gestohlen und umgespritzt worden, in immer der gleichen Farbe, nämlich Angeberrot.

Der »Rote Angeber« war ein Mercedes. Die Farbe schien nicht ganz gereicht zu haben, denn auf der Motorhaube sah man hellere Schlieren. Da Abdullah gleich, nachdem er das Auto vor dem grünlichgrauen Haus geparkt hatte, verschwunden war, durfte der »Rote Angeber« seit zwei Monaten mitten im Viertel eine beschauliche Ruhe genießen, wie sie noch keinem seiner Vorgänger zuteilgeworden war.

Das Kind, das suchen musste, schrie gerade »Zweiiii!«, als das Mädchen am Kohlenschuppen vorbeikam. Der »Rote Angeber« schien ihm auf einmal zu weit entfernt, so besann es sich, schlüpfte in den Kohlenschuppen und schloss die Tür hinter sich.

Da war aber noch jemand drin. Und zwar kein Mitspieler.

Es war ein Mann. Ein Fremder. Er saß unter dem kaputten Fenster, wo immer die Sonnenstrahlen erschlafften. Die eine Hälfte seines Gesichts war beleuchtet, die andere im Dunkeln. Er lehnte an der Wand und stützte den Kopf auf die Hände. Er wirkte ziemlich sorgenvoll.

Vielleicht weinte er ja sogar. Gekleidet war er sehr ordentlich. Auf den Schuhen lag etwas Kohlenstaub, dennoch glänzten sie. Zigeuner war er offensichtlich nicht. Von Zigeunern sollte das Mädchen sich fernhalten, das wusste es. Aber Zigeuner hatten keine solchen Schuhe.

Der Mann war ein Fremder. (Wo der wohl her ist?) Auch von Fremden sollte sich das Mädchen fernhalten. (Wie traurig er aussieht!) Am besten, es sagte jemandem Bescheid. (Was will er eigentlich hier?) Und nichts wie raus aus dem Kohlenschuppen. (Aber draußen wird es sofort angeschlagen.) Drinnen ist ein fremder Mann. (Draußen ist das suchende Kind.)

So leise wie möglich setzte sich das Mädchen neben die Tür und wandte dabei nicht die Augen von dem Mann. Draußen protestierten die vom Sucher angeschlagenen Kinder, er habe sie doch gar nicht wirklich gesehen, und der Sucher überzog sie dafür mit Flüchen, und zwar derart derben, dass eine Mutter das nicht mehr mit anhören konnte und auf die Straße lief; sie werde sich bei den Eltern des Jungen am Abend beschweren. Während es draußen so turbulent zuging, war im Kohlenschuppen ein Tapsen zu hören, als ob jemand sich vorsichtig über das Blechdach tastete. Jemand ... oder vielleicht eine Katze.

Nach einer Weile richtete der fremde Mann sich auf, aber so schwerfällig, dass man daran zweifeln konnte, ob er wirklich so richtig am Leben war. Vielleicht war der Mann, der sich dorthin verirrt hatte, eigentlich eine Marionette, nach einem Schnittmuster zusammengeheftet. Und da der Stoff nicht ganz gereicht hatte, war ihm sein Jackett zu eng. In einer Schublade, in der das Mädchen aufbewahrte, was es so sah, hatte es so eine Marionette. Die stammte von einem Rummelplatz. Zwischen blonden Puppen mit geschminkten Lippen, ferngesteuerten Autos, bunten Kreiseln, leuchtenden Jo-Jos, Drachen und Puzzles, die zu nichts mehr gut waren, sobald auch nur ein Teil davon fehlte, hing an ihren Fäden geduldig eine Marionette. Das Mädchen bekam drei Bälle in die Hand, und hätte es damit die Marionette abwerfen können, hätte sie ihm gehört. Das gelang ihm aber nicht.

Die Augen des Mannes waren viel schöner als die der Marionette, sie waren olivgrün. Er hatte keinerlei Bartstoppeln im Gesicht, vielleicht wuchs ihm ja auch gar kein Bart. Reglos saß das Mädchen da, starrte den Mann an und horchte auf den Streit der Kinder draußen. Der Sucher fluchte noch immer vor sich hin, die Kinder versteckten sich an den gleichen Stellen, wurden dort gefunden und maulten immer gleich. Die Stimme der schimpfenden Mutter war dagegen nicht mehr zu hören; sie war wohl wieder zurück in ihrem Haus. Ganz offensichtlich ging das Spiel zu Ende. Bald würden die Kinder etwas anderes spielen. Das Mädchen musste also hinaus.

»Willst du mit mir was spielen? Ein Zählspiel? Hm, willst du?«

Seine Stimme war so schön wie seine Augen.

»Wir zählen jetzt gemeinsam bis drei«, flüsterte er. »Du kannst doch zählen, oder? Was meinst du, sollen wir zählen?«

Natürlich konnte das Mädchen zählen, nach kurzem Zögern nickte es. Da streichelte der Mann ihm über die Wange. Auch seine Hände waren schön, so schön wie seine Augen und seine Stimme.

»Bravo! Wenn ich eins sage, machst du die Augen zu, und wenn ich zwei sage, machst du sie wieder auf. Aber bevor ich bis drei zähle, ist das Spiel noch nicht aus, ja? Also vor drei nicht aus dem Schuppen gehen, einverstanden?«

Draußen riefen die anderen Kinder nach ihr. Sie wollten noch einmal Verstecken spielen und brauchten einen neuen Sucher. Sein Name rief nach dem Mädchen. Es musste hinaus.

»Eiiins!«, zählte der Mann. »Mach die Augen zu!«

Sobald das Mädchen die Augen schloss, war es von Dunkelheit umgeben. Es blickte direkt hinein und sah dort die Zahl Eins. Es war keine gewöhnliche Zahl, sondern eine ganz besondere. Sie glich einer schwangeren Frau, und dass sie so einzeln dastand, war nur eine Frage der Zeit. Bald würde sie aus ihrem Leib einen neuen Leib herausholen, und schon jetzt war ihr anzusehen, dass es ihr zusetzte, nicht zu wissen, wie dieser aussehen würde. Beim Anblick der Eins bekam es das Mädchen mit der Angst zu tun. Es musste weg von hier, sofort, musste seinen Entschluss sofort ausführen, noch bevor die Eins gebären würde. Um wegzulaufen, musste es die Augen öffnen, doch hingen die leider noch an der Eins.

Es tastete an sich herunter. Dass das Mädchen das Kleid anhatte, das die Großmutter ihm geschenkt hatte, und es somit dem Fremden nicht nackt gegenüberstand, war ihm eine große Beruhigung. In dem Schuppen lagen überall Glasscherben herum, und ohne das Kleid hätte es sich leicht daran schneiden können. Am meisten aber fürchtete es sich vor Nähnadeln, denn die Großmutter hatte gesagt, sie könnten einem in die Haut fahren und sich über die Adern bis zum Herzen vorarbeiten.

»Zweiii!«, sagte der Mann. »Mach die Augen auf!«

Sobald das Mädchen die Augen öffnete, war es von Helligkeit umgeben. Es blickte direkt hinein und sah dort die Zahl Zwei. Auch das war keine gewöhnliche Zahl, sondern eine ganz besondere. Sie glich einer Nebenstrecke, die von der Hauptstraße abgezweigt war. Man sah leicht, wo sie begann, doch wie sie danach verlief und wohin sie führte, war unmöglich zu erkennen. Beim Anblick der Zwei bekam es das Mädchen mit der Angst zu tun. Es musste weg von hier, sofort, musste seinen Entschluss augenblicklich ausführen, und zwar bevor es sah, wo die Zwei hinführte. Noch dazu hatte es die Augen nun offen, doch blieben sie leider an der Zwei hängen. Und da, wo die Zwei war, war noch etwas.

Ein rosafarbenes Stück Fleisch, umgeben von gekräuselten, schwarzen Haaren, aus denen das Fleisch heraushing wie die Zunge eines dürstenden Tiers. Das Stück Fleisch ließ sich anscheinend gern betrachten, denn je länger das Mädchen es anschaute, umso würdevoller hob es den Kopf. Allmählich verwandelte es sich. Es wurde größer, breiter, dicker. Seine Adern schwollen an, wirkten aber so gar nicht wie die violetten Kabel an Tante Kıymets Beinen.

Wenn es so weiterwuchs, würde es bald nicht mehr in den Schuppen passen, dachte das Mädchen noch, da hielt das Stück Fleisch auf einmal inne. Draußen musste wohl das Versteckspiel zu Ende sein, denn es war nichts mehr zu hören, und kein Blättchen regte sich. Das Mädchen spürte, dass irgendwo mitten aus der Tiefe dieser Abgestorbenheit heraus ein Augenpaar beobachtete, was hier geschah. Ein Augenpaar aber, das weder ihm selbst noch dem Fremden gehörte und weder fern war noch nah … sondern von irgendwo anders herkam. Das Mädchen wurde beobachtet, von einem Lebewesen, über das es nichts wusste. Obwohl es zu gern die Quelle dieser Augen gefunden hätte, durfte es keine Spielverderberin sein und seinen Blick nicht von dem Stück Fleisch abwenden.

Da kam der Mann näher auf das Mädchen zu. Es dachte sich, dass nichts zu befürchten sei, denn bald würde doch die Drei kommen. Die kam immer nach der Zwei, also musste sie schon ganz in der Nähe sein. Sie ließ nie lange auf sich warten, und wer bei der Zwei noch nicht versteckt war, wurde bei der Drei manchmal schon erwischt. Es konnte also nicht mehr lange dauern, bis dieses unschöne Spiel vorbei war. Sobald das Mädchen die Drei hörte, würde es endlich gehen können, raus aus diesem Kohlenschuppen, in den es nie wieder einen Fuß setzen würde. Mit fremden Leuten in Kohlenschuppen würde es nie wieder spielen, und das Mädchen bereute, es überhaupt je getan zu haben, und wartete auf die Drei, die es endlich befreien würde. Nur noch ein bisschen … Und das Mädchen konnte davon.

Vor der Drei aber kam das Stück Fleisch. Kam und fuhr ihm in den Mund. Und rückte dort immer weiter vor. Das Mädchen erstarrte. Der Mann hingegen röchelte, so ähnlich wie Elsa, wenn man sie am Kinn kraulte. Das Röcheln wurde immer schneller, und nun musste das Mädchen eher an den pensionierten Geschichtslehrer denken, der Asthma hatte und beim Treppensteigen die gleichen Geräusche von sich gab. Aber das Röcheln wurde noch schneller und irgendwann sogar so schnell, dass das Mädchen überhaupt nicht mehr wusste, was es davon halten sollte. Das Stück Fleisch rückte in seinem Mund vor und zurück, vor und zurück, aber das sah das Mädchen nicht mehr. Es sah gar nichts mehr, ja wusste nicht einmal mehr, ob seine Augen auf oder zu waren. Dem Mädchen wurde schlecht.

Als sein Magen vollends rebellierte und schon gar keine Hoffnung mehr war und das zuvor noch so reglose Universum sich nun erst recht beschleunigte und das Röcheln des Mannes in ein Wimmern überging, da war die Zeit einer Zahl abgelaufen, und wie jede Zahl, deren Zeit abgelaufen ist, äffte sie die darauffolgende nach. Die Zwei war vorüber.

Das Stück Fleisch zog sich aus dem Mund des Mädchens zurück. In die Leere, die es hinterließ, floss eine seltsame Flüssigkeit hinein. Eine klebrige. Die furchtbar schmeckte. Das Mädchen hielt es nicht mehr aus und ließ seinem Magen freien Lauf. Und kotzte. Kotzte heraus, was das Stück Fleisch in seinen Mund hineingekotzt hatte.

Als aus dem Magen nichts mehr herauskam als der eigene Saft, hob das Mädchen den Kopf und musste sich schwer beherrschen, um nicht loszuweinen. Es sah in die Leere hinein und erkannte, dass das Fehlen der Drei schlimmer war als die Eins und auch die Zwei und sogar die Drei selbst. Denn der Mann war gegangen.

Einfach gegangen.

Ohne »drei« zu sagen.

Im Nachbargarten stand ein Kohlenschuppen mit einem Blechdach und zwei Türen.

Darin steckte ein Mädchen.

Ob es die Augen öffnete oder schloss, machte keinen Unterschied mehr, denn so oder so sah es nur das Dunkel des Kohlenschuppens. Alles und jeder war nur noch von der gleichen blinden Farbe. Das weiße Zeug, das es herausgekotzt hatte, die Kirschen, die es aß, die Krampfadern an Tante Kıymets Beinen, ja sogar Abdullahs »Roter Angeber« waren kohlenschwarz.

~

»Hast du vom Märchenerzählen noch immer nicht die Nase voll? Ich nämlich schon, verstehst du?«

Verstimmt ging der junge Arzt auf und ab. Als er sich wieder in seinen Sessel fallen ließ, wimmerte er: »Es reicht jetzt!« Im gleichen Augenblick war ein Knacken zu vernehmen. Es hörte sich an wie ein gebrochenes Herz. Aufgeregt sprang der Arzt hoch und sah sich um. Er hatte sich auf seine Brille gesetzt.

~

Das Dunkel des Kohlenschuppens schwamm in einem See. Einem lauwarmen See, in dem man nicht fror. Zuvor war noch kein See da gewesen, ja nicht einmal eine Wasserlache. Das Mädchen musste den See also geschaffen haben. Mit seinen Tränen. »Was muss ich viel geweint haben«, murmelte es. Es war ihm eine große Beruhigung, derart geweint zu haben. Falls es ihm gelang, noch mehr zu weinen, würden die Tränen vielleicht überallhin reichen und die Tür des Schuppens von allein aufgehen. Dann würde es, ohne sich um etwas kümmern zu müssen, hinausgeschwemmt und könnte sich mit ein paar Schwimmzügen wegretten. Und niemand würde ihm vorwerfen, nicht bis drei gewartet zu haben.

Gerade wollte das Mädchen sich der Strömung des Sees überlassen, als es auf eine Warnung seiner Nase hin das Gesicht verzog. Es schnüffelte, und da stellte sich heraus, dass es nicht in einem See lag, sondern in einer Pisslache. Das Mädchen hatte sich angepinkelt. Hastig fuhr es über seine Augen. Völlig trocken. Also hatte es nicht geweint, überhaupt nicht. Darüber schämte es sich furchtbar. Dem Mädchen fuhr ein solcher Schmerz in den Magen, dass es sich krümmte, und dabei hatte es wieder das Gefühl, beobachtet zu werden. Diesmal aber war es fest entschlossen, jenen Augen auf die Spur zu kommen. Und die fand es auch, direkt vor sich: Elsa!

Elsa saß an der zerbrochenen Fensterscheibe und sah das Mädchen unverwandt an. Aus giftgrünen, frechen Augen. Giftgrün und frech. Als säße sie da seit Anbeginn der Welt und als gäbe es kein Geheimnis, das sie nicht erforscht, keine Sünde, die sie nicht registriert hätte. Sie war Zeugin all dessen, was in dem Schuppen geschehen war. Am ganzen Leib zitternd stand das Mädchen auf, schnappte sich ein Kohlenstück und schleuderte es nach der Katze. Verfehlte sie aber.

Wütend sah es Elsa nach. Es hatte nun keinen Sinn mehr, in dem Schuppen zu bleiben. Das Mädchen hatte in etwas Böses eingewilligt, hatte dennoch nicht eine einzige Träne vergossen und nichts anderes zuwege gebracht, als sich anzupinkeln, sodass es nun auch nichts mehr half, beschämt hier drinnen zu sitzen und vergeblich auf die Drei zu warten, denn die Augen, die von Anfang an ausnahmslos alles gesehen hatten, hatten dies längst im Gedächtnis fest verankert.

Elsa hatte alles gesehen. Alles, was sie nicht hätte sehen sollen.

Hatte ein Mensch eine Schuld begangen, konnte er nicht am gleichen Ort bleiben wie die Zeugen seiner Schuld. Zeugen und Schuldige konnten sich nicht in die Augen sehen. Wollten sie auch selbst alles vergessen, würde im Auge des anderen ihr Gedächtnis immer wieder aufgefrischt.

Am besten, es ging so schnell wie möglich fort; so wie

die Kirschen, die sich von ihren Zweigen lösten. Die Welt war groß. Das war sie bestimmt. Im Westen oder im Osten musste doch irgendwo, ganz weit weg, ein Ort sein, an dem weder das Mädchen Elsa sehen würde noch Elsa das Mädchen.

Das Haus, das es verlassen wollte, war grünlichgrau.
Das grünlichgraue Haus war das Haus seiner Großmutter.

~

»Jetzt mal mir doch mal dieses Bild da aus. Du darfst dabei jede Farbe verwenden, aber das ganze Bild muss voll werden, kein einziges Fleckchen darfst du auslassen. Also, los!«
Auf dem Tischchen stand ein Kasten mit Pastellfarben. Bei jeder Farbe musste das Mädchen an irgendein Essen denken. Je länger es die Farben anschaute, umso hungriger wurde es. Das sagte das Mädchen aber dem Arzt nicht, der es aufmerksam beobachtete.
Auf dem Bild war eine Familie. Der Vater saß mit übergeschlagenen Beinen im Sessel und las Zeitung, die Mutter stand am Bügelbrett. Die Großmutter saß mit der Brille auf der Nase auf der Couch und strickte. Auf dem Teppich hatten zwei Kinder, ein Junge und ein Mädchen, ihre Spielsachen ausgebreitet.
Das Mädchen malte alles an, von den Pantoffeln des Vaters über das Bügeleisen der Mutter und das Wollknäuel der Großmutter bis hin zu den Spielsachen der Kinder.

Die Pantoffeln wurden spinatgrün, das Bügeleisen puddingweiß, das Wollknäuel apfelrot, die Spielsachen eigelb.

»Und was ist mit dem Luftballon?«, fragte der junge Doktor. »Warum hast du den nicht angemalt?«

Verblüfft sah das Mädchen auf die Zeichnung. Da war doch kein Luftballon, nur ein Zimmer. Dann aber musste es dem Arzt recht geben. Durch das Fenster des Zimmers sah man ein winziges Stück Himmel, und da, zwischen den Wolken, flog tatsächlich ein Luftballon. Während das Mädchen eine Farbe dafür aussuchte, drückte es mit dem Finger auf den Luftballon, damit er ihm nicht davonflog. Da beugte sich der junge Arzt über den Finger. Als der Finger mit seinem abgekauten Nagel merkte, dass er angeschaut wurde, verbarg er sich erschrocken zwischen den Farben.

~

Das Mädchen wurde ganz gelb im Gesicht. Wieso war ihm das nicht schon vorher eingefallen? Vorwurfsvoll sah es nach oben. An der Decke des Schuppens hing eine kaputte Glühbirne, die es vorher nicht bemerkt hatte. Weder die Decke voller Spinnweben noch das Blechdach darüber konnten vor Gott verbergen, was Elsa gesehen hatte.

In der Hölle gab es einen steilen Anstieg. Die Sünder mussten sich erst nackt ausziehen, dann eine Kiepe mit ihren ganzen Sünden darin schultern und sie den Weg hinaufschleppen. Die Kiepen waren schwer, der Weg steil und glatt. Schweißgebadet waren die Sünder, und immer wieder rutschten sie aus und purzelten hinunter, wobei die Sünden aus ihren Kiepen herausflogen. Die Sünden wussten aber, zu wem sie gehörten, und eine jede klammerte sich an das Bein ihres Besitzers. Je höher die Sünder kamen, umso rutschiger wurde der Weg. Ganz unten waren die Kessel mit dem Höllenfeuer aufgestellt. Oben war der Weg eisig, unten reines Feuer. So erzählte es die Großmutter. Und wann immer sie einen steilen Weg hinaufmusste, betete sie vorher darum, nicht auszurutschen. Und schärfte auch dem Mädchen ein, es solle sich vor solchen Wegen fernhalten. Steile Wege führten nämlich in die Hölle. Und die sei genauso schlimm wie ihr Name.

Furchtsam blickte das Mädchen auf die Decke des Schuppens. Das Einzige, wovon es sich Hilfe versprach, war die Nacht. Denn wenn es Nacht war und damit genügend dunkel, also genügend kohlendunkel in jenem Kohlenschuppen … Und wenn das Mädchen daher von Gott nicht gesehen wurde, rutschte es auch den Weg nicht hinunter und endete nicht in der Hölle.

Voller Hoffnung sah das Mädchen zur Decke hinauf. Wo doch aber die Glühbirne kaputt und der Schuppen ohnehin dunkel war, wozu sollte es dann Nacht werden? Das Mädchen war ganz verwirrt. Ach wenn es doch bloß auf die Wolken steigen und Gott fragen könnte, ob er gesehen hatte, was in dem Schuppen geschehen war. Wenn es nur wüsste, ob Gott es gesehen hatte oder nicht.

~

Als das Mädchen durch die Küchentür die Wohnung betrat, hörte es die Stimme der Großmutter. Man suchte nach ihm, im Garten, auf der Straße, bei den Nachbarn, unter dem »Roten Angeber«, vor dem Metzgerladen, im oberen Viertel. Das Versteckspiel war offensichtlich längst vorbei, und alle waren besorgt, dass es nicht zu finden war. So gut wie jeder suchte nun mit.

Das Mädchen ging ins Bad. Spülte sich den Mund aus. Zog seine Kleider aus. Spülte sich den Mund aus. Schäumte den Waschlappen ein. Spülte sich den Mund aus. Wusch sich mit dem Waschlappen. Spülte sich den Mund aus. Wusch sich die Haare. Spülte sich den Mund aus. Trocknete sich die Haare. Spülte sich den Mund aus. Trocknete sich ab. Spülte sich den Mund aus. Kämmte sich die Haare. Spülte sich den Mund aus. Holte seinen Koffer vom Schrank. Spülte sich den Mund aus. Zog seine Lieblingsshorts aus dem Koffer. Spülte sich den Mund aus. Suchte sich ein T-Shirt dazu aus. Spülte sich den Mund aus. Setzte sich eine Mütze auf. Spülte sich den Mund aus. Holte sich einen Keks. Spülte sich den Mund aus. War nun bereit zum Hinausgehen. Spülte sich den Mund aus. Machte die Wohnungstür auf. Stand vor der Großmutter.

Die Großmutter suchte seit Stunden verzweifelt nach dem Mädchen und zermarterte sich schon den Kopf, wie sie den Eltern sein Verschwinden beibringen sollte, und als sie es dann plötzlich vor sich stehen sah, konnte sie sich nicht beherrschen und versetzte ihm eine so heftige Ohrfeige, dass es zu Boden ging und dabei mit dem Fuß auf den Keks trat. Das Mädchen ging ins Bad. Spülte sich den Mund aus.

~

»Wenn du so weiter isst, wird mal eine dicke Frau aus dir, und dann mag dich keiner, das weißt du doch, oder? Willst du etwa, dass jeder dich dick nennt?«

Seit der Arzt seine Brille zerbrochen hatte, blinzelte er das Mädchen aus seinen blauen Augen immer an. Und das Mädchen musste sich bemühen, ein Lächeln zu unterdrücken.

~

Das Mädchen spülte sich den Mund aus. Dann ging es ins Wohnzimmer.

Da waren, ob jung oder alt, sämtliche Frauen des ganzen Viertels versammelt. Und als sei es eine Schande zu stehen, hatten sie sich auf Sesseln, Stühlen und Sitzkissen so nahe aneinandergeschmiegt, bis jede irgendwo Platz gefunden hatte, und so warteten sie, als trauerten sie um einen Toten, den sie nicht gekannt hatten, oder aber um einen Tod, der ihnen nicht zuteilgeworden war. Das Mädchen stand mitten im Wohnzimmer und sah die Frauen aufmerksam an. Und sah bei ihrem Anblick Säcke voller Kartoffeln, Kanister voller Öl, Waben voller Honig, Fässchen voller Essiggemüse, Schalen voller Zucker, Girlanden voller Zwiebeln, Kiepen voller Weintrauben,

Teller voller Kekse, Tüten voller Käse, Schachteln voller Schokolade und Gläser voller Nutella. Das Mädchen hatte Hunger, und zwar gewaltigen Hunger.

Und zwar solchen Hunger, dass es erst die unerträglichen Blicke dieser unerträglichen Menschen anknabberte und sich dann über die Weintrauben auf dem Tisch hermachte. So hungrig war es, dass sein Hunger sich wie ein blau anlaufender Fingernagel über dem Essen ausbreitete. Trotzdem wurde das Mädchen den furchtbaren Geschmack im Mund nicht los. Es musste schleunigst etwas anderes essen.

Die Großmutter wurde ganz aufgeregt, denn sie hatte noch nichts gekocht. Mit dem, was das Mädchen gegessen hatte, hatte sein Hunger noch nicht mal einen hohlen Zahn gefüllt, und so richtete er nun seine trüben Augen auf die Wände des Wohnzimmers. Wenn das Haus schon so grünlichgrau war wie unreifes Obst, mochte es doch auch danach schmecken. Kurz bevor aber der Hunger sich an die Wände heranmachte, lief eine Nachbarin nach Hause und kam mit einem riesigen Topf voller Essen wieder. Das Mädchen probierte sofort, was ihm auf den Teller gefüllt wurde, zuckte aber zusammen. Im Reis der Frau waren zu viel Salz und zu viel Öl.

Im Fernsehen waren Tom und Jerry, im Topf war Reis. (Jerry war sehr hungrig.) Das Mädchen war sehr hungrig. (Er schielte zu einer Schale Milch hinüber.) Das Mädchen zog den Topf zu sich heran. (Neben der Schale schlief aber Tom.) Das Mädchen hob den Deckel an. (Tom öffnete die Augen einen Schlitz weit.) Der Topf war bis oben hin voll. (Jerry rettete sich im letzten Augenblick vor den Tatzen der Katze.)

»Kann ich noch einen Teller haben?«

»Aber natürlich, mein Schatz. Schmeckt dir mein Reis?«

(Jerry hatte sich verkleidet.) Eine der Frauen brachte einen Krug Ayran. (Als weibliche Katze.) Der Ayran hatte eine schöne Schaumkrone. (Die Schale mit der Milch stand nur einen Schritt von ihm entfernt.) Das Mädchen zog den Krug zu sich heran. (Tom wachte neben der Schale.) Die Frauen beobachteten das Mädchen verstohlen. (Die Milch war ganz weiß.) Der Ayran war ganz weiß. (Tom war sehr zuvorkommend.) Alle waren sehr zuvorkommend. (Der als Katze verkleidete Jerry trank die Milch auf einen Zug aus.) Das Mädchen trank den Krug auf einen Zug aus. (Tom verliebte sich in die Katze.) Die Frauen trauten ihren Augen nicht.

»Kann ich noch einen Teller Reis haben?«

(Aus Jerrys Kostüm stand ein Faden hervor.) Der Teller schien weniger gehäuft zu sein. (Das Kostüm löste sich rasend schnell auf.) Das Mädchen aß rasend schnell. (Tom begriff, dass er getäuscht worden war.) Der Teller war gleich wieder leer. (Wütend stürzte er sich auf Jerry, der sich noch verkleidet wähnte.) Das Mädchen griff in den Topf. (Jerry rettete sich im letzten Augenblick.) Die Reiskörner konnten sich nirgendwo hinretten. (Tom verfolgte Jerry.) Das Mädchen schlang den Reis hinunter. (Tom und Jerry waren außer Atem.) Das Mädchen schnaufte schwer. (Dennoch ging die Verfolgungsjagd weiter.) Je mehr das Mädchen aß, umso mehr Hunger bekam es.

(Beim Davonlaufen fiel Jerry in einen Kessel voller Milch.) Das Mädchen beugte sich über den Topf. (Um in der Milch nicht zu ertrinken, musste Jerry sie wegtrinken.) Das Mädchen stopfte sich mit den Händen weiter voll. (Als Jerry die ganze Milch getrunken hatte, war er so angeschwollen, dass ihm aus dem Mund Luftbläschen blubberten.) Das Mädchen bekam Magenschmerzen. (Jerry stieg in die Luft wie ein Ballon.) Das Mädchen fühlte sich unheimlich schwer. (Im letzten Augenblick packte Tom die Maus beim Schwanz.) Trotzdem hörte das Mädchen nicht auf zu essen. (Zusammen stiegen sie zum Himmel empor.) Nun war der Boden des Topfes zu sehen. (Am Himmel waren weiße Wolken.) Der Boden war tiefschwarz.

~

»Wie gefällt dir meine neue Brille? Die hat meine Frau ausgesucht.«

Lächelnd setzte der junge Arzt die Brille auf. Es war eine rechteckige Hornbrille mit dicken Gläsern, hinter denen seine blauen Augen kaum mehr zu sehen waren. Das Mädchen verzog das Gesicht. Dass es nicht mehr sah, wie der Arzt es anschaute, war schlimm. Mit Augen, die es nicht sah, wollte es nicht reden. Und sagte denn auch nichts.

Sagte überhaupt nichts mehr.

~

Der Magen ist ein Märchenland. Bei vierzig Tage und vierzig Nächte währenden Festessen wird in goldenen Bechern Vogelmilch gereicht und aus riesigen Kesseln Suppe geschöpft, in den Flüssen fließt himmelblauer Wein, aus den Wasserfällen sprudelt Lebenselixier, und von den Berggipfeln tropft erquickender Honig. In diesen Gefilden ewigen Glücks weiß niemand, was Hunger ist, denn alles ist Hülle und Fülle. Um so recht zu begreifen, wie schön das ist, braucht man nur einem pummeligen Baby zuzusehen, das bei jedem gefüllten Löffel vor Freude strahlt.

Der Magen ist ein Märchenland. Am Ende jedes vierzigsten Tages zischt aus der vierzigsten Tür ein Drache heraus und fährt mit seiner Feuerzunge übers Land, bis in den Speichern kein Körnchen Weizen und in den Zisternen kein Tropfen Wasser bleibt. Herrscht dort eine Trockenheit, so währt sie sieben Jahre und vertilgt jeden Segen, und in schwarzen Wäldern brauen böse Zauberer unheilvollen Trunk. In diesen auf ewig verfluchten Gefilden weiß niemand, was es bedeutet, satt zu sein. Um so recht zu begreifen, wie furchtbar das ist, braucht man nur einem alten Mann zuzusehen, der sich an der Schwelle des Todes bei jedem Bissen übergibt.

Der Magen ist ein Märchenland.

Und wie jedes Märchenland wird es im Hinterhof begraben.

~

»Seit Wochen erzählst du mir schon nichts mehr. Früher hast du mir noch Märchen erzählt, aber das ist auch vorbei. Vielleicht liegt es ja ... ich meine ... weil ich noch so jung bin ... Vielleicht könnte ein erfahrener Arzt ... von jetzt an ...«

Danach sahen das Mädchen und der junge Arzt sich nie wieder.

~

Der Hinterhof des Mädchens schmeckt nach sauren Kirschen.

Sich zu erinnern hinterlässt auf Festtagskleidern Flecken.

Dabei ist es möglich, alles zu vergessen. Es tut gut und reinigt die Augen. Wenn der Mensch vergisst, verscharrt er wie eine Katze, was er angerichtet hat. Es genügt dazu, dass das Gedächtnis einfriert. Wenn es Winter ist und man ihn sogar streng nennt, obwohl er doch alles gnädig mit seinem Weiß überdeckt, muss man in den Kohlenschuppen, um Heizmaterial zu holen. Dieses besteht aus Kienspänen, aus Holz, aus Kohlen, und aus Erinnerungen. Die Kienspäne der Erinnerung entflammen sich schnell, und brennen sie erst einmal, fließt in die irgendwann und irgendwo in Kälte erstarrten Adern der Erinnerung wieder Blut. Zwar treibt einem der scharfe Rauch der Späne Tränen in die Augen, doch das Weinen tut gut. Beim Weinen wird die Pupille umspült, und Kalk und Teer und Lehm, Gesträuch und Gestrüpp, Gezücht und Geschmeiß, Staub und Dreck fließen weg. Der davongespülte Kohlenstaub zeichnet schwarze Muster in die silberne Haut. Und erinnert so an die Nacht. Und was für ein Trost ist doch die Nacht, wie schön ist sie doch. Sie schmückt das Dunkel mit ihrer Schönheit, dreht silbern ihre Fäden.

Der Hinterhof des Mädchens schmeckt nach sauren Kirschen.

Wer davon kostet, verzieht den Mund.

Dabei ist es nicht möglich, alles zu vergessen. Zwar kann das Auge vergessen, was immer es ein Leben lang gesehen hat, nicht aber geht ihm aus dem Sinn, wenn es selbst gesehen wurde. Wo es keine Zeugen gab, kann der Mensch seine Vergangenheit vergessen.

Wo es aber Zeugen gab, verhält es sich anders. Denn jeder Blick von jenen ist ein Vorwurf und verhindert, dass Geschehenes ungeschehen wird.

Darum konnte das Mädchen nicht von eins bis drei zählen. Es hatte die Eins auf eine Seite geschafft und die Zwei auf die andere, und zwischen den beiden trieb es hin und her, und solange es die beiden nicht zusammenzählen konnte, fehlte ihm etwas.

ISTANBUL, 1999

pencere **(Fenster)**: Dem Philosophen Leibniz zufolge sind Monaden die kleinsten unteilbaren Einheiten des Universums und haben keine Fenster, aus denen sie hinaussehen könnten, sodass keine Monade von der anderen beeinflusst wird. Jede Monade trägt den Kern der Veränderung in sich selbst. Monaden können sich ähneln, aber nie identisch sein, denn im Universum gibt es nichts, was mit etwas anderem identisch sein könnte.

BC merkte nicht einmal, wie mitleidig ich ihm in die Augen schaute.

perde **(Vorhang)**: Seit Jahren verkaufte der Mann in Beyoğlu Vorhänge. Am liebsten waren ihm die schweren Samtvorhänge, von denen er gern mehr verkauft hätte, doch die Frauen verlangten stattdessen nach Vorhängen mit Volants und mit Spitzen, wie sie gerade in Mode waren. Auch Jalousien waren gefragt, die er ebenfalls vorrätig hatte. Nur einem verweigerte er sich, nämlich den durchsichtigen Duschvorhängen, die es nun überall gab.

»Was soll das denn?«, sagte er zu seinem Lehrling. »Ein durchsichtiger Vorhang? Wenn er durchsichtig ist, wozu hängt man ihn dann auf?«

Mitleidig blickte ich in seine Augen, die nie verrieten, was sie fühlten, die aus allem Material zum Sehen und Gesehenwerden bezogen, sich mehr um das Unsichtbare als um das Sichtbare kümmerten, die im Sichtbaren überhaupt nur wühlten, um ans Unsichtbare zu gelangen, die sich mit Augen befassten, statt sich vor Augen zu verstecken, die sich zur Schau stellten, obwohl sie um die Belästigung durch Augen so genau wussten, die liebend gern mit seinem Aussehen spielten, um den Betrachter an der Nase herumzuführen, die mit anderen Augen nicht gut auskamen, die die Ordnung der Zeit nicht hinnahmen und überhaupt nichts so hinnahmen, wie es aussah … Diese Augen, die Menschen zusammen mit ihren Geschichten sahen, und die Geschichten zusammen mit ihren Menschen, und alles mit irgendetwas verbunden, und alle Teile in einem Ganzen, und jedes Ganze in allen seinen Teilen, die also sahen, was andere nicht sahen, und mich also so sahen, wie sonst niemand mich sah … Diese schokoladenbraunen Augen, die aussahen, als hätte man in aller Eile zwei dünne Striche hingemalt, und die wohl geschworen hatten, nichts von sich preiszugeben … In diese Augen, die mich von Anfang an verzaubert, verblüfft und verunsichert hatten und deren Alter mir unbestimmbar galt, blickte ich nun voller Mitleid.

pervane (**Nachtschwärmer**): Opfert sich, um das Feuer aus der Nähe zu sehen.

In BCs Augen war etwas, das ich dort noch nie gesehen hatte. Und da er aus diesen Augen auf die Welt blickte, kam er mir in seinem ganzen Wesen auf einmal ganz fremd vor. Bis dahin war er der einzige Mensch gewesen, dessen Blicke mich nicht gestört hatten und von dem auch ich meinen Blick nicht wenden konnte. Der einzige Mensch, von dem ich gesehen werden wollte, immer mehr gesehen.

Wenn man so dick ist wie ich, kann man nicht unbemerkt bleiben. Die Leute können gar nicht wegschauen. Wo man auch hingeht, fällt man sofort auf. Man dient sogar als Orientierungspunkt. Wenn zum Beispiel irgendwo, wo viel Betrieb ist, jemand einen anderen auf eine Person in der Menge hinweisen will, kann ich sehr nützlich sein. »Siehst du die dicke Frau da drüben? Die Frau, die ihr schräg gegenübersteht, die meine ich.« Oder: »Der Mann direkt vor der Dicken da.« So läuft das. Dagegen tun kann man nichts. Ich denke mal, auch andere Menschen werden so ausgenutzt, besonders hässliche oder feengleich hübsche etwa. Mag sein. Besonders seltsam aber ist, dass einen die Leute gar nicht wirklich sehen, wenn man so dick ist wie ich. Sie schauen, sie glotzen, sie deuten auf einen, reden über einen, aber eigentlich ist man nichts weiter als Anschauungsmaterial. Dass diese Blicke mich stören könnten, kommt den Leuten nicht in den Sinn. Sie schauen mich an, aber sie sehen mich nicht. Bis zu meinem Körper schaffen es ihre Blicke, bis zu meinen Augen nicht. Und bis in mein Inneres erst recht nicht.

portre (**Porträt**): Abbildung eines Menschen, meist von der oberen Körperhälfte. (Das Porträt von Mehmet dem Eroberer noch mal anschauen!)

BC war nicht so. Er sah mich anders an. Das ganz Besondere an seinen Augen war mir schon bei unserer ersten Begegnung aufgefallen, an dem Tag also … an dem wir uns kennengelernt haben …

prizma (**Prisma**): Durchsichtiges Element, das Licht auffächert und umlenkt.

Es war auf einem Stadtdampfer, auf dem Rückweg von einem Aerobic-Studio, das ich mir mal ansehen wollte. In einer Anzeige hatte ich gelesen, wer dort nicht mindestens zwei Größen abnehme, bekomme sein Geld zurück. Es fanden sich lauter füllige Frauen ein, doch soweit ich beurteilen konnte, war die Dickste wieder mal ich. Dann kam die drahtige Areobic-Lehrerin und begrüßte uns mit einem fröhlichen »So Mädels, der Speck muss weg, schaffen wir das?«, und wir brüllten alle »Ja!«. Ich beschloss, es dort zu versuchen, und schrieb mich ein. Es war zwar ein weiter Weg, aber das sollte mir eben noch mehr Bewegung verschaffen. Zurück fuhr ich dann mit dem Dampfer.

Mit einem Sesamkringel in der einen Hand und einer

Tasse Sahlep in der anderen saß ich auf dem obersten Deck, auf das sich wegen des Windes sonst niemand gewagt hatte. Ziemlich zufrieden mit mir studierte ich die strenge Diätliste, die man mir im Aerobic-Studio mitgegeben hatte. Auf einmal hörte ich ein Klicken. Ich drehte mich nicht gleich um. Falls ich so tat, als hätte ich nichts gehört, würde das Phänomen vielleicht dahin zurückverschwinden, wo es hingehörte. Darum kümmerte sich das Klicken aber nicht, sondern es kam immer näher. Hinter mir fotografierte jemand. Und zwar mich.

Als ich mich umwandte, hatte ich den Fotoapparat direkt vor der Nase. Und dahinter stand der kleinste Mann, den ich je gesehen hatte. Er war auf eine Bank gestiegen und drehte an seinem Objektiv herum, und manchmal blickte er auf und sah sich ungeniert sein Motiv an. Man hätte meinen können, auf Stadtdampfern sei es absolut üblich, dass die Fahrgäste von Liliputanern abgelichtet wurden.

»Bitte lassen Sie das! Ich will nicht fotografiert werden.«

rasathane (**Sternwarte**): In der 1578 von dem Astronomen Takiyeddin in Tophane gegründeten Sternwarte gab es neben allerlei astronomischem Gerät auch eine reichhaltige Bibliothek zu dem Thema. Die Kuppel der Sternwarte war mit Bleiplatten bedeckt. Die Astronomen und ihre Helfer arbeiteten Tag und Nacht an einem großen Tisch, der mit Sanduhren, Winkeln, Himmelskugeln, Globen, Zirkeln, Papierrollen, Tintenfässern, Linealen und anderen Gerätschaften bedeckt war.

Zuerst verkündete der Scheich ül-Islam Kadızade Ahmet

Şemseddin Efendi, das Beobachten des Himmels bringe Unglück. Dann, am 21. Januar 1580, auf einen Erlass von Sultan
Murad III. hin, ließ Großadmiral Kılıç Ali Paşa in einer Nacht
die Sternwarte niederreißen und alle Geräte und Bücher zer-
stören.

Hätte ich das bloß nicht gesagt. Sobald ich es ausgespro-
chen hatte, bereute ich es auch schon. Dass ich nicht fotografiert werden wollte, bedeutete, dass ich keine Fotos von
mir mochte, und dass ich keine Fotos von mir mochte,
hieß nichts anderes, als dass mir mein Aussehen nicht gefiel. Wäre ich schlank gewesen, federleicht im Wind zitternd, hätte ich das Fotografieren als Lappalie hinnehmen
können. Darüber hinweglachen. So etwas können natürlich auch Dicke, solange sie ein dickes Fell haben. Bei mir
aber war alles dick, nur nicht mein Fell.

renkkörü (**Farbenblindheit**): Farbsinnstörung, bei der man
manche oder alle Farben nicht voneinander unterscheiden
kann.

Er hörte sofort damit auf und setzte sich auf die Bank, auf
der er zuvor gestanden hatte. Im Sitzen war er wirklich
winzig. Ich starrte ihn an. Er ging mir allerhöchstens bis
knapp über die Kniescheibe. Seine Beine waren kurz, die
Füße zierlich, die Schultern schmal, die Ohren lächerlich
klein. Dafür hatte er Hände, die im Vergleich zu seinem
Körper viel zu groß waren. Ich überlegte, wie viele Kleinwüchsige es in der Stadt geben mochte, von denen ich nie

einen sah. Kleinwüchsige gingen nicht spazieren, kauften nicht im Supermarkt ein, waren überhaupt nicht unterwegs. Ich konnte mir einen Kleinwüchsigen vorstellen, der zu Hause saß oder im Zirkus auftrat, aber keinen, der draußen herumstolzierte und dabei Sonnenblumenkerne knabberte. Kleinwüchsige waren von einer unsichtbaren Aureole umgeben, so wie viele Menschen, die angestarrt werden und das eindeutig nicht wollen.

Ich schauderte. Da gab es also Menschen in dieser Stadt, die zugleich wahrgenommen wurden und doch auch nicht, und die unsichtbar waren, obwohl sie begafft wurden. Es waren Kleinwüchsige, Behinderte, Dicke … Menschen, die irgendwie seltsam aussahen. Die sich vor den Augen da draußen verbargen, sich in ihr Heim zurückzogen und deren ganze Existenz irgendwie nicht ganz öffentlich war. Zu denen gehörte ich. Da ich draußen nicht zurechtkam, hatte ich mich immer mehr zurückgezogen, und je mehr ich mich zurückzog, umso weniger kam ich draußen zurecht. Meine Isolierung war durchaus selbst gewählt, doch wie viel davon ich mir wirklich ausgesucht hatte, wusste ich nicht zu sagen.

Der Kleinwüchsige auf dem Dampfer dagegen machte einen ausgeglichenen Eindruck. Ich musste ihn unentwegt ansehen. Die Blicke anderer machten mich immer nervös, und nun genoss ich es zum ersten Mal, einen anderen anzustarren. Und je mehr ich das tat, umso mehr fürchtete ich, er würde mir das übel nehmen und das Weite suchen. Eigentlich hatte ich wohl vom ersten Augenblick Angst, ich würde ihn nicht wiedersehen.

»Das hat sich jetzt wohl etwas grob angehört«, sagte ich, »aber mit solchen Sachen habe ich meine Probleme.«

röntgen (**Röntgen**): Prozess, der den Vorhang aus Fleisch entfernt und das Innere des Menschen zeigt.

Er hob den Kopf und lächelte mich freundlich an. Da sah ich zum ersten Mal so richtig seine Augen. Sie waren wie zwei mit Tusche hingezeichnete dünne Striche, schokoladenfarben, genau genommen Bitterschokolade. Und wenn er lächelte, wurden die Striche noch dünner, sodass ich schon Angst hatte, er würde sie ganz und gar weglächeln.

Die Sorge war unberechtigt. Mit der Zeit begriff ich, dass er so viel lächeln konnte, wie er nur mochte, und doch nie so glücklich war, dass man um seine Augen hätte fürchten müssen. Sein Gesicht hatte etwas seltsam Erstarrtes, das man nicht sogleich wahrnahm, doch manchmal trat es deutlich hervor. Es gab auch Zeiten, in denen sein Gesicht völlig ausdruckslos war, gefühllos, und dann sahen seine Augen wie hinter einem wächsernen Vorhang oder milchigem Glas hervor und verrieten einem nichts. Das sollte ich aber erst viel später erleben. Lange nach jenem Tag, an dem wir uns kennenlernten.

rüya (**Traum**): Im Istanbul des 16. Jahrhunderts träumt eines Nachts der Dichter Bâlî Efendi von dem jung verstorbenen Prinzen Piruza Ali. Im Traum streut der Prinz etwas Erde auf ein Blatt Papier und reicht es ihm. Der Dichter verstaut das

Papier in einer Falte seines Turbans, dann wacht er auf. Als er den Traum jemandem erzählt, greift er unwillkürlich an den Turban. Und findet das Papier mit der Erde darin.

Er nahm den Fotoapparat vom Hals und hielt ihn mir hin. Mit der anderen Hand fasste er mein Handgelenk.

»Dann sieh doch mal hier durch. Das gefällt dir bestimmt. Na los, schau durch!«

sahne (**Bühne**): Wenn die Schauspieler auf der Bühne stehen, setzen sich die Zuschauer auf ihren Sitzen zurecht und sehen sich an, was es bedeutet, angesehen zu werden.

Ich sah durch, und nicht nur einmal. Ich schaute mir alles um mich herum durch den Fotoapparat an. Dann knipste ich ein Foto, dann noch eins und noch eins … Bis der Dampfer anlegte, machte ich pausenlos Fotos. Er wiederum sah mir unablässig dabei zu, und sah zu, wie ich ihn ansah. Das Fotografieren gefiel mir derart gut, dass ich den Apparat gar nicht mehr aus der Hand geben wollte. Er hatte lauter Filme in der Tasche, und wenn einer voll war, legte er sofort einen neuen ein und hatte überhaupt nichts dagegen, dass ich weiter knipste, was mir vor die Linse kam. Wenn er den Film wechselte, stand er ganz dicht neben mir, und ich bekam seinen Duft in die Nase. Komischerweise musste ich dabei sofort an Essen denken, an etwas Süßes. Sein Atem, die Haare, die Kleider … alles roch von oben bis unten nach Haselnussschnitte.

»Mir geht es auch hin und wieder so, dass ich absolut

alles fotografieren will. Es tut manchmal gut, wenn zwischen uns und dem, was wir sehen, eine Art Mittler steht. Und weißt du was, wir stellen uns ja vor, dass Gott es genauso hält. Er sieht uns ständig, und wir werden ständig gesehen, ja? Aber zwischen uns und sich selbst stellt Gott auch Mittler, die Propheten zum Beispiel, oder die Engel. Gabriel etwa, oder Azrael. Und wir fürchten uns sowohl davor, gesehen zu werden, als auch vor allem, was wir nicht sehen. Wir sind immer auf der Suche nach Zeichen, darum interessieren wir uns auch so für Wunder. Ja, wir wollen Wunder sehen. Ich denke mir manchmal, dass doch unser ganzes Sein, und natürlich auch unser Nichtsein, eigentlich auf dem Sehen und Gesehenwerden gründet.«

Seltsam schief lächelte er mich an. Dann trat er ganz nah an mich heran und raunte mir zu: »Vielleicht werden uns ja die tiefsten Wunden über die Augen versetzt.«

Verblüfft sah ich ihn an.

saklambaç **(Verstecken)**: Während von eins bis drei gezählt wird, muss man sich irgendwo verstecken, wo man nicht gesehen wird.

An jenem Tag liefen wir den ganzen Tag herum.

Und als wir an jenem Tag den ganzen Tag herumliefen und somit zum ersten und zum letzten Mal nebeneinander gesehen wurden, wollte ich mir keinen einzigen Augenblick entgehen lassen. Ich fotografierte ihn den ganzen Tag. Wie er watschelte, um mir hinterherzukommen.

Seine gedrungenen Beine. Die unverhältnismäßig großen Hände. Wie ihm zu allem etwas einfiel. Wie er überhaupt unheimlich gern redete. Wie er manchem Satz noch eine Geste hinterherschob. Wie er ignorierte, wenn Kinder auf ihn deuteten oder Leute ihm ins Gesicht sagten, wie klein er doch sei. Wie er sich von ihren Grobheiten nicht irritieren ließ. Seine Einsamkeit. Sein dickes Fell. Seinen Trotz. Seine Seltsamkeit. Dass er quasi ein Schauspiel war, so wie ja auch ich quasi ein Schauspiel war. Das alles fotografierte ich an jenem Tag.

samur (**Zobel**): zool. *Martes zibellina* Etwas größer als eine Hauskatze (circa 50 cm). Lebt als Einzelgänger. Frisst von Eichhörnchen über Tannenzapfen bis hin zu Insekten so gut wie alles. Sein in grauen, kaffeebraunen und schwarzen Tönen gehaltenes Fell ist dicht und seidig und wird daher gern für Pelze verwendet. Es wird auch als »Goldenes Vlies« bezeichnet.

Aber der Mitte des 17. Jahrhunderts wurden die Russen wegen des Zobels geradezu magnetisch von Sibirien angezogen. Aus jener Zeit stammt die Aussage eines Zobeljägers, laut der der Zobel sich auf den Tod vorbereite, indem er sich auf die Seite lege, die Hinterpfoten hochhebe und sich mit den Vorderpfoten die Augen bedecke.

Ich schoss wohl über hundert Fotos, und während ich sie schoss, versuchte ich mir vorzustellen, wie wohl BCs Tage und Nächte beschaffen sein mochten. Wie er aussah, wenn er sich schlaflos im Bett wälzte oder morgens gerade aufstand. Wie er das soeben eifrig Erzählte vor seinem inneren Auge ablaufen ließ oder das vor seinem inneren Auge Ablaufende eifrig erzählte. Wie er mal so und mal so war, mal unstillbar neugierig, mal überschwänglich, mal versonnen, mal auch zornig. Und als er schließlich keinen Film mehr in der Tasche hatte, fasste er mich wieder am Handgelenk.

»Hast du nicht Hunger? Ich nämlich schon.«

Da kam es mir erst. Wir liefen seit Stunden herum, und ich hatte nichts gegessen, ja ans Essen nicht einmal gedacht. Verlegen lächelte ich.

Beim Betreten des Lokals ging BC voraus und hielt mir die Tür auf. Ich konnte mich nur wundern, warum er auch noch so ein auffälliges Verhalten an den Tag legte, als wären wir beide nebeneinander nicht schon lächerlich genug gewesen. Verkrampft trat ich ein, und da sah ich auch schon, wie bei unserem Anblick ein Kellner den anderen anstieß. Es ging also los. Wie ich es geahnt hatte. Aller Augen richteten sich auf uns, die Gespräche erstarben. Ich wollte nur so schnell wie möglich an den erstbesten freien Tisch. BC dagegen verschmähte Tisch um Tisch, und obwohl doch auch er merkte, wie uns alle anstarrten, ging er im Lokal weiter herum. Bis ihm endlich ein Tisch zusagte, war ich hochrot und schweißgebadet.

Dann schüttete BC unheimlich schnell ein Bier nach dem anderen in sich hinein, während ich möglichst langsam und kultiviert meine Reismuscheln aß und dabei kaum aufzusehen wagte. Dem Kellner schaute ich nicht ins Gesicht und bemühte mich auch ansonsten, mit niemandem in Blickkontakt zu kommen. BC musterte mich indessen aufmerksam. Ihm musste bewusst sein, wie verunsichert ich war. Außerordentlich war doch aber nicht meine Verunsicherung, sondern vielmehr seine Seelenruhe.

»Warum hast du eigentlich so einen komischen Namen?«, fragte ich ihn, als ich wieder einigermaßen zu mir fand.

»Das ist natürlich nicht mein echter. Als ich klein war, nannten mich die Kinder im Viertel immer ›Zwerg‹ oder ›Liliputaner‹, und als ihnen das von den Erwachsenen verboten wurde, verpassten sie mir so komische Spitznamen wie ›Bodenwelle‹ und ›Campingstuhl‹. Die Erwachsenen schimpften wieder, und so verwendeten die Kinder nur noch die Anfangsbuchstaben davon und nannten mich ›BC‹. Jeder wusste doch, was gemeint war. Als ich dann größer war, habe ich irgendwann beschlossen, zu dem Namen zu stehen, und wenn mich heute jemand mit meinem echten Namen anspricht, drehe ich mich nicht einmal um. BC gefällt mir inzwischen einfach. Außerdem sind das der zweite und der dritte Buchstabe des Alphabets, die stehen gut nebeneinander. Ich bin praktisch Zwei und Drei und suche nach der Eins. Als würde von der ersten Zahl irgendwas fehlen, und ich bin deshalb so geworden. Na ja, ich lege mir halt solches Zeug zurecht. Was ist denn? Was siehst du mich so an? Ist das so unsinnig, was ich sage?«

Erst brachte ich gar nichts heraus. Als hätte in mir auf einmal etwas geklickt, nur wusste ich noch nicht, ob das nun etwas Gutes oder etwas Schlechtes bedeutete.

Ohne zu wissen, was mich plötzlich so aufregte, sagte ich schließlich nur: »Ja, völlig unsinnig.«

»Mag schon sein! Unterschätze mir aber die Zahlen nicht. Die haben nämlich ihre kleinen Kobolde, vergiss das nicht. Mit einer Laterne am Gürtel, einem Besen in der Hand, ganz winzige Kerle, die Zungen zerfetzt, die Augen ausgebrannt …« Während er so seltsam daherredete, fuchtelte er mit den Händen herum wie ein Puppenspieler und verzog das Gesicht zu Grimassen. Entgeistert sah ich ihn an. Obwohl alles an ihm ständig in Bewegung war, strahlte sein Gesicht eine Starrheit aus, die ich mir nicht erklären konnte. Plötzlich unterbrach er sich, sah unruhig umher und sagte: »Komm, gehen wir. Entwickeln wir die Fotos.« Weder hatte er seinen letzten Satz zu Ende gesagt noch sein Bier ausgetrunken.

»Und wohin sollen wir?«

»Nach Hause!

sarık sandalı (**Turbanboot**): Wenn Sultan Selim III. auf dem Bosporus spazieren fuhr, ließen die Menschen alles stehen und liegen, um sich das Schauspiel anzusehen. Ganz am Schluss des Zuges, nach den sechs Booten mit den jungen Hofdienern, kam das »Turbanboot«. Darin saß ein Diener, der den in ein Tuch mit unermesslich teuren Edelsteinen gehüllten Turban des Sultans in den Händen hielt. Wenn das Boot nah am Ufer entlangfuhr, neigte der Diener den Turban nach links und nach rechts.

Nicht dass man den Turban sah, erhöhte das Vertrauen ins Sultanat, sondern dass man von ihm gesehen wurde. Das Sultanat war ein Auge, das alles sah.

Das Haus gefiel mir auf Anhieb. Es lag auf einer der beiden Seiten Istanbuls, in einem eher lauten Viertel, in dem sowohl solide Familien als auch freiheitsliebende Junggesellen wohnten, am oberen Ende einer Steilstraße, die man schwer hinauf- und auch nur schwer hinunterkam. Die Wohnung war im obersten Stockwerk, und einen Aufzug gab es nicht. BC hüpfte die Treppe hinauf, ich röchelte ihm hinterher. Auf der steilen Straße hatten sich meine Oberschenkel schon wund gerieben, sodass mir die Treppe nun den Rest gab. Alles tat mir weh, und ich bekam kaum mehr Luft. BC schien das gar nicht zu bekümmern, und er behelligte mich nicht mit peinlichen Fragen. Stattdessen redete er wieder in einem fort, ohne je nach Bestätigung zu suchen. Ich achtete wohl eher auf die Art, wie er erzählte, nicht so sehr auf den Inhalt. Wenn er redete, musste ich ihn dauernd ansehen.

»Wenn ich auf jemanden neugierig bin«, sagte er etwa, »versuche ich ihn aus seinem Umfeld heraus in eine völlig andere Umgebung zu versetzen, dann bekomme ich gleich ein ganz anderes Bild von ihm. Sagen wir, da kommt eine Frau auf mich zu, jung, energisch, forsch, die nehme ich aus ihrem Raum und ihrer Zeit heraus und versetze sie in die fremdeste Umgebung, die ich mir für sie nur vorstellen kann. Oder mir begegnet ein Mann, jung, schick, etwas zu lässig, für den suche ich mir auch ein möglichst fremdes Umfeld aus, und schon erscheint er mir ganz anders. Da wo jemand hingehört, kommt er einem stark oder schwach vor, schön oder hässlich, einzigartig oder gewöhnlich, aber an anderen Orten gehen ihm diese

Eigenschaften verloren, und plötzlich ist er gar nicht mehr so stark oder schwach, so hässlich oder so schön. Versuchs mal. Versetz die Leute in einen Bildausschnitt, in den sie überhaupt nicht passen, und sieh sie dir noch mal an.«

Liebevoll sah ich ihn an.

»Und was ist mit mir? In welchen Bildausschnitt passe ich am allerwenigsten?«

Liebevoll sah er mich an.

»Auf eine Wolke wahrscheinlich. Jemand, der so dick ist wie du, passt am allerwenigsten in den Himmel hinauf.«

Ich nickte. Und hatte mich verliebt.

Şems (Schams-e Tabrizi): Als Mevlana aus der Karawanserei von Pembefiruşan trat, kam Schams-e Tabrizi auf ihn zu und sagte: »He, du Weltenkenner, sieh mich an!«

Von jenem Augenblick an wich ich ihm nicht mehr von der Seite. Er war der Moment, den ich stets hinausgeschoben hatte, der Ort, an den ich nie gelangen würde. Jahrelang hatte ich mich in die Vorstellung gesperrt, dass ich in meinem Zustand nie jemanden würde lieben können und dass nie jemand mich lieben würde, und da tat sich auf einmal, völlig unerwartet, eine Tür für mich auf, und kaum trat ich über deren Schwelle, purzelte ich in eine unübersehbare Welt der Liebe. Ich hätte auf der Stelle der riesige Schatten meines geliebten Zwerges werden können, hätte überall mit ihm hin und von da auch wieder fortgehen können, ohne mir irgendwelche Gedanken zu machen.

Dabei musste ich mir sehr wohl Gedanken machen,

das mussten wir beide. Denn wir passten wirklich nicht zusammen. Ich war ja nicht eine dieser kleinen Frauen, die trotz ihrer Pfunde noch immer irgendwie liebenswert rundlich-kompakt wirken, sondern ich war nicht nur überdurchschnittlich schwer, sondern auch überdurchschnittlich groß, und wenn ich neben BC stand, tat sich zwischen uns ein so fürchterlicher Gegensatz auf, dass wir nicht einmal daran denken konnten, draußen auf der Straße nebeneinanderher zu gehen. Sollten wir gar auf die irrwitzige Idee kommen, wie andere Liebespaare draußen Händchen zu halten, würde jeder, der uns sähe, sich bunt und scheckig lachen. Man würde auf uns deuten, damit auch jeder mitbekäme, wie mein gerade achtzig Zentimeter hoher Schatz sich abmühte, mit den Schritten meines Hundertzweiunddreißig-Kilo-Leibs mitzuhalten. Die Leute würden spöttisch lächeln und sich fragen, ob wir wohl auch miteinander schliefen, und keiner würde bei unserem Anblick die Augen abwenden können. Noch Tage später würden sie über das Traumpaar reden, das die Dicke und der Zwerg für sie darstellten.

Sowohl BC als auch ich waren ohnehin seit jeher ein Schauspiel für die Leute, doch falls wir gemeinsam auftreten oder gar Händchen halten sollten, würden wir sogar Eintritt dafür nehmen können. Jeder von uns beiden war für sich genommen seltsam, nebeneinander dagegen waren wir sowohl seltsam als auch lächerlich. Eben keine Augenweide.

Darum ging nichts über BCs Wohnung, in der das Leben privat war, frei von jeder Belästigung durch fremde

Augen. Zwar mussten wir die neugierigen Blicke der Nachbarinnen ertragen, doch sobald wir in der Wohnung selbst waren, musste nichts mehr verborgen werden. Hier fand ich meinen Frieden. Zu meiner Familie wollte ich nicht mehr zurück. Ich wusste durchaus, wie sehr sie mich mochten, aber ihre Liebe war mit Mitleid durchwirkt. Ich hatte es satt, mit anzusehen, wie sie sich um mich sorgten. Meine Eltern bemühten sich seit Jahren redlich, so zu tun, als wären wir eine glückliche Familie, ohne besondere Vorkommnisse, aber was sie mit Worten nicht ausdrückten, las ich in ihren Augen. Endlich von zu Hause wegzukommen würde mir guttun.

So packte ich meine Sachen zusammen und zog zu BC. Ich spürte, dass ich mich dort sowohl von lästigen Blicken als auch von der Falle meines Körpers befreien konnte. Ich wurde gewissermaßen eine andere. Manchmal vergaß ich sogar für einen Moment, wie ich aussah. Im Laufe der Jahre hatte ich mich daran gewöhnt, mich selbst und die Welt um mich herum durch die Brille meines Körpers zu betrachten, und nun nahm ich diese Brille hin und wieder ab. Und wenn es mir gelang, meinen Körper zu überlisten und direkt in mich hineinzuschauen, entdeckte ich manchmal Seiten an mir, die ich noch nicht kannte. Wenn BC mich liebevoll ansah, lernte ich allmählich, mich selbst und die Welt mit anderen Augen zu sehen. Meist war ich ganz begierig darauf, mit seinen Augen zu sehen und zu begreifen, was er wie sah. In diesen Augen war weder Mitleid noch Befremden. Die Welt war lebenswert und ich liebenswert, durch die Augen von BC betrachtet.

şişko (**dick**): Sie war so dick, dass jedes Mal, wenn sie unter Leute ging, alle nur noch sie anschauten. Diese Augenpaare setzten ihr dermaßen zu, dass sie gleich wieder etwas essen musste und noch dicker wurde. (Die Kindheit der Dicken untersuchen.)

Nun aber, da ich das Lexikon der Blicke gelesen hatte, stellte sich mir alles ganz anders dar. Ich begriff, dass ich für dieses lieblose Lexikon erst Inspirationsquelle gewesen, dann aber zum Material und schließlich zum simplen Eintrag mutiert war. Als wir uns an jenem windigen Tag auf dem Dampfer begegneten, war BC mit seinem Fotoapparat auf der Suche nach einem frischen Motiv gewesen und dabei auf mich gestoßen. Höchstwahrscheinlich war er gerade gelangweilt gewesen, und er tat sich nach irgendetwas Neuem um. Und da sah er mich. Und fand in mir die Eingebung, das heißt nicht in mir selbst, sondern in der für fremde Augen verbotenen Beziehung, die er mit mir führen würde. Nachdem er mit dem Verfassen des Lexikons begonnen hatte, war ich mit meinen Träumen, Erinnerungen und Sorgen nicht mehr Eingebung, sondern Anschauungsmaterial. Sobald die Beobachtungen, die er an mir gemacht hatte, beendet und die letzten fehlenden Teile gefunden waren, würde ich in seinem Lexikon als einer der bemerkenswertesten Einträge prangen. Die Dicke, deren Kindheit er untersuchen wollte, war niemand anderer als ich.

Aber er sagte ja, nur in Wundern käme es vor, dass Süßwasser und Salzwasser dahinflössen, ohne sich zu vermischen, und Wunder mochte er nicht. Er hatte vor, aus meiner Geschichte und der von anderen Menschen jeweils ein Stückchen herauszubrechen und das alles zu einem neuen Ganzen zu vermischen, dessen Fäden nur einer in der Hand hielt, nämlich er selbst!

Im Grunde aber ging es ihm um das, was man an den Menschen nicht sah. Er befasste sich mit dem Unsichtbaren, um es sichtbar zu machen. Wie in der Geschichte mit der Frau des Prinzen war er neugierig, was sich hinter der vierzigsten Tür verbarg. An deren Schloss musste er herumprobieren, doch sobald es nachgab und er sah, was zu sehen war, gab es für ihn keinen Grund mehr, sich dort weiter aufzuhalten. Interessant war für ihn alles Verbotene und Versteckte, Unterdrückte und Unterschätzte. Wenn er jemanden ansah, versuchte er daher herauszubekommen, was jener in sich verbarg, und es bereitete ihm riesiges Vergnügen, geheimen Gedanken und Erinnerungen auf die Spur zu kommen. War seine Neugier befriedigt, wandte er sich sogleich neuen Entdeckungen zu.

Da es immer noch Dinge gab, die er über mich nicht wusste, gehörte ich zu den bisher unvollständigen Einträgen des Lexikons. Solange er mich nicht ganz und gar ausgekundschaftet hatte, würde er also mit mir zusammenbleiben. Und danach … Nun, da würde er es so halten wie immer, nämlich das Material, das er ausgeschöpft hatte, keines Blickes mehr würdigen. Er würde mich loswerden und sich auf die Suche nach einem neuen Eintrag machen, einer neuen Beschäftigung, oder gar, wer weiß, einem neuen Leben.

taht-ı revan (**Sänfte**): Jeden Freitagmorgen wurde die einzige Tochter des Sultans in einer Sänfte vom Palast in den kristallenen Hamam am anderen Ende der Stadt getragen. Bevor sie den Palast verließ, sorgten Wächter mit scharfen Schwertern dafür, dass alle Straßen entlang ihres Weges leer waren. Die Menschen flüchteten sich in ihre Häuser, verschlossen die Türen, verhingen die Fenster, verbargen sich in Truhen und in Kellern und warteten mit zusammengekniffenen Augen ab, bis die Sänfte mit der Tochter des Sultans vorbei war. Niemand wagte einen Blick nach draußen, denn wer – und sei es nur aus Versehen – die Sultanstochter sah, dem wurde auf der Stelle der Kopf abgeschlagen.

Als eines Freitagmorgens der verwegenste Dieb der Stadt mit einem Juwel in der Hand, den er am Vortag einem indischen Händler entwendet hatte, über die Dächer streifte, erschien an einer Straßenecke die Sänfte mit der Sultanstochter. Da konnte der Dieb seine Neugier nicht bezwingen und spähte hinunter.

Bevor man ihn enthauptete, rief er der auf dem Platz versammelten Menge zu: »Ihr fürchtet euch umsonst, die Schönheit der Sultanstochter zu betrachten. Die Sänfte ist leer! Wäre sie nicht leer, wozu versuchte man sonst, sie zu verbergen?«

Da jedermann sein ganzes Augenmerk auf den Vollzug der Strafe richtete, bekam die letzten Worte des Diebes niemand mit.

Die Einsicht, in seinen Augen von Anfang an nichts weiter als ein Hilfsmittel gewesen zu sein, traf mich hart. Die ganze Zeit über hatte ich gemeint, wir erlebten eine

Liebe, die sich der Augen da draußen erwehrte und allen Widerständen zum Trotz in ihrem ganz privaten Milieu erblühte. Ich muss zugeben, dass ich unsere Beziehung einer Leidenschaft zuschrieb, wie sie einem so leicht nicht zuteilwird im Leben. Womöglich hatte ich all die Liebe, die ich nie hatte ausleben können, samt und sonders in mein Leben mit BC gesteckt. Dabei war doch alles ganz simpel. Genauso wie er hatte ich mit den Augen eine Rechnung offen, mit dem Sehen und Gesehenwerden. Genau wie er war ich ein öffentliches Schauspiel. Und dieses chronische Leiden, das wir jeder für sich bereits hinreichend kannten, hatte sich noch intensiviert, seit wir zusammen waren. Genau das fand BC interessant. Weiter war da nichts.

Sobald ich also die Puzzleteile zusammensetzte, war mir klar, was BC an mir lag, und falls da wirklich Liebe im Spiel war, so kannte ich nun den Grund dafür. Sobald Liebe sich jedoch an etwas festmachen lässt, ist sie auch schon zum Verblühen bestimmt.

tebdil gezmek (**inkognito**): Die Sultane waren in den gewundenen Gassen der Stadt aller Städte gern inkognito unterwegs. Mal erwiesen sie dabei Wohltaten, mal straften sie. Damit sowohl die Strafen als auch die Wohltaten auf der Stelle ausgeführt werden konnten, hatte der Sultan stets seine Leibwache im Schlepptau.

Besonders oft war Sultan Mustafa III. inkognito unterwegs, meist verkleidet als Derwisch. So erkundete er die ganze Stadt, außen als Derwisch, innen als Sultan. Eines Tages wurde der

Sultan von Feyzullah erkannt, einst Gendarmerieoberst von Çorum, vom Sultan aber abgesetzt. Er klagte dem Sultan sein Leid, wie schlecht es ihm nun gehe, und erbat sich von ihm Hilfe. Die wurde ihm aber nicht gewährt. Ein andermal begegnete Feyzullah dem Sultan auf dem Markt von Üsküdar und erkannte ihn wieder. Diesmal konnte er nicht an sich halten und rief: »Gib mir mein Brot zurück oder töte mich!«

Mustafa III. sah Feyzullah aufmerksam an. Ein Auge, das hinter dem Derwisch den Sultan sah, konnte verhängnisvoll sein, sogar sehr verhängnisvoll. So traf der Sultan augenblicklich seine Wahl. Und gab ihm nicht sein Brot zurück.

Darum sah ich voller Schmerz in BCs Augen. Als ihm klar wurde, dass ich das Lexikon gelesen hatte, fiel ihm zunächst nicht auf, wie betrübt ich war, doch allmählich begriff er, dass ich nicht mehr die Gleiche war wie zuvor. Da setzte sich auf seinem Gesicht wieder jene undurchdringliche Miene fest, und ich wusste nicht, was er dachte. Die Augen verschwanden hinter dem Milchglas, hinter dem Vorhang aus Wachs, und wollten nichts mehr verraten. So saßen wir uns lange reglos gegenüber und schwiegen uns an. Seine Schweigsamkeit aber war mir so ungewohnt, dass sie mir in den Ohren dröhnte. Auf einmal stand er langsam auf, kam zu mir und fasste mich am Handgelenk.

»Wenn du willst, gehen wir heute Abend inkognito raus!«

»Gut, tun wir das«, erwiderte ich und konnte dabei ein Zittern in der Stimme nicht unterdrücken. »Geh du diesmal als Zwerg, und ich als sehr, sehr dicke Frau.«

televizyon **(Fernsehen)**: Der Gedanke, dass der Fernseher, in den wir ständig hineinschauen, dabei auch uns einmal sehen könnte, hat etwas Beunruhigendes.

Es gab nichts zu streiten. Und wir stritten auch nicht. Ich suchte nach dem Koffer, mit dem ich eingezogen war. Ich wusste nicht mehr, wo ich ihn verstaut hatte. Aber BCs Stimme hielt mich auf. »Bleib du«, sagte er. »Du weißt ja, ich wollte sowieso gehen.«

Es gab nichts zu reden. Und wir redeten auch nicht. Ich wandte den Kopf nicht. Blickte ihn nicht an. Mit anzusehen, wie er davonging, hätte mir das Herz gebrochen.

temaşa **(Aufführung)**: Genüssliches Zusehen.

Die Liebe ist ein Korsett. Um zu begreifen, warum sie so wertvoll ist, muss man über alle Maßen dick sein. Das Fett, das jahrelang Schicht um Schicht anwächst, sich wabbelnd breitmacht und allerorten überquillt, wird von der Liebe umfasst und in eine Form gebracht. Dann stellt sie sich vor ihr Werk und bewundert, was ihr gelungen ist. Die Liebe handelt mit Träumen. Aus abgelegenen Ecken holt sie verwelkte Träume hervor, päppelt sie auf, pudert sie ein und verscherbelt sie unter neuem Namen an ihren eigenen Besitzer. Die Liebe lässt den Menschen schöner werden. Ohne Scheu spielt sie mit Bildern, mit neuen Eigenschaften, neuen Spiegeln. Grollende versöhnt sie mit Spiegeln, Einsame vervielfacht sie darin.

Die Liebe ist ein Korsett. Es kommt der Tag, an dem

irgendwo, ganz unerwartet, ein Druckknopf aufspringt oder eine Schnur sich löst. Und bevor man sich versieht, quillt das Fett ungeniert aus seinem Kerker heraus, und der Körper ist wieder der alte. Die Liebe ist ein Korsett. Um zu begreifen, warum sie nur so kurz andauert, muss man über alle Maßen dick sein.

Denn stets taucht von irgendwoher ein Spielverderber auf. Ein loser Faden zum Beispiel, der an einer Haustür hängen bleibt und das Kostüm, zu dem er gehört, von oben bis unten auftrennt. Ein winziges Loch in einem Luftballon, ein kurzes Zögern im ewigen Ablauf, eine zu scharfe Kurve … eine Wunde, die nicht verheilt, ein Traum, der sich nicht erfüllt, ein Fleck auf der Pupille, ein Krümel auf einem Teller … eine Aufgabe, die man nicht beendet hat, ein unvollständiger Eintrag, eine nicht fertig erzählte Geschichte … immer ist da etwas, das stört oder fehlt. Soviel wir uns auch übergeben, bleibt von der Torte immer etwas im Magen hängen, und sosehr wir uns auch aufblasen, soviele Kessel Milch wir auch leer trinken, hängt sich immer etwas an uns und verhindert, dass wir emporsteigen, und bei jeder Augenreinigung bleibt etwas Schmutz übrig; eine Erinnerung, die wir nicht vergessen haben, weil sie sich nicht vergessen lässt. Immer bleibt etwas über. Immer fehlt etwas.

theatrum mundi (**Theatrum mundi**): Einem Glauben zufolge sei die Welt ein riesiges Theater für einen einzigen Zuschauer.

Ich hätte BC hinterhergehen können. Er war ja einzigartig, da lohnte es sich schon, sich nicht von ihm loszureißen, sich auf seine Abwesenheit zu versteifen. In den Straßen der Stadt hätte ich dem Riesenrhythmus seines Zwergenherzens nachspüren können. Auch wenn er viel flinker war als ich, hätte ich diese Treibjagd mit einem einzigen Jäger und einem einzigen Wild wer weiß wie lange fortführen können; oder aber …

… ich hätte loslassen können. Hinnehmen, nicht mehr als einer der unvollständigen Einträge im Lexikon der Blicke zu sein, sich darauf einlassen, ihn nicht mehr zu sehen und von ihm nicht mehr gesehen zu werden; weggehen von hier, von diesem Paradies, von dem ein steiler Weg hinab in die Hölle führte.

Stattdessen aber …

ultrason (**Ultraschall**): Sobald das Baby vom Ultraschall erfasst wird, wird jede seiner Bewegungen aufmerksam beobachtet.

… tat ich etwas ganz anderes. Ich hatte nämlich Hunger! Und zwar solchen Hunger, als hätte ich mich noch nie satt essen dürfen. Als wäre nicht ich es, die sich ihr Leben lang vollstopfte. Ich war eine riesige Lüge, ein riesiger Widerspruch. War erfolglos. Konnte machen, was ich wollte, und nahm doch nicht ab, kam nicht los aus der Zange, in der mein Körper mich gefangen hielt. Ich war obsessiv. Musste ständig daran denken, wie dick ich war. Ich war einsam. War in mich selbst verschlossen und hatte doch Angst, in mich hineinzusehen. Ich war verunsichert. Von allem um mich herum, aber am meisten wohl von mir selbst. Ich war wütend. Wenn ich mit ansah, wie Leute aus meinen Anblick Gesprächsstoff bezogen, wie sie durch mich ihr graues Alltagsleben auffrischten, konnte ich mich nicht beherrschen. Ich war voller Unruhe. Wie ein reißender Fluss sich sein Bett gräbt, so zerrte ich an meiner Seele. Ich war unglücklich. Und genauso wie mein Magen weitete sich mein Unglück aus, je mehr man es nährte. Zwar hätte ich außerhalb von all dem stehen können, aber dort war ich nun mal nicht. Ich war mitten im Hunger.

Noch nie hatte ich solchen Hunger gehabt!

Weit riss ich meinen Mund auf, so weit, dass die Ozeane schon fürchteten, ich würde sie leer trinken, und sie mir auf ihren nassen Altären schillernde Fische darreichten, um mich zu besänftigen. Die aß ich alle auf. Bald rief ich vom Gipfel eines Grätenbergs wütend hinunter: »Und das nennt ihr großzügig?« Ängstlich schwoll das Wasser an. Das kümmerte mich nicht. »Und was ist mit den Muscheln, in denen Perlen heranwachsen, was mit den verschlafenen Tintenfischen, den fürchterlichen Meeresungeheuern, den lieblichen Seesternen, den unbarmherzigen Strudeln, den Wracks voller Schätze? Wo sind die alle?«

Eilfertig servierten mir die Ozeane ein Walragout.

Ich riss meinen Mund auf. Riss ihn so sehr auf, dass die Erde schon fürchtete, sie würde in einem hohlen Zahn verschwinden. Auf einen eiligst erfolgten unterirdischen Befehl hin trugen sämtliche Bäume augenblicklich

Früchte. Die aß ich alle auf. Und zerfraß auch die Bäume bis tief in die Wurzeln hinunter, sodass eine Schlucht entstand, aus der ich wütend hinaufrief: »Und das nennst du großzügig?« Ängstlich verkrochen sich die Maulwürfe in ihren Haufen. Das kümmerte mich nicht. »Und was ist mit den Pilzen, die selbst nicht wissen, wie giftig sie sind, mit den fetten, schmackhaften Felsen, mit den goldhaarigen Maiskolben, den fruchtbaren Feldern, den versteckten Schatztruhen, den wilden Erdrutschen? Wo sind die alle?«

Eilfertig servierte mir die Erde einen Gemüsegarten.

Ich wurde und wurde nicht satt. Mein Mund blieb weit offen stehen. Während mir aus dem Mundwinkel das Wasser lief, häufte sich neben mir Erde auf. Weder das Wasser noch die Erde konnten meinen Hunger befriedigen. Da es mit den beiden nichts wurde, beschloss ich, mit der Luft in Kontakt zu treten.

Und drehte den Gasherd auf.

Ich wusste nicht, warum ich das tat, aber sehr wohl, was ich da tat. Und was daraus folgen konnte. Bis dahin hatte ich bei jedem Fressanfall blind in mich hineingestopft, was mir nur in die Finger kam, und auf Geschmack war ich nie aus gewesen. Blind eben. Nun hielt ich es wieder so. Wasser und Erde atmeten vermutlich auf, als sie sahen, dass ich mich nunmehr an die Luft heranmachte. Langsam füllte ich mich mit Gas und spürte, wie es mich aufpumpte. Das Gehirn wurde allmählich taub, mein Wissen erlosch, die Zahlen wurden immer weniger, und dadurch fiel Schicht für Schicht eine Last von mir ab, und ich wurde leichter und leichter. Die Zeit drehte sich zurück. Sie musste ja nicht andauernd nach vorne fließen, von heute nach morgen. Wenn die Zeit zurücktaumelte, merkte der Mensch erst, dass alles ganz anders hätte ablaufen können.

Alles hätte anders sein können. Und somit jede Geschichte anders erzählt werden.

Hätte man nur von Anfang an zugestanden, dass nicht alles und jedes gesehen werden musste ...

»Zwei!«

1868, FRANKREICH

Eines Tages eröffnete Madame de Marelle ihrem Mann beim Abendessen, sie habe beschlossen, den Gutshof neu einzurichten. Und machte sich sogleich ans Werk. Tag für Tag ging sie von morgens bis abends mit ein paar Dienstmädchen im Gefolge von Zimmer zu Zimmer, und während sie manche Möbel nur umstellen ließ, wurden andere fortgeräumt, um Platz zu machen. Eines Tages war eines der nie genutzten Dachstübchen an der Reihe, und dort stieß Madame de Marelle in einer Truhe auf eine große Holzkiste, auf der ein Relief in Form eines Auges prangte. Die Kiste war verschlossen und der Schlüssel nicht dabei.

»Was ist da drin?«, fragte sie und rüttelte am Schloss.

»Ein Bild, gnädige Frau«, erwiderte das älteste Dienstmädchen. »Lediglich ein Bild.«

»Und wo ist der Schlüssel dazu?«

Da fiel ihr aber schon ein, wie sie das Schloss aufbringen würde. Sie zog die lange, dünne Spange heraus, mit der sie die Haare zu einem festen Dutt hochsteckte. Die Haare fielen ihr auf die Schulter herab. Mit dem spit-

373

zen Ende der Spange stocherte sie im Schloss, was aber dem alten Dienstmädchen ganz und gar nicht zu behagen schien. »Holen Sie das Bild lieber nicht heraus«, flüsterte es. »Im Dorf wird gemunkelt, der Jüngling auf dem Bild sei so schön, dass man geradezu leiden müsse, wenn man ihn ansehe. Und vor allem … vor allem Jungfrauen würden durch den Anblick um den Verstand gebracht.«

Madame de Marelle zögerte. Sie spürte, dass sie das Schloss bald aufbringen würde, und sowohl auf den Jüngling war sie neugierig als auf seine legendenumwobene Schönheit. Ja, sie wollte ihn sehen. Eine Weile stand sie mit der Haarspange in der Hand unschlüssig da und starrte wie verzaubert auf die Kiste, ängstlich beobachtet von dem alten Dienstmädchen. Was immer Madame de Marelle auf einmal durch den Kopf gehen mochte, jedenfalls wandte sie sich von der Kiste plötzlich ab. Sie verzichtete darauf, sie zu öffnen. Ohnehin hatte sie alle Hände voll zu tun, da wollte sie nicht länger in der ungemütlichen Dachstube verweilen.

»Schafft mir die Kiste aus den Augen«, ordnete sie an und zurrte ihre Haare wieder zu einem Dutt fest, in den sie die Spange steckte. Dann setzte sie ein strenges Gesicht auf und ging hinaus.

»Sie haben völlig recht, gnädige Frau«, murmelte das Dienstmädchen ihr hinterher. »Es muss nicht immer alles gesehen werden. Manche Dinge sollten niemandem zu Augen kommen, und das für immer und ewig.« Man sah dem Dienstmädchen an, wie erleichtert es war.

Madame de Marelle vergaß den Vorfall irgendwann

ganz. Sie war auf das Antlitz des feengleichen Jünglings nicht mehr neugierig und bekam ihn nie zu sehen. Sie brachte Kinder mit rostroten Haaren zur Welt und zog die Kinder mit rostroten Haaren auf. In den Räumen des Gutshofs erklangen immer neue Namen, doch eine Belle Annabelle fand sich auf dem adeligen Stammbaum mit den schweren Ästen nie.

Hätte Madame de Marelle seinerzeit darauf bestanden zu sehen, was nicht gesehen werden sollte, wäre wegen dieser in der Vergangenheit begangenen Schuld Annabelle ins Leben getreten und mit ihrer fürchterlichen Schönheit den Menschen zum Schauspiel geworden. Da aber die Kiste nie geöffnet wurde, geschah so etwas nie. La Belle Annabelle kam nicht zur Welt. Nie gab es jemanden wie sie. Ein Gesicht, das – so schön es auch sein mochte – nur dazu da war, angesehen zu werden. War die Schönste der Schönen auch die einzige Fee im giftigen Eibenwald und das geflammte Lebenselixier, so hatte sie dennoch ein Recht darauf, nicht angestarrt zu werden. Und da sie nun mal nicht da war, brauchten auch die Zuschauer im kirschroten Zelt ihre Augen nicht immer weiter aufzusperren. Da war nämlich keine Zwei. Eine Zahl fehlte.

»Eins!«

1648, SIBIRIEN

Timofei Ankidinow traute seinen Augen nicht, als er mit ansah, wie der riesige Zobel unter den Korb kroch. Er ließ den Matrosen, der inzwischen nicht mehr zu erfrieren drohte, im Schlitten liegen und schlich um den Korb umher.

»Vielleicht ist es besser, wenn du nicht druntersiehst«, rief ihm der Matrose zu. »Das kann eine Falle für Jäger sein. Oder irgendein sibirischer Fluch!« Er hatte einen Hang zum Aberglauben und zudem in Sibirien schon derart viel Unerhörtes erlebt, dass er den Einheimischen nicht mehr über den Weg traute.

Timofei Ankidinow zögerte. Wenn er den Korb hochhob, würde das wertvolle Fell des stattlichen Tieres ihm gehören, und womöglich waren unter dem Korb ja noch weitere, mindestens ebenso große Zobel. Vielleicht hatte er ja den Weg aufgespürt, der zum Pogitscha führte. Falls dem so war, würde er mit einem derartigen Vermögen in die Heimat zurückkehren, dass er jedermann würde kaufen können. Eine Weile stand er mit dem Dolch in der Hand unschlüssig da und starrte wie verzaubert auf

379

den Korb, ängstlich beobachtet von dem Matrosen. Was immer ihm auf einmal durch den Kopf gehen mochte, jedenfalls trat er plötzlich einen Schritt zurück. Er verzichtete darauf, den Korb hochzuheben und darunterzuschauen. Ohnehin wollte er an diesem höchst ungemütlichen Ort nicht länger verweilen.

»Machen wir uns lieber schleunigst fort von hier«, sagte er, steckte den Dolch zurück in die Scheide und ging zum Schlitten zurück.

Als sie weiterfuhren, murmelte der Matrose leise, doch überzeugt: »Du hast recht, machen wir uns lieber davon. Es muss nicht immer alles gesehen werden. Manche Dinge sollten niemandem zu Augen kommen, und das für immer und ewig.«

Während die beiden Männer von dannen zogen, gingen die beiden Seelen im Korb ineinander über. Und irgendwann hob sich der Korb von alleine. Der noch unbehaarte Junge hatte sich einen Teil der Zobelseele einverleibt und dem Zobel einen Teil der eigenen Seele überlassen. Somit war er nun der neue Schamane des Stamms. Bis zu seinem Tode würde er sich immer wieder zurückerinnern, wie er sich in dem Korb aus irgendeinem Grunde ganz furchtbar davor gefürchtet hatte, gesehen zu werden, und nie würde er unterschätzen, was den Augen für ein Zauber innewohnte. Er und die von seinem Blute Abstammenden lebten über Jahrhunderte hinweg zusammen, bis die Krankheit, die Sibirien aushöhlte, ihrem Geschlecht ein Ende bereitete. Im ehrwürdigen Stammbaum der Schamanen, dessen Wurzeln in den Himmel und dessen Äste bis zum Boden reichten, fand sich aber nie der Name des Zobelmädchens.

Hätte Timofei Ankidinow seinerzeit darauf bestanden zu sehen, was nicht gesehen werden sollte, wäre wegen dieser in der Vergangenheit begangenen Schuld das Zobelmädchen ins Leben getreten und mit seiner fürchterlichen Hässlichkeit den Menschen zum Schauspiel geworden. Da aber der Korb nie hochgehoben wurde, geschah so etwas nie. Das Zobelmädchen kam nicht zur Welt. Nie gab es jemanden wie sie. Ein Gesicht, das – so hässlich es auch sein mochte – nur dazu da war, angesehen zu werden. War das Scheusal auch eine Missgeburt und eine Natursünde, so hatte es dennoch ein Recht darauf, nicht angestarrt zu werden. Und da es nun mal nicht da war, brauchten auch die Zuschauer im kirschroten Zelt ihre Augen nicht immer fester zuzukneifen. Da war nämlich keine Eins. Eine Zahl fehlte.

~

Nach Atem ringend lief Keramet Mumi Keşke Memiş Efendi aus dem nach Westen gehenden Eingang des kirschroten Zelts hinaus. Auf der Suche nach dem Zobelmädchen hatte er alles durchstöbert. Als er kurz innehielt, um nachzudenken, wo sie vielleicht doch sein könnte, überkam ihn plötzlich ein noch schlimmerer Gedanke. Sofort rannte er in den östlichen Teil des Zelts und durchsuchte auch dort alles. Genau wie er befürchtet hatte: Auch La Belle Annabelle war verschwunden.

Bis zum Abend weihte er niemanden darin ein, dass seine beiden Lieblingsdarsteller verschwunden waren. Über kurz oder lang würde die Wahrheit aber ans Tageslicht treten, und dann würde er gezwungen sein, sein Geschäft aufzugeben. Ohne die Schönsten aller Schönen und den Ausbund an Hässlichkeit würde sich das kirschrote Zelt nicht einen Tag lang halten können.

Ob ihn das traurig stimmte? Das war ihm nicht anzusehen. Seine Augen waren wie eh und je ein geheimnisvoller Vorhang. Vermutlich war er aber nicht allzu traurig. In seiner Form würde er ja doch nicht gefangen bleiben. Endlos war die Zeit, grenzenlos der Ort. Bestimmt würde er eines Tages schmelzen und erhärten, und danach wieder schmelzen. Und ohnehin zu einer anderen Zeit, sehr viel später oder doch sehr bald, an einem anderen Ort, sehr, sehr fern oder gleich nebenan, auf diese Welt zurückkehren. Mit einem neuen Namen, einer neuen Beschäftigung.

Ohnehin … wieder … und wieder …

»Null!«

M ach die Tür auf!«
Seit einer ganzen Weile wird an die Tür gehämmert. Ich müsste aufstehen und nachsehen, fühle mich aber schwach, ganz furchtbar schwach. Ich kann mich überhaupt nicht bewegen. Nicht so, als wäre ich plötzlich erstarrt, sondern vielmehr, als hätte ich mich mein Leben lang noch nie bewegt. Als wäre ich aus Gelee. Von dichtem Nebel umgeben. Mal mache ich die Augen zu, dann wieder auf. Was aufs Gleiche hinauskommt, denn ich sehe gar nichts.

»Worauf warten Sie noch? Sie sehen doch, dass sich nichts tut. Sie müssen die Tür aufbrechen, jetzt gleich!«

Die Stimme kommt mir bekannt vor. Bestimmt eine der Nachbarinnen. Was werden sie uns wohl gekocht haben? Wieder Böreks? Reis? Ravioli? Süßes? Ich bekomme nicht heraus, welche der Frauen da so schreit.

unutmak (vergessen): Reinigung des Auges.

Krachend geht die Tür auf, und augenblicklich strömen schreiend und sich gegenseitig stoßend zahllose Nachbarinnen herein und stürzen sich auf mich.

In genau dem Moment hebe ich ab.

veda (**Abschied**): »Warum hast du dich nur umgedreht und auf die von Gott verfluchte Stadt zurückgeschaut?«, rief Lot wütend seiner Frau zu. »Warum wolltest du sehen, was du zurückgelassen hast? Sag mir um Himmels willen, warum der Mensch, wenn er einen Ort verlässt, sich ein letztes Mal umdrehen muss?« Die versteinerten Lippen seiner Frau vermochten auf diese schwierigen Fragen keine Antwort zu geben.

Durch das Gas bin ich zu einer Kugel angeschwollen, einer riesigen Null, dicker als alle anderen Ziffern, aber doch die einzige, die leichter ist als Luft. Das freut mich. Wenn ich schon mit meiner Zählerei bei der Null angelangt bin, so will ich auch gleich zu einer solchen werden und in aller Leichtigkeit zum Himmel empor- und über die Wolken hinaussteigen.

Erst schwebe ich nur Zentimeter über dem Boden, aber bald schon trägt es mich bis zur Decke hinauf. Als wäre ich im Wasser, vollführe ich Schwimmbewegungen, und hin und her zappelnd entkomme ich schließlich im letzten Augenblick den Händen der Nachbarinnen, deren Geschrei nicht abebbt. Um mein Gleichgewicht bemüht erreiche ich die Terrassentür. Da ich dabei mit den Füßen nicht an BCs Schaukelstuhl stoße, muss ich ziemlich weit oben sein. Da erblicke ich die Katze, die mir mit gesträubtem Fell von unten zusieht. Ich winke ihr zu, doch sie faucht mich nur an. Die Terrassentür ist wie immer sperrangelweit auf. Ich schwebe zwischen den Gardinen hindurch, die sich gebärden, wie es sich für die Gardinen eines Spukhauses ziemen würde, und schon bin ich im Freien. Ich verlasse das Haus, wie ich es zuvor noch nie verlassen habe.

vitrin (**Schaufenster**): Verglaster Teil eines Ladens, in dem die zum Verkauf stehende Ware präsentiert wird.

Ich bin nun auf der Höhe des Dachs. Meine Beine schwingen in der Luft hin und her. Ich sehe auf die Menschen hinab, die die steile Straße hinauf- und hinuntergehen und entweder auf dem Eis ausrutschen oder in die Flammen hinunterpurzeln. So hoch komme ich, dass ich erst die ganze Straße überblicke, dann das ganze Viertel und schließlich die ganze Stadt. Und die sieht von dort oben auf einmal völlig anders aus. Die Viertel zerfallen wie frikassiertes Hühnerfleisch, die Häuser verschlucken ihren Inhalt wie Böreks, die Menschen kleben aneinander wie zerkochter Reis. Ich sehe auf die Stadt hinunter und bemerke auf einmal, dass ich keinen Hunger habe. So satt bin ich, dass ich mich schon frage, ob ich überhaupt noch lebe.

Ich sehe hinab auf Heilige, denen in den gewundenen Straßen ihr Schrein abhandengekommen ist, auf die Kreuze blassgesichtiger Kirchen, auf die Brunnen friedlicher Moscheenhöfe, auf windige Häuser, unter deren

Vordächern sich nachts die Geister verabreden, auf Straßenhunde, die wie Schnappmesser auf jeden losspringen, der ihnen fremd erscheint, und auf Menschen, die im Müll nach Essen wühlen. Sehe hinab auf die Stadt, die derartig Angst davor hat, sich in der gleichgültigen Nacht ihr Herz rauben zu lassen, dass sie Riegel um Riegel vor ihre Tür schiebt und sich mit jedem Riegel mehr in sich verschließt und auf ihrer eigenen Schwere lastet. Die ganze Nacht erscheint mir wie ein aus Hälmchen und Zweiglein zusammengebautes Nest mit Millionen frisch geschlüpfter Vöglein darin, die allesamt schrecklich hungern. Herzzerreißend quieken sie ihre Mütter an, die sie noch nicht einmal gesehen haben, weil ihre Augen noch verklebt sind. Wird einem kleinen Vogel ins rosarote Schnäbelchen ein Regenwurm geworfen, piepst es kurz danach unvermindert weiter. Wie ein Tag für Tag aufs gleiche Dock gelegtes altersschwaches Schiff hat die Stadt es jede Nacht mit dem gleichen zänkischen Hunger zu tun. Und wird niemals satt.

Jene Stadt hat einen Osten und einen Westen. Sobald man aber in der Luft schwebt, geht einem die Orientierung verloren, dann bleibt kein Osten mehr und auch kein Westen. Für mich gibt es nur mehr oben und unten, denn ich …

yabancı (**fremd**): Gegenstand bzw. Mensch, den man bis dahin noch nie gesehen hatte.

… bin zum Luftballon geworden.

yaldızcılık (**vergolden**): 1. Handwerk des Vergolders.

2. Kaschieren abträglicher Aspekte eines Gegenstands durch Überziehen mit Goldstaub, sodass der Gegenstand schöner wirkt, als er eigentlich ist.

Ich bin ein mit Gas aufgeblasener, riesiger Luftballon, und wie jeder Luftballon fliege ich in den Pupillen eines einsamen Kindes. Im Gegensatz zu anderen Kindern richten einsame Kinder ihre Augen oft auf sich selbst, und ist das mal nicht der Fall, sehen sie entweder gesenkten Hauptes zu Boden, oder sie liegen auf dem Rücken und starren zum Himmel hinauf, und deshalb werden auch sie als Erste auf mich aufmerksam. Wenn ich am Himmel schwebe, werden einsame Kinder an den diversen Orten, an die sie sich zurückgezogen haben, nur noch Augen für mich haben und meinen Flug verfolgen. Vielleicht werden sie mich sofort erblicken und gar nicht auf den Gedanken kommen, dass auch andere einsame Kinder mich sehen könnten. Soll sein. Es ist ja auch ein Schauspiel für nur eine Person. Ein Ballonflug ist immer nur für einen Zuschauer gedacht. Warum das so ist, erfährt man mit der Zeit.

yalıngöz (**Fisch**): Tier ohne Augenlider.

Ja, mit der Zeit. Denn das einsame Kind, das zum ersten Mal im Leben einen Luftballon sieht, ist so verblüfft und aufgeregt, dass es den Ballon sogleich anderen zeigen will. Indem es diese Schönheit, die es ganz allein entdeckt hat, mit anderen teilt, hofft es, seine Einsamkeit zu vertreiben. So eilt es also nach Hause, zerrt die Mutter am Ärmel nach draußen oder ruft andere Kinder herbei. Erst begreifen die anderen nicht, was das einsame Kind eigentlich will, dann aber blicken sie auf den Punkt, auf den es zeigt. Dort sehen sie aber nichts. Der Luftballon ist nämlich davongeflogen. Ist weg. Und nicht einfach weg wie etwas, das gerade vorhin noch da war, sondern vielmehr so weg, als hätte es ihn nie gegeben. Vor den Leuten, die es herbeigerufen hat, steht das einsame Kind verlegen und zugleich wütend da. Nun hat es begriffen. Wendet man von einem Luftballon den Blick ab und sieht erst danach wieder zu ihm hinauf, ist er nicht mehr da. In genau dem Augenblick also, in dem wir weggesehen haben, ist er verschwunden. Es gibt ihn nur, solange wir ihn ansehen, und tun wir das nicht, existiert er sogleich nicht mehr.

Wenn das einsame Kind wieder einmal einen Luftballon sieht, wird es sich nicht mehr bemühen, ihn anderen zu zeigen. Es ist nun groß genug, um begriffen zu haben, dass ein Schauspiel, das man alleine entdeckt hat, einen vor dem Alleinsein nicht errettet. Von nun an wird es alle Geheimnisse für sich behalten. Das nächste Mal wird es mit angehaltenem Atem den Aufstieg eines Luftballons verfolgen, ohne je die Augen von ihm zu wenden. Ganz fest wird ihm das Herz dabei klopfen, aber es wird niemandem erzählen, was es gesehen hat. Denn das Schweben eines Luftballons ist nur an ein einziges Auge gerichtet, es geht nur um das Sehen und Gesehenwerden. Durch jeden Versuch, es in Worte zu fassen, nutzt das

Schweben sich ab, ja jedes einzelne beschreibende Wort lässt den Luftballon augenblicklich langsamer werden. Als schwebte da oben nicht ein Ballon, sondern ein stilles Gelöbnis. Fliegt der Ballon, sieht das Kind ihm zu; sieht das Kind zu, fliegt der Ballon. Plötzlich aber fliegt er durch die Atlastür des Himmels hindurch. Und verschwindet. Das einsame Kind ist enttäuscht. Es hatte doch gar nicht weggesehen, die imaginäre Schnur nicht losgelassen. Und doch war er fort. Nicht weil er nicht gesehen wurde, sondern obwohl er gesehen wurde. Da begreift das einsame Kind wieder etwas, und zwar, dass die Zeit stets ihrem eigenen Ende hinterhereilt. Und dass deshalb jeder Luftballon einmal platzt und eines schönen Tages jedes Geheimnis sich selbst verrät.

> *yaşam* (**Leben**): Um das Leben zu sehen, halten wir uns einen Spiegel vor den Mund. Und sollten wir das Leben nicht sehen, so wissen wir doch, dass wir leben, wenn der Spiegel sich beschlägt.

Endlich bin ich geworden, was ich immer werden wollte. Ein fliegender Luftballon. Und wie jeder Luftballon schwebe ich in den Pupillen eines einsamen Kindes. Mein himmlischer Höhenflug kann aber nur so lange andauern, bis das Auge, das mich sieht, wieder blinzeln muss. Wie jeder Luftballon darf ich als Wunder gelten, denn obwohl ich mich mit Gas geradezu vollgefressen habe, bin ich doch leichter als die Luft. Wenn ich wollte, könnte ich sogar noch mehr in mich hineinpumpen und noch mehr aufquellen und würde doch weiter am Himmel schweben, ohne auch nur ein bisschen schwerer zu werden. In diesem Zustand bin ich geradezu das, wonach alle Dicken sich immer sehnen.

Es ist herrlich, so am Himmel zu fliegen. Leichter als eine Feder, durchtriebener als ein Drachen, verspielter als Dampf, wendiger als ein Staubkorn, geschmeidiger als eine Schneeflocke. Und ich will noch höher hinaus. Will hoch in den taubengrauen Himmel hinauf, die honiggelbe Sonne berühren und mich auf die schäfchenweißen Wolken setzen, um von dort auf die Welt hinunterzuschauen. Ich will nämlich wissen, ob man von hier oben alles sieht, was dort unten geschieht. Bin neugierig, ob all die in Hinterhöfen versiegelten Geheimnisse, die allerorten begangenen Missetaten, die unausgegorenen Intrigen hier oben Zeile für Zeile, Satz für Satz registriert werden. Möchte herausbekommen, ob den Menschenkindern ein Raum gegönnt ist, der nur ihnen gehört. Ob es da, und sei es auch nur hin und wieder, einen nächtlichen Augenblick, einen dunklen Punkt, eine dürre Leere, einen winzigen Riss, einen unscheinbaren Schlitz, einen klimperkleinen Ausreißer gibt, die wir vor fremden Augen verbergen, vor dem Gesehenwerden bewahren können … ein so zierlich kleines Stückchen Privatheit in diesem weltlichen Schauspiel, als hätte da ein Floh hineingebissen, eine Zecke sich festgeklammert, eine Raupe herumgeknabbert, ein Egel sich festgesogen, eine Motte sich hineingefressen, oder als wäre aus einem Apfel ein kleiner Wurm herausgekrochen.

Es ist nicht mehr weit. Die Wolken sind nah. Noch ein bisschen höher, dann berührt mein Kopf die Wolken. Dann steige ich noch ein wenig und werde endlich erfahren, worauf ich schon so lange neugierig bin. Bald werde ich die Wahrheit sehen, oder bald wird die Wahrheit sichtbar sein.

yay (**Bogen**): Zuzeiten wurde ein Schwert, mit dem ein zu Tode Verurteilter gerichtet worden war, im Boden vergraben. Damit es vergessen konnte, was es gesehen hatte. Ein Bogen, der dem gleichen Zweck gedient hatte, wurde unweigerlich zerbrochen. Da auch er nicht vergessen konnte, was er gesehen hatte, war dies wohl am besten.

Plötzlich habe ich ein hervorstehendes Augenpaar vor mir, das mich neugierig ansieht und herauszufinden sucht, was ich eigentlich bin, was ich hier verloren habe und warum ich so sonderbar aussehe. Das Augenpaar ist von mir befremdet. Und merkt, dass ich dorthin nicht gehöre. Ich bin eine Fremde in jenen Gefilden, in jenem Bildausschnitt, in den ich so wenig passe wie irgendwohin sonst. Das hervorstehende Augenpaar gehört einem Raubvogel. Würde ich ihn zu anderer Zeit sehen, also von unten, würde ich ihn wohl schön finden, doch hier, bei dieser Begegnung, erscheint er mir entsetzlich hässlich. Ich hoffe, dass er weiterfliegt, doch weicht er mir nicht von der Seite und stößt dabei krächzende Schreie aus, die mich erschauern lassen. Und plötzlich, warum auch immer, geht er zum Angriff über. Sein Schnabel ist spitz, sein

Schnabel ist rot wie rohes Fleisch, sein Schnabel sticht in mich hinein.

Ich bin ein fliegender Luftballon, aus dem auf einmal die Luft entweicht. Ich hatte sie in mich aufgesogen, nun gebe ich sie der Luft, in der ich noch schwebe, wieder zurück. Wie eine Fliege, die der auf sie niedersausenden Klatsche gerade noch entronnen ist, schwirre ich wild in der Luft herum. Falls mich von unten ein einsames Kind beobachtet, merkt es wohl schon, dass ich bald verschwinden werde. So viel Sehen genügt aber auch. Ich will gar nicht länger gesehen werden. Denn das Leben ist geheim. Und wie alles Geheime muss es manchmal fern von allen Blicken sein. Ich halte es nicht länger aus. Gleich platze ich.

yılanın ayağı (**Der Schlangenfuß**): »Versuche in deinem Leben einen Schlangenfuß zu sehen. Wem das nämlich gelingt, der kommt ins Paradies«, sagte die Großmutter zu ihrem Enkel. »Aber Schlangen haben doch keine Füße?«, erwiderte der Enkel. Dann sahen die beiden sich gramen Auges an.

Gleich platze ich. Ich halte es nicht länger aus.

zümrüdüanka (**Phönix**): Legendärer Vogel, der seine Kraft und Schönheit daraus bezog, dass man ihn niemals sah und ihn doch so gern gesehen hätte.

»Jetzt reicht es aber! Ständig dieses Einszweidreieinszweidreieinszweidrei ... Was soll denn das? Mir steht es bis hier!

Kannst du etwa nicht weiterzählen? Wenn du ordentlich zählen willst, dann tu es meinetwegen, aber wenn du andauernd stecken bleibst, dann halt lieber den Mund. Halt verdammt noch mal den Mund!«

Totenstille im Wagen. Völlig verblüfft starren mich alle an. Keiner regt auch nur ein Augenlid. Wie eingefroren sitzen sie da und richten ihre Augen auf mich. Ich spüre, wie ich erröte, und mir bricht der Schweiß aus. Der Fahrer sieht mich im Rückspiegel an. Der junge Mann auf dem Beifahrersitz dreht sich mit verschränkten Armen ganz zu mir um und sieht mich übertrieben verdattert an, als erwarte er eine Erklärung dafür, warum ich da so unvermittelt losgebrüllt habe. Die Augen der hinter mir Sitzenden sehe ich zwar nicht, doch spüre ich durchaus die Blicke der beiden Hausfrauen, des gediegenen Immobilienmaklers und des Mannes am Fenster, der wohl zu einem wichtigen Termin unterwegs ist. Um nur ja nicht zu sehen, wie die Gymnasiastin und vor allem die Mutter des Mädchens mich anschauen, rühre ich den Kopf keinen Millimeter und nehme doch aus den Augenwinkeln ihre Blicke wahr.

Im linken Auge des Püppchens, das am Rückspiegel baumelt, leuchtet das rote Licht auf, also muss der Fahrer auf mein Schreien hin gebremst haben. Das Püppchenauge sieht mich genauso an wie alle anderen Augen auch. Mir stehen Schweißperlen auf der Stirn, und ich fühle mich alles andere als gut. Zum Glück dauert diese schreckliche Situation nicht lange an. Als Erstes fasst sich der Fahrer wieder. Er mustert mich zwar weiter im Rückspiegel, setzt die Fahrt aber fort.

Danach gibt der junge Mann auf dem Beifahrersitz seine fordernde Haltung auf und dreht sich wieder nach vorne. Die Hausfrauen beginnen wieder zu tuscheln und haben somit den ersten Schock wohl auch überwunden. Die Mutter des Mädchens rückt unruhig hin und her und versucht ihr Kind so fern von mir zu halten wie nur möglich. Glotzauge selbst hatte sich, sobald ich losschrie, in die Arme seiner Mutter geflüchtet und sein Gesicht in deren Mantel vergraben. Nun lugt es zögerlich wieder hervor.

Sobald das Kind mich sieht, seufzt es zuerst unglücklich, dann zieht es die Mundwinkel nach unten und plärrt los. Augenblicklich bemühen sich alle Fahrzeuginsassen darum, es zu trösten. Wie aus einem Mund sagen alle ihr Sprüchlein auf: »Jetzt wein doch nicht, Kleine, ist doch schon vorbei, kein Grund mehr, traurig zu sein!« Der Fahrer hat nur noch eine Hand am Lenkrad, mit der anderen verzieht er sein Gesicht zu allen möglichen Grimassen, um das Mädchen zum Lachen zu bringen. Als ihm das nicht gelingt, sieht er wieder nach vorne und blickt mich aus dem Rückspiegel böse an. Ich wiederum kann nichts anderes tun, als fürchterlich zu schwitzen.

Sobald das glotzäugige Mädchen spitzkriegt, dass es alle auf seiner Seite hat, weint es nur noch herzzerreißender. Schluchzt, heult, winselt. Mir pochen die Schläfen, und es erfasst mich ein Zittern. Wie gesagt, das Dicksein macht mich zu einem nervösen Menschen.

Bei der ersten Gelegenheit steige ich aus.

Und gehe zu Fuß nach Hause. Ohne auf das Murren meines Körpers zu achten, schleppe ich mich die steile Straße hinauf. Es ist schon ziemlich dunkel, reichlich spät. Wie lange die Fahrt im Sammeltaxi gedauert hat, könnte ich gar nicht sagen. Überhaupt kümmere ich mich nicht mehr um die Zeit. Ich friere. Die Luft riecht nach Schnee. Allmählich kommt mir etwas merkwürdig vor. Es ist irgendwie … mehr los als sonst. Um diese Zeit ist die Straße meist verlassen, nun aber sehe ich, dass sich draußen Menschen versammelt haben. Überall brennt Licht, alle Fenster sind weit geöffnet, die Balkons voller Leute. Als ich herankomme, gellt mir ein Kreischen ans Ohr. Nachbarn überholen mich im Laufschritt. Was immer dort geboten wird, möchte offensichtlich niemand verpassen.

Die Welt ist ein Schauspiel.

Es geht ums Sehen und Gesehenwerden.

Als ich mir bald darauf in der neugierigen Menschenmenge einen Platz erobert habe, sehe auch ich, was alle sehen. Unter einer Laterne steht mitten auf der Straße eine Frau um die fünfzig, in Nachthemd und Pantoffeln, und schreit, was sie nur kann. Ein paar Menschen im Nachtgewand, offensichtlich Verwandte von ihr, ziehen und zerren an ihr und versuchen flehend, sie wieder ins Haus zu bekommen. »Dort soll sie ruhig schreien und weinen, so viel sie will, aber nur rein mit ihr, damit die Nachbarn sie nicht mehr sehen. Das Hören ist ja nicht so schlimm, aber Hauptsache, sie wird nicht mehr gesehen.«

Während die Verwandten sie von den Augen der Nachbarn fortschaffen wollen, sind jene um alles froh, was sich vor ihnen abspielt. Mit angehaltenem Atem sehen sie aufmerksam zu.

So halte denn auch ich meinen Atem an und sehe aufmerksam zu.